ÇA ET LA

Paris. — Imprimerie de P.-A. BOURDIER et Ce, 30, rue Mazarine.

ÇA ET LA

PAR

LOUIS VEUILLOT

QUATRIÈME ÉDITION

I

PARIS

GAUME FRÈRES ET J. DUPREY, ÉDITEURS

RUE CASSETTE, 4

1860

PRÉFACE

Au milieu de la guerre, souvent inquiet, ne voyant aucun avantage à soutenir la conversation politique avec certains vaillants d'écritoire, j'ai demandé refuge à la littérature. J'ai fui en esprit vers la campagne, vers la mer ; j'ai évoqué Mozart et le vent et les vagues, pour moins entendre les journaux. Voilà l'occasion de mon *Décaméron*.

De rapides croquis, retrouvés sur de vieux carnets de voyage, en ont fourni la matière ; des esquisses anciennement terminées y ont pris place. Le tout se présente avec peu d'ordre, et souvent dans une forme peu usitée. Pour l'ordre, il n'est pas absolument nécessaire, puisqu'il s'agit de courses à travers champs. Pour la forme, elle est venue ainsi, à peu près toute seule. Comme la pensée du livre, elle sent l'occasion et la distraction ; elle tient du souvenir et du rêve, de la causerie et du chant ; demi-poésie.... ou

demi-sommeil. Qu'importe, hélas! et à quoi bon composer
un livre? Les livres aussi s'en vont.

Je crois pouvoir faire remarquer que je ne promets pas
plus que je ne donne. *Çà et là*, c'est comme si je disais di-
vagations, digressions, écrit sans méthode et sans ordonnance. Outre la nécessité particulière qui m'interdit tout
travail suivi, j'ai bien eu mes raisons pour faire un tel
livre. Mais ces raisons peuvent n'être pas bonnes, et certainement elles ne le sont pas si le livre ne vaut rien. Je
les tais donc, abrégeant d'autant ma préface.

Je prie seulement qu'on ne traduise pas *Çà et là* par
chimère et fantaisie. Ma plume a la bride sur le cou, mais
je l'ai dressée dès longtemps à n'aborder jamais les régions
de l'absurde, où sont les domaines propres de la fantaisie.
Je n'aime la fantaisie ni dans la conduite ni dans l'art. Je
me tiens au réel; je fais en sorte que le lecteur en puisse
tirer quelque moralité. C'est un devoir suprême de l'écrivain. L'art pour l'art n'est point de l'art. L'artiste qui se
dispense d'observer strictement la nature, et qui se vante
d'arriver au beau et au bon sans tenir compte du vrai, ne
respecte ni le lecteur ni soi-même; il ne sait pas le premier
mot de son métier.

J'ai voulu, dans les pages de dates diverses que je rassemble ici, présenter quelques tableaux de la vie contemporaine. Avec un peu d'ambition, j'aurais pu graver sur le
frontispice ce mot solennel et audacieux: Essais! Mais il
aurait fallu des transitions et de l'appareil. J'ai moins re-
douté d'être parfois un peu sérieux sous un titre frivole,
que de paraître un peu frivole sous un titre sérieux.

Le sérieux, le triste même, ne manqueront point ici.

Nous ne sommes plus au temps du franc rire, et je n'ai plus l'âge des gais propos. J'ai passé par beaucoup de chemins, j'ai vu beaucoup d'hommes, je connais le temps où je vis. Nos pères pouvaient être gais jusque sous les cheveux blancs, jusque dans les alarmes publiques : la société était solide ; elle gardait ses ancres et sa boussole au milieu des plus violentes tempêtes. Nous autres, nous avons pris dans le sein effrayé de nos mères un fonds d'inquiétude qui se développe vite, et nous vivons divisés entre nous sur un vaisseau qui sombre. Notre jeunesse est attristée, notre maturité est chagrine.

A Dieu ne plaise, pourtant, que je partage la manie de ces observateurs passionnés qui ne voient que le mal ! J'ai rencontré dans mes pèlerinages de bonnes et douces figures, des sentiments nobles, des âmes saintes, des tableaux faits pour reposer le cœur. Le mal est loin de triompher partout ; il a des adversaires qu'il ne vaincra jamais. Quand on regarde de près ces deux mondes si distincts, quoique si mêlés, qui se choquent sur la terre, le monde chrétien et le monde infidèle, on a des pensées de plus d'un genre. L'œil, effrayé du formidable développement et de la prodigieuse activité du mal, remarque aussi la calme et féconde énergie du bien. Il voit de braves cœurs tout brûlants d'un feu sublime, une foi capable de soulever les montagnes, des œuvres de salut qui naissent et qui croissent par miracle. L'assistance de Dieu est si manifeste, qu'au milieu des alarmes et des vicissitudes parfois terribles du combat, l'âme chrétienne est comme illuminée du pressentiment d'une victoire immense.

Du reste, quelle que soit en nos jours l'issue des affaires

humaines; que Dieu, dont les desseins sont adorables, donne à l'armée de ses enfants la défaite ou la victoire, l'armée peut être vaincue, aucun soldat en particulier ne sera vaincu que s'il le veut bien. Sa victoire, à lui, ne dépend pas du résultat général de la guerre. Qu'il combatte, et *dans le ciel déjà la palme est préparée!* C'est à convaincre de cette vérité ceux qui me liront, et à leur donner cette certitude suprême, que je me suis surtout appliqué. J'ai tâché que ce sentiment, qui est la conquête assurée de toutes les réflexions de ma vie, se répandît partout dans ce livre.

Toutes les conditions humaines sont bonnes, telles qu'il plaît à Dieu de les ordonner, et il n'y a dans toutes qu'une manière de bien vivre : c'est de combattre pour Dieu, en nous et autour de nous. Là est la sagesse, là est le bonheur, là est la gloire. Vie chrétienne, vie heureuse ; vie chrétienne, vie de combats pour un instant, vie de triomphe et de gloire ici-bas et dans le ciel, maintenant et toujours !

Si ma plume n'a pas tout à fait trahi mes convictions et mes désirs, les pages suivantes porteront dans plus d'une âme quelques preuves de cette souveraine bonté avec laquelle Dieu a voulu qu'à travers toutes les tristesses, tous les combats, toutes les humiliations, la vie de ses enfants fût cependant pleine de lumière, de consolation, de paix et même de gloire.

5 décembre 1859.

ÉPITRE DÉDICATOIRE

Dans une gerbe de montagnes aux cimes barbe-
lées de vignes, de bois et d'aiguilles de pierre, mer-
veilleuse fleur entre ces merveilleux épis, le lac
s'épanouit, bleu comme le ciel, vert comme les prés.

Que le brouillard léger du matin les voile, que le
plein soleil en éclaire la splendeur ou que le soir les
revête d'une gaze de feu, que le flot s'endorme ou
que le vent murmure, toujours sur ces doux rivages
habite la paix.

L'amitié m'accompagnait, jeune, mais déjà sereine, car elle sentait qu'elle pourrait vieillir. L'hospitalité nous entourait de ses soins charmants. Notre

hôte était notre ami et nous donnait ses amis, et ses
amis devenaient nos hôtes.

Au fond des vallons, sur les collines vertes, sous
les vieux arbres, partout, au seuil de la maison
riante nous attendait le riant visage de l'hospitalité.
Les serviteurs mettaient d'abord la nappe, et couraient avertir le maître absent.

Te souviens-tu de la jeune comtesse qui nous jeta
la bienvenue, du balcon de son château crénelé? Le
pont-levis était chargé de fleurs. Quand nous entrâmes, elle renouvela son salut et nous tendit sa
fine et noble main.

Et le vieux curé dans son vieux presbytère? Je
vois sa table boiteuse près de la fenêtre encadrée de
vigne sauvage, ses vieux livres derrière un rideau,
son lit entouré de vieille serge, son rire cordial, son
beurre, son joli vin.

Nous regardions ses meubles usés, plus qu'usés,
sa maison tout entière vermoulue, qui branlait au
vent et craquait sous nos pas. — « Bah! disait-il,
pour un an peut-être que j'ai à rester, est-ce la peine
de changer rien? »

De son grenier, plein d'une odeur de pommes, on
voit le mont Blanc mieux que de Chamounix...,
quand on le voit. On ne le voyait pas ce jour-là. Mais
quels effets de pluie, quels bruits de clochettes

à travers la brume, quels parfums de montagne mouillée!

Tu voulais rester pour peindre des effets de pluie; je voulais rester pour faire des vers. Nous partions, emportant et laissant les souhaits du cœur. Nous arrivions dans un autre gîte, où nous voulions rester encore; nous voulions rester partout.

Notre voiture — quelle voiture! — gémissait sur des routes affreuses et charmantes. O joyeux embarras! ô ravissements soudains devant ces perspectives immenses, ces pics neigeux, ces arbres noirs, ces eaux bondissantes!

Mais le plus grand charme, c'était l'homme. Jamais, en si peu de jours, je n'ai rencontré tant de bonnes âmes, tant de fermes esprits. La franchise éclairait les visages, le bon sens réglait les discours, les cœurs battaient pour le bien.

Jamais, non pas même dans les premiers enivrements de la jeunesse et de la liberté, jamais d'un pied plus heureux je ne fis lever la poussière du chemin; jamais d'une oreille plus charmée je n'écoutai la voix des solitudes;

Jamais je ne portai dans les sanctuaires un cœur plus enivré de reconnaissance et d'amour. — Seigneur Dieu, créateur du monde, vos œuvres sont belles! Seigneur Dieu, père et maître des hommes, vous les avez faits droits et bons!

Je me disais : « Je décrirai ces lieux ; je conterai ces histoires ; je peindrai ces physionomies fortes et pures ; je rapporterai ces entretiens où d'aimables sages versent dans mon intelligence les trésors qui s'accroissent en vieillissant. »

Plus tard, sur les plages bretonnes, et dans les plaines normandes, et dans d'autres plaines, et sur d'autres montagnes aussi belles sous d'autres cieux, ayant encore rencontré de ces cœurs qui aiment Dieu et qui battent pour le bien ;

Ayant éprouvé encore ces joies et ces épanouissements et ces paisibles ardeurs, et sentant au bout de mes doigts ce que j'avais dans le cœur et dans l'esprit, je me suis dit encore : « Je rassemblerai tant de chers souvenirs ; j'écrirai. »

Hélas ! ce livre rêvé, ce livre jeune, plein de lumière et d'ombre, plein de paroles sages et d'innocentes chimères ;

Ce livre heureux, cette promenade sur l'herbe au bord des fontaines, dans la senteur des aromates sauvages ;

Ce doux livre, où la brise des montagnes et la
brise de mer auraient caressé les leçons de l'expérience indulgente et la flamme des dernières illusions;

Hélas! hélas! j'ai trop vieilli, j'ai trop vu les
hommes : et ce livre, *mon livre*, je ne l'écrirai jamais;
je ne saurais plus l'écrire!

Dans ce temps-là j'avais pleuré, je n'avais pas
versé de larmes amères : je m'étais indigné, je
n'avais pas conçu d'amères pensées.

Loin du sommet de la vie, je cheminais, portant
joyeusement de chers fardeaux; je ne connaissais
pas ces cruelles compagnes, l'Ingratitude et la Mort.

Elles sont venues. Choisissant parmi ceux que j'aimais, l'une m'a dit : — Tu ne les verras plus; l'autre : — Ils ne t'aimeront plus.

En même temps, le Devoir m'engageait dans les
domaines austères de la Réalité. Là mon esprit per-
dait sa fleur et ses ailes.

Et je connus l'emploi de ma vie : au lieu de cul-
tiver en paix quelque coin du beau pays des songes,
il fallait forger et manier des armes.

« — Entendrai-je toujours ce bruit? Porterai-je
toujours ce harnois? » Longtemps je rêvai de reprendre mon œuvre désirée.

t.

Mais j'ai vieilli dans la guerre, et m'allégeant d'un bagage inutile, j'ai enfin jeté au vent ces graines qui devaient donner d'aimables fruits.

Je les avais recueillies sur la montagne et dans la plaine, sur les bords de la mer immense et dans les immensités du cœur. — Au vent!

Quelques-unes me venaient de Raphaël, quelques-unes me venaient de Mozart; les monuments et les ruines, la vie et la mort m'en avaient donné. — Au vent!

Couleurs, parfums, larmes, sourires, tous les épisodes du poëme, le poëme tout entier, au vent! au vent! L'artiste n'aura pas sa joie.

Heureux le père qui voit grandir ses fils! Heureux l'artiste qui peut donner une forme à ses rêves!

Ce que je voulais chanter, il a fallu le défendre; là où j'appelais de pauvres égarés, sont accourus des fous et des pervers.

Ces bandes brutales se ruaient sur la justice, sur la vérité, sur la charité. Le courroux a enflammé mon cœur, et j'ai poussé des paroles de colère.

Mon âme est triste jusqu'à la mort. Elle s'est remplie d'une amertume intarissable, elle a conçu d'immortels ressentiments.

J'ai commencé de baisser la tête et d'incliner les épaules; j'ai connu la force de cette parole : *Le poids de la vie !*

Jadis, je disais : « Au sein de ces montagnes dont l'âpreté effraye le regard, il y a des sources, des moissons, de grasses campagnes, des villages opulents. »

A présent, je dis : « Il y a là des hommes; ils remplissent d'affreuses misères ces lieux magnifiques. »

A présent, je passe et je ne vois plus la beauté des chemins. Toutes les splendeurs de la terre ne sont que l'ornement d'un tombeau.

Vous à qui j'avais parlé de ce livre paisible et joyeux que j'aurais pu faire, et qui me l'avez demandé, vous m'avez demandé ce que je n'ai plus.

Quoi que je regarde et quoi que je veuille oublier, je n'ai plus ce confiant regard qui ne voit point et qui ne soupçonne point l'existence du mal.

Quoi que je taise, il n'est plus de frais gazons où

je ne devine le reptile, ni d'arbre robuste où je ne
devine le ver, ni de florissante vie sur laquelle je ne
voie planer la mort.

Et cependant, pour Vous, parce que votre cœur,
bravant fièrement les maximes du monde, est resté
droit et pur devant Dieu;

Pour Vous, dont l'ardeur ingénue, plus sage peut-
être que mon expérience morose, ne veut croire
qu'au bien, pour Vous, Chrétienne, pour Vous, ma
Sœur;

Afin que vous sachiez combien je vous honore et
vous aime, j'ai voulu m'exercer à parler une langue
que je ne connais plus.

Ces graines jetées au vent, le vent ne les a pas
toutes dispersées. Peut-être n'avais-je pas jeté tout;
peut-être le vent lui-même m'en a-t-il rapporté
quelques-unes.

Je les ai semées à l'aventure sur les talus de mon
camp, souhaitant de les voir croître et vous faire un
bouquet. Plusieurs ont fleuri.

Fleurs pâles et chétives, faibles parfums, fruits
avortés, herbes plutôt que fleurs! — Ce que j'avais
recueilli au soleil de la jeunesse,

Sur les bords du lac et dans les montagnes, et près

de la mer ; les échos de Mozart, les accents échappés du cœur, tout promettait une autre moisson.

Prenez ce que j'ai pu tirer d'un sol aride. C'est tout ; et désormais ce sol ne donnera plus que des pierres, non, hélas ! pour bâtir, mais pour charger la fronde.

Prenez d'une main amie ce que je vous offre d'un cœur ami. Lorsque les années s'entasseront sur votre tête, lorsque la terre aura été entassée sur mon corps ;

Vos yeux, parcourant ces pages écrites pour Vous, ne se rempliront point de larmes ; Vous ne me plaindrez ni d'avoir vécu ni d'avoir quitté la vie.

Vous vous réjouirez, parce que je serai parvenu dans le pays de mes rêves, dans le pays de l'éternelle jeunesse, dans le beau royaume de la vérité, de la justice et de la paix.

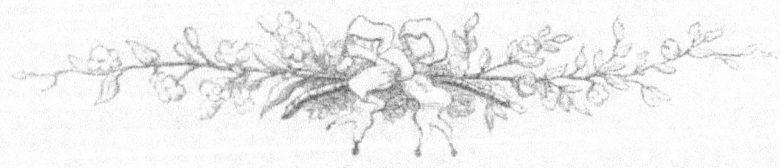

LIVRE I

DU MARIAGE ET DE CHAMOUNIX

I

LES IDÉES DE SYLVESTRE.

L'ABBÉ Théodore, un matin, après sa messe, entra chez Sylvestre, qu'il aimait.

— Vous savez, lui dit-il, que je vous crois bon à marier. Je connais une femme qui me semble faite pour vous. Elle a vingt ans, l'esprit droit, l'air agréable. Elle sait coudre et chanter. Elle a été élevée dans un excellent petit couvent. Les parents sont bons chrétiens ; ils lui donneront une dot assez honnête.

— Est-elle capable, dit Sylvestre, de supporter un
revers ? Dans un moment critique, oserait-elle conseiller le sacrifice et le devoir ?

— Je le crois, répondit l'abbé Théodore. Son père
vous le dira mieux que moi. Mais, si vous vous mariez, c'est une éducation à faire, et un homme de
cœur tourne comme il le veut un bon naturel où
Dieu seul encore a travaillé.... Quand vous voudrez
la voir, rien n'est plus facile. Tous les jours, vers
midi, accompagnée de sa mère, elle traverse la place
de l'église, et va visiter une pauvre femme qui demeure près de là. Chapeau de paille à rubans verts,
robe violette, châle rayé ; la simplicité même. Vous
répondrez quand il vous plaira.

Sylvestre alla se promener sur la place de l'église.
Il vit passer quantité de chapeaux de paille, plusieurs robes violettes, mais pas un châle rayé. Il vit
aussi un jeune homme et une jeune femme qui tenaient chacun par une main leur petit garçon, frais
et gambadant. Ils le faisaient courir, ils riaient de
ses pas, de son babil, et se regardaient d'un air heureux. Sylvestre se sentit en train de trouver à ce spectacle il ne savait quoi d'attendrissant.

Sylvestre entamait sa trentième année ; il avait un
peu voyagé, trop lu, beaucoup vu le monde et suffisamment réfléchi. Depuis deux ou trois ans, ses réflexions s'exerçaient volontiers sur les bons et les
mauvais côtés du mariage. Il n'en était pas plus résolu à se marier.

« Mais, pensa-t-il, quand j'y songerais cent ans,

toujours j'y verrai du pour et du contre. Avec une
chrétienne élevée dans la foi et dans l'humilité, qui
va tous les matins à la messe de six heures, qui sait
coudre, qui visite les pauvres, qui n'a sans doute que
peu de littérature, il me semble que je pourrai
m'entendre assez bien.

« Elle est musicienne... le piano sans doute?... Un
filet de voix et quelque cantique avec accompagne-
ment de piano, cela fait encore plaisir le soir. On
prend un logement sur les jardins, et si le piano fatigue, il n'y a qu'à regarder les étoiles.

« C'est son humeur surtout qu'il faudrait connaître. Bonté de Dieu! il y a tant de femmes chrétiennes,
vertueuses et acariâtres! Mais à vingt ans, le caractère est encore malléable; et d'ailleurs, étant innocente, elle doit être gaie. Elle le deviendra du moins,
si je la rends heureuse.

« Et puis, la grande question : quel est le plus dur
et le plus dangereux, ou de regretter d'être marié,
ou de regretter de ne l'être pas? Je voudrais bien
savoir comment ce jeune homme qui passait tout à
l'heure avec sa femme et son enfant, s'y prendrait
pour me prouver que je suis plus heureux que lui,
et que sa chaîne n'est pas cent fois plus douce que
ma liberté!

« Qu'est-ce que la liberté? Qu'est-ce qu'un bien
que l'on songe si sérieusement à perdre? Est-ce que
je suis libre, moi? Et que m'importe de dépendre
encore d'une femme, après tant d'autres choses dont
je dépends? Quand j'aurai cinquante ans, quand je

me verrai triste et seul — seul pour toujours ! —
serai-je libre de ne pas considérer avec épouvante
cet immense abandon qui s'élargit sans cesse autour
de l'homme vieillissant ?

« C'est alors qu'une sagesse marâtre vous impose
d'affreuses folies, et vous épousez tristement une
Bélise qui grogne, une Célimène qui calcule, ou une
Emma qui pleure. Mieux vaut suivre la voie commune et faire les choses en leur temps ! »

Se trouvant ainsi porté par le flot de la méditation
jusque sur les plages de l'île conjugale, Sylvestre,
avant d'aborder, considéra pourtant que c'était une
chose de grand hasard, et qu'il ferait bien de consulter Dieu. Il entra dans l'église et pria.

Personne jamais n'a prié en vain. Sylvestre le sentit à la pente adoucie de ses pensées. Il vit dans le
mariage une chose pleine de solennels mystères et
de glorieux devoirs, qui peut apporter au cœur de
l'homme plus ou moins de consolation, mais toujours sainte, secourable par le rôle éminent qu'elle
lui fait dans l'Église et dans la société.

Il vit une créature à l'image de Dieu spécialement
placée sous sa garde, à lui, chétif individu qui n'a-
vait eu jusqu'à présent que lui-même à conduire ; il
vit des enfants, des âmes immortelles qui allaient
naître en quelque sorte de lui, qu'il aimerait, qu'il
serait chargé de former, qui deviendraient peut-être
de grands instruments de la miséricorde céleste.

Il se représenta sans terreur, et plutôt avec espérance, cette obligation plus étroite d'être patient, doux, juste, digne, ayant à la fois le bien à faire et le bon exemple à donner. — « Certes, pensa-t-il, de tels devoirs à remplir ne peuvent manquer d'être en même temps de grands secours. Comment oublier jamais Dieu, lorsqu'on a tous les jours un si vif besoin de l'implorer ou de le remercier ? » Cette conclusion le mit en paix.

Il résolut d'aller tout de suite avertir l'abbé Théodore qu'il s'abandonnait pleinement à lui ; mais d'abord il se rendit à la chapelle de la sainte Vierge. C'était son habitude de ne point sortir d'une église avant d'avoir dit l'*Ave Maria* devant l'image de Celle qui fut donnée pour Mère à tous les chrétiens.

Or, deux femmes priaient dans la chapelle. L'une évidemment était la mère, l'autre la fille. Cette dernière avait un chapeau de paille à rubans verts, une robe violette et un châle rayé. Son attitude était d'une vraie chrétienne, qui ne cherche point à faire valoir sa taille, et qui songe que Dieu est présent.

Sylvestre ne douta point que ce ne fût là cette personne qui l'occupait tant. Quelque chose qui ressemblait à la tendresse d'un frère s'émut dans son cœur. — « Pauvre enfant, pensa-t-il, je ne sais ce que tu demandes, mais que Dieu exauce ta prière, et qu'il te donne ce qu'il te faut pour la terre et pour le ciel ! »

Il inclina la tête afin de commander à ses regards, que ce châle rayé et ces rubans verts attiraient trop ; et il récita tout ce qu'il savait de prières à la sainte

Vierge. La plus douce était l'*Ave maris stella*, prière
du marin sur les flots et du voyageur dans les ténèbres, prière de l'âme humaine parmi le trouble et la
nuit de ses irrésolutions :

« Brisez les liens des pécheurs, donnez la lumière
« aux aveugles, éloignez de nous tous les maux, ob-
« tenez-nous tous les biens.

« Montrez que Vous êtes une mère. Que celui qui
« pour nous sauver a voulu naître de Vous, accueille
« aussi par Vous nos vœux !

« Vierge unique, douce entre toutes les vierges,
« faites qu'ayant reçu le pardon de nos fautes, nous
« devenions chastes et doux !

« Obtenez-nous une vie pure; gardez notre che-
« min, afin que nous sentions l'éternelle joie de con-
« templer Jésus ! »

II

SYLVESTRE ET L'ABBÉ, DEVISANT, PASSENT SOUS LES TILLEULS.

Le surlendemain, vers le soir, Sylvestre, promenant ses rêveries sous les beaux arbres qui environ-
nent la ville, aperçut de loin l'abbé qui causait

avec un homme entre deux âges. L'abbé lui fit signe
d'approcher, et, le présentant à son compagnon :

— Voilà, dit-il, le gendre que je vous propose.
Causez de bon cœur ; vous êtes faits pour vous
aimer.

Il parut que la chose ne serait pas difficile. On
convint bientôt que la jeune fille serait avertie le soir
même, et Sylvestre introduit dans la maison deux ou
trois jours après, lorsque Marianne aurait eu le
temps de se consulter un peu devant le bon Dieu.
Pour Sylvestre, il était maître de sa personne, on le
connaissait autant qu'on le pouvait connaître, et il
avait fait toutes ses réflexions.

— J'admire, dit-il pourtant, lorsqu'il fut seul avec
l'abbé, comment une affaire de cette importance
peut si vite s'engager et se conclure.

— Bah ! reprit l'abbé, depuis longtemps vous
méditez là-dessus. Quant à cet honnête homme que
vous venez de voir, puisqu'il y a vingt ans que sa
fille est née, voilà bien vingt ans qu'il songe à marier
sa fille. Il a tout pesé, le caractère, les goûts, les
aptitudes, la vocation enfin. Je ne vous parle point
des prières qu'il a faites. Pour comprendre les solli-
citudes d'un père, il faut que vous passiez par là.
Nous sommes ici bien loin des plaisanteries de littérature sur l'acharnement des familles qui ont une
fille à marier ! On a déjà refusé plusieurs partis,
quelques-uns plus brillants que vous. Le jour où je
vous ai proposé, on achevait une neuvaine à saint
Joseph, pour qu'il envoyât l'homme que l'on désirait.

— Et je suis cet homme ? dit Sylvestre en souriant.

— On l'espère, reprit l'abbé, et je le crois. Mais, avant de prononcer, comptez que ces gens simples et droits sauront vous étudier à fond. Ils continueront de prier, ils répandront d'abondantes aumônes ; rien au monde ne leur ferait affronter l'éternel regret d'avoir, faute de soin, compromis le bonheur de leur enfant.

— J'en suis d'accord, poursuivit Sylvestre, et néanmoins je me marie à l'aveugle.

— Tout le monde en est là plus ou moins, continua l'abbé ; mais vous ne vous mariez pas à l'étourdie. Comme les sages parents de Marianne, vous avez pris Dieu pour guide. La sagesse maintenant est de se laisser mener.

Devisant ainsi, ils arrivèrent, nuit tombante, dans une rue déserte, tout embaumée d'une odeur de tilleuls en fleur.

— Le charmant parfum ! s'écria Sylvestre, respirant à pleine poitrine ; que ces tilleuls sont bons de fleurir ainsi parmi les cheminées et les murailles !

— Image, dit l'abbé, d'une bonne âme au milieu des soucis et des injures de la vie. Quoi que l'on fasse autour d'elle et contre elle, elle exhale fidèlement son parfum, elle donne fidèlement sa fraîcheur et son ombre. Une épouse selon Dieu est au foyer comme ces tilleuls dans leur enclos. Elle en fait l'ornement, la douceur ; elle y fleurit sans s'inquiéter de ce qui se passe au dehors, et l'on en sent quelque chose encore au delà du seuil qu'elle ne franchira jamais.

— Comment ne vous êtes-vous pas marié, mon cher abbé ? dit Sylvestre.

— Hélas ! répondit l'abbé, vous allez peut-être me trouver présomptueux, mais je me proposais de devenir un bon prêtre.

Ils côtoyaient un mur au-dessus duquel les tilleuls penchaient leurs têtes murmurantes. Sylvestre leva les yeux ; il vit du même coup la maison dont ce mur fermait le jardin ; maison proprette et close, qui ne pouvait contenir qu'une seule famille, et qui semblait bâtie tout exprès pour le silence et l'humilité.

— Que je serais étonné, dit-il, si cette petite porte s'ouvrait pour laisser sortir une passion !

Assurément, remarqua l'abbé, il n'y a point de passion ici, et j'espère que vous n'y en porterez point. C'est là que demeure votre future. Je parierais qu'en ce moment il est question de vous sous les tilleuls.

— Maison modeste et pure, pensa Sylvestre, sois bénie ! et fasse Dieu qu'en effet nul malheur, nulle inquiétude ne franchissent avec moi ton paisible seuil !

III

LES IDÉES DE MARIANNE.

L'abbé ne s'était pas trompé. Sylvestre faisait le sujet de la conversation sous les tilleuls.

— En vous priant de décider dans l'incertitude où Dieu me laissait sur le choix d'un état, je prévoyais, disait Marianne, que je serais mariée, et je n'ignorais pas que vous vous en occupiez. Je suis persuadée que vous avez bien choisi, bon père. Je ne puis imaginer que rien m'empêche d'accepter un homme qui vous plaît; mais ce qui est triste, c'est de penser qu'il faudra partir d'ici et ne plus vous voir tous les jours. Pauvre maman, vous serez seule !

— C'est l'ordre de Dieu, ma fille, dit la mère. Tu sais qu'il est toujours facile et doux de faire la volonté de Dieu.

— Oui, mais vous pleurez, continua Marianne, essuyant elle-même ses yeux, très-grands et très-candides.

— Nous te verrons heureuse et nous serons heureux, dit à son tour le père, qui n'aurait pas mieux demandé que de pleurer aussi. Mais, ajouta-t-il après un moment de silence et pour rompre l'attendrissement, tu ne me demandes pas seulement quel air il a ?

Marianne garda le silence.

On fit le portrait de Sylvestre, en ayant soin de ne le pas flatter. Marianne ne se permit aucune question ni aucune observation. Il était nuit close, et l'abbé Théodore venait d'arriver avec un vieil ami de la famille. On commença le boston.

La partie n'offrit rien de remarquable, sinon que Marianne, renommée pour la prudence et la maturité de son jeu, perdit plusieurs coups imperdables. Elle fit une fois la folie de demander huit piques, lorsqu'elle avait sept cœurs dans les mains, et pas un pique ! L'abbé comprit qu'on avait parlé ; l'autre ami ne se sentit pas éloigné de supposer qu'il pourrait bien y avoir *quelque chose*.

En vérité, l'esprit de la pauvre Marianne était loin du boston.

— Je vais donc me marier, se dit-elle, lorsqu'elle se vit seule. Voilà mon sort fixé ; je ne serai pas religieuse. Que la volonté de Dieu soit faite ! Sylvestre ! J'aime assez ce nom. Il faut que je prie saint Sylvestre. Mon père ne peut avoir choisi qu'un homme bon et qui aime Dieu.

Lorsqu'elle pensa que cet homme qui devait l'épouser se présenterait bientôt, elle eut un frisson d'inquiétude où entraient aussi des sentiments qu'elle aurait eu peine à définir. Il y avait là-dedans elle ne savait quoi qui blessait un instinct qu'elle ne se connaissait pas. On l'eût étonnée en lui disant que l'instinct qui souffrait ainsi n'était autre que la fierté. Elle ne se trouvait pas entièrement libre en cette rencontre. Mais elle n'avait jamais été amenée à réfléchir sur les préjudices que l'organisation présente de la société apporte aux priviléges de l'âme, et, par un autre instinct plus parfait dans son cœur et mieux connu, elle se soumit humblement à ce qu'elle regardait comme la condition nécessaire de la femme, qui lui ôte le droit de choisir, et ne lui laisse que tout juste celui de refuser.

Une image de la sainte Vierge, seul ornement de sa modeste chambre, avec deux petits cadres qui représentaient saint Louis de Gonzague et saint Stanislas, attira ses regards. Elle s'agenouilla devant la mère de douleurs, devant la mère de toute bonne espérance, et la supplia de lui obtenir toutes les grâces dont elle aurait besoin dans la nouvelle vie qui s'ouvrait devant elle.

Et calmée et fortifiée, elle s'endormit du sommeil des cœurs purs.

IV

LE MIRAGE.

Écoutez, mon cher abbé, dit le père de Marianne, notre fille ne refuse pas de se marier; ainsi,

amenez votre ami le plus tôt possible; ce soir même,
s'il le veut.—Une affaire décidée doit se conclure. Je
n'aimerais pas que l'enfant vînt à se préoccuper et à
se faire des idées en l'air sur la mine et le caractère
de son futur mari. Qu'elle le voie, et elle y pensera
plus à propos.

— Vous avez raison, dit l'abbé Théodore. Rien
n'est moins charitable et moins prudent que de
laisser galoper ces jeunes têtes. J'ai toujours connu
Marianne très-solide; mais pourquoi l'exposer à
perdre les étriers?

L'abbé trouva Sylvestre seul. Il remarqua d'abord
que son ami semblait soucieux.

—Je voudrais, répondit Sylvestre, vous voir à ma
place! Jamais je n'avais imaginé que je me marierais
ainsi. Je croyais que j'y serais aidé par quelque belle
passion, allumée aux yeux de quelque grande brune
qui serait une espèce de muse; et je me vois en face
d'une petite blonde... N'est-elle point blonde?

— Il me semble, dit l'abbé, qu'elle est blonde; je
n'y ai point fait attention. J'ai ouï dire que les blondes sont plus douces.

— Ah! reprit Sylvestre, personne n'en sait rien!
Enfin, je m'étais entêté d'une brune lettrée, et voilà
une couseuse blonde.

— Ce n'est pas, dit l'abbé, un grand inconvénient
qu'elle soit couseuse : il faut aussi songer au vieux
linge. Quand votre femme aura réparé vos chemises,
vous pourrez toujours lui apprendre la poésie.

— Dieu m'en garde! s'écria Sylvestre. Quoi! j'irais

me charger de quelque bel esprit qui me vanterait
Lamartine, mais qui au fond n'aurait de sympathie
que pour Demoustier?

— Je ne vous comprends plus, dit l'abbé.

— Je me comprends trop, dit Sylvestre. Vous
voyez le fruit de ma sotte jeunesse et de mes mauvaises lectures. C'est surtout contre moi que je m'im-
patiente. Croiriez-vous que je me prends depuis ce
matin à regretter de manquer une folie sans remède,
et que je me désole d'être exposé à me marier rai-
sonnablement?

— La chose, dit l'abbé, est en effet singulière.

— Oui, reprit Sylvestre, toute ma vie je me suis
moqué des romans, et toute ma vie j'ai eu la tête
pleine de romans. Personne n'a plus bafoué les
amoureux, et personne ne l'a été plus chimérique-
ment que moi. Tel que vous me voyez, j'adore cent
princesses inconnues et invisibles, qui bourdonnent
là, dans l'air, et qui me disent les plus belles choses
du monde. Créatures éthérées, de belle taille, qui ne
sont vêtues que de brocart, et qui ne marchent que
sur des fleurs. Elles s'accoudent la nuit à la fenêtre
d'un vieux château, pour regarder les étoiles, et
peut-être aussi pour me voir passer sur un cheval
fougueux qui piaffe au milieu de l'orage. Elles errent
le matin, en robes blanches, sous les arbres de la
forêt, elles effeuillent des marguerites, elles ont les
cheveux dénoués, elles chantent sur la harpe, elles
parlent comme les livres les plus stupides que j'aie
lus...

— Ah çà mais, s'écria l'abbé, mon cher Sylvestre, est-ce vous qui me dites ces folies ?

— Je ne puis l'assurer, reprit Sylvestre; non, ce n'est pas tout à fait moi, mais c'est un peu moi; c'est un *moi* qui forme obstinément des rêves absurdes à la barbe d'un autre *moi* plus sensé, qui s'en effraye et qui s'en irrite. Parbleu, j'en ai vu douze, de ces pecques qui s'habillent en style de vignettes et qui parlent en style de feuilleton ! Que je meure, si jamais, les voyant, j'eus la moindre envie de m'aventurer par là ! Mais à cette heure qu'il faut renoncer pour tout de bon à tout ce qui leur ressemble, je ne sais quoi d'imbécile se réveille en mon âme et m'emporte à leurs pieds. J'ai un mauvais petit diable au fond du cœur, qui me conte que l'entretien de ces ossianides est charmant et leur tendresse pleine de douceurs infinies.

— Vous extravaguez, dit l'abbé.

— Je n'en doute pas, dit Sylvestre; cependant je suis sincère.

— Pauvres jeunes gens, dit l'abbé, quelles étranges maladies vous tourmentent ! Savez-vous, Sylvestre, d'où vient tout cela ?

— Vous me feriez plaisir, dit Sylvestre, de me l'apprendre.

— Voici, dit l'abbé; c'est de la vanité, d'abord : vous n'étiez pas fâché de mépriser les attaques de ces coquettes. Vous vous disiez : Je résiste à ces yeux brillants qui me voudraient enflammer; je suis invincible à ces grâces qu'on déploie pour me séduire

2.

et votre gloire se nourrissait de tant de beaux triomphes. A présent, vous pensez qu'on ne s'occupera
plus de vous; vous serez hors de portée. Que dis-je?
vous serez un homme marié, un homme mort. On
ne vous verra seulement pas, et vous n'aurez à triompher que de vous-même. Ce n'est pas tout : il faudra
triompher en secret ; il faudra rougir d'être encore
condamné à de telles victoires. A la place de cette
pimpante liberté qui s'exposait à plaisir, toujours
assurée de déjouer les entreprises formées contre elle,
il y aura un devoir austère qui vous commandera de
baisser les yeux, de fuir les occasions, de ne plus penser qu'au sérieux de la vie, de laisser à d'autres
l'honneur de raffiner ès cours d'amour. Ce devoir
vous fait peur.

— En sorte, reprit Sylvestre, que la vanité se
complique de quelque lâcheté ?

— Précisément, répondit l'abbé.

— C'est assez mon sentiment, dit Sylvestre. Je
tremble d'entrer dans le sérieux de la vie.

— Il est temps de se décider, continua l'abbé.
Pourquoi faire dévorer à de vaines chimères ces rares
et précieux instants de l'existence humaine durant
lesquels il faut se hâter de préparer et de former en
quelque sorte l'éternelle vie? Plantez-moi là vos
songes, et faites aujourd'hui même le pas qui
mettra l'abîme entre eux et vous. Allons à la maison
des tilleuls.

— Déjà ! s'écria Sylvestre.

— Et rendez grâce à Dieu, dit l'abbé, qui vous

offre une épouse, quand votre cœur demande imbé-
cilement un jouet.

— Eh bien ! partons , dit Sylvestre. O poésie ,
adieu !

— Vous êtes fou, dit l'abbé. Je vous tire du faux
pour vous mener au vrai. Vous allez voir la simple
nature, telle que Dieu l'a faite ; vous l'aimerez, l'a-
mour vous fera deviner la douceur d'accepter en
toutes choses la réalité du devoir, du bonheur et de
la souffrance. O poésie, salut !

V

LA MAISON DES TILLEULS.

Sylvestre tenait à faire bonne contenance : il
frappa sur la porte un coup retentissant.

— Les voici, dit la mère avec émotion.

— Oh ! oh ! dit le père, on s'annonce en maître !

Marianne ne souffla mot, mais elle trouva aussi que
ce monsieur frappait bien fort.

La servante vint annoncer que l'abbé Théodore attendait au jardin, avec un autre monsieur, *mais qui
avait l'air sévère !...*

— Ah! mon Dieu, se dit Marianne, je vais pourtant être obligée de paraître!

Elle se leva et passa dans sa chambre, tandis que le père se rendait au-devant de l'abbé et de son ami.

On était à la fin de mai, bonne époque pour les jardins. Sylvestre entra dans un frais parterre, moitié bourgeois, moitié rustique, où toutes sortes de fleurs abondaient, mais surtout les roses. Les dahlias étaient rares; de quoi Sylvestre, homme de bon sens néanmoins, et disposé à philosopher sagement, ainsi qu'on l'a pu voir, ne fut point fâché. Car il détestait les dahlias.

Sa raison était qu'ils ressemblent à ces grosses belles femmes de la banque et de l'industrie, qui n'ont fait qu'un saut de l'arrière-boutique et de la manufacture à la cour, où elles sont belles sans grâce, impertinentes sans esprit, riches sans élégance, ignorantes sans simplicité.

— Voyez, disait-il, le dahlia, quelle tige grossière, quelles feuilles lourdes, quelle absence de fantaisie! Toujours des pompons, toujours du velours, jamais de gaze, jamais de dentelles et jamais de parfum. C'est la fortune qui se pose effrontément sur les épaules d'un rustre. Vous faites valoir la variété des couleurs : c'est ce que je reproche au dahlia: voilà le trait distinctif d'une basse origine. Il se teint des couleurs d'autrui, parce qu'il n'en a point qui lui soit propre. Le manant revêt l'habit des gentilshommes, il n'attrape ni leur élégance ni leur esprit.

Rouge, blanc, jaune ou panaché, il est toujours le même, toujours insipide. Cependant vous savez que personne n'a vu le dahlia bleu. On ne le verra point! Vainement la foule des jardiniers et des chimistes, courtisans de sa fortune, travaillent à lui donner cette couleur qu'il envie. Le bleu, couleur céleste, appartient aux humbles : bluet, liseron, violette, pervenche, véronique, pensée, clochettes des champs, fleurs des haies, fleurs des rochers, fleurs des herbes, petites fleurs qui se cachent et qui ne veulent point briller. Dieu les a colorées d'azur, à cause de cette modestie sainte. Voulez-vous donc que Dieu permette à l'orgueil de revêtir le charmant et glorieux emblème de l'humilité?... Il n'y aura point de dahlia bleu!

L'abbé répondit : — Sylvestre, mon ami, je vous trouve un peu de fièvre.

Le père de Marianne se présenta. Par un petit chemin bordé de fraisiers et d'œillets, il emmena Sylvestre sous une tonnelle meublée de quelques chaises rustiques, où traînaient un chapeau de paille, une broderie et un livre. De la tonnelle, l'œil embrassait tout le jardin. Une percée, ménagée entre les feuilles de vigne et de houblon qui s'étendaient comme une étoffe légère sur le treillis, laissait voir le principal clocher de la ville, surmonté d'une belle croix.

— C'est ici, dit le bonhomme, le boudoir de nos femmes, qui leur sert d'oratoire en même temps, grâce à ce clocher, qui semble placé là tout exprès.

Quand il fait trop chaud, elles se réfugient sous les tilleuls.

En disant ces mots, il arrachait quelques brins d'herbe qu'il venait de découvrir dans un carré de plantes potagères. Sylvestre jeta un coup d'œil sur le livre oublié dans la tonnelle.

— Je gage, dit l'abbé, que ce ne sont pas les *Méditations poétiques et religieuses*.

— Non, répondit Sylvestre, c'est le *Petit traité des petites vertus*.

— Oh! oh! reprit l'abbé, stipulez que ce livre fera partie la dot.

— Après tout, poursuivit Sylvestre, cédant à quelque arrière-souffle de ses pensées du matin, ce serait Lamartine, que...

Il n'eut pas le temps de se mentir. Marianne, accompagnée de sa mère, se dirigeait vers la tonnelle. Un peu plus ému qu'il ne s'y attendait, Sylvestre vint à leur rencontre. Il vit une pauvre jeune fille fort troublée, mais à qui son embarras n'enlevait aucune des grâces de la jeunesse et de la modestie. Elle baissait un front généreux; elle avait la taille souple; d'une main elle s'appuyait au bras de sa mère, de l'autre elle tenait une fleur cueillie par distraction. — « Dans le fond, pensa Sylvestre, elle n'est pas mal; mais ce qui me plaît, c'est qu'elle rougit et qu'on ne l'a point parée. »

Marianne se contentait de penser qu'elle serait très-heureuse si ce prétendant abrégeait sa visite et s'en allait bientôt.

L'abbé Théodore entama la conversation en l'honneur du jardin ; Sylvestre ajouta l'éloge du clocher, qui se rattachait tout naturellement au sujet. Marianne trouva suffisamment douce la voix de ce terrible homme. Au bout d'un quart d'heure, elle s'enhardit jusqu'à le regarder à peu près : il lui sembla qu'il n'avait point cet air sévère dont la servante s'était effrayée. Toutefois, remarquant en elle-même qu'il ne paraissait éprouver aucun embarras, elle ne savait trop ce qu'il fallait conclure de ce merveilleux sang-froid. Il lui vint aussi à l'esprit qu'elle devait parler, sous peine de passer pour sotte ; mais, après avoir médité ce qu'elle allait dire, le courage lui manqua : elle se tut. Ce silence ne faisait pas le compte de l'abbé Théodore ; il s'ennuyait de parler presque seul, et ne doutait pas que le naïf esprit de la jeune fille ne fût le plus propre du monde à charmer son ami.

— Marianne, lui dit-il, êtes-vous muette, mon enfant ?

— Hélas ! répondit-elle avec un regard qui demandait grâce, vous le savez !

— Si vous ne voulez pas parler, poursuivit l'impitoyable abbé, je vous ferai chanter, ma fille.

— Eh bien ! reprit-elle en se dirigeant avec résignation vers le piano (car la nuit était venue et l'on était rentré dans la maison), j'aime encore mieux chanter.

— Bon ! dit l'abbé, forcé d'interrompre ses poursuites ; chantez-moi le *Pèlerin*.

Marianne préluda, non sans abîmer un certain
nombre de notes, ce qu'elle dénonça généreusement
elle-même en haussant les épaules; et, d'une voix
douce et juste, mais tremblante, elle chanta ce cou-
plet innocent :

> C'est la madone du village!
> Encore un peu de chemin,
> Bientôt tu verras son image;
> Courage, bon pèlerin!

— Oh non, dit-elle en s'arrêtant, j'ai trop peur!
— Rassurez-vous, mademoiselle, dit Sylvestre
prenant pitié de la jeune fille; c'est à moi de trembler.

Ce fut la parole la plus remarquable de cette mémorable entrevue, et celle qui resta célèbre. On prit
ensuite congé avec de grandes révérences.

VI

RÉFLEXIONS DE L'UN ET DE L'AUTRE.

Eh bien, Marianne? dit le père.

— Cher papa, dit Marianne, vous voulez savoir
ce que je pense de M. Sylvestre? Je ne le sais presque
pas. La peur m'a dominée malgré moi. Pourtant, je

n'ai rien remarqué qui dût m'effrayer. Sa physionomie est ouverte, sa voix est franche et semble
venir d'un bon cœur. Extérieurement, je le trouve
comme tout le monde.

— Je le soupçonne, observa la mère, d'avoir l'humeur un peu fière et despotique.

— Il ne me semble pas, dit Marianne; et j'ai pensé
qu'il ne manquait point d'indulgence à la manière
dont il a voulu me rassurer, disant que c'était à lui
de trembler. Au reste, mes chers parents, je m'en
remets à vous. Mieux que moi vous savez ce qu'il
faut faire.

— Tout ce que j'ai vu de lui m'a plu, continua le
père; mais enfin, je ne suis pas la fille à marier. Tu
dois prononcer, mon enfant.

— Véritablement, père, je ne puis.

— Faut-il l'autoriser à revenir?

— Mais... s'il le demande.

— Il le demande. Je l'ai su par l'abbé Théodore,
ce matin. Tu sais que l'abbé Théodore l'aime beaucoup, et t'aime aussi.

— Oui, mon père, et je sais que vous m'aimez. Et
vous, vous savez avec quelle confiance je vous ai
toujours obéi.

Son père l'embrassa.

— Mais ici, poursuivit-il, mon cœur, ma raison,
mon devoir, tout me défend de rien ordonner. Veux-
tu que je refuse?

— Pourquoi, papa? Cela lui ferait peut-être de la
peine!

ɪ.   3

C'était précisément ce que Sylvestre avait répondu aux questions de l'abbé.

— Non, disait-il, la personne ne me déplaît pas. Pauvre petite, à qui pourrait-elle déplaire? Un pouce de plus ne m'aurait point effrayé; mais qu'est-ce que cela peut faire au bonheur? Le bonheur ne se mesure point à l'aune. D'ailleurs, la taille est élégante. Je ne dis rien de sa voix; ce petit timbre faible et doux suffit aux chansons du berceau... Elle se tirerait mal d'une mélodie de Schubert... Mais le pot-au-feu n'en sera pas moins soigné. Ah! Schubert et le pot-au-feu, mon cher abbé, ce sont deux choses qui diffèrent! Néanmoins cette jeune Marianne est charmante dans son humble maison. C'est un joli tableau. Assise à la fenêtre encadrée de jasmin, elle tient son aiguille un moment oisive, et laisse errer ses regards rêveurs sur les fleurs de l'enclos...

— Je ne nie pas que le tableau ne soit joli, dit l'abbé, mais Marianne n'a point de regards rêveurs. A quoi voulez-vous qu'elle rêve, cette enfant?

— Qui sait? dit Sylvestre; à son cousin, peut-être.

— Quel cousin? dit l'abbé.

— Son cousin, dit Sylvestre. Il y a toujours un cousin qui soupire et qui fait des vers.

— Il n'y a point de cousin, dit l'abbé; je le saurais, je pense?

— Ce sera donc, poursuivit Sylvestre, une élégie de moins. Mais vous vous trompez; le cousin existe et il ne demande qu'à fondre en larmes. Après tout,

peu importe ! On lui donnera un soupir, et son
compte sera réglé. Pour moi, j'ai autant envie de me
marier que de m'aller pendre.

— Que ne le dites-vous ? s'écria l'abbé. Rompons,
cela est facile ; et n'en parlons plus.

— Non, dit Sylvestre ; puisqu'il se faut marier, et
que l'occasion est bonne, prenons-la. Nous avons
prié Dieu, le cœur ne dit ni oui ni non ; c'est le moment d'en finir. N'écoutons pas l'esprit ; l'esprit est
un sot qui n'a jamais fini d'objecter. Je ne suis pas
amoureux, voilà mon tourment, et je voudrais l'être,
voilà ma folie. Car, si j'étais amoureux, j'irais en
avant, sans volonté, sans prudence, sans faire aucun
sacrifice de cette liberté vaine dont les séductions
m'attachent au célibat. Le beau mérite de se marier amoureux ou de se battre furieux ! Un vrai brave
est celui qui va au péril de sang-froid, domptant les
secrètes terreurs de son âme. Retournons à la maison des tilleuls, si l'on veut m'y recevoir.

— Je pense qu'on vous attend, dit l'abbé.

— Voilà, reprit Sylvestre, ce qui me défend
d'hésiter. Voyez-vous, abbé, je n'aurai jamais le cœur
de dire non à une honnête fille qui veut bien de moi.
Il me semble que ce serait lui dire : Je vous trouve
laide, ou sotte, ou pauvre. Du moment qu'elle a
consenti à se laisser présenter, il faut que je l'épouse
si elle n'y a point de répugnance. Je lui dois cela.

— Cependant, reprit l'abbé, réfléchissez...

— Bah ! dit Sylvestre, j'ai réfléchi durant plusieurs
années, et vous voyez où j'en suis. Je sais à peu près

jusqu'où peut aller mon cœur ; et je n'ai, après tout,
à trembler ici que pour moi. Cette jeune Marianne
n'est pas à plaindre si elle m'épouse. Je me crois
certain de faire un bon mari.

— C'est sur quoi je me fonde, dit l'abbé, pour
espérer que vous serez un heureux mari. Mais je
vous entends dire des choses qui m'alarment.

— N'écoutez pas, répondit Sylvestre ; tous les le-
vers de soleil produisent des brouillards. Ces vapeurs
témoignent combien est déjà fort cet astre naissant.
Si j'étais moins résolu à me marier, les chimères
dont je vous parle pourraient-elles si violemment
disputer mon cœur ?

Ils partirent. Sur le chemin qui le menait à un
but si sérieux, Sylvestre garda le silence, réfléchis-
sant à la nécessité de pénétrer tout de suite plus
avant dans l'âme de celle à qui il allait lier sa vie.
A son avis, le renoncement au monde ne devait
guère, en quelque façon, être moins absolu pour
l'épouse chrétienne que pour la religieuse. Sa loyauté
l'obligeait de faire comprendre à Marianne qu'il l'entendait ainsi, et pour tout de bon. — « Grand Dieu !
pensait-il, si je rencontrais un de ces esprits faus-
sés pour qui le mariage et l'affranchissement de
toute gêne et de toute autorité ne sont qu'une même
chose ! »

VII

FIN DU ROMAN.

Ils arrivèrent à la maison des tilleuls. Marianne, aussi peu parée que le premier jour, les reçut avec un sourire.

— Mademoiselle, lui dit Sylvestre affermissant son courage, venez, s'il vous plaît, dans cette allée, où nous causerons un moment seuls. J'ai des paroles sérieuses à vous dire.

Marianne le suivit presque machinalement.

— Vous savez, mademoiselle, reprit Sylvestre, pourquoi j'ai eu l'honneur de vous être présenté?

Cette question surprit la jeune fille.

— Je le sais, Monsieur, répondit-elle d'une voix mal assurée, mais avec une dignité dont Sylvestre fut ému.

— Oui, continua-t-il, l'ami qui nous connaît bien tous les deux a pensé que Dieu nous avait destinés l'un à l'autre. Mais ne pensez-vous pas qu'avant d'aller plus loin, nous devrions nous connaître aussi par nous-mêmes, autant du moins qu'il se peut?

Marianne se tut.

— Pour moi, reprit Sylvestre, depuis que je vous ai vue, il me semble que je sais ce qu'il m'importe de savoir. Vous êtes douce et simple, c'est ainsi que ma raison vous a souhaitée ; il me sera facile de vous aimer très-tendrement, et toujours. Voyons maintenant si vous parviendrez à m'aimer un peu... Je dis un peu pour commencer. Je souhaite et j'espère davantage.

Marianne baissa la tête et rougit. Elle aurait voulu jeter les yeux dans l'allée où se trouvait sa mère : elle n'osa. Cependant, au fond de son cœur, elle ne sentait rien qui l'empêchât d'aimer M. Sylvestre, quoiqu'il lui parût singulier en ses discours. Une amie de couvent lui avait dit une fois que le jeune homme qui la demandait en mariage lui apportait des images, des livres, des bouquets, et lui faisait entendre qu'il la trouvait jolie en poussant de gros soupirs. Marianne en était restée à cette idée, et les façons toutes différentes de Sylvestre la déroutaient légèrement, sans qu'elle fût éloignée de les estimer meilleures.

— Mademoiselle, continua Sylvestre, écoutez-moi avec attention et avec bonté. Ce que j'ai à dire me semble bien sérieux. Vous savez que j'ai trente ans. Mon caractère est fait ; je suis ce que je serai toujours. Je puis me dépeindre en toute exactitude.

Je suis chrétien et je parle à une chrétienne. Je ne me ferai pas tort dans votre cœur en vous disant que je prends comme un devoir cette sage disposition de la Providence, rappelée par l'Église, qui attribue à l'homme l'autorité dans la maison.

Non-seulement le bon ordre et la décence l'exigent ainsi; mais, avec le caractère que j'ai, cette pleine autorité, qu'il faut me laisser, est nécessaire à votre bonheur. Je serais le plus insupportable des esclaves, je serai le plus soumis des maîtres.

Ne me demandez pas où je vais, vous le saurez toujours; ne m'imposez pas ce qu'il faut que je fasse, et je ne ferai guère que ce qui vous plaira.

Je n'aime point le monde; il est mauvais pour moi, il le serait davantage pour vous. Outre qu'il me gâterait certainement, il pourrait vous troubler. J'en deviendrais plus difficile encore, et vous perdriez de deux façons.

Si vous m'acceptez, c'est un adieu que vous dites à la fortune. Je ne serai jamais riche, à moins que Dieu ne le veuille absolument, mais je ne m'y prêterai pas. Je suis incapable d'une combinaison quelconque qui me puisse enrichir. Je ne suis propre qu'à gagner ma vie, et j'en bénis Dieu. J'ai là-dessus des idées anciennes, très-réfléchies, très-entières. Je vous les ferai connaître plus tard. Je suis sûr que vous les approuverez.

Point de fortune, donc, point d'éclat. Jamais de brillantes parures, jamais de beaux divertissements. Il faut que vous trouviez votre bonheur dans votre maison; une maison humble et fermée, comme celle-ci, visitée d'amis sûrs, partant peu nombreux; ceux des vôtres qui me conviendront, ceux des miens que vous agréerez. Voudrez-vous renfermer tous vos souhaits dans ce petit cercle, et toutes vos joies dans ce petit espace?

Marianne s'enhardit à lever les yeux. Son regard clair et doux exprimait surtout le désir de bien comprendre.

— Monsieur, commença-t-elle...

Et elle s'arrêta, comme effrayée du son de sa propre voix.

— Je vous conjure, lui dit Sylvestre avec un accent qu'il ne se connaissait pas, je vous conjure d'être sans crainte et de parler. Cet entretien nous éclairera tous deux dans la grave rencontre où nous sommes. Il nous est bon de nous entendre aujourd'hui. M'avez-vous parfaitement compris?

— Oui, monsieur, répondit-elle un peu rassurée; j'ai compris..., au moins quelque chose. Je ne vous demanderai jamais d'aller dans le monde; je n'en ai jamais eu le désir. Je n'aime que le bon Dieu et mes parents.

— Dieu soit loué! poursuivit Sylvestre. Moins vous aimerez le monde, plus vous serez heureuse à la maison. C'est quand nous nous retirons du monde que l'espace du ciel s'ouvre devant nous. Vous savez qu'on s'y élève avec deux ailes, qui sont la simplicité et la pureté. J'ai assez vu le monde pour vous assurer qu'il n'a point d'occupation plus chère que de rogner ces ailes-là.

Marianne parut presque à l'aise, comme si elle se trouvait en pays connu.

— Oui, monsieur, fit-elle, presque avec joie. Je l'ai lu dans l'*Imitation*.

— Et pour le reste, mademoiselle, continua Sylvestre, que me répondez-vous? L'obéissance vous paraîtra-t-elle difficile?

— Monsieur, toute ma vie je n'ai fait autre chose qu'obéir. J'ai l'exemple de ma mère sous les yeux, et je sais qu'elle est très-bonne et très-honorée.

— Ainsi, dit encore Sylvestre, dans tout ce que je vous ai annoncé, mademoiselle, rien ne vous effraye ou ne vous inquiète?

— Mais non, monsieur, rien du tout. Pour l'autorité, je sais qu'elle appartient au chef de la famille. Pour le monde, je ne l'ai guère vu, et le peu que j'en ai vu ne m'a guère plu. Pour les divertissements, on ne m'a pas élevée à les aimer et je n'en ai pas besoin; car je ne m'ennuie point ici, où pourtant je n'ai rien à faire. Pour la richesse, j'ai appris à bénir Dieu des douleurs qu'il nous épargne et à me contenter des biens qu'il nous envoie.

Elle s'arrêta, surprise d'avoir parlé si long-temps.

— Eh bien, lui dit Sylvestre, donnez-moi votre main, mademoiselle. Nous aimerons le bon Dieu et nous nous aimerons. Votre empire s'étendra plus loin que vous ne pensez; j'ose vous promettre que vous serez heureuse. Chacun de nous reçoit de Dieu ce qu'il lui faut.

Il offrit son bras à Marianne, redevenue tremblante, et la reconduisit à ses parents.

Sylvestre voulait être rassuré, il ne l'était pas. Il voyait bien une innocente enfant élevée dans l'humilité, dans l'innocence, dans la pratique de toutes les vertus domestiques. Qui lui garantissait que ces vertus avaient pris parfaitement racine et ne seraient pas renversées par le premier coup de vent venu du dehors?

Il demandait ce qu'il ne pouvait pas savoir, et cherchait ce qu'il ne pouvait pas trouver. — « Quelles questions posez-vous, lui disait l'abbé Théodore, et pourquoi voulez-vous que la jeune fille pense et réponde comme si déjà elle avait la grâce du sacrement qui fait l'épouse?

« Souhaitez que Dieu incline son cœur vers vous et le vôtre vers elle. Lorsque l'amour sera devenu l'union, il sera ce grand amour qui parle un grand langage, ou qui, sans parler, se porte aux grandes actions.

« L'époux et l'épouse qui s'aiment parce qu'ils aiment Dieu se sont mutuellement plus chers que la vie, et la vie leur est moins chère que la loi de Dieu. Ils tiennent entre eux de nobles conseils et ils se proposent d'être unis dans l'éternité. »

VIII

COMMENCEMENT DE LA VIE.

SYLVESTRE A LOUIS.

M. Sylvestre Dufresne a l'honneur de vous faire part de son mariage avec mademoiselle Marianne Dupré.

P. S. Ce style, ami Louis, te prouvera que je suis décidément entré dans la prose. Il y a de cela quinze jours, et je m'y trouve bien, exactement bien. Avec un certain abbé Théodore, que je te ferai connaître, je suis d'avis que cette prose est la vraie poésie.

Oui, mon vieux camarade, pendant que tu mettais à la voile, je jetais l'ancre. J'ai bien regretté que tu ne fusses pas là pour voir et pour aider la manœuvre. Mais cette manœuvre, que nous jugions si difficile, est vraiment d'une grande simplicité.

Un brave homme, qui vivait tranquille de ses petites rentes dans sa petite maison, a été accosté par cet abbé Théodore, qui lui a dit : « Vous êtes père « d'une jolie et digne fille ; vous l'avez élevée avec « beaucoup de soins et d'alarmes, vous l'aimez ten-

« drement, il n'y a rien sur la terre que vous aimiez
« davantage. Elle a vingt ans.

« Donc, depuis vingt ans vous travaillez et vous
« prenez des peines, et vous vous imposez des pri-
« vations en vue d'un moment qui est arrivé. Com-
« bien donnerez-vous au garçon qui viendra prendre
« votre fille et qui l'emmènera, pour que désormais
« elle l'aime plus que vous ? »

Le brave homme a dit un chiffre; il a dit que cela
était prêt, sonnant, liquide; qu'il était prêt aussi;
que sa femme aussi était prête. On est venu me
chercher. On m'a donné à dîner, et on m'a fait de la
musique; puis le notaire a été prié de passer à la
maison, puis nous avons laissé nos noms à la mairie, puis nous nous sommes arrêtés à l'église, puis
j'ai mis l'argent dans ma poche et j'ai pris la fille à
mon bras, et nous sommes partis.

Et nous voilà, attendant de rencontrer, dans vingt
ans, si tout va le mieux du monde, quelque garçon
comme moi, qui viendra me demander quelque fille
comme elle, aux mêmes conditions. Et puisse le
garçon trouver en effet une fille comme elle, et lui-
même être dans les mêmes dispositions que moi !

Tout cela semble grotesque, et tout cela est très-
auguste. « Ignorez-vous, m'a dit l'abbé Théodore,
« que nul homme dans ce monde n'a la permission
« de vivre pour lui seul, et n'est grand qu'autant
« qu'il accepte ce sacrifice dont la Providence a fait
« une loi d'amour, et sait faire au besoin une loi de
« rigueur !

« Le figuier stérile sera coupé et jeté au feu. Mais,
« si le figuier chargé de fruits voulait garder ses
« fruits, sous prétexte qu'il les a nourris de sa séve
« et qu'il les a portés longtemps, les fruits lui se-
« raient ôtés de force, ou tomberaient d'eux-mêmes.
« — Qu'est-ce que c'est que ta séve, et qui te l'a
« donnée? Et qui te prouve qu'elle t'a été donnée
« pour toi?

« Travaille, produis pour d'autres qui travaillent
« et produisent pour toi. Tu n'es, comme eux, qu'un
« ouvrier dans l'atelier immense. Tu n'auras de ton
« travail que la peine qui t'est due, parce que tu
« es pécheur; que la gloire et la récompense que le
« maître t'assignera, parce qu'il est juste et bon.

« Et si tu ne veux pas travailler, ou si tu ne veux
« travailler que pour toi, le maître tout-puissant
« saura bien, malgré ta mauvaise volonté, tirer
« quelque parti de toi; et en même temps il en tirera
« toute justice. Es-tu l'arbre égoïste, tes fruits se
« détacheront ou te seront arrachés. Es-tu l'arbre
« stérile, tu seras arraché toi-même, tu feras du
« bois de chauffage.

« Ne trouvez pas mauvais, Sylvestre, a continué
« l'abbé, — et toi, Louis, écoute ce que répète Syl-
« vestre, — ne trouvez pas mauvais ce que Dieu a
« bien établi. Cette dépendance où il nous enferme
« est sainte et salutaire; tout ce que l'usage a insti-
« tué de conforme à cette donnée divine est salu-
« taire et sain.

« Vous entrez dans une carrière de joies sérieuses

« et laborieuses ; dans une carrière d'asservissement
« étroit et de sacrifice continuel. A votre raison plus
« forte, Dieu impose un joug plus pesant. Mais sous
« ce joug plus pesant, si vous savez le prendre, votre
« âme deviendra plus forte. Marchez droit, et vous
« ne ferez plus un pas qui ne vous rapproche de
« Dieu.

    « C'est à présent que vous ne vous appartenez plus,
« et rien de ce que vous produirez désormais ne vous
« appartiendra. Votre cœur ne vous appartient plus :
« la part disponible, en quelque sorte, celle que
« Dieu vous laissait pour les créatures, vous ne
« l'ayez plus, vous en avez disposé. Elle est à votre
« femme, elle est à vos enfants.

    « Votre fortune ne vous appartient plus : c'est un
« dépôt placé en vos mains, que vous ne devez pas
« seulement garder, mais essayer d'accroître. Vous
« en rendrez compte si vous le gardez en avare, vous
« en rendrez compte si vous l'accroissez en injuste,
« vous en rendrez compte si vous le dépensez en pro-
« digue et en étourdi. C'est le pain de votre femme
« et de vos enfants ; qu'il soit sacré, qu'il reste pur !

    « Et le cœur de cette épouse qui a quitté pour vous
« la maison de son père, quoique vous appartenant
« tout entier, ne vous appartiendra pas néanmoins
« exclusivement : quand les enfants viendront, il se
« fera un partage sublime, qui ne vous ôtera rien et
« qui cependant portera tout sur eux. Cette royauté
« qui alors vous sera donnée, vous dépouillera en
« quelque façon de ce qui vous reste encore.

« Et ces enfants, pour qui vous allez vivre, ne vous
« appartiendront pas : Dieu les prendra, la patrie
« les prendra, la société les prendra ; ils s'en iront
« d'eux-mêmes, emportant tout, et jusqu'à leur cœur.
« Chaque pas qu'ils feront dans la vie les éloignera
« de vous. Après le mariage, vous passerez au se-
« cond rang ; après les enfants, au troisième ; après
« que vous aurez tout fait et tout donné, ce n'est pas
« votre mort qui sera l'inconsolable douleur.

« Mais les larmes de vos yeux et les sueurs de
« votre front seront des perles précieuses, si, les ré-
« pandant pour d'autres que vous sans les ménager,
« vous les donnez avec allégresse à qui vraiment
« vous les impose, je veux dire à Dieu. Elles coule-
« ront comme un baume qui vous réjouira de son
« odeur céleste ; elles seront recueillies par la main
« des anges et déposées dans les trésors éternels.

« C'est Dieu qui les comptera, c'est Dieu qui les
« gardera, c'est Dieu qui en accroîtra la valeur im-
« mense. Par ces richesses vous rachèterez les péchés
« de vos pères, et ceux de vos frères, et les vôtres,
« et ceux de vos enfants. Comprenez donc ce rôle
« auguste où Dieu vous appelle ; comprenez que Dieu
« vous veut à son image et à sa ressemblance ; em-
« brassez le bois de la croix, c'est le bois qui a porté
« tout noble et tout saint amour. »

Ainsi m'a parlé l'abbé Théodore, que je te veux
donner pour ami, suivant notre vieille coutume de
mettre en commun nos amis ; et tel est, frère Louis,
le portique du mariage. Et toutefois, ce portique

austère est fort entouré de fleurs et d'oiseaux bien
chantants. L'austérité m'en est visible; elle ne m'effraye point.

Marianne et moi, nous nous allons très-bien. J'ai
commencé par ne lui trouver aucune ressemblance
avec le *Rêve*. Tu sais, ce fameux rêve, dans lequel il
entre du Walter Scott, du Tony Johannot, du Lamartine et d'autres ingrédients, principalement tirés de
la littérature à la minute et de la gravure sur bois.
Point de littérature, point de mélancolie, point d'attitudes! La figure de tout le monde, l'habit de tout
le monde, les idées de tout le monde.

Mais, sous ce premier aspect, quelle grâce naïve!
et sous cette grâce naïve, quel ferme et haut sentiment du devoir! et dans cette hauteur, quelle
candeur et quelle humilité! Je suis étonné, ravi
et plein de respect; et mon cœur contient une
source de tendresse que je ne me connaissais pas
et que je sens inépuisable. Il me semble que cela
s'épanche en ordre et en paix comme une eau profonde qui ne sera jamais troublée, jamais inutile,
qui ne cessera pas de féconder la terre et de refléter
le ciel.

Marianne, en entrant dans la maison, s'est mise à
sa besogne de ménagère, comme si elle n'avait fait
autre chose de sa vie. Elle s'est occupée de ranger
son linge, de tenir ses comptes. Le lendemain de
notre mariage, l'ayant quittée un instant, je l'ai retrouvée l'aiguille à la main. Je lui ai demandé qui la
pressait de travailler ainsi. Elle m'a répondu avec

quelque embarras qu'elle se sentait trop d'inclination
à rêver et qu'elle avait cru mieux faire de se mettre
tout de suite au devoir. — Mais, ajouta-t-elle en
me montrant timidement son ouvrage, depuis une
heure je n'ai pas fait un point.

Nous travaillons le jour; le soir, nous nous pro-
menons, après quelque visite aux églises. Nous
comptons nous divertir de la sorte un demi-siècle
durant, si Dieu veut. Nos entretiens sont charmants.
La chère créature n'a pas l'idée du mal. Elle me fait
des questions qui m'humilient; mais, en même temps
que je suis intérieurement humilié, je me sens plus
d'estime pour moi-même, parce que Dieu a daigné
me donner cette innocence en garde et cette vertu
pour appui.

Je sens grandir mon cœur, mon esprit s'élève, ma
vue s'affermit sur les choses de ce monde et sur les
choses de Dieu. Je vaudrai mieux que je n'ai valu et
ma vie ne sera pas inféconde, et je suis heureux, et
j'aime. Être heureux, aimer, ah! c'est le même mot,
mais il y a manière de l'entendre. Aujourd'hui, je
l'entends!

A présent, compère, voici ce qui me reste à dire,
et la sommation que je t'adresse au nom de la sainte
amitié :

Une vieille parente a eu l'idée de nous donner
pour cadeau de noce un voyage en Suisse. Il n'y a
pas, dit-elle, de petit meuble dans un ménage qui
conserve mieux sa fraîcheur et qui soit plus utile
que ce voyage de première lune et de premier prin-

temps, que l'on refait ensuite vingt fois et mille fois au coin du feu.

Marianne palpite à la pensée de franchir la frontière ; elle fait ses paquets d'une main presque agitée. « Qui m'aurait dit que je voyagerais si loin ; que « j'irais jusqu'en Suisse? Mon ami, de quel point de « la route verrons-nous le mont Blanc? Faut-il emporter des fourrures? »

Dans quinze jours nous serons à Besançon. Trouve-toi là. Marianne, à qui j'ai tant parlé de toi, sera contente de te voir. Elle estime qu'on ne saurait être trop nombreux pour faire face aux périls de la terre étrangère.

Adieu, mon vieil ami ; toute tendresse est plus vive dans mon cœur, et, en aimant plus que je n'aimai jamais, j'aime davantage tout ce que j'ai aimé.

Que Dieu te donne une Marianne qui me laissera mon vieil ami Louis, comme ma Marianne te laisse ton vieil ami

SYLVESTRE.

IX.

DE PONTARLIER A GENÈVE.

Vallée profonde, montagnes revêtues de sapins, empanachées de nuages et de neiges : c'est l'entrée de la Suisse par Pontarlier.

Entre ciel et terre, des aigles sur la tête, des
abîmes sous les pieds, des brouillards autour de
nous, une route unie et douce comme une allée de
jardin anglais.

« — La Suisse en été, s'écrie le conducteur, joli
coin! Mais on y trouve de la neige en hiver... et des
Suisses en tout temps!

« Ils se battent entre eux, aussi acharnés que s'ils
n'avaient pas le voyageur à dévorer. Les juifs sont
les plus âpres; les autres ne le sont pas moins.

« On voit en Suisse de singulières choses : les aubergistes font la police, les savetiers sont capitaines,
et les usuriers juges de paix.

« Dans plusieurs quartiers, des blafards en redin-
gote marron, chargés de femmes et d'enfants, leur
lisent la Bible : les Suisses appellent cela des prêtres!

« Clochers sans cloches, dimanches sans messe,
autels sans croix et sans bonne Vierge, cœurs de
prêtres sans charité : ils appellent cela une religion! »

Malgré ce discours, où la charité de Marianne
trouva quelque rudesse, nous eûmes à Lausanne une
belle messe chantée, dans une belle église neuve.

Le curé de Lausanne a bâti cette église, comme
beaucoup de curés de Vaud et d'ailleurs ont bâti

beaucoup d'autres églises, avec les aumônes de la France.

France de Dieu! donne toujours à tous ces curés quêteurs; remplis d'églises le monde entier; ne sois plus débitrice, deviens créancière de Jésus-Christ!

Nous voici sur le lac, le beau Léman. N'ayons pas la sottise de le décrire! Le bateau est chargé de passagers; c'est ce qui gâte la scène.

En présence de cette belle nature, une belle dame très-enfanfreluchée n'a d'attention que pour un livre qu'elle tient, et que pour un fat qui la guette.

Nous aussi, nous la guettons. Que lit-elle? Un roman de George Sand. — « Tu pouvais, dit Sylvestre, le parier à la figure de son époux. »

Une femme, lire George Sand en public! Rendez-moi Saint-Preux, rendez-moi Julie d'Étanges, baronne de Wolmar, princesse de Cuistrerie!

Le soleil plonge dans le lac. Des figures genevoises montent sur le bateau (on dit à présent *le vapeur*); ces Genevois ont l'air content du pharisien.

X

GENÈVE, ET ROUSSEAU DE GENÈVE.

Le Genevois distingué fait des phrases douces; il est rude en usures. Il prie debout, et se baisse pour ramasser un centime dans le ruisseau.

Dehors, il a toute la mine d'un prince : il est pingre à la maison, et sa servante lui rend compte des cendres du feu. Il s'appelle « le peuple béni du Seigneur. »

Croit-il en Dieu? Ce point reste obscur. En tout cas, le Dieu de Genève est le Dieu de Calvin. Un Dieu qui ne contrôle pas les opérations de banque!

Genève hospitalière, je puis dire mon opinion sur tes beautés; j'en ai payé assez cher la vue! N'étant failli ni banni, tu m'as traité en ennemi.

J'ai été volé par tes aubergistes, volé par tes cochers, volé dans tes boutiques; tes honorables étuvistes, qui m'ont apporté la Bible dans mon bain, m'ont volé.

A table, j'étais servi par de beaux fils en longs
cheveux, qui parlent aux femmes avec un aimable
sourire et qui prennent des airs penchés.

Ces lions porteurs d'assiettes m'ont offert des pou-
lets vétérans qui ne faisaient pas leur dernière campagne; leurs pommes de terre avaient souvent vu le
feu.

Les aubergistes de Genève imitent ce vieux Bran-
debourg, père du grand Frédéric, qui habillait ses
bourreaux en petits-maîtres français.

Nous avions la compagnie d'un monsieur de quinze
ans, fils de banque, et de monsieur son précepteur,
en tournure de polisson comme lui.

Mes deux faquins donnaient leur opinion sur la
politique, sur la littérature, sur la religion et sur les
dames. Il fallut les faire taire, il eût fallu les souf-
fleter.

(Si j'apprenais qu'ils sont aujourd'hui chevaliers
de la Légion d'honneur, grands fonctionnaires, gens
de lettres, ceints du glaive académique, je ne crierais
pas au miracle.)

Je sors, je marche au hasard : me voilà dans l'île
de Rousseau, devant la statue de Rousseau. Décidément la journée est aux Genevois, aux faquins et
aux cuistres!

J'ai, je crois, déjà sifflé ce même Jean-Jacques sur ce même piédestal. C'est une statue bête et commune. Si je l'ai dit, pourquoi ne le redirais-je pas ?

Les gens du dix-huitième siècle me font mal au cœur. J'ai toujours haï leur philosophie, leur raillerie, leur polissonnerie. Rousseau surtout m'est insupportable.

C'est ma *bête noire*. Tous mes instincts se piétent contre lui. Il me répugne dans ses raisonnements, dans ses sentiments, dans ses agréments.

Ce Rousseau est l'effronterie incarnée, l'ingratitude incarnée, l'emphase incarnée. Il est sale. Il est de cette nature de domestiques qui souillent les maisons.

Je n'admire rien de ce qu'il a dit, j'ai dégoût de tout ce qu'il a fait. Quand il est dans le vrai, j'attends avec impatience qu'il en sorte.

Je ne le plains d'aucun de ses malheurs. Il a couru après toutes ses disgrâces, et toutes sont de légitimes punitions ou de sa bassesse ou de son orgueil.

Le vilain être, avec son habit arménien, sa sonde, sa Julie, sa Thérèse, ses pleurs, sa pose, son droit de cité dans Genève, sa noire et méchante folie !

Et qu'il est ennuyeux ! et quels disciples il a faits ! Tous les professeurs, tous les révolutionnaires, tou-

tes les femmes de lettres émancipées raffolent de
Rousseau.

Culte d'ailleurs bien naturel! Rousseau a passé sa
vie à renier trois choses : son Dieu, sa patrie et ses
enfants.

Tournez le dos à la statue; l'île est un belvédère
admirable. La bonne nature ne se lasse pas de sourire en présence des absurdités de l'homme.

Le lieu siérait pour une belle figure de saint François de Sales. Les Genevois y viendront, je n'en doute
pas. Je leur conseille de se hâter.

Ils ont brûlé jadis les écrits de Rousseau. C'est le
trait le plus honnête de leur histoire, depuis le temps
de Calvin; aujourd'hui ils en rougissent.

Mais le chemin de fer démolit les remparts de Genève, il met le faubourg catholique dans la ville
protestante. En dérangeant tout, il arrangera bien
des choses.

On verra quelque jour à Genève quelque préfet
français (mon Dieu, oui, un préfet, un Français!).
Pour l'honneur de la littérature,

Pour le bien de la religion, de la famille et de la
propriété, dont Rousseau de Genève n'a pas protégé
les affaires,

Ce préfet français comprendra qu'il est sage de remplacer par une statue de saint François de Sales cette mauvaise figure de Rousseau.

Mais que fera-t-on de la statue de Rousseau? On la fondra; elle deviendra la cloche de quelque petite paroisse.

Oh! comme joyeusement elle appellera tout ce peuple à la prière! Quelquefois j'incline à croire que l'époque n'en est pas très-éloignée.

Je le sais bien, les hommes ne le veulent pas. Mais Dieu fait ce que les hommes ne veulent pas, et les hommes ne font pas ce qu'ils veulent.

Lorsqu'on adjoignit à Genève, en 1815, un certain territoire catholique, la vieille intolérance calviniste dut battre en retraite. Elle prendra le pas accéléré.

Il n'y a point de révolution aussi mauvaise qu'elle voudrait l'être, et la Providence ne s'endort pas. Dieu secoue l'arbre quand le fruit est mûr.

Pauvres Genevois, qui ont déjà des Sœurs de Charité! Pauvres Genevois, qui honoreront publiquement saint François de Sales!! Pauvre, pauvre peuple!!!

XI

Partons. Voici Cluses, voici Sallanches. Il y a bien encore par ici des aubergistes. Si nous ne sommes point écorchés, nous sommes au moins raclés;

Mais c'est la Savoie, une bonne terre catholique. Paix à l'auberge de Sallanches! *Propter fratres meos et proximos meos, loquebar pacem de te.*

Aux portes de Sallanches, un aveugle nous joue la *Marseillaise*, sur son violon mourant. O aveugle! quelle est ton idée?

Le roi de Sardaigne t'a-t-il ordonné de te moquer de nous? Veux-tu au contraire flatter nos oreilles françaises? Voilà tes cinq centimes; merci de l'intention.

Il n'est pas bien étonnant que les aveugles en soient à la *Marseillaise*, dans un pays où les voyants en sont à Rousseau. Ce roi de Sardaigne est un bon roi [1].

----

[1] C'était le roi Charles-Albert, en 1845.

Il ne donne pas à son peuple toute la liberté que les avocats désirent; mais il lui donne la justice et la paix, et cela ne coûte pas cher.

Roi de bonnes mœurs. Une dame lui demandait un souvenir; il lui fit remettre l'*Imitation de Jésus-Christ*. Il se défend bien de cette jolie vermine des cours.

Il remplit gratis la tabatière des capucins; tabatière utile pour commencer les conversations qui finissent par des confessions.

Grands travaux publics, petit budget, tranquillité parfaite! le bonheur des peuples ne dépend pas de la forme, mais de la sagesse des gouvernements.

A la vérité, quand la forme est bonne, la sagesse est plus facile. Un roi maître chez lui et maître de lui-même, excellente constitution!

Roi, que Dieu vous conserve longtemps! Que vos successeurs, animés de votre esprit, conduisent dans la paix les enfants de ceux qui vous aiment!

Les peuples sont fidèles aux rois qui sont fidèles à Dieu. De tels maîtres, vigilants et justes, pourvoient aux abus que l'esprit de révolution promet de détruire.

Les mensonges sont impuissants lorsqu'ils n'ont pas l'appui de l'indignation publique. Laissez les aveugles jouer la *Marseillaise* sur vos grands chemins.

Nous rencontrons un officier piémontais, garçon joufflu. Il a une jolie voix dont il amuse sa jolie femme.

— Monsieur l'officier, plusieurs de vos écrivains sont célèbres chez nous. Vous avez Silvio Pellico. — Silvio Pellico? Ah! *Si!*... un petit *cioux*.

— Vous avez Vincent Gioberti. — Gioberti? Il est mort? — Non, il est en exil. — Ah oui! *in esilio;* Gioberti, en exil... *Non mi ricordo questo* Gioberti.

— Vous avez Balbo. — *Si, si,* Balbo... *gran geografo!* — Non, le géographe, c'est Balbi. — *Bene,* Balbi. *Lo conosco molto. Ha fatto* oune zéographie... *bellissima!*

Je voulais avoir son opinion sur les *Speranze d'I-talia.* Je trouvai qu'il me la faisait assez connaître. Brave homme! je l'aurais embrassé.

Assurément, l'on pourrait sans honte être plus instruit. Mais tant de gens savent tout! Il est doux d'en rencontrer qui se contentent de ce qu'ils doivent savoir.

Celui-ci savait donc la charge en douze temps; il chantait pour amuser sa femme. Qu'avais-je à lui demander?

XII

Un bon guide, porteur d'une honnête figure et qui sait de bonnes histoires, nous conduit au Montanvers et sur la « mer de glace. »

Il y a de beaux sapins, de beaux rochers, de beaux escarpements, d'enivrantes odeurs. Que dire des traînées de soleil, des brouillards, des lointains?

Tout cela est aimable, solennel, grandiose, terrible, sublime, et, ce qui vaut mieux, surprenant. Pour la *mer de glace*, elle a complétement raté.

Le diable soit des Cicérons qui trouvent ces noms emphatiques! L'imagination se monte là-dessus, et la réalité fait banqueroute.

J'aurais certainement admiré cette coulée de glace entre des montagnes énormes. Mais une mer! Pour y voir seulement de la glace, je me fis prier.

Vous trouvez là le registre où cet imbécile qu'il faut rencontrer partout a déposé ces vers que vous avez lus partout, qu'il faudra partout relire.

C'est en vers que l'homme a dit le plus de sottises. Cependant, il en a dit en prose beaucoup aussi; beaucoup, beaucoup!

— Guide, que pensez-vous des Anglaises?—« Monsieur, dans ma jeunesse, ça m'étonnait. Mais après tout, ce sont des femmes comme les autres.

« En général, elles sont blondes. Il y en a de rousses. Des dents longues, un teint frais. Elles aiment prodigieusement le thé, avec du rhum.

« Pour leur religion, c'est la protestante; ce qui fait que plusieurs vous offrent des Bibles. On les porte à M. le curé, il en allume son feu. »

— Guide, aimez-vous votre pays? — « Monsieur, vous connaissez le proverbe : *A Chamounix, onze mois d'hiver et trente jours de mauvais temps.*

« Nous disons encore entre nous, dans la veillée, — nos veillées sont longues!— nous disons en riant : *Parlons des montagnes, mais restons dans la plaine.*

« Cependant on est né là. On y a son clocher, sa maison, son cimetière. C'est là qu'on a été jeune, qu'on s'est marié, que les enfants sont venus.

« Qui est-ce qui n'aime pas son pays? » — Ah! brave homme, celui qui n'a point de clocher, point de maison, point de cimetière;

Celui qui est jeune et qui ne se marie pas, qui se marie et qui n'a point d'enfants, qui a des enfants et qui ne les garde pas;

Celui-là, brave homme, n'aime pas son pays. Et celui-là n'est pas rare à rencontrer dans les plaines de ce bas monde!

« — Il ne se rencontre point chez nous, grâce à Dieu. Le pays est dur, mais nous le trouvons beau. Nous y vivons dans le danger, mais on a des amis.

« Si nous partons, il faut que le sort nous attache par des liens bien forts, qu'il nous mette des entraves bien rivées, pour nous empêcher de revenir!

« Tel que vous me voyez, je suis parti. J'ai été soldat là-bas, de l'autre côté, en Piémont. J'ai vu les oliviers, les orangers, les vignes.

« Mon temps fini, on m'a dit : Reste. On m'a offert un établissement, de l'argent, une maison au soleil sous les oliviers.

« Ah bien, oui! Je suis parti comme un isard. En gravissant la montagne, il me sembla que je marchais enfin, et que cela ne m'était pas arrivé depuis des années.

« Quand j'ai revu la neige, j'ai tendu les mains, je me suis mis à pleurer. Était-ce bête! Mais je ne pouvais me retenir. Je m'en donnai tout mon soûl.

« Vous croirez que j'avais une promesse de mariage? Non; franc je revenais, franc j'étais parti. Je ne pleurais que pour la neige et pour la liberté.

« Le montagnard, voilà l'homme libre! Quand j'eus mis la main sur mon fusil,—non plus le sot fusil de soldat, mais mon fusil à moi, ma carabine; —

« Et quand je me vis sur le mont Blanc, seul, tout seul en face du ciel et de la neige, avec mes aigles, avec mes ours et mes isards,

« J'ôtai mon bonnet, j'armai ma carabine. A genoux, sur la neige,—quel homme s'est jamais trouvé plus heureux?—je bénis Dieu qui m'avait fait libre.

« Et sans viser aucun but, uniquement pour me prouver que j'étais bien chez moi, que je faisais bien ma volonté, je brûlai ma poudre en criant : Vive le roi!

« La montagne me rendit hommage. Un écho que je ne connaissais pas répéta mon coup de carabine par dix coups de canon, ou plutôt par dix coups de tonnerre.

« Et l'écho cria dix fois : Vive le roi! Le roi, c'était bien moi-même! Ce jour-là j'abattis un aigle et deux isards. Oui, j'aime mon pays! »

Ainsi parla le guide. J'entrai en grandes réflexions

sur l'homme, sur le patriotisme, sur la liberté. Affaire
de quatre ou cinq paragraphes, six au plus :

Dieu a répandu partout le bonheur avec une extrême abondance. Pour vivre heureux, tout homme
n'a qu'à vivre où Dieu l'a mis, comme Dieu l'ordonne.

La joie de l'homme est dans son devoir. Il est vrai-
ment fait pour le travail et pour l'humilité. Quand
Dieu lui dit : « Vis pour les autres, sois humble, »
Dieu lui ordonne d'être heureux.

Le charme de la terre natale est une révélation particulière de sa secrète beauté. C'est un attrait au devoir. De là le vrai patriotisme, celui du paysan.

Le cœur aime les freins du devoir, la raison accepte
ceux de la nécessité. Que l'homme puisse encore user
de sa force pour dompter quelque chose, il est libre.

Le paysan se sent libre, parce qu'il ne voit point
de murailles, et parce qu'il dompte la terre. Il aime
cette terre avare, où il possède un autel et des tombeaux.

Le prolétaire des villes n'a plus de tombeaux, plus
d'autel ; il vit sur le pavé, enfermé de murailles ; il
s'amuse et il est malheureux, il détrône les rois et se
sent esclave.

XIII

CLAUDINE, NOUVELLE SAVOYARDE.

Un petit quêteur sortit d'un recoin. De tous les re-
coins il sortait de petits quêteurs, nous présentant
du fruit, des fleurs, du lait, même de l'eau.

Pour mon compte, — pardonnez, lois de mon
pays! — je me fais partout un devoir d'encourager
la mendicité, même sous l'honorable figure du commerce.

Mais un de nos compagnons commença d'invecti-
ver contre les sujets mendiants de Sa Majesté Sarde.
Il s'oublia jusqu'à traiter ce souverain de « roi des
marmottes. »

— « D'abord, dit le guide, ceci ne regarde point
le roi. Nous trouverions fort mauvais qu'il fit la dépense de placer des gendarmes dans nos vallées

« Pour empêcher quelques orphelins de vous vendre des fruits et des fleurs, et les mettre en nécessité
de voler ou de mourir de faim.

« C'est le conseil de la commune, — j'en suis, — qui permet cette petite industrie à ces pauvres enfants ; et, sauf votre respect, monsieur, je l'approuve.

« Réfléchissez que nous n'appelons point les étrangers. Leur luxe, leurs exemples, leurs discours, offrent bien quelques inconvénients !

« Ce sont des oiseaux de passage. Ils ravagent un peu, pas autant qu'ils voudraient ; on les tire un peu, pas autant qu'on voudrait. On leur arrache quelques plumes.

« Les aubergistes sont les grands chasseurs ; nous autres guides, les petits. Ces pauvres enfants tendent de légers filets. Qu'y reste-t-il ? que perdez-vous ?

« Aucun de vous ne s'en va moins riche qu'il n'est venu. Le curé pourrait dire si vous nous laissez tous aussi tranquilles que vous nous avez trouvés !

« Grâce à Dieu ! il n'y a point ici de bains, et nous n'y voyons que des passants. Cependant, depuis que l'on passe, il est arrivé des malheurs jadis inconnus. »

Comme le guide achevait ce discours, nous atteignîmes à la *Cascade des Pèlerins*. — Aucune figure de pèlerins, et peu de cascade.

Mais il y avait une jeune fille assez jolie, qui nous offrit des fraises. La cascade est isolée. Je pensai à *Claudine*, nouvelle Savoyarde, par Florian.

Voilà, j'espère, une donnée de roman assez hardie.
L'héroïne se fait décrotteur dans les rues de Turin!...
L'imagination n'est pas née avec vous, ô George!

Et quel succès! Vers 1829, on voyait encore partout des enluminures représentant la grande scène
du drame, la scène de saisissement et de pleurs :

A genoux devant l'ouvrage, Claudine, fraîche
comme le jour naissant, reconnaît, dans l'homme
qu'elle décrotte, son propre séducteur. La brosse lui
tombe des mains!!

J'admire l'imagination littéraire quand elle est
portée au dramatique! Notre George a inventé cent
machines semblables, ou plus belles.

Et certes! j'approuve les dames qui ne se gênent
pas pour déclarer que George est la gloire de leur
sexe, bien au-dessus de cette vieille Sévigné.

George a réhabilité dans l'amour : l'escroc, le sal-
timbanque, le cafetier de petite ville; professions
jusqu'alors mal vues à Cythère;

Mais Florian, cinquante ans avant George, avait
réhabilité du même coup, en un seul volume, la dé-
crotteuse et le décrotteur.

O George, ô mesdames, il y a donc aussi quelque
force d'esprit dans le sexe faible où l'on prend les
capitaines de dragons!

Lorsque nous quittâmes la *Cascade des Pèlerins*, Marianne s'approcha de la jeune fille. Nous vîmes qu'elle lui mettait quelque chose autour du cou.

Elle lui donne une médaille de la sainte Vierge, dit Sylvestre. — Guide, que vos enfants tendent leurs filets, c'est bien ; mais voilà un poste périlleux !

XIV

DE LA MENDICITÉ.

Le compagnon si bien brossé par le guide sur le chapitre de la mendicité prétendait n'avoir pas son compte. On ne lui opposait, disait-il, que des sophismes.

— « Permettez ! dit Sylvestre ; la mendicité est un droit, une fonction, un besoin naturel de l'homme. En quel pays du monde ne rencontre-t-on pas la mendicité ?

« En France, la mendicité est organisée légalement, et elle est d'une pratique constante. » M. Balandier s'écria : — « Par exemple ! »

— « Eh bien ! par exemple, vos théâtres : leurs affi-

ches sur tous les murs, leurs réclames dans toutes
les feuilles, mendient et mentent tous les jours.

« Vos gens de lettres : que d'efforts pour attraper
l'argent du public, pour attraper le glaive d'académicien, pour attraper la croix d'honneur ! Ils mentent et mendient.

« Vos plus fiers citoyens : placets aux électeurs,
placets au gouvernement, placets à la faveur, placets
à la popularité. Menteurs et mendiants ! »

M. Balandier cria : — « Sophisme ! sophisme ! » Mais
lorsqu'il voulut établir sa thèse, nous criâmes : —
« Sophisme ! sophisme ! » Et nous le réduisîmes à
décamper.

La fuite irritée de M. Balandier affligea Marianne.
— « Que lui trouvez-vous donc de si charmant ? — Il
n'a rien de charmant, le pauvre homme ! Ses idées
m'ont révoltée.

« Mais vous lui avez présenté les choses comme il
ne pouvait pas les comprendre. Il se retire moqué,
battu, mécontent. Il vous aura rencontrés sans profit
pour son cœur, pour son esprit, pour son âme. Voilà
mon regret.

« Vous pouviez lui offrir avec douceur tant de bonnes raisons qui l'auraient touché ! Vous savez bien
pourquoi notre cœur, à nous autres chrétiens, s'é-
meut quand nous voyons un mendiant :

« C'est un frère, mais un frère malheureux. Nous passons en joie dans le lieu de sa misère ; il n'a pas le nécessaire, et nous avons le superflu. Si nous passons le voir, sans le secourir,

« Lorsque nous serons le soir dans notre lit, et lui sur sa paille, alors nous entendrons la voix du Père de famille : — Qu'as-tu fait pour ton frère ?

« A cette question de Dieu, je doute que nous puissions répondre : « Ce frère est peut-être un paresseux ; je n'ai pas voulu encourager son vice. » Et savons-nous s'il est paresseux ?

« D'ailleurs, sa paresse est aussi une infirmité. Puisque nous n'avons pas le temps de la guérir, empêchons qu'elle le fasse mourir de faim. Ce faible secours n'ôtera rien à ceux qui travaillent.

« Nous prions pour les âmes du purgatoire, bien qu'elles soient justement dans la souffrance et que Dieu punisse ainsi leurs prévarications. Car si nous oublions les âmes du purgatoire, parce qu'elles ont péché,

« Qui prendra pitié de nous-mêmes, qui sommes pécheurs ? Certes, nous ne devons pas craindre que Dieu nous redemande la petite pièce de monnaie que nous aurons donnée, même à un paresseux !

« Prions Dieu d'ajouter à notre aumône l'efficacité

d'une bonne parole, et de convertir ce pauvre, s'il est pécheur : ainsi nous ne craindrons plus d'encourager le vice. Crainte de pharisien !

« Mais à quoi bon tant de discours, quand nous savons que le pauvre est l'image de Notre-Seigneur ? C'est là ce qu'il fallait dire à cet ignorant.

« Quoi ! monsieur, fermer nos mains à Jésus-Christ pauvre ! Et quand Il nous demande assistance, le renvoyer avec des paroles dures, regrettant qu'Il ne soit pas en prison ! Y pensez-vous ?

« Ces insensés qui repoussent les pauvres disent que les pauvres sont désagréables et horribles à voir. Dès que l'on pense à Notre-Seigneur, on a d'autres yeux ; et les pauvres sont très-beaux.

« Les pauvres sont le spectacle le plus salutaire, puisqu'ils nous parlent de Dieu ; il n'y a pas de plus belles fleurs, puisqu'ils nous peignent l'humilité ; ni d'arbres plus riches, puisqu'ils nous offrent les fruits de la vie éternelle.

« Quand même M. Balandier eût voulu déraisonner jusqu'à Paris, vous auriez enfin redressé ses idées... Ah ! si j'étais homme, comme je ferais retentir les raisons du bon Dieu ! »

XV

LA CLOCHE DE CHAMOUNIX.

Un chariot joyeusement pavoisé, attelé de mulets pomponnés, escorté d'hommes au visage content, pénétrait dans le village. Le guide s'arrêta :

— « C'est notre cloche, une cloche de cinquante quintaux, que nous donnons à l'église ; la *Cloche des Guides !* Nous l'entendrons dans la montagne.

« Elle sonnera l'*Angelus* ; elle sonnera les baptêmes, les mariages et les enterrements. Elle sonnera et priera pour les vivants et pour les morts.

« Ce sera la plus belle cloche de toutes ces vallées. Nos défunts l'entendront dans le purgatoire ; les prières qu'elle aura éveillées rafraîchiront leurs âmes.

« Nos saints l'entendront dans le ciel ; car la voix de la prière monte plus haut que l'aigle et que tout bruit du monde : elle les sollicitera de prier pour nous.

« Si Chamounix continue comme il va, nous aurons

un orgue, des fonts baptismaux de granit, des confessionnaux de chêne sculpté;

« Sur l'autel, des chandeliers d'argent, un crucifix d'or; au front de la Vierge, une couronne d'or. Chamounix effacera Sallanches, Bonneville et Thonon! »

XVI

Après quelques années, Louis donna cette relation de Chamounix à Sylvestre, pour la lire à Marianne souffrante. Lorsque Sylvestre la rendit, il avait ajouté la page qui suit.

ET CECIDIT FLOS.

« Belle cloche de Chamounix, qui, même avant de sonner, éveillais de si beaux rêves, je loue et j'honore la piété généreuse qui t'a dédiée au Dieu tout-puissant! Mais, si je revoyais cette vallée où tu arrivais muette quand je partis chantant, où maintenant tu chantes quand mes chants ont fini, ce n'est pas toi, cloche sonore, que je voudrais entendre.

« Nos grandes courses étaient terminées. Nous avions congédié le guide et laissé les compagnons;

et tous deux seuls, le soir, ayant prié dans l'église, nous donnant le bras et nous serrant la main, l'âme satisfaite, le cœur pur, nous faisions une promenade qui fut la plus douce de cette journée aimable et de tout ce voyage enchanté.

« Nous bénissions Dieu de ces heures amies. Nous nous rappelions notre passé commun, encore si court et déjà plein de tant de joie. — Nos joies se pressaient pour passer vite! — Mais, dans l'ignorance de l'avenir, nous admirions comme Dieu distribuait ses bienfaits d'une main libérale à deux créatures qui n'avaient rien fait pour Lui.

« Nous nous disions que nous n'avions pas connu et pas même imaginé la félicité des voyages, mais que toutes ces beautés n'étaient si belles que de la plénitude de nos cœurs. Nous parlions de notre foyer paisible, où nous allions rentrer, riches de ce premier trésor de souvenirs amassés à nous deux et que nous saurions dépenser longtemps.

« Et comme cette âme charmante ne demeurait jamais éloignée de Dieu, et que tout l'y ramenait invinciblement, la joie, je le savais déjà, la douleur, je l'ai su. — « Mon ami, me dit-elle, une préoccupation se mêle pourtant à mon bonheur. Ce n'est pas la crainte qu'il dure peu : Dieu fera sa volonté très-sainte. Ce que je crains, c'est que nous ne devenions ingrats.

« Que pourrions-nous faire pour nous assurer contre nous-mêmes, pour ne pas tomber dans la tiédeur de la reconnaissance et dans la langueur de la foi ? Mon âme ne s'élance pas comme je le voudrais aux pieds de ce Maître si bon, qui a pris tant de soin de moi et qui a voulu que j'eusse le ravissement d'adorer, d'admirer et d'aimer ! » — En ce moment sonnait l'*Angelus*.

« Il sonna doucement, lentement, longuement. Nous tombâmes à genoux. La cloche avait je ne sais quelle voix plaintive et brisée. Je ne sais quel mouvement de mon cœur m'inclina soudain à la défiance du bonheur et de la vie ; une tristesse sereine, mais profonde, vint voiler toutes les magnificences et toutes les délices de ce beau jour.

« — Non, repris-je, continuant la pensée de ma prière, non, l'âme ne se trompe pas dans les inquiétudes que lui communique la joie humaine ! Elle craint avec raison de prendre goût à ces ivresses et de s'y endormir. Elle veut prétendre plus haut. Je n'ose demander à Dieu des épreuves ; mais, toutefois, que sa volonté soit faite. Et quand ce rayon de soleil qui dore à présent ma vie devra s'éteindre, j'y consens. »

« — Et moi, dit-elle à son tour, moi, dans mon bonheur, d'avance je remercie Dieu des douleurs qu'il m'enverra. Comme je reçois de lui les biens, je

proteste que je veux aussi recevoir les maux ; je crois
fermement qu'il me les enverra par un conseil de
son amour. O Seigneur Jésus, qui nous avez aimés
jusqu'à la mort de la croix, faites, à travers ces fleurs
et ces délices où nous passons, que nous aimions le
chemin du Calvaire et le poids de la croix ! »

« Nos mains se pressèrent, et nous gardâmes le
silence. Je vois le lieu, je me rappelle les paroles,
j'entends l'accent. De tous les incidents du voyage,
c'est le seul dont je n'ai rien oublié. Tout le soleil est
évanoui, tous les parfums sont envolés, et tous les
bruits joyeux sont tombés dans l'éternel silence ; et
la cloche même qui accompagnait notre prière ne
sonnera plus.

« Si je retournais à Chamounix, je ne reconnaî-
trais que la place du chemin et la touffe d'herbe où
elle ploya les genoux ; et je n'y voudrais retourner
que pour voir et baiser cette place. Non, mon Dieu,
mon bon et juste maître, non, je ne pleurerais pas,
et, si je pleurais, mes larmes ne vous accuseraient
pas ! Je n'ai jamais ignoré vos miséricordes ; dans
tous vos châtiments j'ai toujours senti votre amour.

« Ce que vous m'aviez donné pour le temps a
passé comme le temps. Qu'importe que ces fleurs
aient péri, que ces chansons soient éteintes, qu'à ce
soleil brillant ait succédé cette ombre ? Ce que vous
m'avez donné pour l'éternité, je le possède encore,
quoique je ne le voie plus. La mort est entrée de

5.

votre part dans ma maison pleine de berceaux. Elle
a pris la jeune mère, elle a pris les petits enfants, et
j'ai nié la mort.

« En présence de la mort, votre Église, mère immortelle, allume des flambeaux, symbole de la vie;
et d'une voix assurée, elle chante vos victoires sur la
mort. Ceux qui ne sont plus avec moi, Seigneur,
sont avec vous. Je sais qu'ils vivent, je sais que je
vivrai. Ils sont sortis de la vie, mais non pas de ma
vie. Croirai-je mort ce qui est vivant dans mon cœur ?

« Mais, ô mon Dieu ! comment font-ils donc pour
supporter la vie, tous ceux-là que l'on rencontre
dans le monde et qui ne vous connaissent pas, et qui
courent après la joie et qui craignent de mourir ?
Quelques-uns, en raillant, m'ont demandé ce que
c'était que l'enfer, et je leur ai dit : C'est la vie pro-
longée. »

O Sylvestre, retire ce dernier mot, car il n'est
pas chrétien, car il sonne comme le découragement
et presque comme le désespoir. Sans doute, tu
parles de ceux qui n'ont pas de Dieu, mais il ne faut
pas que l'on puisse l'entendre comme s'il s'agissait
de toi et de ceux qui croient et qui prient.

Un chrétien est une créature privilégiée et pleine
de gloire, à qui le fils unique de Dieu tient compa-

gnie ici-bas sous le voile transparent de la sainte
Eucharistie. Comment donc un chrétien consentirait-
il à subir les offenses du découragement?

La faiblesse de la pauvre nature humaine peut connaître des moments, des heures, des journées de lassitude. Mais tout cela se tient à la surface d'une âme
vraiment chrétienne et ne peut entrer au fond. Au
fond, invincible, siége l'espérance.

Celui qui aime Dieu restera dans la joie au milieu
des tribulations. La mort n'arrache rien, elle plante.
Du glaive de la mort Dieu a fait le soc de sa charrue. Nous le savons, et notre âme n'est déchirée que
pour recevoir des germes éternels.

Et nous savons que l'enfer n'est plus sur la terre,
depuis que la terre a été inondée du sang du Rédempteur.

LIVRE II

ÉTUDE DE BOURGEOIS

I

LA DERNIÈRE DILIGENCE.

Pᴙᴇɴᴏɴs les diligences pendant qu'il en existe encore.

Nos neveux nous plaindront de n'avoir connu que l'enfance des locomotives. Sur des machines perfectionnées, ils fourniront en un clin d'œil des courses où nos pères mettaient un mois et qui nous demandent encore un jour. Ils parleront des diligences comme nous avons parlé du coche, avec une compassion méprisante. Nous comprendrons alors pourquoi les vrais voyageurs, race disparue, ont tant regretté le coche. Quel était donc le charme du coche ?

> Sur un chemin montant, sablonneux, malaisé,
>   Six forts chevaux tiraient un coche.

C'était cela ; c'était le charme du voyage. On voyait du pays. Trente lieues faites, on était en pleine nouveauté de costume, de mœurs, d'usages. On avait joui du chemin, on s'était fait des amis.

Sur les anciennes routes, une foule de gens vivaient du voyageur. Les uns arrachaient de sa compassion quelques oboles, les autres lui vendaient un fruit de leur climat, un objet de leur industrie. Le chemin de fer a mis tout en régie et en monopole. Vous n'avez plus la consolation de donner un sou à l'aveugle et à l'estropié ; les singularités qui amusaient l'esprit et les yeux disparaissent, comme les petits spectacles qui attendrissaient le cœur. Que la plate et uniforme commodité de la station remplace mal les pittoresques diversités du relais ! Vous étiez libre dans la diligence. En prenant votre billet au chemin de fer, vous faites un pacte d'esclavage. Vous voyagez sous la loi de deux geôliers, le règlement et le tarif, avec une main-forte d'*employés* partout. Vous ne descendez un instant que pour retrouver Paris, la boutique de Paris, l'employé de Paris, la librairie, l'imagerie, la pâtisserie et la fourberie de Paris. Vous êtes condamné à ne plus sortir de Paris. Il n'y a plus de grandes routes, il n'y a que des lignes d'omnibus démesurées.

Plus de compagnons de voyage! Des gens enfermés dans un wagon, bien à leur aise, n'ont pas besoin de se gêner les uns pour les autres, et ne prennent pas la peine d'être polis. Chacun tire son journal ou son livre, et adieu la conversation. Que de bêtises gaies noyées dans la bêtise morne !

II

ON PRÉSENTE LES PERSONNAGES.

Nous voilà donc installés dans un *intérieur* de Laffitte et Caillard. Nous étions cinq, plus une ombrelle à manche d'ivoire très-soigneusement empaquetée, qui occupait la première place.

Au numéro 3, se planta un Anglais, tout habillé pour aller dîner en ville; grand, sec, taciturne, d'âge mûr. Étienne conjectura qu'il se nommait Thompson.

Après Thompson se placèrent un monsieur et sa femme, qui nous parurent venir de la rue Grenétat.

Au premier ébranlement de la voiture, Étienne et moi, nous fîmes le signe de la croix, par une habi-

tude d'enfance que la raison nous a rendue. L'Anglais manœuvra pour se mettre à l'aise. L'habitant
de la rue Grenétat s'écria : *Broute !* comme les conducteurs d'omnibus ; sa femme s'occupa de lisser
un reste de cheveux blondasses qui formaient une
apparence de bandeau sur son front buriné.

On voit tout de suite qu'un Anglais est Anglais, et
il n'y a plus rien à voir. Nous nous occupâmes des
gens de la rue Grenétat.

Le monsieur, que la dame appelait Oscar, était
un bourgeois robuste, de trente-cinq ans, vêtu de
bonnes étoffes, illustré de bagues, chaînes, montre,
épingles d'or ; un homme *cossu*. Nous le crûmes de
Paris. Il nous apprit qu'il n'en était pas « né natif. »
— « Mais, sans me vanter, ajouta-t-il, je ne crois
pas qu'il y ait un cocher pour connaître comme moi
la capitale ! » Sa femme filait vers la cinquantaine,
à grande vitesse. Elle avait un œil éteint, une oreille
languissante, un accent d'Alsace très-déclaré ; l'aspect général du visage rappelait le masque de Gé-
ricault.

C'était un jeune ménage en très-bon accord. La
dame regardait constamment son Oscar, lui prenait
les mains, et glissait ses doigts maigres sous les
manches de sa veste à carreaux. Oscar n'avait aucune
gêne de ces enfantillages. Lorsqu'elle lui allongeait
de petites tapes, il lui pinçait le nez.

—Vois-tu, me dit Étienne, ceci est la combinaison
du mariage d'argent et du mariage d'inclination.
Cette femme était veuve, Oscar était son premier

commis. Elle a épousé Oscar, Oscar a épousé l'établissement. Quand Oscar sera veuf, comme il l'espère, il épousera sa demoiselle de comptoir, laquelle,
veuve à son tour, fera le bonheur d'un autre premier
commis. Il n'y a pas de raison pour que cela finisse,
et c'est ainsi que les maisons se perpétuent sans enfants. J'admire que ces gens-là ne se nourrissent pas
d'acétate de morphine. Pour le deuil, ils le portent
sans tristesse. On s'explique pourquoi l'Église est
loin d'encourager les secondes noces. Elle ne doit
pas aimer que tant de pauvres créatures s'embar-
quent à désirer la mort de leur conjoint, jusqu'au
moment où elles se conjoindront quelque autre, qui
attendra le *De profundis* comme la plus joyeuse chanson de l'hyménée.

III

ON COMMENCE A CAUSER.

Nous recevons la maîtresse de l'ombrelle à manche d'ivoire : petite jeune femme ronde, blanche,
rose, bien habillée. Elle prend timidement sa place,
serre en pleurant la main de son mari et de sa sœur.
Quelle douce figure ! quels beaux grands yeux non
pas noirs, non pas bleus, non pas verts, mais mé-

langés de tout l'agrément des yeux bleus, des yeux
verts, des yeux noirs!

Elle se recueille dans sa douleur, c'est l'affaire de
cinq minutes. Son premier soin ensuite est de dé-
ganter et d'inspecter sérieusement une main peut-
être un peu forte, d'ailleurs blanche et tournée
d'une manière assez consolante. Elle ôte son chapeau, et, pendant qu'elle cherche un bonnet dans
quatre sacs de voyage, on a le temps de voir des
bandeaux de jais, une tête bien faite, un chignon
riche. Elle a introduit avec elle, dans l'*intérieur*,
bien des paquets; personne ne s'en trouve gêné.
Oscar se distrait, Thompson n'a plus l'air si britan-
nique; la disposition générale est à l'extrême bienveillance. Ah! la beauté, et même la simple gentil-
lesse, c'est un grand don!

Cette femme est-elle belle? n'est-elle que gentille?
Nous le saurons avant la fin du voyage, peut-être
avant la fin du relais... Nous le savons déjà. La voilà
en sourire, en conversation réglée avec monsieur et
madame Oscar. Elle dit des platitudes d'une voix
douce. Excellent contre-poison de ces vingt ans, de
cette fraîcheur, de ces beaux yeux aux trois nuances.
Elle n'est que gentille; elle n'est gentille qu'à regarder.

Chose bizarre! à mesure qu'elle parle, son nez
grossit; l'éclat de ses yeux ne fait plus qu'un gri-
bouillis encore aimable, mais vulgaire; elle est bou-
lotte; sa bouche ne gagne rien à s'ouvrir et à montrer de belles dents.

La conversation n'a plus d'arrêt. Tout à coup, l'on propose de manger. Oscar, Oscarde, la jeune dame, font sortir des provisions de tous leurs sacs, de toutes les poches de la voiture. Thompson avait du vin ! Hélas ! nous nous renfermons dans notre dignité, n'ayant rien à mettre sur la nappe. Bons coups de dents et joyeux devis. Allons, monsieur, là-bas, qui songez à la tristesse de votre Arthémise, consolez-vous, elle n'en mourra point ! Thompson, qui s'était contenté de sourire, ayant bu un coup, fait voir qu'il parle français. Il voyage en oisif, et pour voir : « Comment est-ce que se dit... *The beauties of France* ? — Tiens ! s'écrie Oscar, il cherche des franges... Malheureusement, ce n'est pas notre partie. Vô êtes passementier ? — *Yes*, répond l'Anglais ; je fais mon passement en France, très-agréable. »

Madame Oscar, pour se rendre utile à Thompson, imagine de lui parler allemand. La jeune dame pousse un cri de joie. Elle teutonise aussi, et les voilà qui s'en donnent ! Mais ce n'est pas le compte d'Oscar, qui a réduit l'Anglais au silence en s'obstinant à le tenir sur la passementerie ; et qui n'a point l'usage de l'allemand. On revient au français, et on s'occupe du procès de ce duc qui a tué sa femme et qui fait fermenter les têtes[1]. Oscar annonce la grande nouvelle : — Le duc s'est suicidé.

— Lui-même ?

[1] Ceci met la date du voyage en 1847 ; le récit est de la même année.

— Ça, reprend gravement Oscar, on ne le saura
jamais.

IV

C'est une chose lamentable, le crime et le procès
de ce duc. Je crains que la société n'en souffre beaucoup. Elle n'a plus le temps de se refroidir sur le
scandale. Chaque fraction des classes élevées donne
avec une sorte d'émulation son spectacle très-mal-
sain. Pour décrier les gens comme il faut, déjà le
menu quotidien de la *Gazette des Tribunaux* suffisait ;
nous avons trop d'*extra*, nous succombons sous
l'abondance des causes célèbres.

L'affaire des journalistes conservateurs n'était pas
gracieuse pour le parti du gouvernement.

Diable ! ces jeunes gens qui soutiennent « l'ordre
des choses, » comme ils sont adroits aux cartes et
au pistolet !

Et puis, le roi de Bavière, un roi qui fait des vers
et qui protège les arts, s'est bien pressé de conférer
la noblesse à cette dame de cheval que distinguait
tant le gérant de la *Presse*.

Le journal d'un côté, le roi de Bavière de l'autre, cette dame au milieu, leur donnant la main, — beau spectacle de concorde entre les puissances de la terre !

Après les confessions judiciaires des journalistes, les jeunesses des vieux rois, les aventures de Bourse, les aventures de jeu, les aides de camp royaux qui trichent à l'écarté de la cour, les anciens ministres et les grands magistrats condamnés pour concussion ; pêle-mêle avec tout cela, les plaidoiries en séparation de corps, les suicides et les faillites de gentilshommes ; et les journaux publiant tout, commentant tout, aggravant tout.... Il ne faudrait pas s'étonner s'il arrivait quelque craquement. Autrefois, la chute des étoiles était présage de grandes révolutions : voilà bien des étoiles qui tombent !

Les journaux disent force choses vertueuses. Les démocrates, particulièrement, sont pleins d'un feu d'indignation contre ces mauvais exemples venus de haut. — « Les voyez-vous, disent-ils, ces favoris de la fortune et de la loi, ces premiers du pays, ces législateurs, ces gouvernants, ces maîtres ! Ils sont aveugles, corrompus, homicides ; le peuple, qu'ils méprisent, reçoit d'eux des leçons en toutes sortes de vices et en tous genres de forfaits. »

Très-bien, démocrates ! Mais passons plus outre, comme dit Bossuet.

V

AVIS AUX LIBRES PENSEURS.

Pour être juste, il conviendrait d'observer que ce mauvais exemple qu'il reçoit, le peuple le rend bien. Toutefois, je l'avoue, ce n'est pas une excuse. Les classes élevées ne devraient donner que des exemples de vertu. Mais qui les a mises dans le cas de manquer à leur mission ?

Vous les avez réduites à la condition de peuple; vous les y ravalez de plus en plus, et vous leur reprochez des vices populaires !

Cet amour excessif des richesses, cette rage de voluptés, toutes ces vilaines passions, mères de bassesses et de crimes, ce sont passions de vilains.

Ces grands seigneurs qui tombent soudainement de leur élévation soudaine, qui sont-ils pour la plupart ? Gens du peuple. Beaucoup en viennent tout droit et immédiatement. A peine les plus anciennement décrassés le sont-ils de la veille ou de l'avant-veille.

C'est la lignée révolutionnaire. Remontez à l'origine de ces fortunes : elles sont bâties sur des assignats. Avant de payer du vil papier de la République les biens qui l'ont enrichi, plus d'un ancêtre

de ces glorieux a dénoncé et souvent même jugé le
propriétaire. Les plus honnêtes ont prospéré par le
négoce, vendant à faux poids, à faux teint, à fausse
mesure; d'autres ont grandi pour avoir répandu de
fausses paroles devant la justice ou parmi les as-
semblées.

Si, dans la cohue, tombe et se salit quelque vieux
nom, c'est que l'indigne représentant de ce vieux
nom s'est laissé prendre à vos maximes. Dégoûté de
l'ostracisme qui pesait sur lui, il est devenu infidèle
aux traditions de son ordre; il s'est jeté dans l'industrie, dans la banque, dans la philosophie; il est
votre conquête. C'est — vous ne pouvez pas le nier —
un libre penseur.

J'aime à vous entendre tonner contre les vices de
la noblesse ou de la bourgeoisie. J'applaudis à votre
éloquence; mais vous tirez sur vos troupes.

Le libre penseur rejette les préjugés du vieux
temps. Il croit que la fin terrestre de l'homme consiste à dominer, à régner, à jouir. Il est plein de
mépris pour les jésuites, pour les capucins, pour
tout froc, toute soutane, tout rabat, tout tricorne.
Il rit superbement lorsqu'on lui parle de messe,
de jeûne, de confession. Oh! que la confession
lui inspire de phrases hautes! Il dit avec pompe :
« Je ne suis pas de ceux que l'on confesse. » Il se
fait sa morale, il la met en pratique, sans aucune
crainte du jugement dernier. Il a chanté dans sa
jeunesse l'*Enfer* de *notre* Béranger; il sait que l'enfer est un lieu de plaisance

Quoi qu'en dise maint bélitre,
En entrant nous remarquons
Un amas d'écailles d'huître
Et des débris de flacons...

C'est très-gai! Le libre penseur savoure cette poésie;
il se tient assuré qu'il ne doit qu'à lui-même compte
de toutes ses œuvres, pourvu seulement qu'il les
sache cacher au procureur du roi et aux journaux
du contraire parti.

Orateurs de la vertu démocratique, tous ces héros
de cours d'assises, que vous daubez, sont des libres
penseurs. Certainement ils n'ont point pâli sur le
Traité de la Perfection chrétienne; certainement ils
ne faisaient pas maigre le vendredi et le samedi mê-
mement; certainement ils ne se confessaient pas à
tout le moins une fois l'an; certainement, sur toutes
les questions de catéchisme, ils sont vôtres.

Et vous les accablez!

Et vous croyez que, prenant les hommes nouveaux
à la même source d'où ceux-là sont sortis, les élevant de la même manière, les imprégnant de la
même morale, leur faisant admirer le même Béranger, les plaçant en tout dans les mêmes conditions,
vous aurez des parangons de probité, d'austérité,
de délicatesse!

Vous ne ferez pas ce miracle!

Sachez, en attendant, qu'il n'est pas au pouvoir
de l'homme de commettre un forfait ni même de
tomber à une bassesse contre quoi ne l'ait armé
la religion dont vous vous moquez si finement.

Hors de cette religion, point de bassesse ou de
crime qui ne sache très-bien trouver son excuse for-
melle ou prochaine.

> Des dieux que nous servons telle est la différence.

Jamais une belle action ne s'est faite dans le monde
qui ne soit nôtre par quelque point. Jamais une action condamnable ne sera commise qui ne soit vôtre
par les deux bouts.

Bien du plaisir aux beaux lieux que chante Béranger!

VI

DES POÉSIES DE M. BÉRANGER.

Oscar était grand appréciateur de ce poëte national. Il en savait par cœur de beaux passages et les
citait à propos.

— Oui, messieurs, nous dit-il, comme nous montions la côte, Béranger m'électrise. Voilà un homme
d'esprit et un bon vivant. Ne me parlez pas d'Émile
Debraux, ni de Désaugiers, ni de Victor Hugo. Ils
ont du talent, je n'en disconviens pas; mais aucun

n'arrive à la cheville de M. Béranger. Dernièrement,
je rencontrai une bande de jeunes gens du quartier
latin qui se rendaient chez M. Béranger pour lui
faire hommage. Je me joignis à eux. Il faut honorer
le génie. Tous les siècles ne produisent pas un Béranger, et peut-être qu'on n'a pas vu son pareil depuis Anacréon.

— Anacréon? dit Étienne, ce nom m'est inconnu.
Où prenez-vous Anacréon?

— Il en est souvent question, reprit Oscar, dans
l'*Almanach du Caveau*; et il y a une société de gens
établis du faubourg Saint-Martin qui s'appellent les
Enfants d'Anacréon. Je n'en suis pas; autrement, je
me ferais un plaisir de vous renseigner.

— J'ai ouï dire, continuai-je, que c'était un vieillard débauché d'avant la grande révolution, qui
s'appelait de son vrai nom Chaulieu, et qui demeurait dans le quartier du Temple.

— Effectivement, dit Oscar, il y a encore des
Chaulieu sur le boulevard Saint-Martin. Une vieille
et bonne maison de miroiterie. Mais, pour en revenir à M. Béranger, je le place beaucoup plus haut.
Ce que j'aime en lui, monsieur, c'est qu'on y trouve
de tout; du tendre, du patriotisme, du militaire, et
enfin du risqué, pour s'amuser entre jeunes gens. Il
chante nos libertés et nos gloires. Ça vous émous-
tille, ça vous enlève, ça vous fait aimer la patrie.
Moi qui vous parle, j'ai un motif particulier pour le
chérir. Je lui dois mon établissement; il m'a fait
épouser *ma dame*. Je vous étonne? Voici le fait. Je

ne prétends pas me vanter, mais j'ai une assez jolie
voix et du goût, quoique négociant. Je chantais du
Béranger; tout est venu de là.

— Sans indiscrétion, monsieur, dit Étienne, pour-
rai-je vous demander ce que votre dame préférait?

— Tout, indifféremment, monsieur, répond Oscar. Mais vous savez, les Allemandes sont sentimen-
tales; j'attaquais principalement ce qui est un peu
langoureux :

> Bois dans ma coupe, ô messager fidèle,
> Et dors en paix sur le sein de Néris.

— C'est touchant, dit Étienne. Et maintenant,
heureux époux, vous chantez :

> Mon épouse fait ma gloire,
> Rose a de si jolis yeux!

Or, comme la Rose d'Oscar était pour le moins
louche, et peut-être borgne, le pauvre Oscar sentit
le trait. Étienne craignit de l'avoir enfoncé trop
avant. Il reprit aussitôt :

— Je respecte votre goût, mais je ne le partage
pas ; et si vous le voulez, je vous dirai franchement
ce que je reproche à Béranger.

— Quoi donc? demanda Oscar, non sans quelque
mauvaise humeur.

— Vous comprenez, dit Étienne, que les goûts sont
libres. Celui de l'un n'attaque pas celui de l'autre.

— Sans doute, dit Oscar. Mais que reprochez-vous à M. Béranger?

— Bah! continua Étienne, qu'est-ce que cela vous fait?

—Rien du tout, reprit Oscar. Seulement on aime à savoir, et la diversité des opinions alimente la conversation.

— Vous avez raison, dit Étienne... Alors je vous avouerai que Béranger me semble un peu canaille.

— Comment! s'écria Oscar, le premier poëte, le premier chansonnier de la France!

— Oui, je le trouve canaille.

— Voilà du nouveau, par exemple, et l'on apprend en voyageant!

— N'est-ce pas?... Je le trouve très-canaille.

— Eh bien, moi, je trouve que c'est un grand citoyen; on verra cent mille Français à son enterrement, et j'y serai.

— Je ne dis pas le contraire.

Il se fit un profond silence.

VII

ON VIENT AU PARTI PRÊTRE.

Nous pensions qu'Oscar nous bouderait, mais il était de la rare espèce des libéraux qui permettent

qu'on les contredise. Au relais suivant, il reprit lui-
même de très-bonne grâce la conversation.

Il nous confia qu'il était du mouvement, et qu'il
s'en donnait beaucoup dans le quartier Saint-Denis
pour faire nommer un député favorable à la réforme
électorale. Nous répondîmes que c'était fort bien
employer son temps.

— Et qu'est-ce que vous attendez de la réforme?
lui demanda Étienne.

— D'abord, dit-il, ce sera plus juste; car, depuis
mon mariage, je suis électeur, mais auparavant je
ne l'étais pas; et cependant j'entendais les affaires
politiques aussi bien qu'aujourd'hui. Ensuite, le
commerce ne va pas; et j'ai dans l'idée que la réforme produirait un certain remuement qui le ferait
marcher.

— Pour le remuement, dit Étienne, comptez-y.

— En troisième lieu, continua notre homme, je
trouve que la France n'est pas à son rang. Il nous
faut la frontière du Rhin. Une Chambre nommée à
la suite de la réforme amènerait M. Thiers au minis-
tère; avec lui nous aurions bientôt récupéré nos
limites naturelles.

— Croyez-vous? dit Étienne.

— Parbleu, dit Oscar, ces pays-là ne sont pas contents d'être prussiens. Nous n'avons qu'à leur faire
signe, et ils viennent à nous. Ma femme en est, elle
peut vous le dire. Pas vrai, *Glantine?*

— Oh! s'écria Églantine, *Fife la Vrance!*

— Et en outre, poursuivit Oscar, avec un sérieux

6.

admirable, le parti prêtre empiète; il est temps de
lui donner une leçon. C'est ce que nous ferons avec
la réforme.

— Voilà l'essentiel, dit Étienne, mais c'est le plus
difficile.

— Bah! fit Oscar, nous en viendrons bien à bout.

— Certainement, reprit Étienne; pourtant il y a
une difficulté à laquelle vous ne songez pas. Qu'est-
ce que c'est que le parti prêtre? où est-il?

— Oh! oh! dit Oscar, nous saurons le trouver.

— Sans doute, dit Étienne, mais vous ne pouvez
pas dire où il est, ni ce qu'il est. Ayez la bonté de
m'apprendre ce que vous a fait le parti prêtre et ce
que vous lui ferez? Voulez-vous démolir les églises?

— Oh!

— Prétendez-vous empêcher les curés de dire la
messe?

— Par exemple!

— Et les bedeaux de sonner les cloches?

— Nullement.

— Et les enfants d'apprendre le catéchisme?

— Non.

— Et vos voisins d'être baptisés, mariés, enterrés?

— Pas davantage.

— Alors, que reprochez-vous au parti prêtre, et,
encore une fois, que lui voulez-vous?

Oscar se recueillit, et d'une voix fière, il s'écria :
— Je veux l'empêcher de faire reculer la civilisation
moderne!

— Il fallait le dire, reprit Étienne. Mais qu'est-ce que c'est, la civilisation moderne?

Oscar parut embarrassé. Quoique possédant assez son journal, il n'était point de ces foudroyants qui sont toujours en mesure de réciter un premier-Paris sur la civilisation moderne. Après quelques efforts, il jeta sa langue aux chiens.

— Allons, monsieur, dit-il de bonne humeur, vous voulez me faire *poser*.

VIII

DE LA CIVILISATION MODERNE.

Pourriez-vous le penser? reprit Étienne. Je vous demande ce que c'est que la civilisation moderne, pour voir si j'ai le plaisir de me trouver d'accord avec vous.

A mon avis, la civilisation moderne, c'est la concurrence. J'entends par là le droit pour tout le monde de faire du tort à tout le monde. C'est notre immortelle conquête de 89. Vous êtes établi, vous faites votre affaire. Quelqu'un vient se planter à côté de vous, prend votre partie, s'empare de votre enseigne, vend au rabais, vole le public et vous cul-

bute; mais vous avez le droit de lui rendre la pareille et de le culbuter à votre tour : voilà la civilisation moderne, selon moi.

Comment le parti prêtre, supposé qu'on le découvre, pourrait-il faire reculer la civilisation moderne ?
Ce serait en persuadant aux commerçants, aux fabricants et surtout aux politiques, qu'il n'est pas
permis de faire du mal à autrui, de prendre le bien
d'autrui, de mentir au public pour le voler. — Le parti
prêtre voulant faire régner la probité, il n'y réussira
pas tout de suite, convenez-en ! Oui, me direz-vous,
mais il y tend; et s'il y parvient?—S'il y parvient, j'a-
voue que ce sera une gêne considérable pour beaucoup de citoyens français. Plus moyen de monter
une maison sans autres fonds que le prospectus;
voilà un affreux péril pour les manufactures de papier. Il est urgent de prévenir ce péril, j'en conviens.

Votre cause est trop juste, monsieur, pour que
vous ne réussissiez point. Vous aurez la réforme.
Elle ne vous donnera point vos limites naturelles;
cependant vous abîmerez le parti prêtre, et ce sera
toujours cela.

Oscar se tut, mais nous lisions dans sa pensée. Il
se disait :

— Décidément, je pose.

C'était la vérité pure : il posait, le pauvre homme,
type éternel et triste du grand vulgaire, plein de sottise, de crédulité, d'ignorance, de présomption, et
qui de nos jours, hébété par de lâches flatteurs, en-
tendant parler de tout, se mêlant de tout, maître et

juge de tout, a fini par perdre jusqu'aux dernières
lueurs du bon sens.

IX

SITUATION CRITIQUE. — PÉRIPÉTIE.

Nous descendîmes pour dîner.

— C'est maintenant, me dit Étienne, que nous
allons perdre l'estime d'Oscar. Nous nous sommes
aperçus que sa femme est borgne, nous n'aimons
pas les hymnes de Béranger, nous ne travaillons
point pour la réforme; et, comme c'est vendredi,
nous allons faire maigre : il va voir que nous sommes
du parti prêtre.

Faire maigre n'était point la chose du monde la
plus aisée : il n'y avait point de maigre sur la table.

Décidés à montrer de l'intolérance, nous fîmes
venir l'aubergiste. Étienne lui dit que nous ne man-
gions pas de viande le vendredi, et qu'il voulût bien
nous servir du maigre.

L'aubergiste avait visiblement des idées arrêtées
sur les commandements de l'Église. Il les abrogeait.

— Messieurs, répondit-il avec un aimable sourire,
je suis désolé; il n'y a pas de maigre.

— Faites-en, monsieur.

— Ce sera long, et la diligence n'attend pas.

— Alors, monsieur, donnez-nous du pain et du fromage, pour une vingtaine de sous.

L'aubergiste commençait à perdre son sourire. Il avait une certaine envie de nous envoyer promener ; mais nous représentions sept francs ! Il voulut entrer en controverse.

— Je crois, dit-il, qu'on peut manger ce que l'on trouve et que l'on n'est pas damné pour ça.

— Pendant que vous raisonnez, observa Étienne, vous auriez déjà fait une omelette, et pendant que nous répondrions, nous ne dînerions pas.

Oscar, sa femme, la jeune dame, l'Anglais étaient à peindre durant ce colloque. Oscar surtout. Évidemment cet honnête homme, à force d'entendre parler des jésuites de robe courte, avait longtemps désiré d'en voir un. Il en avait deux sous les yeux, en pleine activité, demandant impudemment du maigre. Il remarquait la moustache d'Étienne et s'étonnait de l'art avec lequel nous savons nous déguiser. Quelle bonne chose à conter dans la rue aux Ours !

Cependant l'aubergiste était violemment combattu. Se résignerait-il à perdre sept francs, le verrait-on mollir devant deux fanatiques, lui, le propriétaire de la *Couronne d'Or ?*

Nous nous levions pour aller chercher du pain dans le voisinage, lorsqu'un secours inattendu nous vint du fond de la salle. Une voix de basse fit frémir les vitres comme le son du tambour :

— Donnez du maigre !

Tout le monde regarda. C'était le *coupé* qui entrait, représenté par un colosse de la plus fière et de la plus martiale figure. Moustache grise, rosette d'officier, col d'ordonnance, balafre terrible sur le front ; un colonel pour le moins ! Une dame, d'un aspect plus doux et non moins respectable, l'accompagnait. Derrière eux se tenait, fière et timide, une fille de seize ans, lien de fleurs entre ces deux forces grandioses. Quelle charmante expression curieuse, gaie, ingénue et modeste avait cette jeune fille ! Ah ! celle-là était belle ! Auprès de ce lis, le petit objet de notre compartiment ne paraissait plus qu'un pauvre coquelicot.

Voyant ces trois personnages, le maître de la Couronne d'Or perdit toute sa philosophie et toute sa jovialité. Quelque grand que l'on soit par la fortune, par l'influence, par les lumières, fût-on même membre du conseil municipal et capitaine de la compagnie de sapeurs-pompiers, on ne met pas à la porte d'un seul coup cinq dévots, dont un colonel, qui veulent faire maigre à 3 fr. 50 c. par tête.

Le maître de la Couronne d'Or, ôtant sa couronne à lui, un bonnet de coton très-gaillard, nous annonça du maigre. Il tint parole, et même avec un certain luxe. Il était improvisateur.

Mais qui peindra l'œil écarquillé, la bouche béante, la stupéfaction, l'embarras d'Oscar ? A peine osait-il toucher aux viandes entassées sur son assiette ; il craignait que le colonel n'en fût choqué,

Si ce terrible convive l'avait interrogé sur ses convictions religieuses, Oscar aurait attesté qu'il faisait
gras par ordonnance du médecin, pour sa petite
santé.

X

DE L'APOSTOLAT MILITAIRE.

Ce colonel était bel et bien un très-brave et illustre général, et je lui rends grâce ici de notre dîner.

Sans lui, qui sait si nous aurions eu seulement
l'omelette? Nous eûmes poisson, légumes, crème,
un festin. Mais en vérité, général, je vous remercie
encore plus de la bonne leçon que vous avez donnée
à vos convives et à votre hôte d'un moment. Ils en
avaient grand besoin, et ce serait leur rendre service
d'y revenir. Ah! général, quel bien vous faites partout où vous passez, rien qu'en vous montrant si
simplement et si vraiment chrétien! La vanité de ces
petits bourgeois et les hauts sentiments qu'ils ont
d'eux-mêmes ne leur permettent pas pourtant tout à
fait de se comparer à vous, et leurs journaux n'ont
pu leur persuader — c'est bien étonnant — qu'il
faut plus de génie pour vendre des bas ou débiter

un fromage que pour prendre une ville d'assaut. Ils respectent encore l'homme qu'ils voient passer sur un cheval de guerre, l'arme au côté, des croix sur la poitrine, des blessures sur le visage, le commandement dans les yeux. Cet homme, c'est le dévouement, c'est la gloire, c'est l'autorité, surtout c'est la force. Si cet homme était chrétien, comme vous l'êtes, général, et respectait Dieu hautement, publiquement, le bourgeois serait moins volontiers esprit fort; et, par suite, il y aurait moins de ces misérables qui, au moment donné, s'embusquent au coin des rues, à l'angle des fenêtres, sur les toits, derrière les cheminées, et de là, invisibles, féroces et lâches, font couler dans les ruisseaux le meilleur sang de la patrie.

XI

ÉLÉVATION SUR LES HAUTEURS.

Nous montions à pied la côte, plaisir que les chemins de fer nous vont enlever et que ne connaîtront pas les voyageurs futurs! A droite, de belles collines vertes et bleues; à gauche, une vaste plaine avec des arbres et de l'eau, un ciel paisible, un soleil couchant, point de maisons; et là-bas, bien loin, un charmant clocher. Mon Dieu! que la terre est belle, et

I.   7

qu'il faut que les hommes soient sots d'employer les
trois quarts de leur vie à se haïr dans ce lieu d'exil
où vous avez laissé pour eux tant de richesses, où
ils pourraient encore trouver tant de bonheur et
jouir de tant de repos !

Autour de nous, tout est grave, majestueux, pacifique. Une harmonie quasi divine règne entre ce que
nous voyons. L'arbre donne son ombrage et le thym
son odeur ; l'eau répand en courant la fertilité sur
ses rives ; la terre se féconde au soleil qui l'embellit,
les troupeaux paissent sans discorde. Toutes ces
choses se donnent et se renvoient mutuellement la
vie et la beauté ; et les nuages sont une parure dans
le ciel.

Mais ce clocher nous indique les demeures de
l'homme ; et là où devraient être plus qu'ailleurs
l'union, l'amour, le mutuel support, là sont les riva-
lités, les guerres, l'ingratitude envers le Créateur.
Oui, hélas ! voilà ce qu'un clocher indique ; mais,
grand Dieu ! si le clocher n'y était pas !

Dans ce triste séjour où la jalousie complote, où
l'envie ment et blasphème, où la passion ourdit ses
trames méchantes, il y a probablement aussi plus
d'une âme, il y en a une au moins qui vous connaît,
Dieu bon, et qui vous aime ! Et celle-là, quelles que
soient d'ailleurs ses misères, surpasse en prix infiniment ce soleil et toutes ces splendeurs terrestres
que nous admirons. Vous l'avez aimée et vous l'avez
choisie de toute éternité pour être l'objet de votre
amour. Vous l'avez créée pour vous connaître, vous

l'avez animée de votre souffle, vous l'avez rachetée
par les souffrances et par le sang de votre Fils unique,
et du haut du ciel vous veillez sans cesse pour qu'elle
mérite d'entrer un jour dans votre éternité.

Toute cette forme de la terre disparaîtra, sera re-
jetée comme un vêtement vieilli, s'évanouira comme
une vapeur ; mais l'âme qui vous aime et que vous
aimez entrera pour jamais dans la gloire de vos cieux
qui ne passeront point. *Exsiccatum est fœnum, et
cecidit flos : verbum autem Domini nostri manet in
æternum.*

« O chrétien ! sache ce que tu vaux ! » a dit un
grand pape. Et voilà donc en effet l'étonnante et in-
compréhensible dignité de cette âme, qui est là-bas,
seule peut-être, emprisonnée d'un corps infirme et
revêtu de haillons, dans ce petit guêpier des mé-
chancetés humaines. Et non-seulement elle est en
possession de tant de grandeur, mais encore elle le
sait. Reine exilée, elle sait qu'elle retrouvera sa couronne et son empire, et qu'il n'y a point de frontière, ni de distance, ni d'armées ennemies qui l'en
éloignent pour longtemps, si seulement elle y veut
entrer. Elle le voit, son royaume divin ; et chaque
pas qu'elle fait l'en rapproche ; et toute douleur qui
tombe sur elle, toute humiliation qui l'atteint, lui
prépare un surcroît plus splendide de puissance et
de gloire, et elle sait encore cela. Et elle sait aussi
que rien ne peut lui ravir tant de biens : pour les
perdre, il faut un acte libre de sa volonté; pour être
détrônée, il faut qu'elle abdique.

En attendant, c'est une créature de Dieu qui souffre! — Sans doute; mais en souffrant elle mérite, elle espère, elle aime.

XII

LA CROYANCE D'OSCAR.

Oscar tournait autour de nous comme un homme qu'un désir vif importune. Il nous aborda enfin.

— A ce que j'ai vu, messieurs, nous dit-il, vous avez de la religion?

— Oui, monsieur, répondit Étienne; et vous?

— Chacun a la sienne, reprit l'habitant de la rue Grenétat; la religion est le propre de l'honnête homme. Mais vous êtes ce qu'on appelle *foncièrement* religieux.

— Du moins nous voudrions l'être, monsieur.

Oscar parut songer. Il poursuivit son enquête :

— Vous avez été élevés comme cela?

— Pas *foncièrement*, répondis-je; mais nous avons pensé, nous avons étudié, et nous avons su comment des catholiques doivent vivre.

— C'est-à-dire, observa Oscar, vous parlez des catholiques-jésuites... sans vous offenser, car les opinions sont libres.

— Vous ne nous offensez pas. Ce sont en effet les jésuites qui nous apprennent à vivre chrétiennement.

— C'est particulier, messieurs, dit Oscar, comme les hommes se ressemblent peu! Tel que vous me voyez, j'ai été élevé dans un pays où tout le monde va à la messe, et l'oncle qui m'apprit à lire avait étudié pour être prêtre. Le dimanche, même, il chantait au lutrin. Il m'avait donné toutes ses idées, qui étaient celles de mon père et de ma mère; je suis venu à Paris avec un chapelet dans ma poche, faisant maigre comme vous les vendredis et samedis. Eh bien! tout au contraire de vous, l'expérience, la réflexion, l'usage du monde, m'ont fait perdre ces habitudes. Je vous assure que cela ne m'empêche pas d'être honnête homme.

— Je vous assure, dit Étienne, que cela ne nous empêche pas de vous plaindre.

— Mais, reprit vivement Oscar, je ne m'estime pas à plaindre. Je crois en Dieu, je l'honore, et je pense que c'est assez. Comme dit Béranger :

> Il est un Dieu, devant lui je m'incline,
> Libre et content, sans lui demander rien.

La raison m'a démontré l'inutilité de ces pratiques et cérémonies auxquelles les hommes se croyaient autrefois obligés.

— En sorte, dit Étienne, que vous avez été catholique, et que vous ne l'êtes plus.

— Je le suis encore... comme tout le monde. J'ai

voulu me marier à l'église, quoique ma dame soit
protestante.

— Ah! elle est protestante!

— Oui, et je vous avoue qu'elle me donne à penser. Je resterai catholique, parce qu'un honnête
homme ne doit pas changer de religion; mais la
sienne est bien douce. Elle prie, elle ne prie pas,
elle va à l'église, elle va au temple, elle va à la
synagogue, elle ne va nulle part, elle fait gras, elle
fait maigre, rien ne la choque; elle dit que chacun
pense et fait ce qu'il veut, et que tout est bon,
pourvu qu'on soit droit en affaires. J'aime cette religion-là. C'est commode dans la société.

— Et, ajouta Étienne, c'est facile à suivre en
voyageant. Je vois qu'au fond madame votre épouse
est, comme vous, pour le Dieu de Béranger.

— Oui; le Dieu des bonnes gens :

> Le verre en main, gaîment je me confie
> Au Dieu des bonnes gens.

— Ce Dieu des bonnes gens, reprit Étienne, est
aussi le Dieu des ivrognes.

— Pourquoi, dit Oscar, voudrait-on que Dieu fût
ennemi d'un peu de gaieté :

> Pour vivre heureux, vous ai-je en vain
> Donné des femmes et du vin?

— Mais quand les ivrognes boivent leur fonds,
ruinent leurs enfants et battent leurs femmes, que
dit de cela le Dieu des bonnes gens?

— Messieurs, on sait qu'il faut avoir de l'honnêteté et de la morale.

— Oui, monsieur, on le sait; mais il n'y en a pas
moins beaucoup d'ivrognes, de voleurs et de scélérats qui ne s'en soucient guère. La loi ne les atteint
pas tous. Que pouvez-vous faire avec votre Dieu des
bonnes gens, pour vous préserver d'eux et pour les
rendre meilleurs?

Oscar tâcha d'échapper.

— Donc, messieurs, sans être ce qui s'appelle dévot, on ne peut pas être homme de bien?

— Quelques personnes privilégiées, comme vous
et *madame*, y parviennent peut-être, à cause des bons
principes qu'elles ont primitivement reçus.

— Cependant, poursuivit Oscar, vous savez bien
qu'on voit des prêtres, des chanoines, des évêques
et même des papes commettre des crimes.

— Quant aux papes, lui dit Étienne, vous n'en
êtes pas sûr. Vous avez lu dans le *Siècle* beaucoup
de choses qu'il faudrait prouver. Mettons qu'elles
sont vraies, cela témoignerait qu'au fond ces papes,
ces évêques et ces prêtres ont adoré le Dieu des
bonnes gens.

— Mais, messieurs, ils sont donc hypocrites?

— Oui, monsieur. L'hypocrite, je suis bien fâché
de vous le dire, est un dévot du Dieu des bonnes
gens, comme l'ivrogne qui boit le pain de sa famille
et le gage de ses créanciers, comme le marchand qui
trompe sur la qualité, sur le poids et sur la mesure.
Ces gens-là n'appartiennent pas à la religion chré-

tienne, puisqu'ils font ce qu'elle défend : ou ils y
croient sans avoir le courage de l'observer, et ce
sont des lâches; ou ils font semblant de l'observer
sans y croire, pour mieux tromper le monde, et ce
sont des scélérats; mais rien n'empêche qu'ils servent le Dieu des bonnes gens : ils s'inclinent devant
lui « sans lui demander rien... » Ce qu'ils veulent,
ils savent bien le prendre.

— N'importe, poursuivit Oscar, je ne me puis persuader que, pour honorer et servir Dieu, je doive
m'abîmer l'estomac. Le maigre m'est contraire.

— Permettez, monsieur, dit Étienne; il ne s'agit
point de ce que l'on se persuade. Je connais beaucoup de gens qui pensent comme vous que la vraie
religion ne commande point ces pratiques, et ils
ajoutent aussi que le maigre ne va point à leur estomac. Ils se donnent volontiers des indigestions de
viande, après quoi la gastrite les condamne à des
pénitences plus longues et plus dures que les nôtres.
Laissons ce détail. Il est question, s'il vous plaît,
d'honorer Dieu, non à votre façon, mais comme il
veut l'être. Du moment que vous raisonnez contre ses
commandements, du moment que vous y changez,
que vous y retranchez, que vous n'en prenez qu'à
votre aise et à votre goût, vous ne lui obéissez plus,
vous ne l'honorez plus.

XIII

DE L'OBÉISSANCE A L'ÉGLISE.

A ces mots, le génie du Collége de France parut s'abattre sur l'habitant de la rue Grenétat. Oscar ouvrit les bras, regarda l'espace, prit son vol dans les régions les plus élevées de la pensée, et nous lança en deux mots un résumé de toute la philosophie moderne.

— Voilà, voilà, s'écria-t-il; il faut abdiquer sa raison et croire que les prêtres sont les ministres de Dieu!

— Précisément, lui dis-je.

— Ainsi, vous ne croyez pas, monsieur, ajouta Étienne, que l'Église représente Jésus-Christ, toujours vivant sur la terre?

— Non, monsieur.

— S'il fallait établir cela, vous seriez embarrassé.

— Possible, messieurs; mais d'autres s'en chargent; et je ne sais pas ce qu'on peut leur répondre.

— Pour mieux dire, vous ne savez pas ce qu'on leur répond; mais ce qui peut vous consoler, c'est qu'ils l'ignorent aussi. On leur a conté cela comme

7.

à vous, et ils l'ont cru comme vous. Les hommes
avalent bien des choses, monsieur, pourvu qu'elles
soient accommodées au gras! Quant à moi, qui n'ai
pas toujours fait maigre le vendredi, je vous assure
que Dieu s'explique et commande par la bouche de
l'Église, et que la raison qui obéit raisonne mieux
que la raison qui raisonne.

— Eh bien! je serais curieux d'apprendre comment cela se fait.

— C'est très-simple. Je suppose que vous avez
deux commis dans votre magasin, tous deux robustes, assez intelligents, mais sans aucune expérience, ne sachant rien des difficultés de la vie, et ne
songeant pas à s'établir; deux écervelés qui pensent
que les alouettes leur tomberont toutes rôties dans
la bouche.

— Monsieur, vous les connaissez bien; ils sont
tous comme cela.

— Et nous aussi, mon cher monsieur. Nous venons au monde avec une pente pour la religion du
Dieu des bonnes gens. Mais vous qui savez de quoi il
retourne, homme expérimenté, bon patron, vous
voulez le bien de ces enfants; vous les exhortez à
travailler, vous l'exigez même, et s'ils ne vous obéissent pas...

— A la porte!

— Malgré le Dieu des bonnes gens. Vous exigez
qu'ils fassent leur besogne, vous l'exigez pour vous
et pour eux, et s'ils s'y refusent, vous les ren-
voyez... C'est ce que l'on appelle l'excommunication.

— Voilà une chose particulière ! Je n'y avais pas songé.

— On ne songe pas à tout. Vos jeunes gens donc, craignant d'être chassés, travaillent, font leur devoir. Peut-être qu'ils s'ennuient un peu : vous n'y prenez pas garde. Ils sont au monde pour travailler ; leur travail profite aux autres et à eux-mêmes. Passant leur temps à s'amuser, ils ne tarderaient pas à être beaucoup plus malheureux, et ils le seraient pour toujours. Ennuyés ou non, ce sont d'honnêtes garçons, de bons commis : tout annonce qu'ils réussiront ; vous êtes content d'eux, vous vous promettez de les avancer, et par la suite de les aider de votre amitié, de vos conseils, au besoin de votre bourse : mais voici une autre affaire.

Un jour, ils vous déclarent qu'ils ne sont pas satisfaits de la nourriture que vous leur donnez, ni du repos que vous leur permettez...

— Parfait ! Je les reconnais, les cancres ! Moi, monsieur, qui ai fait mon apprentissage au pain sec, j'entends des goinfres de jeunes gens protester contre le bouilli et les légumes...

— Ils disent que c'est contraire à leur tempérament : ils voudraient que les repas fussent plus longs, la table plus chargée. Ils demandent du rôti, de la volaille, du vin de Bordeaux, du dessert, du café...

— Et le pousse-café ! Oui, monsieur, vous croyez que je ris : ils voudraient le pousse-café ! Vous verrez qu'ils en viendront aux liqueurs fines.

— Et après qu'ils auront mangé tout cela, ils ré-

clament encore un quart d'heure pour chanter le
Dieu des bonnes gens. A ces demandes, que répondez-vous?

— Je les envoie crever de faim dans la rue, monsieur, aussi vrai que je me nomme Oscar Plumeret;
et je forme une coalition avec tous les patentés de
ma partie, pour que jamais aucun de nous ne re-
çoive chez lui un seul de ces grugeurs!

— Ce serait les damner autant qu'un homme le
peut faire, et vous ne puniriez pas si rigoureusement
un péché de jeunesse. Vous leur feriez voir que la
bombance nuirait à leur travail, et même à leur
santé; vous leur ordonneriez de se contenter du
bœuf et des légumes, et vous finiriez par leur déclarer que c'est à cette condition que l'on reste chez
vous.

— Voilà où j'appuierais.

— Le plaisir est plus persuasif que la raison; ni
l'un ni l'autre ne se rend à vos arguments; mais l'un
obéit, l'autre résiste. Le premier laisse accumuler
entre vos mains le prix de ses services; le second le
retire et le dépense en festins dans les moments de
vacance que vous lui accordez ou qu'il peut vous
dérober. Le premier s'en est rapporté à votre jugement; il s'est dit : Le patron est plus sage que moi;
il a ses motifs pour ne pas vouloir que je m'amuse.
Et là-dessus, il a parfaitement abdiqué sa volonté.
Le second a raisonné. Il s'est dit : La jeunesse n'a
qu'un temps et la vie est incertaine; rien ne m'assure que je vieillirai : il faut que je m'amuse pen-

dant que je suis en vie et pendant que je suis jeune.
Pourquoi le patron veut-il m'empêcher de me ré-
galer et de me réjouir? Quel mal lui fais-je en man-
geant de bonnes viandes et en buvant de bon vin?...
Maintenant, monsieur Pluminet...

— Plumeret, Oscar Plu-me-ret.

— Maintenant, monsieur Plumeret, vous voyez
d'ici la fin de l'histoire. Le garçon qui n'a pas raisonné vous succédera et épousera mademoiselle
votre fille. L'autre, sur les fredaines duquel vous
aurez longtemps fermé les yeux, finira, de raisonnements en raisonnements, par crocheter votre caisse
pour y trouver de quoi fournir à ses repas, et vous
serez obligé de le mettre à la porte et peut-être de
le livrer à la police. Lequel des deux aura été le
plus raisonnable? Il me semble que c'est celui qui
aura le moins raisonné.

Nous eûmes encore le plaisir de voir la dialectique
de M. Plumeret en défaut. Mais on peut dire du
quartier Saint-Denis ce que l'on disait de l'Afrique
au temps des Romains : *Nutrix causidicorum.* C'est
une pépinière d'ergoteurs, et il s'y forme des avocats sur lesquels l'incrédulité pourra compter longtemps. Ils ont des ressources d'argumentation pour
désarçonner tous les Pères de l'Église.

— Je comprends parfaitement la supposition que
vous faites, nous dit Oscar, après s'être gratté le
front. Cependant je ne vois pas quel rapport cela
peut avoir avec le gras ou le maigre, et j'ai toujours
dans l'idée que Dieu ne saurait vouloir empêcher

un homme qui a des moyens de faire gras le vendredi.

A mon tour, je fus démonté. M. Plumeret reprit
triomphalement sa place dans la voiture qui venait
de nous rejoindre, et Étienne me dit en riant :

— Voilà pour t'apprendre à parler en paraboles.

XIV.

VUE GÉNÉRALE DE L'HÉRÉSIE.

Nous eûmes avec M. Plumeret plusieurs autres
entretiens sur différents sujets de théologie et d'histoire. Je les passe; ce n'est point modestie, car nous
n'y fûmes pas heureux. Étienne essaya inutilement,
comme moi, du genre familier, de l'apologue et de
la parabole. M. Plumeret avait toujours un *Je ne sais
pas*, un *Je ne vois pas*, ou tout simplement un silence
qui nous laissait sur le carreau ; et il nous échappa,
à la fin du voyage, aussi dévot au Dieu des bonnes
gens que nous l'avions trouvé dès le début. Cependant il confirma pour nous une remarque que tous
les catholiques ont pu faire : c'est la facilité avec
laquelle les plus forts et les plus subtils arguments
des hérétiques viennent aux lèvres des pauvres hères
à qui l'on essaye de faire goûter la vérité.

Ce Plumeret n'avait ni lecture ni mémoire, il ne
connaissait pas même de nom les systèmes divers
qui ont été depuis dix-huit siècles opposés à la
croyance orthodoxe; mais il les inventa presque tous
durant les deux journées que nous passâmes avec
lui. Il fut successivement païen, ébionite, mani-
chéen, arien, carpocratien, marcionite, montaniste,
luthérien, catharin, musulman, janséniste, éclec-
tique, etc. Cette épreuve, renouvelée cent fois, ra-
baisse beaucoup à mes yeux le génie et la gloire des
hérésiarques. Il ne faut pas grand esprit pour faire
ce qu'ils ont fait! Nier une vérité, c'est délier aussitôt dans le cœur de l'homme une passion corres-
pondante qui suffit pour mettre le reste en rumeur
et pour édifier soudain une hérésie complète qui
niera vigoureusement toutes les vérités et donnera
la main fraternellement à toutes les erreurs.

Entrez dans le premier cabaret venu, interrogez
sur les vérités de la foi le plus grossier des portefaix
qui le fréquentent, mettez à côté de cet homme un
scribe un peu adroit qui écrive ses réponses : voilà
un hérésiarque. S'il plaît à Dieu irrité que cet ivrogne
et ce scribe trouvent et s'attachent un soudard de
quelque talent, vous avez sous la main Luther et
Mahomet.

Si l'on voulait bien réfléchir à cela, il suffirait,
sachant ce que la foi chrétienne ordonne et combien
elle a été combattue, de la voir encore debout après
dix-huit siècles, pour reconnaître en elle, sans autre
examen, la vérité divine, divinement maintenue.

Mais ce n'est pas l'argument qu'il faut proposer à
M. Plumeret ni aux rédacteurs de son journal. Ils
diraient : Je ne vois pas que la religion dont vous
parlez existe. Je crois qu'elle est morte. L'esprit humain, qu'elle a longtemps opprimé, s'est enfin redressé contre elle. *Nous* l'avons vaincue à jamais.

Je l'ai entendu de la bouche de M. Plumeret :

— Monsieur, ne parlez pas de ces choses-là. Nous
sommes majeurs, nous n'en voulons plus.

— Ah! vous n'en voulez plus !

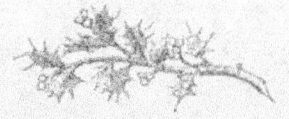

LIVRE III

RÉSURRECTION D'UNE VILLE

I

La ville où nous arrivons est belle, alignée, policée; elle a des ruines, des monuments, une histoire; plusieurs de ses carrefours sont ornés des statues de ses propres grands hommes. Elle s'enorgueillit de deux ou trois écoles centrales; elle est chef-lieu administratif, militaire, judiciaire; elle a deux académies et un préfet qui a fait jouer des vaudevilles en son jeune temps. Avec tout cela, cette ville pouvait bien se passer de catéchisme, et, en effet, ses doctes disaient, tout comme Oscar : Nous n'en voulons plus!

Il n'y avait que quelques femmes qui en voulussent encore Elles étaient peu connues. Le reste appartenait à la philosophie. Le dix-huitième siècle régnait là sans partage. Quelle fière ville! Les lumières y abondaient si rayonnantes, si fortes, si souveraines, qu'un jour on avait chassé l'évêque.

Les gens du pays ne se laissaient point disputer cette palme. Partout où ils se trouvaient, ils faisaient valoir leur gloire; ils racontaient comment ils s'étaient délivrés d'un prélat fanatique, et ils disaient aux plus orgueilleux : — Quand vous en aurez fait autant, nous vous croirons avancés!

II.

L'ÉTINCELLE.

Un homme vint chez eux épouser une de ces filles chrétiennes dont leur fierté faisait peu de cas. C'était un rêveur, un liseur, un esprit chimérique, pis encore : c'était un converti. On disait de lui des choses invraisemblables : poëte, bon poëte, il avait, par

dévotion, brûlé ses propres vers. Un directeur des
hypothèques, qui composait des héroïdes à l'imitation de Colardeau, et un conseiller de cour royale
qui publiait tous les ans des stances à Églé, dans le
Recueil de la Société royale d'agriculture, traitaient
de fable l'histoire de ce sacrifice; ils n'y crurent
jamais.

Le poëte resta dans ce pays, précisément parce
qu'il aurait eu du goût pour en habiter un autre. Il
était instruit, point renfrogné, bon causeur dans les
deux langues, celle du ciel qu'il apprenait, celle du
monde qu'il avait parlée avec délices. On convint
que, sauf la dévotion, il était homme d'esprit, et
honnête homme.

— Mais, dit-il aux plus abordables, que trouvez-
vous donc d'étrange à ce que je sois chrétien? Pen-
seriez-vous ne l'être pas vous-mêmes?

On entrait en débat, en examen, en lectures.

Un pauvre incrédule, qui a accepté son incrédulité toute faite, sans regarder, comme une monnaie
courante, mais qui d'ailleurs est doué d'intelligence
et de probité, s'il se laisse franchement aborder par
un chrétien, ne résiste guère. Aussi ces oiseaux, je
parle des incrédules, sont-ils de ceux qui n'aiment
pas qu'on les approche. Ils ont entre eux de certains
cris pour s'avertir réciproquement de la présence
du chasseur et ils prennent la volée. Par bonheur,
notre poëte, en ayant deux ou trois sous la main,
put les *prier*.

— Vous voyez, leur dit-il, vous croyez comme

moi : il y a un Dieu créateur, il y a un Dieu rédempteur, et c'est le même Dieu ; une religion vraie,
consolatrice, réparatrice, et c'est la religion catholique, apostolique, romaine, hors de laquelle il n'est
point de salut. Le monde est la mer, la vérité est le
navire ; il faut vivre sur le navire ou périr sous les
flots.

— Oui, dirent-ils.

— Allez donc à confesse, reprit l'apôtre.

Ils y allèrent.

III

LE FOYER.

Ce fut un grand événement. On se récria, on se
moqua, on conjura. Ces clameurs, ces moqueries,
ces conjurations, produisirent des conversions nouvelles. Il y a toujours des esprits délicats qui trouvent que les moqueries en pareille matière sont
sottes, et des cœurs élevés qui les sentent odieuses.
Bientôt le groupe catholique devint un camp, très-
considérable par la qualité, sinon par le nombre.
Ces convertis s'imposèrent des œuvres ; et ce qui
était si beau dans la théorie devint magnifique par

l'application. Une académie fut fondée, pour prouver par ses travaux que la *Foi* n'a rien à craindre
des *Lumières*. On fonda aussi un journal, afin de
pouvoir dire chaque jour le mot catholique sur les
événements de chaque jour. On eut une association
de Saint-François-Régis, qui s'occupa de faire rentrer dans l'ordre de la famille chrétienne les indigents vivant en concubinage. On eut une conférence
de Saint-Vincent-de-Paul, dans le but d'assister les
pauvres, non plus au nom de la philanthropie, mais
au nom du Sauveur Jésus, leur ami et leur frère, et
cette conférence ne tarda pas à devenir nombreuse
et florissante. Je n'ai pas besoin de dire que l'on
avait commencé par payer la très-sainte contribu-
tion de la propagation de la Foi.

Pour ces œuvres, et pour d'autres encore, il se
trouva, il se forma des hommes. Écrivain habile, le
principal auteur de tout ce mouvement s'entoura de
disciples auxquels il apprit à bien exprimer leurs
pensées. Dans le travail de la bienfaisance chrétienne, Dieu suscita et fortifia lui-même des ouvriers
indomptables, plus forts que toutes les fatigues,
plus persévérants que tout l'esprit tracassier des
bureaux. Voyez ce personnage : il a besoin de gagner
sa vie et celle de sa femme; il n'a de fortune qu'une
petite place dont les esprits forts menacent de le
priver; il s'est donné sept ou huit heures de labeur
par jour pour la charité. Il connaît tous les pauvres
de la ville, il est la cheville ouvrière de toutes les
œuvres, secrétaire de Saint-Vincent-de-Paul, secré-

faire de Saint-François-Régis, organisateur de la
loterie, quêteur inévitable, directeur de l'imprimerie, caissier, rédacteur et gérant du journal, gros,
rond, rude parce qu'il n'a pas de temps à perdre;
prêt à tout ce qui est bon, bon à tout ce qui est bien.

IV

LA FLAMME

Sans compter les indigents qu'ils ont mariés et
ceux qu'ils ont nourris, que n'ont-ils pas fait, après
vingt ou vingt-cinq ans! Que d'idées remuées, que
d'esprits éclairés et confirmés!

Aux portes de la ville, il existait une chartreuse
que les propriétaires allaient abattre pour en vendre
les pierres : ces catholiques l'ont rachetée, restau-
rée, ressuscitée ; ils y ont mis des chartreux. On y
chante sans fin les louanges du Dieu éternel, *qui facit sterilem in domo matrem filiorum lætantem.*

Un jour, certain gentilhomme, jeune, riche, aimable, amoureux de toutes les vanités, cherchant le
monde, cultivant les arts, courant les plaisirs, et qui
riait des dévots, se demanda pourtant où il allait,
et s'il faisait de son esprit, de son cœur, de sa for-

tune, de sa vie, ce qu'il en fallait faire. Il se prit à
méditer, il pria, il se reconnut. « Allons, dit-il, je suis
chrétien. » Il aurait pu le dire comme Polyeucte :
Je suis chrétien, Néarque, et le suis tout à fait. On le
vit borner son train, réduire sa dépense et en même
temps donner au delà de ses revenus.

— Vous vous ruinez, lui dit-on.

— Non ; mais, grâce à Dieu, je me dépouille.

Il donnait un pré, une vigne, une rente, un jour
les meubles, un autre jour l'argenterie, un autre
jour la maison. Il avait un beau tableau, un Claude
Lorrain, qui ne pouvait pas trouver place dans une
église : la pensée lui vint de le mettre en loterie pour
les pauvres. L'autorité s'arma de vertu et ne voulut
point autoriser ce jeu de hasard. Qu'à cela ne
tienne ! dit-il. Il acheta lui-même le tableau, et
l'ayant payé dans les mains des pauvres, il l'envoya
à l'autorité municipale, la priant de vouloir bien en
orner son musée, où justement les Claude Lorrain
manquaient.

Cette aventure le mit en goût de faire des cadeaux
à sa ville. Il lui restait une maison : il prend ses
mesures, appelle les maçons, les menuisiers, les
peintres ; et enfin il offre à ses compatriotes un beau
couvent de Frères-Prêcheurs, avec cloître, cellules,
bibliothèque, chapelle, salle capitulaire, et six dominicains dedans, vêtus de leur robe angélique,
vivant et servant Dieu suivant la règle de leur saint
fondateur.

Pendant que ce converti travaillait de la sorte,

replantant le grand arbre de saint Dominique dans
cette ville trop fière d'avoir chassé son évêque, il y
avait une noble fille, d'un grand nom, d'une grande
beauté, d'une plus grande vertu, qui tout doucement, avec un esprit charmant et un sourire céleste,
bâtissait un mur de clôture autour de sa maison,
dont elle avait fait, depuis quelques années déjà,
une école d'orphelines et un atelier de couture. Peu
à peu, le règlement de cet atelier devenait une règle,
la maîtresse et les sous-maîtresses devenaient des
sœurs, l'engagement de travailler pour le bien des
pauvres enfants qu'on avait recueillies devenait un
vœu. Dans le costume, on laissait la soie pour la
laine et la laine pour la bure; le châle se changeait
en guimpe, le chapeau des dames était remplacé
par l'humble bonnet des servantes de Jésus-Christ.
A la fin, il se trouva que tout cela faisait une congré-
gation religieuse et un couvent. L'autorité municipale s'émut; elle vint frapper à la porte :

— Madame la comtesse, à quoi vous occupez-vous
ici ?

— Messieurs, nous apprenons à coudre, nous cou-
sons et nous vivons de notre travail.

— Alors, madame, c'est une entreprise industrielle.

— Oui, messieurs; une entreprise qui décharge la
ville d'une centaine de jeunes filles sans appui, sans
asile et sans pain.

— Nous n'entrons pas dans ces détails-là, madame. Vous demandez de l'ouvrage, vous le faites,

on vous le paye ; c'est du commerce. Avez-vous une patente ?

— Mille pardons, messieurs, je n'y avais pas songé.

La noble dame se mit en règle, et l'autorité municipale eut la joie exquise de lire sur le registre de ses patentés : « Madame la comtesse de..., couturière. »

Cela ne fit pas moins un couvent de plus.

V

LES SUITES.

Je dis un de plus, celui-là n'est pas le seul. Sous le souffle puissant qui crée ces œuvres, je laisse à penser si les œuvres déjà existantes ont langui. Tout vit, tout s'agrandit, tout prospère. Il vient des novices aux chartreux et aux dominicains, il vient des apprenties à l'atelier de couture, il vient des mondains à la retraite, des incrédules à la foi, des paralytiques à la piscine. Ce mouvement, ces conquêtes, ces bénédictions, donnent au clergé une ardeur qui le fait croître chaque jour en vie, en œuvres et en sainteté. Ce n'est pas une page, c'est un volume qu'il faudrait

écrire pour montrer tout ce qui se prépare. L'élan,
sans cesser d'être religieux, est devenu national. Les
récalcitrants, convertis à l'équité et à la bienveillance, deviennent eux-mêmes pieux... archéologi-
quement. On restaure les souvenirs du pays : ils sont
chrétiens ; on relève les renommées et les gloires du
pays : elles sont chrétiennes. Que voulez-vous y
faire? Si on trouvait autre chose, on le prendrait.
Mais il faut des grands hommes, et, dans ce pays-là
non plus, l'impiété n'en a point fait qui puissent
tenir contre leur biographie.

Enfin, le pauvre évêque chassé est mort loin de
son diocèse, mais il est mort consolé. Quelque jour
ses diocésains l'enverront chercher en pompe ; il
sera ramené dans sa cathédrale, où la piété publique
lui dressera une tombe expiatoire, et les prières des
morts seront chantées sur sa dépouille par une glorieuse foule de prêtres, de moines, de religieuses, de
fidèles, composée des enfants de ceux qui croyaient
l'avoir banni à jamais, et qui avaient dit : Nous n'en
voulons plus.

VI

LES CHARTREUX.

Nous avons visité les Chartreux, les mêmes ici qu'ils sont partout et qu'ils ont été toujours, immobiles au milieu des agitations du monde, tels que les dépeint leur glorieuse devise : *Stat crux dum volvitur orbis*. Près d'eux viennent se consoler ou se reposer les pèlerins attristés et fatigués de la terre. C'est l'hôtellerie des âmes. Au milieu du perpétuel changement des choses humaines, elles y voient une faible image de ce qui ne passera point ; parmi leurs agitations elles y prennent une idée de l'éternel repos. Grand spectacle à nous tous, qui plus ou moins poursuivons la gloire ou la fortune : voilà donc des hommes heureux pour n'avoir cherché que la pauvreté, le silence et l'oubli ! Ils ne portent point de noms qui les distinguent ; ils se nourrissent toujours des mêmes mets, ils sont toujours vêtus de la même bure, ils dorment toujours sur la même planche ; la porte de leur cellule s'ouvre et se referme tous les jours aux mêmes heures ; ce qu'ils ont fait hier, ils le font aujourd'hui ; ce qu'ils font aujourd'hui, ils le feront demain, et ils sont heureux. Un visiteur arrive, il est jeune, il est riche, il est grand dans le monde : que vient-il faire ici ? Il vient chercher des consolations; après quelques jours passés auprès de ces solitaires, lorsqu'il s'éloigne, c'est lui qui les envie, ce sont eux qui le plaignent et qui le recommandent à Dieu.

VII

L'OUVROIR.

Nous avons prié dans la chapelle de madame la comtesse de...., couturière, qui paye patente pour avoir le droit de donner un asile, du pain et des vertus à une centaine de pauvres petites filles abandonnées.

— Eh bien, madame, comment va l'ouvrage?

— Grâce à Dieu, nous n'en manquons pas. Mais ne trahissez point nos secrets : comme l'aiguille ne peut suffire à nourrir tout le monde, nous avons pris encore une autre profession : nous faisons des images coloriées, nous écrivons des prières en belles lettres gothiques pour mettre dans les livres d'Heures. Par ce moyen, plusieurs d'entre nous gagnent

d'assez bonnes journées. Cela va quelquefois jusqu'à vingt sous. Avec vingt sous nous faisons vivre
trois personnes.

C'était le moment de la récréation; toutes ces
petites filles jouaient dans un jardin étroit et pauvre; elles brillaient de joie, de santé, d'innocence.
La comtesse, qu'elles appellent leur mère, et qui
l'est en effet, les regardait avec amour.

— Ne trouvez-vous pas, me dit une dame qui
avait bien voulu nous présenter, que ces enfants
ont tout à fait bonne façon?

— C'est ce que j'admirais, répondis-je; nous en
avons rencontré une tout à l'heure qui nous a fait
une révérence majestueuse. On ne sait plus saluer
ainsi, même dans le faubourg Saint-Germain.

— Mais, poursuivit la dame, vous avez ici les révérences de la cour d'Autriche. Il y a dans la maison
des sous-maîtresses qui ont été formées par des
dames d'honneur des Altesses Impériales, et celle qui
dirige tout l'atelier serait parfaitement capable d'é-
lever une archiduchesse. Du reste, l'enfant que nous
avons rencontrée est une des perles de l'ouvroir.
Elle a eu le *bonheur* de perdre son père et sa mère
à l'âge où le mauvais exemple allait devenir dangereux pour elle. C'était encore un petit ange, on en
a fait une petite sainte, et ce sera une femme très-
distinguée par son esprit et par sa vertu.

— Que deviennent ces jeunes personnes? deman-
dai-je.

— On les garde jusqu'à vingt et un ans, et on les

8.

place dans des maisons sûres. Plusieurs entrent au couvent, soit qu'on les prenne pour rien, soit que quelques âmes charitables leur fassent une petite dot.

— J'imagine, ajoutai-je, que le temps arrivera où les hommes, reconnaissant l'avantage d'avoir une femme formée de bonne heure à la pratique de la prière, de l'obéissance et de l'humilité, et comprenant que toutes ces choses valent bien une centaine de mille francs, viendront à la porte de tous ces couvents laborieux déposer des demandes en mariage. C'est alors que l'on verra reconstituer le ménage et la famille; mais, jusque-là, l'humanité travaillera pour les théâtres, les modistes et les entrepreneurs d'estaminets.

Nous retournâmes dans la chapelle avant de quitter la maison, pour en saluer le Maître. Les enfants y étaient réunies. Après une courte prière, elles chantèrent en chœur, avec beaucoup de bonne grâce, un cantique charmant. Je demandai à la supérieure d'où venait ce cantique.

— Il vient de nos ateliers, me répondit-elle en souriant. Autant que possible, nous faisons tout dans la maison, pour plus de solidité et d'économie, et nous ne tenons pas à la forme.

J'avais encore cette couturière, ses aides et ses principales *clientes* sous les yeux, lorsque je lus par hasard un très-joli roman d'un très-joli auteur, où je trouvai de bons lardons contre les dévotes. Je ne sortirai ni de la ville ni de mon sujet en faisant une

VIII

DIGRESSION SUR UN MAUVAIS LIVRE.

Qu'une Cidalise de salon et de journal, qui songe à produire ses *Mémoires* quand la bise sera venue, je veux dire quand sa pauvre imagination sera éteinte et son visage ridé, et que l'heure aura sonné de demander un morceau de pain au scandale ; qu'une telle malheureuse, préparant d'avance l'opinion au récit de ses campements, raille, calomnie, vilipende les femmes d'honneur et de piété ; qu'elle plaigne même les victimes de leur zèle, et que son impure satire s'exerce à ridiculiser les bonnes œuvres, je le conçois.

Je conçois qu'un petit méchant cuistre à la solde d'un journal libre penseur, je conçois qu'un Trissotin pervers, qui méprise tout le monde pour quinze francs et qui vit en dehors de l'Église et des Codes, parle du même ton que la Cidalise, son amie, sa sœur, sa jumelle, et soit plein de bons mots purulents contre toute femme qui ne ressemble pas à ce type.

De tels êtres, plume en main, que peuvent-ils faire qu'insulter à la bonne vie, à la vertu, à l'honneur? Ils n'ont la connaissance du beau et du bien qu'à titre d'humiliation et de souffrance. L'aspect d'un grand caractère éclaire leur faiblesse d'un rayon qui les tourmente, et toute action généreuse est un affront qu'on leur fait. Ils éprouvent les mêmes rages auxquelles obéit la balayeuse en haillons qui tâche d'envoyer un peu de boue sur la dame habillée de soie et de velours : cette beauté, cette décence, cette noblesse de démarche et de maintien, est à son ignominie une injure dont elle se venge comme elle peut. Ainsi fait avec la plume et l'encre la truanderie lettrée des deux sexes. Point de remède; il faut endurer cela, et d'ailleurs c'est peu de chose. Il n'importe guère, après tout, d'être vilipendé par madame *une telle*, et d'être éclaboussé par un *omnibus*.

Mais qu'un homme du monde, qui n'a pas besoin pour montrer son esprit d'outrager ce que le sens public estime, donne pourtant dans ce travers; que, pouvant prendre le haut du pavé, il se mette aussi à marcher dans le ruisseau; que, pouvant saluer la noble dame et recevoir son salut, il piétine dans la fange pour lui en envoyer quelques gouttes, c'est ce que je viens de voir, et je ne le comprends pas.

Quoi! vous aussi, charmant conteur [1], vous venez

---

[1] M. Mérimée, membre de l'Académie française et sénateur. J'ai oublié le titre de l'ouvrage qui m'a inspiré ces réflexions.

diffamer les dames de charité! De quel droit? Êtes-
vous femelle? Avez-vous fait un sot livre? Vous
a-t-on fermé une porte honorable? Vous faut-il
quinze francs? Et pour qu'on parle de vous et que
vous trouviez des pointes, est-il nécessaire que vous
fassiez ce que les simples convenances interdisent
aux simples honnêtes gens?

Vous n'aimez point les dames de charité, surtout
vous n'aimez point certaines de leurs œuvres. Il
vous déplaît, par exemple, qu'elles s'emploient à
détourner quelques jeunes filles de la voie où tant
d'autres pratiques savent adroitement les engager.
Mais voyez donc le travail de la littérature! Faire à
ces pauvres filles des discours, leur lire des prières,
leur promettre une couronne de roses, un chapelet,
un voile, pour les décider à rester honnêtes, est-ce
plus coupable et plus méchant que de leur faire des
discours, que de leur préparer des lectures, que de
leur promettre des chapeaux et des bijoux pour les
décider à perdre leur vertu? On leur apprend des
cantiques? La littérature leur apprend des chansons! On les rend gauches? La littérature les rend
effrontées! On les pousse au couvent? La littérature
les pousse à l'hôpital, et par quels chemins!...

Gens d'esprit, qui tenez une académie où vous
distribuez des prix de vertu en séance solennelle,
l'épée au côté, avez-vous peur que les recrues manquent aux théâtres, aux guinguettes, à tous les couvents et à tous les temples que tous les vices entre-
tiennent parmi nous? La part du vice est assez belle:

il y a autant de prostituées dans la seule ville de
Paris que de religieuses dans toute la France. Tolé-
rez donc que des mains compatissantes prélèvent
une faible dîme sur les troupeaux livrés en tribut
quotidien au Minotaure : contentez-vous de bafouer
les dames de charité dans vos conversations, n'en
riez pas dans vos livres. Et, s'il faut absolument que
leurs soins pieux deviennent l'amusement des gym-
nases chorégraphiques, il y a cent besoigneux dans
la république des lettres qui s'en acquitteront aussi
bien que vous. Patriciens, laissez à la vile plèbe cette
vile besogne !

Je veux vous montrer qui vous outragez. Entrez
avec moi dans une réunion de dévotes.

Celle qui se présente la première semble encore
un peu haute, je l'avoue. On lit sur son front qu'elle
est comtesse. Comtesse, en effet ; noble de nom et
d'armes. Dans sa vieille demeure, non la plus riche
du pays, mais la plus connue des pauvres, une salle,
au seuil de laquelle elle s'incline, contient les noms
et les images de six siècles d'aïeux ; et l'on y voit
certaine statue de marbre, à genoux sur une tombe,
œuvre du treizième siècle, qui est son portrait le
plus ressemblant. Parmi ses ancêtres, elle compte
plusieurs chanceliers, plusieurs connétables, et,
chose admirable, pas un pendu ! Elle est fière de
cela. Mon Dieu ! monsieur le démocrate, si vous
pouviez prouver que vous descendez de Villon ou
de Marot, ou d'un bâtard de Théophile, ou d'une
cuisinière de Rabelais, n'en auriez-vous pas quelque

vanité? Vous êtes de l'Académie, vous portez la
croix d'honneur, l'Éléphant-Blanc, le Faucon-Noir,
le Nichan, etc., vous ne faites point de fi de ces babioles! L'orgueil de ma comtesse ne l'empêche pas
d'être ici présidée par une bourgeoise, plus entendue
qu'elle aux bonnes œuvres. Du haut de son arbre
généalogique, elle ne regarde pas le pauvre monde
aussi dédaigneusement que vous du haut de votre
collet de laurier. Elle aurait bien quelque sujet de
se targuer pourtant! Avec cette beauté qui fut célèbre, et qui n'a point tout entière disparu; avec
cette fortune qui l'a jetée dès ses plus jeunes ans
dans les séductions du monde; avec un mari qui ne
fut pas un modèle de fidélité, elle a vécu sans tache
et sans reproche. Laissez-la vieillir, laissez-la se former tout doucement aux conseils de l'humilité et
de la pénitence, et ce ne sera pas long, vous verrez
le seul éclat de la vertu remplacer l'éclat de la naissance et du rang. Ce beau chapelet de lapis et d'or,
qui forme une parure sur son bras magnifique, tombera dans la bourse des pauvres et sera remplacé
par un chapelet de bois et de fer; cette agrafe de
diamants, qui attache un châle de prix, suivra la
même route, et une épingle d'acier suffira pour retenir un châle noir; cette tête altière conservera le
pli de la prière qui la courbe chaque jour plus longtemps devant Dieu. Deux ou trois années encore, et
le monde ne verra plus la fière comtesse : vous la
trouverez dans les hôpitaux, dans les taudis, au
chevet de quelque malheureuse fille dont elle

n'aura pu sauver la jeunesse, vouée, hélas! à la
vie littéraire, et dont elle essayera de sanctifier
l'agonie.

Près de la comtesse s'assied, faible, douce, rési-
gnée, une vieille en habits de deuil. Après trente
ans d'un paisible bonheur, veuve d'un mari qu'elle
avait uniquement aimé, seule et triste à jamais, elle
reste gardienne d'un tombeau. On lui a donné des
pauvres; elle se traîne auprès d'eux, leur parle de
cet époux qu'elle a perdu et leur dit ce qu'elle sait
qu'il aimait à leur dire. Elle célèbre avec eux les
anniversaires qu'elle avait coutume de fêter avec
lui : le jour où il est né, celui de sa fête, celui de
leur mariage; elle les emmène à l'église le jour où
il est mort, et, ce jour-là, ses aumônes sont abondantes comme ses prières et ses pleurs. Que trouvez-
vous là, monsieur le chevalier de plusieurs ordres,
qui prête tant à rire aux gens d'esprit?

Mais voici de quoi nous divertir : une chanoinesse, une vieille fille! Elle a trente-cinq ans, elle
est maigre, elle n'a point trouvé de mari, elle veut
que les belles jeunes filles s'ennuient avec elle, et
de là, sans doute, cette passion à s'occuper de leur
salut?

Précisément.

Cette chanoinesse avait une sœur plus jeune, et
qui se laissa ravir par un homme à qui elle avait été
elle-même quasi fiancée. Elle donna sa fortune pour
les marier; voilà pourquoi elle a vieilli sans époux.

Ces ingrats ont été malheureux et le sont encore ; voilà pourquoi elle est triste. Elle a vu quelles angoisses torturent l'âme qui cède aux passions, elle a su quels malheurs attendent la femme qui s'éloigne du devoir, voilà pourquoi elle s'efforce d'être l'ange gardien et l'ange sévère de quelques jeunes filles menacées. Par ses soins et par ses aumônes, plus d'une a trouvé la paix dans un cloître, c'est vrai ; plus d'une aussi a reçu d'elle la petite dot qui lui a permis d'entrer en ménage.

Regardez-la bien, maintenant, cette dévote glacée : son calme, son sourire même, fait éprouver je ne sais quelle impression de douleur. Le calme n'est qu'apparent ; Dieu n'a pas encore consolé ce cœur où n'entre plus aucune joie. Stoïquement assise sur les débris de ses espérances, elle n'a pu en accepter entièrement la ruine et se résigner à la solitude dans laquelle elle attend la mort. Le sacrifice n'est pas fait, elle le sent, et elle croit ne s'inquiéter que de n'avoir plus aucun sacrifice à faire. Ame noble, tourmentée, digne d'amour, qui se purifiera du dernier levain terrestre, qui s'élèvera dans le ciel, riche de tant de trésors silencieusement disputés et enfin pleinement offerts à Dieu !

La voisine de celle-ci est encore une vieille fille. Tenons-nous enfin la dame de charité dont nous rirons ? Mais quoi ! rire d'une pauvre bonne créature, innocente, aimable, qui a toujours souffert, qui ne s'est jamais permis une plainte ? Cette vieille fille était jeune quand elle s'est donnée à la chagrine

I.   9 vieillesse de sa mère. Si elle a dévoré des regrets, personne ne l'a su. Mais elle, par humilité, se les rappelle et les compte, et les jette sur son immo- lation volontaire comme une cendre qui en ternit à ses propres yeux tout l'éclat. Nous moquerons-nous d'elle ? Raillerons-nous le sourire charmant qui parvient à déguiser un grand courage? Raillerons- nous la rose effeuillée qui garde encore son parfum ?

Et cette autre ? Voici son histoire ; vous rirez si vous voulez : enfant, elle vit la Révolution tuer son père, brûler sa maison, voler son bien. Fiancée à un héroïque jeune homme, elle le vit expirer. Mariée contre sa volonté à un vieillard prodigue, elle le vit se ruiner. Lorsqu'il fut pauvre, elle lui rendit les soins d'une servante, et le convertit, puis il la laissa veuve et sans pain. Réfugiée auprès d'une parente octogénaire, elle supporte les humeurs de cette *protectrice*, et lui apprend ce qu'elle a toute sa vie appris elle-même, à bien mourir. Jamais un jour de soleil, durant cette longue carrière, n'a passé sur son front toujours baissé vers quelque cercueil ; elle a vécu sans bonheur, sans espérance, sans liberté même de répandre des larmes, et personne n'a d'aussi douces paroles à dire aux malheureux.

Mais quel est ce visage plein et presque vulgaire, cette mise simple et presque négligée, ces manières brusques et presque rudes ? Tout cela, c'est madame Durand, la présidente de ces comtesses et de ces

marquises. Madame Durand donne chaque année
cinquante mille francs aux pauvres, de sa bourse, et
trois ou quatre fois autant de la bourse d'autrui.
Présidente ici, secrétaire là, ailleurs simple associée,
elle entreprend tout, se mêle à tout, va partout,
quête et donne partout. Elle bâtit et meuble des
églises, elle fonde des communautés, des écoles et
des congrégations ; elle visite et exhorte les prison-
niers, soigne les malades, habille les pauvres, recueille les orphelins, fait le catéchisme aux enfants ;
elle organise les sermons de charité et tient la bourse
à la porte ; elle monte les loteries et fournit les lots ;
elle va solliciter les grands, les riches, même les
journalistes ; elle pénètre jusqu'au ministre et plus
haut, et ne revient jamais les mains vides ; elle a
cent aides de camp qu'elle fait mouvoir dans Paris
et ailleurs ; elle a des connaissances, des amis, des
fidèles dans toutes les conditions, dans toutes les
misères. Personne ne sait comment elle peut suffire
aux occupations qu'elle se crée et à celles qu'elle
accepte ; elle-même ne le sait pas ; mais personne
n'ignore que, si elle ne trouve pas toujours le temps
de manger et de dormir, elle trouve toujours celui
de prier Dieu et de passer chaque matin une heure
à l'église pour son propre compte... Allons, j'espère, monsieur, que nous ne rirons pas encore de
celle-là, qui d'ailleurs en rirait bien.

À qui donc nous prendrons-nous ? Certainement,
ce ne sera point à cette jeune, fraîche, rieuse et jolie

vicomtesse qui voltige à travers ce grave cénacle,
comme un papillon égaré dans un bois de cyprès.
L'aimable jeune femme que voici est presque un objet d'art. On dirait quelque figure sculptée au moyen
âge pour le portail d'une église, et qui s'est réduite
à vivre, on ne sait pourquoi. Je le sais cependant,
moi, pourquoi elle a vécu : elle est ici-bas l'ange
gardien d'un capitaine de dragons, et il faut, en vérité,
que ce dragon soit doué d'une bonne âme pour que
Dieu lui ait fait présent d'une pareille égide. Je vous
ai promis d'être franc, monsieur, j'ose tout vous
dire : elle a donc enchaîné son dragon ; elle lui a appris les prières qu'il ne savait plus, le catéchisme
qu'il avait oublié ; elle l'a conduit à la messe, elle le
mène chez les pauvres, et le dragon est un agneau
qui aime sa femme, qui ne casse point de vitres, qui
ne fait point de dettes et qui n'en sait pas moins
monter à cheval et charger l'ennemi. Riez-vous? Non,
vous ne riez point de la beauté, de la jeunesse, de
la fortune et de la grâce, même lorsqu'elles s'adon-
nent à la vertu. Vous vous contentez de les plaindre;
vous réservez vos épigrammes et vos sarcasmes pour
les fronts ridés, pour les cheveux blanchis, pour les
yeux rougis de larmes.

Je n'ai presque plus rien à vous montrer : je ne
désigne point à vos piqûres le fantôme qui entre en
se traînant, et vers qui toutes s'empressent. C'est
une femme qui va mourir ; elle fléchit sous le poids
de ses habits de deuil ; elle est orpheline, elle est

veuve, elle pleure ses enfants. La mort a tout frappé,
tout abattu autour d'elle, et ne lui a rien laissé que
ce souffle qu'elle dépense à recommander quelques
infortunés, et que cette main qui s'ouvre pour laisser tomber les dons qu'elle n'a plus la force de distribuer elle-même.

J'esquisserai ici ton noble et doux visage, embelli
à nos regards comme aux regards des anges par les
soucis qui l'ont fatigué avant le temps, toi qui par
amour de Dieu t'es refusée au service de Dieu, et
qui par charité te sèvres des joies de la charité. Tu
n'as pleinement ni la paix du cloître, ni le soin des
pauvres, ni l'apostolat dans le monde, et ton grand
cœur a su se priver de tout ce qui était grand et parfait comme lui. Tu as enfermé ta vie en de petits
devoirs, servante d'un frère, mère d'orphelins. Là,
tu restes, comme l'épouse la plus attentive et la
mère la plus patiente, te donnant tout entière et ne
recevant qu'à demi. Tu as donné jeunesse, liberté,
avenir; tu n'es plus toi-même, tu es celle qui n'est
plus, l'épouse défunte, la mère ensevelie ; tu es une
vierge veuve, une religieuse sans voile, une épouse
sans droits, une mère sans nom. Tu sacrifies tes
jours et tes veilles à des enfants qui ne t'appellent
pas leur mère, et tu as versé des larmes de mère sur
des tombeaux qui n'étaient pas ceux de tes enfants.
Et dans ce travail, et dans cette abnégation, et dans
ces douleurs, tu cherches et tu trouves pour repos
d'autres infirmités encore à secourir, d'autres fai-

blesses à soutenir, d'autres plaies à guérir !...
Oh ! sois bénie de Dieu comme tu l'es de nos
cœurs !

Voilà ces dames de charité, ces prudes, ces mé-
gères, ennemies de la belle jeunesse, ces femmes enfin, ces odieuses dévotes qui ne peuvent tolérer que
d'autres goûtent

Les plaisirs
Dont le penchant de l'âge a sevré leurs désirs.

Des poètes, des moralistes, des gens de talent,
d'obscurs et ineptes barbouillons, un La Bruyère du
fond de son célibat jaloux, un Molière du fond de
son ménage immonde, cet autre de la coulisse du
vaudeville, et cet autre de la coulisse du feuilleton,
aperçoivent ces femmes d'une espèce qu'ils ne connaissent pas et qui ne les estime pas, et leur lancent
des brocards pour amuser le parterre. Du temps de
Molière, on savait dans Paris le nom de la dévote
qui est peinte au premier acte de *Tartufe* sous le
nom d'Arsinoé. C'était une duchesse qui avait défendu les filles d'honneur de la reine, placées sous
sa garde, contre les empressements du roi, et qu'une
prompte disgrâce avait punie de sa vertu. Molière,
« le grand homme de bien, » la faisait diffamer en
plein théâtre par cette perle d'une eau si pure qu'on
appelait mademoiselle Duparc, sa meilleure actrice.
La majorité de l'espèce humaine, lorsqu'elle a du
goût et de la littérature, aime cela ; et c'est pourquoi

elle élève si haut et subventionne si bien le mérite
des beaux esprits.

Ah! que c'est un contentement profond, une forte
et durable joie au cœur, de se sentir chrétien et à
l'abri de cette double ignominie, ou de commettre
de telles brutalités ou d'y applaudir!

IX

LES FRÈRES-PRÉCHEURS.

Nous ne pouvions pas quitter la ville sans avoir
dit bonjour aux Dominicains. Ce sont là les curiosités
et les monuments qui nous intéressent en voyage.
Nous allâmes donc à leur petit couvent. On n'y
trouverait pas grand'chose à prendre, si l'on confis-
quait les biens monastiques! A part une belle
bibliothèque qui leur a été donnée par un pieux et
intelligent curé (les livres semblent chercher ces
hommes), tout le mobilier ne vaut pas vingt-cinq
louis. Dans la chapelle, qui est l'endroit somptueux
de la maison, les statues sont de plâtre, les tableaux
sont de papier; les cellules, blanchies à la chaux,
sont meublées de bois blanc. Tout cela d'ailleurs
propre, en ordre, correct comme la vie monastique

en général, et la personne du R. P. Lacordaire en particulier.

Nous avions choisi notre heure, et nous trouvâmes les religieux réunis dans leur petit cloître, au nombre de quatre ou cinq, tous profès, si je ne me trompe. Nous causâmes. Ce ne sont plus les Chartreux : c'est une autre vocation, une autre gravité, une autre paix, mais c'est le même cœur. Les Frères-Prêcheurs ont besoin de mieux savoir ce qui se passe dans le monde, ils le savent et n'en sont pas plus tentés. Les Chartreux combattent comme Moïse, les Dominicains comme Josué : ils sont un des corps guerriers du royaume de la Paix. Mon Dieu ! le monde ne saura-t-il donc jamais vraiment ce que tous ces hommes lui veulent et par quels conseils de courage, de dévouement, d'amour, ils ont quitté leur famille et les voies communes de l'activité humaine ? Les Dominicains tiennent de leur restaurateur en France un certain esprit patriotique dont la ferveur se fait bientôt sentir dans leurs discours. Ce n'est pas du chauvinisme, ce n'est pas du républicanisme, ce n'est pas du libéralisme, ni aucun de ces détestables *ismes* qui abondent dans la liste des folies du temps ; c'est une ardeur toute particulière de la gloire de la France, un désir quasi immodéré de la voir à la tête des nations. Ils seraient bien fâchés que le drapeau du Christ parût mieux en d'autres mains que dans les nôtres, et, pour tout dire, ils ne pensent pas que cela puisse arriver jamais. Ils croient un peu que le bon Dieu a fait quelque part le serment de choisir toujours pour porte-étendard quelque citoyen des Gaules. Un de ces jeunes et aimables religieux nous confia ses espérances. Il voyait un grand réveil catholique de notre patrie ; la France, reprenant son rôle et son épée de fille aînée de l'Église, redevenait le bras et le bouclier de saint Pierre. Moyennant cet outil, il affranchissait l'Irlande, délivrait la Pologne, assainissait la Russie par une croisade, et le reste du monde par des missions. Je laisse à penser si saint Dominique y jouait un petit rôle. Du reste, chacun avait sa grande part ; notre apôtre n'entendait point faire de jaloux. Il nous avait tout échauffés de sa belle flamme, et nous étions disposés à ouvrir immédiatement la campagne.

— Mais, cher père, les difficultés abondent, elles commencent à la porte de votre cloître, et elles ne sont pas minces !

— Qu'importe, si nous savons être saints et si nous pouvons être martyrs ? Il y a quelques années, la France semblait un arbre mort dans le jardin de l'Église. Cependant voyez combien de branches flétries reverdissent, combien de branches arrachées renaissent ! Pourquoi le tronc tout entier ne ressusciterait-il pas ?

Au fait ?

X

A propos de résurrection, nous dit le Prieur, venez voir ce que notre maison renferme de plus beau : venez voir un saint qui va mourir. C'est notre P. Pierre, jadis juif et philosophe, et qui, transplanté sur le sol catholique, est devenu en peu de temps un fruit mûr pour le ciel. Le P. Pierre vous connaît, il sera content de vous dire au revoir avant de partir.

Je ne savais qui était ce P. Pierre. Je suivis le Prieur ; il ouvrit la porte de la petite infirmerie, et je vis sur un lit de sangle un jeune homme dont les mains et le visage surpassaient en blancheur le froc blanc dont il était revêtu. Un de ses frères se tenait près de lui pour le distraire et pour le servir. Il lui lisait, quand nous entrâmes, un chapitre de l'*Imitation*.

Le malade écoutait doucement, les yeux attachés sur une croix de bois que ses débiles mains pouvaient encore soutenir. J'approchai, et je reconnus un ancien ami, Pierre Hernscheim, jadis élève de l'École

normale, où il avait brillé parmi les philosophes.
Les docteurs de l'éclectisme fondaient alors sur lui
de grandes espérances. C'était un chercheur, un
esprit subtil, une parole claire, adroite, séduisante.
Mais il étudiait beaucoup, et l'on se fiait trop à lui.
Il était juif, il se fit catholique ; ce qui commença de
déplaire dans les hauts de l'École.

— Pourquoi catholique ? lui dit-on.

— Parce que c'est la vérité.

— Bah ! ne pouvez-vous suivre la vérité sans faire
de ces choses extrêmes ? Spinosa n'était plus juif et
ne crut pas nécessaire pour cela d'abjurer le ju-
daïsme. On ne change pas de religion !

Il laissa dire, étudiant toujours. Une fois, dans
une réunion de jeunes gens que nous avions formée
pour nous échauffer mutuellement et pour tâcher
d'entreprendre quelque chose, je l'entendis expliquer
la *monade* de Leibnitz. Il nous parla sur ce sujet pendant une heure, très-agréablement. Je compris tout
et ne retins rien. Je lui en fis l'aveu après la séance,
persuadé que la plupart des auditeurs en étaient au
même point.

— Vous avez bien parlé, lui dis-je, mais à quoi
bon ?

— C'est précisément, répondit-il, ce que je me
demandais en parlant ; et néanmoins, au moment de
commencer, je croyais encore que j'allais vous dire
des choses utiles. Cette philosophie n'est qu'un jeu
d'esprit, bon pour divertir un petit nombre d'initiés.
En vous exposant ce système, j'en voyais deux ou

trois autres à bâtir, tout contraires et tout aussi bons. Jamais on ne tirera de là une prière, un gémissement vers Dieu; encore moins la conversion d'un peuple, qui est le résultat où il faut tendre. Mais, si mon discours a été du temps perdu pour vous, il ne l'a pas été pour moi. Dieu a béni mon intention. A partir de ce moment, je m'attache au solide.

Il s'y attacha si bien, qu'il devint prêtre et dominicain, non sans s'attirer le mépris des hauts de l'École.

Sa vie, comme religieux, fut laborieuse et sainte. Il prêcha un carême à Paris, et j'eus le plaisir de le voir de mes yeux, revêtu de son froc, dans la chaire de vérité, où il fit un discours que comprirent et dont purent tirer profit tout ce qu'il y avait là de bonnes gens et de vieilles femmes. C'était une doctrine élevée pourtant et un sujet qui eût pu passer, même à l'École normale, pour compliqué et difficile : il s'agissait d'expliquer pourquoi et comment le Fils éternel de Dieu s'est fait homme, afin de racheter les hommes du péché. Il le fit clairement, solidement, en bon langage, savant et simple, net et touchant. Ayant fini son discours, il descendit de la chaire, les yeux baissés ; il s'agenouilla devant l'autel, inclinant son front jusqu'à toucher la terre, et se retira humblement, sans demander à personne et sans se demander à lui-même s'il avait bien ou mal parlé.

— Quoi ! mon père, lui dis-je, affligé de le retrouver sur ce lit de mort, c'est vous... Déjà !...

— Ah! répondit-il en souriant, n'ai-je pas bien fait de me hâter, et de ne point écouter ceux qui me reprochaient de quitter trop tôt la philosophie?

En effet, que lui eût servi d'être pendant quelques années un brillant et célèbre professeur? Ni la fortune et les rêves de fortune, ni les éloges, ni la renommée, ni les honneurs, ni les beaux discours que quelques maîtres des conférences auraient pu réciter sur son cercueil ne valent l'honneur, la richesse et la sécurité de mourir sur ce pauvre lit, dans cette pauvre bure, de tenir à la main en mourant cette pauvre croix. *Beati, beati qui in Domino moriuntur!*

XI

LE PAYS ET LE PAYSAN.

La campagne est belle. Cependant elle n'offre plus qu'un débris de son ancienne splendeur, et tout ce qu'on y voit à présent n'est que la charpente dénudée d'une décoration autrefois magnifique. Dans son éloquente colère un poète[1] décrit les ravages que la pioche utilitaire a multipliés. J'ai emporté

[1] M. P. Guerrier de Dumast.

cette page : elle est d'un écrivain, d'un peintre, d'un philosophe, d'un homme de bien. Je la mets ici, comme une excellente parure pour ma pauvreté. *

« Les eaux vives de Mangonville, où se jouaient « les oiseaux de rivière, arrosaient l'un de ces pa- « radis terrestres. Parmi les riants sillons couverts « de cultures, mais entrecoupés de jolies pelouses « et de riches touffes d'aubépine et d'églantier, s'é- « levaient çà et là, dans toute la beauté de leur ca- « pricieux branchage, de vieux grands arbres en « liberté. Agrestes Élysées, délices de toutes les « classes de citoyens.

« Autrefois le paysan, moins ambitieux, moins « rapace, laissait ouvrir son âme à des impressions « dont à présent il affecte le dédain. Ces habitudes « matérialistes que produit chez lui l'amour pas- « sionné de l'argent, la rusticité ne les enfantait « point. Elle laissait au laboureur de nobles ins- « tincts, et, sous des formes grossières, une élévation « de cœur simple, mais réelle.

« Aujourd'hui la fureur cupide, s'affublant du « nom de progrès, et se masquant des apparences « d'un savoir agricole, a ruiné autant qu'elle l'a pu « le charme de la campagne. Comptant pour rien « tout avantage qui ne se traduit pas en francs et en « centimes, le villageois, devenu publicain, est as- « sez fou pour s'en faire gloire ; fier de passer pour « homme d'affaires, il se figure, en méprisant tout, « se donner une espèce d'importance. Le plus misé- « rable lucre suffit pour le pousser à la barbarie.

« Ainsi sont tombés les grands parasols sécu-
« laires qui donnaient de la physionomie aux cam-
« pagnes. Ainsi ont été renversées, abattues, les
« coudraies dont on aimait à rencontrer l'ombrage ;
« salis et tourmentés les ruisseaux qui murmuraient
« sur les cailloux ; arrachés et piochés les jolis
« *fouillis* végétaux qui ornaient des sources char-
« mantes. Ainsi ont disparu tous ces lieux de repos
« et de joie, communs aux riches et aux pauvres,
« dont le premier eût regardé comme une bassesse
« d'enlever l'usage au second : ces vieilles haies
« isolées, par exemple, hautes corbeilles odorantes,
« sauvages bastions de fleurs, au pied desquelles on
« avait laissé un petit cercle de gazon ; ou bien ces
« lisières de forêts qu'on appelait les *clairs chênes* : an-
« tiques et verdoyantes colonnades où, sur des tapis
« de quintefeuille et de serpolet, venaient s'asseoir
« les promeneurs, lire et méditer les rêveurs, se dé-
« lasser les ouvriers et se récréer les familles ; —
« beaux lieux que les seigneurs s'étaient toujours
« refusé l'égoïste plaisir d'enclore. Dans la répu-
« blique chrétienne, l'homme restait quelque chose
« pour l'homme, le sentiment de l'hospitalité mo-
« rale n'avait point péri tout entier ; à travers bien
« des abus et des torts, — plus compensés qu'on ne
« croit, l'âme n'était pas assez sèche, alors, pour
« que tout fût subordonné au bénéfice d'un écu.

« Maintenant chaque individu s'est mis en guerre
« avec la race humaine ; on semble disputer aux
« pauvres passants le chétif coin non interdit, l'é-

« troit bord de route abrité, qu'à l'angle de quelque
« domaine découvre enfin leur lassitude... après
« l'avoir cherché longtemps. Partout s'effacent à la
« fois les dernières coutumes de la douce frater-
« nité humaine, et les derniers vestiges de l'at-
« trayante beauté paysagère. Et bientôt il ne restera
« plus aux champs une roche tapissée de pervenche,
« un vieux tronc de saule penché sur l'eau; plus une
« touffe de glaïeul pour le visiteur de fontaines, plus
« un arbre en bouquet pour le peintre, plus un
« banc de verdure pour le voyageur, plus un buis-
« son pour le bouvreuil.

« Un vieux paysan, à qui l'on reprochait de pren-
« dre part à l'affligeant abatis du peu d'arbres ca-
« ractérisés qui ornent encore le paysage, faisait
« valoir, pour se dispenser d'en conserver aucun, le
« bénéfice, quoique chétif, que procure leur des-
« truction. — Mais, lui dit-on, épargnez au moins
« ceux qui marquent vos limites, celui surtout qui
« est placé à la croisière de deux chemins. — Le
« laisser! répondit le cultivateur; *les gens viendraient*
« *s'y asseoir à l'ombre!* »

Ah! pour tout remettre sur l'ancien pied, nos amis
ont encore mainte chose à faire! la philosophie a
beaucoup pioché depuis soixante ans; il faut re-
planter beaucoup, et ni les chênes ne repoussent ni
l'esprit humain ne se nettoie en un jour!

XII

COMMENT DIEU FAIT TOUT.

Soyons justes ; cette ville ne se montre pas trop fâchée de ce qui lui arrive. Elle n'y a pas fait d'insurmontables difficultés. Contre tant d'entreprises catholiques, l'on ne vit rien de plus fort que les espiègleries municipales dont j'ai parlé, et ces espiègleries ne furent pas extrêmement goûtées de tout le monde : elles parurent un peu brutales, quelquefois même un peu bêtes. En somme, il en résulta moins de mal que de bien sur des esprits que le bon sens gouverne et sur des cœurs qu'il plaisait à Dieu de toucher. Après vingt ans, le changement est merveilleux : il s'accomplit sans secousse, imperceptiblement, naturellement. Dans l'infinie mesure de sa miséricorde pour les hommes, Dieu semble prendre soin de ménager leur amour-propre. Sauf en quelques circonstances extraordinaires, il ne brise pas les volontés : il les tourne, il les fait fléchir ; sa toute-puissance nous attire et ne nous traîne pas. *Nemo tam pater !* dit Tertullien. Il suggère à des enfants rebelles tous les mouvements et tous

les motifs qui peuvent le porter à lui demander
pardon, s'industriant, ô bonté ! pour les *contraindre*
à revenir *d'eux-mêmes*. Revenus, il les récompense,
comme s'il n'avait pas été les chercher sept fois et
septante fois sept fois.

Industrie adorable, qui évite en même temps de
blesser l'esprit égaré et d'enorgueillir l'esprit resté
sage. L'humilité pourrait sombrer dans le triomphe
trop prompt et trop éclatant. Le chrétien attribuerait
à son éloquence, à son génie, à ses œuvres, ce qui
n'est qu'une récompense de sa foi. C'est moi, dirait-
il, qui ai vaincu cette raison, changé ce cœur, surmonté tous ces obstacles. Il s'enflerait de ses conquêtes, et il serait perdu. A quoi bon, pensait Moïse,
dans le désert de Sim, m'astreindre à toutes ces
pratiques que Dieu m'impose? Quel besoin ai-je de
parler au rocher, pour qu'il s'ouvre et nous donne
de l'eau, quand j'ai dans la main le rameau merveilleux qui change la pierre stérile en fontaine d'eau
vive ? Il frappe et l'eau jaillit du rocher, parce que
Dieu voulait faire grâce au peuple ; mais Moïse, qui
n'a pas obéi, sera puni de sa victoire. Il reconnut sa
faute; c'était Moïse. Combien d'autres s'entêteraient
dans leur orgueil !

Tout en comptant leurs jours par leurs triomphes,
nos amis n'eurent pas sujet de s'estimer grands vainqueurs. Plus d'un succès qu'ils n'avaient pas pour-
suivi fut la conséquence d'un échec qu'ils s'étaient
efforcés de prévenir. Plus d'une manœuvre jugée
bonne, et lentement mûrie et soigneusement exé-

cutée, fut inhabile, et cette inhabileté, regrettée longtemps, était précisément, sans qu'on le sût, le chemin qu'il fallait prendre. A ces mécomptes, à ces chutes, à ces revers, ils gagnèrent, ce qui vaut mieux que le succès, la sagesse de se reconnaître impuissants par eux-mêmes, invincibles avec le secours de Dieu. Cela n'est pas nouveau dans l'Église : c'est l'histoire de tous les ouvriers d'Évangile, petits et grands ; et saint Paul l'a écrite en deux mots : *Quand je succombe, c'est alors que je suis fort... Je peux tout en Celui qui me fortifie.* Mais chaque homme a besoin de l'apprendre, chaque homme doit récolter la vérité, pain de l'âme, comme le grain, pain du corps, à la sueur de son front. Nos amis l'apprirent : ils devinrent forts, ils restèrent humbles. *Fecit mihi magna qui potens est, et sanctum nomen ejus.*

XIII

DIGRESSION SUR UN BON LIVRE.

M. Léon de Laborde a écrit un bon livre, le *Commentaire géographique sur l'Exode.* Je ne sais pas ce qu'en disent les savants. Je ne serais pas étonné qu'ils en eussent fait beaucoup de critiques, car l'auteur y prouve la vérité des récits de Moïse. A l'encontre des sornettes que plusieurs, et non pas des moins graves, ont accoutumé de débiter sur ce sujet, il allègue le témoignage de ses yeux. Cela n'a pu passer sans scandale. Comment! voilà un homme qui va se promener dans le désert, qui fait une à une les étapes des Hébreux, et qui prétend que toutes les traces de cette fabuleuse odyssée sont encore visibles! Il croit au buisson ardent, à la pierre d'Horeb, au passage de la mer Rouge, aux eaux amères devenues douces, à la manne, aux cailles, à tout! Nous saurons bien lui montrer qu'il se trompe, nous qui n'avons point quitté Paris...

Mais, quoi qu'ils aient pu dire, le *Commentaire géographique sur l'Exode* n'en est pas moins instructif, édifiant et même piquant. Aucun chrétien ne saurait être insensible au plaisir de voir dans quelles contradictions tombent, se jettent, se culbutent les vaillants qui se sont piqués d'infirmer les témoignages du Saint-Esprit. Les uns croient à moitié, les autres aux trois quarts, les autres pas du tout. Ceux qui nient en bloc toute la Bible ont affaire à ceux qui l'admettent en partie; mais de ces derniers, tous n'admettent pas ou ne rejettent pas la même partie, et ce qu'ils admettent ou rejettent en commun, ils ne l'admettent ni ne le rejettent de la même façon et au même titre. Il faut voir cette cacophonie de la pauvre science humaine! Alors s'avancent les conciliateurs, empressés de mettre d'accord tant

d'athlètes, qu'il serait urgent de faire marcher avec
ensemble à l'attaque des livres saints. « — Messieurs, disent les conciliateurs, vous avez tous
raison. Mais la Bible est un poëme : certaines choses
y sont exactement racontées, d'autres sont embellies
par l'esprit poétique des Orientaux, d'autres sont
purement allégoriques. Il faut savoir discerner les
faits historiques des amplifications, et les simples
amplifications des allégories. C'est à quoi nous nous
sommes appliqués avec le sens judicieux que nous
avons reçu de la nature, et vous allez certainement
vous rendre à la justesse ingénieuse de nos explications. » Là-dessus, les conciliateurs exhibent des
gloses impayables. M. de Laborde en rapporte des
exemples prodigieux et bafoue très-bien ces pédants.
C'est un charme dans tout le livre : on y trouve une
excellente clarté de style, une ardeur d'esprit qui
sent la conviction et la jeunesse, un mépris généreux pour tant de grimauds dont la passion accepte
contre Dieu le secours de l'absurdité même. En
même temps, le lecteur voyage à la suite de Moïse,
marche pour ainsi dire en sa compagnie, l'auteur
éclaircissant dans le texte sacré ce qui est obscur,
achevant ce qui n'est dit qu'à moitié. On voit tout,
on se rend compte de tout.

Je voudrais dire quelles erreurs ou sincères ou
préméditées le commentateur détruit, quels pro-
blèmes il tranche, quels points restent douteux. Je
n'y suis pas idoine, pour employer un mot qu'il faut
maintenir français. Humble lecteur de la Bible, et

du nombre, grâce à Dieu, de ces croyants qui croient
tout, ce n'est pas moi que les ténèbres du saint livre
ni les ruses de ses adversaires ont embarrassé jamais. Quand un verset n'est pas clair, je passe au
verset suivant; si le verset suivant semble contredire
celui qui précède, j'attends qu'on me l'explique; si
l'on ne peut pas l'expliquer, ou qu'on l'explique mal,
si même on prouve qu'il y a là quelque chose de
contraire à la science, à l'histoire, à la raison, je
crois que l'histoire, la science, la raison ne savent
pas leur métier. Je ne suppose nullement que le
Saint-Esprit se trompe parce que ma faible intelligence ne le comprend pas. M'attachant au manteau
de la sainte Église, reine des Écritures, je vais plus
loin chercher sous sa conduite, dans ce verger splendide, le fruit que Dieu jugera bon pour moi.

Aussi ne suis-je guère au courant du nombre et de
la force des objections que se crée ou se laisse impo-
ser une foi moins docile et moins heureuse. Les glos-
sateurs incrédules sont à mes yeux comme s'ils n'exis-
taient pas. Allemands, protestants, académiciens,
ils peuvent faire des brochures et des in-folio : si
jamais j'en lis une ligne, ce sera grand hasard, et je
n'en lirai pas deux! Expliquer la Bible à leur manière, c'est la détruire; détruire la Bible, c'est anéantir le christianisme; anéantir le christianisme, c'est
anéantir non-seulement le bonheur de l'âme, mais
le sentiment profond qu'elle a de sa propre existence,
puisque sans le christianisme je ne puis plus ni concevoir Dieu, ni me concevoir moi-même. Pour pren-

dre intérêt aux systèmes que la *science* imagine afin
d'atteindre ce but, il faut être mordu de la même
folie, ou se donner la charitable mission de guérir
la *science*, en lui prouvant qu'elle a besoin d'aller à
l'école. Or, ceci m'étant démontré, je dors sur le
reste avec une sécurité entière, abandonnant la cure
aux vrais savants, à ceux qui sont enfants de l'Église,
comme on abandonne un cas de démence aux Frères
de Saint-Jean de Dieu. N'ayant rien pour mon compte
à faire de ce côté-là, c'est quand l'erreur est anéantie
que j'apprends sous quelle forme elle existait. J'applaudis alors au vainqueur. Son triomphe ouvre à
un grand nombre d'esprits les domaines de la vérité.
Mais, quand on me dit que ce pays était infesté de
doutes, je ne le savais pas; je n'y connaissais que
des obscurités vénérables. Je faisais un acte de foi,
je fais un acte d'amour.

Souvent le *Commentaire sur l'Exode* m'a fourni
l'occasion d'adorer cette divine Providence, qui
parmi la foule de ses dons nous fait celui d'une foi
robuste et simple. Je m'étonnais de la multitude des
pièges que l'incrédulité, particulièrement dans cette
partie des Écritures, a su tendre aux faibles et aux
présomptueux. Il n'est pas, pour ainsi dire, un verset de l'Exode contre lequel l'impiété moderne ne se
soit ruée, armée de tout ce que pouvaient lui fournir
la haine, le mensonge, l'ineptie même, et aussi les
meilleures apparences de science et de sincérité. Depuis les sarcasmes aujourd'hui méprisés de Voltaire
jusqu'aux brutalités folles d'un nommé Bohlen,

Allemand; depuis les chicanes des étymologistes jusqu'à celles des naturalistes ; depuis les travestisse-
ments haineux de Gœthe et de Volney jusqu'aux
explications d'un certain Dubois-Aimé, « explications
des miracles plus difficiles à comprendre que les miracles mêmes, » depuis les honnêtes gens qui ne
voient aucun sens dans la Bible jusqu'à ceux qui
veulent en montrer « ou le *sens poétique*, ou le *sens*
« *philosophique*, ou le *sens allégorique*, ou le *sens lit-*
« *téraire*, ou le *sens rationnel*, sans compter le *sens*
« *intime*, découvert par un auteur, qui, comme tous
« les autres, a négligé le bon sens, » que de mains
occupées à déchirer, à souiller ces pages divines!
M. de Laborde balaye tout cela. Tantôt il explique
supérieurement les faits qui ne sont que naturels et
que l'ignorance des savants leur rendait incroyables;
tantôt, avec plus d'autorité encore, il force l'esprit
à s'incliner devant les faits miraculeux. Véritable
témoin qui semble avoir accompagné les Juifs dans
le désert, tant il en connaît bien les chemins, les
coutumes, les périls, tant il en a bien vu les merveilles. C'est un homme d'Israël ; il ne diffère des
autres que par un seul point : jamais il ne murmure
contre Moïse ni contre Dieu.

XIV

MOÏSE.

Les Hébreux luttent contre le désert avec toute la
faiblesse de l'homme sensuel; Moïse lutte contre le
désert et contre son peuple avec toute la fermeté de
l'âme assistée d'en haut, mais aussi avec la prudence
et par conséquent avec les angoisses cachées qui
sont toujours le partage des plus confiants et des
plus forts. L'erreur et la malice de l'humanité, re-
présentées par les négations, les doutes, les inter-
prétations de la fausse science, viennent, après des
siècles, renouveler les vieux outrages d'Israël, lutter
comme lui contre la main bienfaisante qui tour à
tour châtie, dompte, abat, relève, et, par des épu-
rations successives, conduit à la terre de paix et de
lumière l'esclave indocile qu'elle veut délivrer.
Hélas! que Dieu est terrible, mais que l'homme est
mauvais! Hélas! que l'homme est faible et fou, mais
que Dieu est patient et tendre! N'était-il pas plus
facile aux Hébreux de se laisser conduire, après
tant de preuves d'amour et tant de leçons vengeresses
que Dieu leur avait prodiguées? Ne nous serait-il

pas plus aisé de croire que de nous jeter à l'aventure dans ce désert plein d'affreuses misères et d'absurdes mirages où nous pousse une seule négation?

Il faut traverser le désert pour arriver aux richesses de Chanaan. Il faut souffrir de faim et de soif, il faut rencontrer l'Amalécite, il faut garder dans son cœur de lâches regrets pour les douceurs de la servitude ; il faut attendre, voir éloigner le but, et cependant marcher, étouffer tout murmure, espérer contre toute espérance, croire en dépit de ses yeux, ou périr. Dieu ne veut dans son royaume que des cœurs éprouvés. Lorsque M. de Laborde nous déroule le désert, et note tant de marches et de contremarches à travers ces lieux désolés, combien Moïse nous paraît tout à la fois plus faible et plus grand que ne semble le montrer d'abord son héroïque récit ! Et quelle peinture de la vie humaine dans cette vallée de larmes où nous ne faisons que passer ! Dieu assiste Moïse, et cependant le laisse à lui-même ; la colonne lumineuse marche devant lui, et néanmoins il s'égare ; il sait qu'il arrivera, mais il sent la fatigue et le poids du jour ; la mer lui fait un passage, le rocher lui donne de l'eau, la morne aridité du ciel laisse pleuvoir la manne ; mais Madian l'abandonne et Amalec le défait. On le voit constamment assez grand pour conserver l'alliance du Seigneur, assez faible pour avoir besoin de sa pitié. Dans les circonstances ordinaires, c'est un politique profond, un magistrat plein de sagesse, un chef aussi ferme que prévoyant ; Dieu ne pouvait confier son peuple à des mains plus habiles; tout ce que l'homme peut faire, Moïse le fait. Mais voici un de ces périls que nul pouvoir humain ne peut surmonter, une de ces nécessités auxquelles nulle sagesse ne peut pourvoir; alors Dieu se manifeste, l'homme s'anéantit : Moïse n'est plus qu'un enfant qu'il faut mener par la main, voilà sa faiblesse; mais c'est un enfant qui se laisse mener, voilà sa grandeur. Fragile instrument d'un miracle qui dépasse son pouvoir et ses attentes, d'un mot, d'un geste, il brise les immuables lois de la nature, et il sent qu'il n'est rien; et ce sentiment, en apparence si naturel, est pourtant la vertu immense qui fait la perfection des saints. Vivant spectacle où nous retrouvons, de la part du maître et de la part du serviteur, tout ce que nous savons de la vie des élus; exemple toujours le même et toujours nécessaire, qui résume en trois mots le secret du succès en toute chose entreprise ici-bas pour le salut des âmes et la gloire de Dieu : *Amour, obéissance, sacrifice.*

Un jour, l'esprit occupé de la conduite de Dieu sur Moïse et sur son peuple, j'ouvris au hasard l'Évangile de saint Jean, et mes yeux tombèrent sur le chapitre ix, dans lequel l'apôtre fait cet adorable récit de la résurrection de Lazare, où l'on voit Jésus pleurer. Ce qui me frappa le plus, ce ne furent ni les magnifiques expressions de la foi de Marthe et de la foi de Marie : *Seigneur, si vous eussiez été ici, mon frère ne serait pas mort !* ni ce mot des Juifs : *Voyez comme il l'aimait !* ni ce murmure : *Ne pouvait-il pas empê-*

cher qu'il ne mourût? ni tant d'autres détails faits
pour remplir l'âme de confiance et d'amour. Je fus
comme ébloui d'une simple circonstance, que jusqu'alors je n'avais point remarquée : Jésus, s'adressant aux parents de Lazare, leur dit d'ôter la pierre
placée sur le tombeau. Marthe se récrie : « Mais,
Seigneur, à quoi bon? pourquoi faire ôter cette
pierre? croyez-vous que Lazare va sortir du sépulcre
où nous l'avons descendu? Il y est depuis trois jours, et
déjà s'exhale l'odeur de la mort. » Aux objections de
Marthe Jésus se contente de répondre : *Si vous croyez,*
si vous obéissez à ce que j'ordonne, *vous verrez la
gloire de Dieu.* Les assistants obéissent. Avec une foi
supérieure à tous les conseils de la raison et des
sens, ils ôtent la pierre. Voilà ce qui est au pouvoir
des hommes; ce n'est rien, mais c'est un acte de foi :
à Dieu de faire le reste. Et Dieu alors se montre; il
commande à la mort; la mort, obéissante, rend sa
proie.

Otez la pierre; et plus loin, quand Lazare se lève,
les pieds et les mains enveloppés : *Déliez-le.* N'est-ce
pas le même Dieu qui conduisait Moïse, qui ouvrait
devant lui les ondes, qui faisait marcher la nuée lumineuse, qui changeait en fontaine d'eau vive le rocher stérile, qui convertissait en eaux douces les
eaux amères? N'est-ce pas le même Dieu qui assiste
tous les saints, ou plutôt qui daigne se faire assister
d'eux en tant de grandes choses qu'il ne cesse d'opé-
rer, *afin qu'ils aient foi* et qu'ils soient récompensés
de leur foi par une surabondance de foi?

Le plan de M. Léon de Laborde ne le menait pas à ces sortes de considérations; mais elles naissent naturellement de son livre : et c'est en grande partie pourquoi, malgré mon incapacité, je le juge savant. Car ce parfum de piété qu'il laisse dans l'esprit est l'odeur de la bonne science, laquelle, comme tout ce qui est vrai, doit emporter nos pensées vers Dieu.

XV

IN VERBO AUTEM TUO LAXABO RETE.

O mes amis, qui avez travaillé si longtemps dans cette ville à *ôter la pierre*, et qui enfin l'avez ôtée, voyez si vous avez bien fait et si vous pouviez mieux faire! Plusieurs vous ont dit au début : « Vous perdez votre temps, vous vous faites moquer, vous ne gagnerez rien. » Quand même il en eût été ainsi, vous auriez toujours gagné d'obéir à Dieu : c'est quelque chose pour l'autre vie, et même pour celle où nous sommes! Vous auriez mis dans vos cœurs le baume purifiant et durable d'un bon dessein; vous vous seriez occupés, ne fût-ce qu'en vain, d'une œuvre rude et grande, et cet exercice procure à l'âme des forces dont elle trouve toujours l'emploi.

10.

Mais vous avez fait un gain plus manifeste, et voilà qu'après toutes vos peines vous avez ressuscité, par la grâce de Dieu, beaucoup de gens et beaucoup de choses. Sans vouloir tout énumérer, cette char-treuse rétablie, ces jésuites réintégrés, ces oblats et ces rédemptoristes appelés, ce couvent de Saint-Dominique et cet ouvroir créés, ce sont des œuvres; et je ne vois guère en quoi vous auriez pu servir mieux.

Et vous avez fait cela, et vous ferez davantage, sans intrigues, sans mensonges, sans trahisons, sans calculs flétrissants; vous ne vous êtes pas divisés, mais au contraire vous vous êtes aimés et appuyés les uns les autres; vous avez fait du bien et point de mal; et, si vous êtes méprisés, ce n'est que des sots; haïs, ce n'est que des méchants; et, quand vous mourrez, vous ne mourrez point les mains vides, vos œuvres ne périront pas avec vous.

LIVRE IV

LA VIE DE CHATEAU

I

On arrive au château par une avenue de vieux platanes. L'édifice est vaste, noble, orné à l'intérieur de tableaux et de curiosités rapportés de longs et intelligents voyages. Dans le village, il y a des familles d'artisans dont cette construction, vieille d'un siècle, a fondé l'honnête fortune. Un grand parc entoure le château; une jolie rivière coule dans ce

grand parc; de plantureuses prairies, des collines
boisées forment l'horizon. Là, notre ami, entouré
de sa femme et de ses enfants, vit heureux, aimé de
ses domestiques et de ses voisins du village. Les
pauvres y trouvent du pain, les malades des secours, ceux qui ont besoin de conseils des conseils,
ceux qui ont besoin d'appui un appui. Abattez la
noble maison, semez le parc en pommes de terre :
il n'y a plus rien pour les arts, rien pour les malheureux, rien pour l'hospitalité.

L'honnêteté du peuple, entretenue par la charité
et par l'exemple du château, a préservé ce canton
des souffles de haine qui courent sur toute la France.
Ici les cœurs sont chrétiens et reconnaissants; le
socialisme n'a point entamé les esprits. Personne
ne grince les dents contre le possesseur de ces
richesses et ne hurle ces paroles, que les pauvres
murmuraient déjà du temps de Job : « Qui me
donnera de sa chair? »

Notre ami — nommons-le Sylvain — est un de
ces obstinés qui ont eu le génie de ne vouloir pas
s'avancer dans le monde. Il n'a jamais souffert qu'on
lui parlât d'industrie ni de banque. Un jour, ses parents, profitant d'un moment de faiblesse, le coulè-
rent dans les emplois. Il se tira de carrière à la première révolution qui passa, et se fit des opinions
exaltées, pour éviter d'être repris par les honneurs
publics. Il est pieux, instruit, gai. Il aime sa femme,
ses filles, ses pauvres, sa terre; il trouve que c'est
assez bien employer sa vie de la donner à tout cela.

Il sait étudier, apprendre, causer; il sait conter une histoire, il sait l'écrire; mais surtout il sait avoir des amis.

Majestueuse et sereine comme une matrone des premiers temps, Suzanne est respectueuse pour son mari, tendre pour ses enfants, compatissante aux pauvres du bon Dieu. Rien n'est plus simple et plus humble que cette grande dame. Nul accident n'altère sa paisible humeur, douce à toutes les traverses et à toutes les contradictions, voilée pourtant d'une tristesse qui se lit jusque dans son sourire : elle a perdu un fils.

Adrienne sera la digne fille d'une telle mère. Elle est élancée, fraîche, blonde, innocente. Tous les arts charmants l'ont douée dès le berceau. Elle aime la musique et l'histoire, et s'épanouit en joie dans ce beau château dont elle est vraiment la reine. Tant d'éclat, tant de faveurs, tant d'amour n'ont gâté ni son cœur ni son esprit. Elle n'a point d'orgueil, point de vanité, point de caprices. La raison et l'humilité apparaissent à travers ses naïfs enchantements. Parmi les joies qui la bercent, elle étudie en chrétienne le secret de sa destinée. Que Dieu parle, elle obéira; elle prendra un engagement éternel avec le devoir qui lui sera montré. Épouse austère ou vierge fidèle, elle suivra son chemin jusqu'à la mort; elle traversera les séductions du monde et ne les verra même pas.

Avec nous se trouvaient au château Cyprien et Thérèse, parents de Sylvain. Cyprien était protes-

tant. Thérèse ne l'a jamais prêché. Elle s'est conten-
tée de suivre la méthode indiquée par saint Pierre :
« Femmes, soyez soumises à vos maris, afin que
« ceux qui ne croiraient pas à la parole de l'Évan-
« gile lui soient gagnés par la voie du bon exemple,
« lorsqu'ils viendront à considérer la pureté de vo-
« tre conduite, jointe au respect que vous avez pour
« eux. »

Cyprien a cédé au bon exemple. Il est si ferme
catholique, et si droitement et naturellement, qu'on
ne peut s'expliquer comment il ne l'a pas été toujours. C'est une douceur d'âme et une modestie par-
faites. Il ne parle que de ce qu'il sait et n'en parle
qu'avec calme. Si on croit le savoir mieux, il
écoute, et vous redresse ensuite tout modestement,
comme pour achever de s'instruire.

Dieu, qui l'aimait d'avance, lui a donné une femme
gaie et sage, faite pour rire au monde, pour aimer
et prier dans le secret de la maison. Nous avions
changé le nom de cette aimable Thérèse : nous l'ap-
pelions *Madame Contente*. Elle est contente, en effet ;
contente de son mari, contente de ses enfants, contente de son sort, contente, enfin, d'elle-même ; et,
avec raison, quoi qu'en dise sa piété. Elle a une
ambition : elle veut devenir sainte. Elle y travaille,
mais sans effort apparent, sans forcer ni déguiser
son allègre nature.

Nous lui disions :

— Vous n'y êtes pas, vous n'y viendrez pas. Vous
êtes trop gaie. Quoi ! prétendre à la sainteté avec

des robes à volants, avec un château, avec un mari
qui vous aime, des enfants qui viennent bien, et
toujours un mot plaisant sur les lèvres!

— Hélas! répondait-elle, est-ce ma faute? Dieu
me veut heureuse : je le suis, je l'ai toujours été, et
cela me plaît beaucoup. Ne puis-je donc pas me
plaire à la volonté de Dieu? Tout se peint à mes
yeux d'une façon joyeuse ; tout se tourne à joie dans
mon cœur, même de connaître mes péchés et de les
pleurer. Si je vais chez un pauvre, j'y vais avec joie,
je pleure avec lui, mais je reviens joyeuse de l'avoir
visité et assisté. Si je rencontre un impie, je suis
troublée et affligée outre mesure, mais encore plus
heureuse d'être chrétienne. Si l'on me gâte une
belle robe, je suis ravie de perdre le plaisir que
j'avais à la porter; mais, avant qu'elle fût gâtée, je
n'avais jamais songé à ne pas la porter avec plaisir.
Ce cher et introuvable malheur, je ne l'ai espéré
qu'un moment dans ma vie : Cyprien devint distrait, inquiet, presque triste. — « Bon, pensai-je, il
me prend en aversion, peut-être qu'il finira par me
martyriser... » Il a fini par me dire qu'il se faisait
catholique. Le sournois! loin de travailler à ma
sainteté, il travaillait à la sienne. Il s'est fait catholique sans que j'aie pu m'affliger de le voir protestant; car, du premier jour, j'ai connu mon sire : je
n'ai pas un instant douté que ce prétendu protestant ne fût un catholique encore vert que Dieu
mettait à mûrir sous ma garde. C'est désolant, je
suis vouée au bonheur!

Assurément, c'est un beau spectacle que celui de la vertu aux prises avec l'adversité; mais la vertu dans le bonheur et dans la paix, la vertu honorée, heureuse, récompensée des hommes et de Dieu, c'est un beau spectacle aussi! Il est beau et il est salutaire. Car le bonheur est encore un effet de la sagesse, plutôt qu'un présent de la destinée; il se compose encore, pour la part principale, de beaucoup de modération et de résignation; et les sources les plus abondantes n'en sont ni la richesse, ni la santé, ni l'éclat de l'esprit, ni la beauté corporelle, mais la bonté et la charité.

II

PAYSAGE ET CHANSONS.

Dieu, qui nous montre ces âmes d'élite, nous les montre dans un cadre charmant. Je n'ai vu et je n'imagine rien de plus agréable, de plus facile, de plus varié que ce coin de l'Alsace, plein de bois et de pâturages, dans ce passage de septembre, où l'on a déjà les brumes de l'automne et où l'on jouit encore du soleil de l'été. De jolies routes percent les forêts sombres, serpentent dans les prés verts,

côtoient les villages entourés de champs et ombragés
d'arbres à fruits ; d'élégants clochers s'élèvent de
ces masses et de ces tapis de verdure. Tout est frais,
propre, bien tenu. Les paysans chargent leurs chariots attelés de chevaux agiles ou de bœufs de haute
taille, et l'on s'étonne presque de ne pas voir ces
groupes champêtres déposer leurs outils et se mettre
à danser, tant le spectacle a l'air parfois d'une décoration de théâtre, arrangée pour l'agrément des
yeux. Mais à l'Opéra, quels retours fait le cœur ! Ici
tout est content, le cœur comme les yeux. C'est la
vraie nature, le saint travail, l'air pur du ciel, la
bonne musique du vent, le salubre parfum des prairies et des bois. Les chariots de foin sont couronnés
de faneuses au frais visage, robustes fleurs sur ces
herbes odorantes ; elles tiennent à la main leur
râteau, sourient d'un air honnête et nous disent en
passant : *Loué soit Jésus-Christ* ; à quoi nous répon-
dons : *Éternellement* [1].

Nous roulons, bercés mollement parmi ces beaux
paysages, suivant mille pensées sans nous arrêter à
aucune. « C'est, dit Sylvain, laisser brouter la bête. »
Dans ces repos qu'elle reçoit des bénignes et saines
influences de la nature, l'âme est comme un berger
qui regarde paître nonchalamment son troupeau.

Nous passons vite, nous passons contents. C'est
ainsi qu'il faudrait savoir vivre, nous attachant aussi

---

[1] Gelobet sey Jesus Christus. — In Ewigkeit (Formule du salut
populaire en Alsace).

peu à la vie et aux choses de la vie que le voyageur au chemin qu'il fait, passant comme il passe, l'esprit et le cœur vers son but, sans laisser même un regret au paysage qui l'a charmé, sans le regarder seulement aussi longtemps qu'il peut le voir. Et loué soit Jésus-Christ, *et amen!*

— Je veux chanter, s'écria Thérèse. Écoutez ceci. Les paroles sont d'un bon auteur. Quant à la musique, je la fais pour vous.

D'une voix douce, sur une mélodie simple et lente qu'accompagnait la brise, elle chanta ce psaume de Daniel et de Pierre Corneille :

> Ouvrages du Très-Haut, effets de sa parole,
> Bénissez le Seigneur ;
> Et jusqu'au bout des temps, de l'un à l'autre pôle,
> Exaltez sa grandeur !

> Anges, qui le voyez dans sa splendeur entière,
> Bénissez le Seigneur ;
> Cieux, qu'il a peints d'azur et revêt de lumière,
> Exaltez sa grandeur !

> Eaux, sur le firmament par sa main suspendues,
> Bénissez le Seigneur ;
> Vertus, par sa clémence en tous lieux répandues,
> Exaltez sa grandeur !

> Soleil qui fais le jour, lune qui perces l'ombre,
> Bénissez le Seigneur ;
> Étoiles, par vos feux comme par votre nombre,
> Exaltez sa grandeur !

Brouillards, féconde pluie, et vous, douce rosée,
  Bénissez le Seigneur ;
Vents à qui notre terre est sans cesse exposée,
  Exaltez sa grandeur !

Ténèbres et clartés, dans vos constants partages,
  Bénissez le Seigneur ;
Armes de la colère, éclairs, foudres, orages,
  Exaltez sa grandeur !

Monts sourcilleux et fiers, agréables collines,
  Bénissez le Seigneur ;
Doux présents de la terre, herbes, fruits et racines,
  Exaltez sa grandeur !

Délicieux ruisseaux, inépuisables sources,
  Bénissez le Seigneur ;
Fleuves et vastes mers qui terminez leurs courses,
  Exaltez sa grandeur !

Poissons qui sillonnez la campagne liquide,
  Bénissez le Seigneur ;
Hôtes ailés des airs, qui découpez leur vide,
  Exaltez sa grandeur !

Animaux, que son ordre a mis sous notre empire,
  Bénissez le Seigneur ;
Hommes, qu'il a faits rois de tout ce qui respire,
  Exaltez sa grandeur !

Prêtres, de ses bienfaits sacrés dépositaires,
  Bénissez le Seigneur ;
Partout prêchez sa loi, célébrez ses mystères,
  Exaltez sa grandeur !

Ames justes, esprits en qui la grâce abonde,
        Bénissez le Seigneur ;
Humbles si méconnus, si dédaignés du monde,
        Exaltez sa grandeur !

III

LES ROMANCES D'ULRIC PINSON.

Ah! madame, dit Étienne, avec quel plaisir je
vous ai entendue !

J'avais un ami nommé Ulric Pinson, sous-chef de
bureau et poëte. Il faisait des romances dont un
autre pinson, nommé Douillet, composait la musique, et qu'un troisième pinson, nommé Canard,
saupoudrait d'une lithographie. Ces trois pupilles
des Muses vendaient le tout à un marchand qui donnait à chacun d'eux trente-trois francs trente-trois
centimes, et qui lançait l'œuvre dans le monde.
C'était toujours le même prix, et toujours la même
chose : un monologue qui traitait de l'éternité de
l'amour. Douillet y incrustait des bémols, Canard
l'illustrait d'une figure de femme qui avait la bouche
moins grande que les yeux et des cheveux pendants
en oreille de chien. Aucun ne sortait jamais de là ;

Pinson surtout s'y tenait, malgré quelques réclama-
tions des autres. — « Pinson, disait le pauvre Douillet, tu es ennuyeux ; tu me fais toujours du Lamartine ; ça ne varie pas l'inspiration. Donne-moi donc
du Musset ! » — « Moi, disait Canard, je voudrais un
peu de drame ! » Pinson était de bronze et persévé-
rait dans les sentiments doux. Il taillait sa plume,
se coulait dans ses garde-manches en percaline
noire, prenait le papier du Gouvernement et écri-
vait en anglaise quelque chose sur l'éternel amour.
Il y avait toujours un ange, un cœur et un pleur.
Que ce malheureux nous a fait rire ! C'était l'homme
du monde le plus rangé. Il se vantait de n'avoir jamais oublié son parapluie, et il n'aimait pas une couturière nommée Hortensia, qu'il a épousée. Son
mariage lui a inspiré trois romances : une sur la première entrevue, une sur le *oui* fatal, la troisième sur
la mort de son premier enfant, qui n'est pas né.
Dans chacune de ces romances, il y a un amour
éternel, un ange, un cœur et un pleur : et toutes
trois, s'il vous plaît, ont fait fureur.

Or, madame, un soir, dans un très-beau salon,
voilà une très-belle comtesse, grande, bonne, parée, illustre, que vous dirai-je ? un cygne à plumes
de paon, un air de reine, une voix de poëte, et, pour
compléter l'éloge, un esprit de femme ; voilà cette
filleule des fées qui se met au piano et qui nous
chante une poésie de Pinson. Oui, madame, paroles
de Pinson, musique de Douillet, lithographie de
Canard ! Je vous assure que tout le charme de sa

voix, toute la splendeur de sa beauté, ne parve-
naient pas à en faire quelque chose de supportable;
et l'éclat incontesté de sa vertu n'en faisait rien d'innocent.

Sans doute, s'il n'y avait eu là, pour écouter, que
des hommes et des mères de famille, la pinsonnerie
serait restée ce que son auteur l'avait faite, une pure
bêtise. Mais le salon était plein de grandes petites
filles, dont deux ou trois regardaient en dessous.

Pinson, prenant la parole et révélant son cœur en
pareille compagnie! Pinson, l'époux d'Hortensia,
interprété par une comtesse!... Je ne pouvais digérer
la scène. Pinson se transfigurait. J'avoue que personne ne paraissait choqué. L'ange, le cœur, le pleur,
passaient comme un verre d'orgeat; cela semblait
tout simple, et l'on n'y prenait pas plus garde qu'à
un sujet de pendule. — Par parenthèse, la pendule
représentait madame de la Vallière aux pieds de la
croix, et Louis XIV aux pieds de madame de la Vallière. Sujet monarchique et religieux.

La romance finie, grands compliments de tous
côtés. Charmant! adorable! divin! et autres extases
pinsonniques. C'est bien leste de se moquer de Pinson; c'est rire au nez de beaucoup d'honnêtes gens!

J'avais désiré d'entendre chanter la comtesse, et
je crus que je lui devais aussi quelque fadeur. J'a-
vançai, le courage me manqua. Il me sembla que
Pinson était là, que c'était lui qui allait recevoir mes
hommages. Quelle revanche de ses chants exécutés
par moi, quand nous étions du même bureau! Je

restai bouche close, non sans un peu d'embarras. La comtesse voulut s'en amuser. — Eh bien, me dit-elle, j'ai chanté, vous m'en avez priée; voyons votre compliment. — Hélas! madame, vous avez été parfaitement bonne de chanter, vous avez chanté parfaitement, et je vous serai parfaitement obligé si vous me dispensez d'en dire davantage. — C'est parfait, dit-elle, continuez. — Que m'ordonnez-vous, madame? J'ai une opinion sur les romances... — Vous n'aimez point les romances? — Je l'avoue en tremblant, madame. — Pas même celle que je chante? — Celles-là, madame, moins que les autres, je le dis hardiment. — C'est comme moi; mais il faut voir vos raisons. Vous ne me diriez point que je chante mal; c'est ce que j'ai chanté qui vous déplaît. Qu'est-ce que j'ai donc chanté? Allons, ne craignez pas de me rendre un service. — Eh bien, madame, vous avez chanté ce que pour rien au monde vous ne voudriez dire.

Elle réfléchit un instant, me tendit la main, et reprit : — Je vous écoute.

— Véritablement, madame, continuai-je, c'est un service que j'ose essayer de vous rendre. Comment se peut-il que votre mémoire retienne et que votre voix répète ces platitudes? Que trouvez-vous donc là dedans? — Rien du tout? Des sons. — Mais ils ont un sens. Premièrement, vous faites tort au bon goût, aux beaux vers, quand vous daignez redire ces rimes fades, alignées par une main vouée à la tenue des livres. Ah! si vous connaissiez Pinson! — Quel Pin-

son? — L'auteur de tout cela. Un employé, une
ombre jaune qui va et revient de son bureau à sa
chambre, un parapluie sous le bras. Rien dans la
tête, rien dans le cœur, rien sur le visage. En même
temps que son parapluie, il porte un dictionnaire
des rimes, d'où il tire des poésies qu'on lui paye
trente-trois francs, et que les belles dames vont
chanter en belle parure, pour charmer le beau
monde et faire mourir de chagrin les vrais poëtes.
Ce soir, madame, quand vous serez seule, récitez-
vous à haute voix la romance de Pinson, en pesant
un peu les mots. Votre prière n'y perdra rien. Pinson
parle de ciel et d'amour : vous verrez s'il a jamais
jeté un regard vers le ciel, jamais senti battre son
cœur. Mais les mots y sont ; ils forment un scabreux
mélange sur lequel je crois au moins téméraire d'attacher l'attention des enfants sérieuses qui sont ici.
Dans quelques années, lorsque votre fille aura quinze
ans, vous plairait-il qu'on vînt lui dire ou lui chanter
qu'il faut aimer, que l'amour est le bonheur, qu'il y
a des messieurs et des mademoiselles sur la terre
qui s'appellent entre eux des anges, qui se disent
que l'amour est éternel? Et quand c'est vous qui
donnez un charme à ces sottises, vous si pieuse et
si honorée, qui voulez-vous qui les blâme?

— Vous avez raison, me répondit la comtesse. Je
savais bien que ces romances me plaisaient peu, mais
je ne cherchais point à m'en rendre compte. J'ai toujours entendu chanter cela ; je l'ai chanté comme les
autres. Je ne crois pas qu'il en résulte grand dom-

mage. Toutefois il est vrai que c'est absurde. Faute
d'y songer, nous autres chrétiens, nous devenons
païens dans ce monde païen. En vérité, je ne souhaite
pas du tout que ma fille fasse valoir les rêveries de
M. Pinson. Et de quel droit chanterais-je ce que je
ne voudrais pas que ma fille chantât? Adieu, monsieur Pinson; nous ne voguerons plus dans votre na-
celle... Mais qu'est-ce que je lui ferai chanter, à ma
fille; car il faut qu'elle chante?— J'ose vous demander si vous y voyez une grande nécessité? — Très-
grande. Toutes ces petites filles chantent; elles ont
de petits succès. Que se passerait-il dans le cœur
d'une enfant qu'on priverait de ces légères louanges?
Il s'y ferait de terribles émeutes! Et savez-vous ce
que l'on dirait charitablement? Que je suis jalouse
de ma fille. On aurait l'art de lui faire entendre cela.

— Pour moi, madame, plutôt que d'apprendre
Pinson par cœur, je chanterais la Marseillaise. Mais
une jeune fille peut chanter des cantiques.—Dans le
monde! Y pensez-vous?—Ah! le monde! Cependant,
madame, pourquoi pas des cantiques? Racine, Corneille, Jean-Baptiste Rousseau, en ont écrit d'admirables. Vous y pourriez adapter quelques vieux airs
des maîtres, ou les faire noter par un musicien intelligent; et je me persuade qu'ils passeraient tout
aussi bien que les langueurs de mon camarade Pinson. Ce serait une victoire pour le bon goût et pour
les bonnes mœurs, madame la comtesse, si vous
mettiez à la mode ces chants graves et purs. Vous
pourriez d'abord ne pas vous borner aux cantiques.

11.

et même ne les aborder que de temps en temps. Vous
trouveriez dans les poëtes de jolies et innocentes
choses à faire chanter par ces voix ingénues. Voyez
ce qu'on y gagnerait : de belles pensées, un beau
français, harmonieux, élégant, facile à prononcer,
et point de mauvais souvenirs; ou du moins aussi
peu de mauvais souvenirs que possible...

Étienne se tut.

— Et puis? dit Thérèse.

— Et puis, madame, cette belle comtesse me promit d'y songer... Et c'en est là! Je suis réduit à
imaginer la joie qu'éprouveraient quelques rares
amis des beaux vers, qui fréquentent les salons, si,
un soir, voyant au piano une jeune femme, ils en-
tendaient :

> L'oiseau vigilant nous réveille,
> Et ses chants redoublés semblent chasser la nuit.

ou :

> Source délicieuse en misères féconde,
> Que voulez-vous de moi, flatteuses voluptés?

Mais, depuis deux ans que j'ai donné cet assaut
aux grâces pinsonnières, je n'ai pas appris que la
bonne poésie ait remporté le moindre avantage, ni
même fait la moindre tentative; et, pour dire la vérité, je crois que Pinson a vaincu.

C'est bien beau, pourtant, le psaume que vous
nous chantiez tout à l'heure! Il me semble que ceci

encore pourrait être dit dans un salon, sans faire de
mal à personne :

> L'oiseau vigilant nous réveille,
> Et ses chants redoublés semblent chasser la nuit :
> Jésus se fait entendre à l'âme qui sommeille,
> Et l'appelle à la vie où son jour nous conduit.

> « Quittez, dit-il, la couche oisive
> « Où vous ensevelit une molle langueur ;
> « Sobres, chastes et purs, l'œil et l'âme attentive,
> « Veillez, je suis tout proche et frappe à votre cœur. »

> Ouvrons donc l'œil à sa lumière ;
> Levons vers le Sauveur et nos mains et nos yeux ;
> Pleurons et gémissons : une ardente prière
> Écarte le sommeil et pénètre les cieux.

> O Christ, ô soleil de justice !
> De nos cœurs endurcis romps l'assoupissement ;
> Dissipe l'ombre épaisse où les plonge le vice,
> Et que ton divin jour y brille à tout moment.

> Gloire à toi, Trinité profonde,
> Père, Fils, Esprit-Saint ; qu'on t'adore toujours,
> Tant que l'astre des temps éclairera le monde,
> Et quand les siècles même auront fini leur cours !

IV

LA POÉSIE DU MONDE.

Que c'est beau ! s'écria Cyprien. Ces vers coulent
d'une source forte et tranquille, ils ont la douceur
et la majesté de la prière, ils embrassent sans aucun
effort le poids du dogme. Je ne les puis lire sans me
représenter Jean Racine portant la croix lorsqu'il
jouait à la procession avec ses enfants.

Mais, pour revenir à votre projet de faire chanter
de pareils vers dans nos salons, ne l'espérez point.
La muse de Pinson y règne pour longtemps, peut-
être pour toujours. Racine et Corneille, quoique
inconnus de la plupart des auditeurs, leur paraîtraient trop vieux ; ceux qui passent leur vie à écouter la litanie que recommence éternellement Pinson
les trouveraient monotones. Il y aurait des sages
qui se scandaliseraient, disant que c'est profaner le
nom de Dieu que de le prononcer dans le monde,
au milieu des femmes en toilette. Quand c'est Pinson qui le nomme, passe ! on connaît ce Dieu-là :
c'est le Dieu de l'endroit ; un Dieu des Bonnes Gens,
arrangé pour piano. Mais le vrai Dieu..... il ferait
fuir les amours !

— Je vous entends, reprit Étienne. Je ne suis que trop de votre avis. Cependant je caresse toujours ma chimère. Il y a dans la poésie française de quoi satisfaire tous les goûts délicats, et inspirer amplement les musiciens. Nous possédons des poëtes religieux d'un très-noble talent, quoique peu célèbres : si le succès les attirait un peu, ils feraient naturellement des choses nouvelles, à peu près « au goût du jour, » sauf la sottise et l'immodestie. L'harmonieux Reboul, Victor de Laprade, Violeau, Turquety, Octave Ducros, ouvriraient la voie. Savez-vous que ce sont de vrais poëtes, pleins de feu, pleins d'invention et de grâce? Ils ont des vers qui égalent les plus beaux de notre langue, des strophes magnifiques. Vous connaissez les belles inspirations de Reboul. Violeau, cette âme si douce, si naïve, si humble, est de ces hommes qui naissent pour chanter. C'était un pauvre enfant de matelot, le fils orphelin d'une mère indigente. Sans art, sans étude, il donna des vers que ne désavouerait pas toujours Racine et que n'aurait jamais trouvés maître Nicolas, dont je ne veux point dire du mal, mais qui n'est pas venu au monde pour consoler ni pour attendrir.

Je vous enverrai le livre de Violeau, vous y trouverez de petites pièces d'une grâce achevée. Madame Thérèse les chantera comme si elle les avait composées entre l'image de la sainte Vierge et le berceau de ses enfants.

Je compterais beaucoup sur Turquety pour ces pièces à chanter qui devraient remplacer tant de miévreries impertinentes. Je veux vous dire un de ses morceaux. Imaginez une mélodie grave, une voix douce, et écoutez :

Venez, vous dont la vie est aride et brûlante
Comme un désert sans eau, sans grâce, sans beauté :
    Voici la source consolante
    De l'éternelle vérité.

Voici le seul miroir où brille en traits de flamme
L'image du seul Dieu qu'adore le chrétien ;
    Voici la foi qui guérit l'âme,
    Voici l'espoir qui la soutient.

Accourez, accourez, vous que la foule blesse,
Vous qui cherchez au monde un abri calme et sûr ;
    Venez laver votre faiblesse
    Dans les torrents de l'amour pur.

Accourez, pauvres cœurs ! — cette source féconde
Étanchera la soif qui vous mène au tombeau :
    Toutes les richesses du monde
    Ne valent pas sa goutte d'eau.

Voilà de beaux vers, bien frappés, *chantants* ; ils n'ont que le défaut inévitable de la poésie française, quelques chevilles par-ci par-là ; et l'on en trouverait peu, même dans les maîtres, où cette tache de nature se montre moins. Croyez-vous que ni nos belles dames ne pourraient chanter cela, ni nos beaux messieurs l'entendre ?

— J'en suis convaincu, reprit Cyprien. Vous ne

connaissez pas le monde, cher Étienne. Vous l'avez traversé ; moi, je l'ai fréquenté, j'en suis. Le monde, pris en masse, est pour Pinson. Les poëtes dont vous parlez ne sont pas connus dans le monde, même des gens de bien ; mais ces gens de bien, comme les autres, connaissent, goûtent, applaudissent, — au moins par ton, — les plus insolents et les plus débordés, qui ne les valent d'aucune manière. Sur dix dames du premier rang, vous en trouverez bien six ou sept, peut-être huit, qui chanteront Pinson plus volontiers que Lamartine, et qui préféreront, au fond de l'esprit, un roman d'Eugène Sue à un conte de Mérimée. Quant à vos chrétiens, si sur dix femmes du monde vous en trouvez une pour les apprécier, vous serez trop heureux, et je doute que celle-là ait le courage de les vanter ; elle n'aura pas surtout le courage de les chanter. Elle deviendrait tout simplement ridicule. Voilà un genre d'héroïsme qu'il ne faut en aucun temps demander à aucune femme, dans aucun monde, excepté le monde saint, qui brave aussi ce martyre-là. Mais le monde saint ne chante pas au piano pour les cravates blanches. Que vos poëtes donc se résignent : le monde n'a rien pour eux, que des mépris.

Ce destin leur a été annoncé par M. Hugo... *Rome alors honorait ses vertus*. Il n'a pas eu assez de courage pour le braver, et vous vous étonnerez qu'il ait eu assez d'esprit pour le prédire. Voici comme il avertissait, en très-pauvre langue, un poëte chrétien :

Ah! nous ne sommes plus au temps où le poëte
Parlait au ciel en prêtre, à la terre en prophète!
Que Moïse, Isaïe apparaisse en vos champs :
Ces peuples qu'ils viendront juger, punir, absoudre,
Dans leurs yeux pleins d'éclairs méconnaîtront la foudre
    Qui tonne en éclat dans leurs chants.

Ils iront en vain par les villes publiant la puissance, les bienfaits et les justices de Dieu; en vain ils parleront de l'éternité. Le monde se rira d'eux, et se demandera si même ils sont poëtes :

Nos sages répondront : « Que nous veulent ces hommes?
» Ils ne sont pas du monde et du temps où nous sommes.
» Ces poëtes sont-ils nés au sacré vallon?
» Où donc est leur Olympe, où donc est leur Parnasse?
   » Quel est leur dieu qui nous menace?
» A-t-il le char de Mars? a-t-il l'arc d'Apollon?

» Pourquoi dans nos plaisirs nous suivre comme une ombre?
» Pourquoi nous dévoiler dans sa nudité sombre
» L'affreux sépulcre ouvert devant nos pas tremblants?
» Anacréon, chargé du poids des ans moroses,
» Pour songer à la mort se comparait aux roses
   » Qui mouraient sur ses cheveux blancs.

» Virgile n'a jamais laissé fuir de sa lyre
» Des vers qu'à Lycoris son Gallus ne pût lire;
» Toujours l'hymne d'Horace *au sein des ris est né...* »

Voilà de quels dédains leurs âmes satisfaites
Accueilleraient, ami, Dieu même et ses prophètes!
Et puis tu les verrais, vainement irrité,

Continuer, joyeux, quelque festin folâtre,
Ou, pour dormir aux sons d'une lyre idolâtre,
Se tourner de l'autre côté.

M. Hugo n'a pas si mal compris son époque, et avant d'apostasier, il avait étudié le vent.

V

DES ROBES. — GRANDE PAROLE D'UN ENFANT.

Je crois, continua Cyprien, que nous n'avons rien à faire avec le monde. Nous ne pouvons pas nous accommoder à lui tel qu'il est, il ne veut pas de nous tels que nous sommes. Ses oreilles sont de même nature que ses yeux, et la poésie du monde doit ressembler aux parures du monde. Point de vertugadin! Il n'est si riche ni si brillante étoffe qui lui plaise autant que n'importe quel aspect d'épaules nues. Vous voulez que ces dames chantent dans le monde des poésies chrétiennes, et l'Église ne peut pas obtenir qu'elles paraissent dans le monde habillées chrétiennement! Ce n'est pas d'hier cependant qu'elle y travaille. La prédication retentit sans cesse, nous ajoutons ce que nous pouvons nous per-

mettre ; et, lorsque tant d'efforts ont fait remonter
les robes d'un demi-pouce pendant le carême, elles
sont redescendues d'un pouce et demi au carnaval
suivant. Il y a pourtant de ces dames dont la conscience est troublée, qui voudraient obéir à l'Église,
qui feraient le sacrifice d'assez bon cœur; il y en a
d'autres, et beaucoup, qui, couvrant tout, assurément ne sacrifieraient rien. Pourquoi celles qui voudraient n'osent-elles pas, et se soumettent-elles à
celles qui oseraient sans doute, car elles osent tout,
mais qui ne veulent pas? C'est l'esprit du monde,
l'invincible esprit du monde. A cause de cet esprit,
il nous est dit : N'aimez pas le monde.

Le monde veut aux choses un certain charme que
nous ne savons pas leur donner. Même pour les parures de ville, les chapeaux, les robes montantes,
les moindres toilettes, Thérèse vous le dira, le monde
exige ce *je ne sais quoi* qui est le talent des grandes
faiseuses. Nos honnêtes ouvrières chrétiennes ne
savent pas l'attraper, toutes femmes qu'elles sont,
et intelligentes, et aimant à plaire. Quoi de plus
simple qu'un chapeau? Avec les mêmes étoffes,
avec le même modèle, avec du goût, une modiste
qui entend la messe le dimanche ne fera pas un
chapeau comme la modiste qui va danser au Château des Fleurs. Celle-ci lui donnera un tour plus
agaçant, une grâce plus piquante; l'instinct du
monde y trouvera davantage ce qu'il cherche toujours. J'en dis autant de vos poésies chrétiennes.
Elles sont belles, elles sont pures, elles sont solides,

mais ce n'est pas cela qu'il faut; et Pinson, enfin,
tout inepte qu'il est, fait mieux l'échancrure.

— Allons, je me rends. Gardons pour nous, pour
nos foyers bénis, la belle poésie à vertugadins. Mais,
puisque nous voici sur la toilette, écoutez cette petite histoire de notre cher Émile, le peintre.

Émile faisait le portrait d'une mondaine, riche,
impertinente, hardie en opinions; au demeurant,
belle personne, encore jeune. Ses moires, ses dentelles, ses cheveux cendrés et ondés, sa carnation
vigoureuse, avaient fasciné l'œil du peintre. Enchanté du décor, il ne demandait aucun prix. Le
mari était dans l'argent et payait bien les toilettes, mais en fait d'art, la photographie lui suffisait. Le peintre disait : C'est joli à peindre. La
dame disait : C'est pour rien. L'un et l'autre et le
financier étaient contents.

Tous les jours donc, dans cet atelier que vous
connaissez, qui est plein de madones, de martyrs,
de tableaux de l'Évangile, elle arrivait en grand
train, en grands velours, bras nus, épaules nues,
comme s'il se fût agi de livrer bataille. Mais quoi!
c'était bien une bataille à gagner: c'était le temps,
c'était la vieillesse auxquels il s'agissait d'arracher
une part de leur butin.

Émile, silencieux, peignait, un peu étonné de l'é-
conomie que la couturière de cette dame avait faite
sur le velours. Dès la seconde séance, il s'aperçut
que le modèle s'ennuyait. Il essaya différents sujets
de conversation : la Propagation de la Foi, les pré-

dicateurs du Carême, l'économie domestique. Elle
n'entendait rien à tout cela; lui n'entendait guère
à autre chose. Il n'avait pas vu le dernier opéra ni
le dernier vaudeville; il n'avait pas lu le dernier
roman; il ne connaissait pas le héros de la dernière
aventure. Pour animer un peu ce beau visage qui
semblait s'aplatir et se déteindre, il imagina de faire
venir ses enfants. La dame trouva les enfants gentils
et leur fit quelques caresses. Elle prit dans ses bras
un petit garçon de trois ans, qui la regardait ébahi.
Surpris de ce costume, si différent de celui de sa
mère et de ses tantes, il ne se laissait pas tenir sans
résistance. — « Eh bien, mon petit garçon, lui dit-
elle, te fais-je peur? Ne veux-tu pas m'embrasser? »
L'enfant regardait son père avec une physionomie
de plus en plus alarmée. — Embrasse la dame, lui
dit Émile.

L'enfant n'obéit point; mais, se rejetant en arrière, et montrant du doigt ce buste à demi découvert qui faisait l'admiration de la Chaussée-d'Antin,
il dit :

— Caca !

VI

UN VIEUX CHATEAU.

La vallée se rétrécit et n'est plus qu'une gorge, d'où descend en courant un ruisseau que les sombres reflets de la forêt et de la montagne ont fait nommer le *ruisseau noir*. Les arbres serrent l'étroit chemin tracé sur ses bords. Quelques maisonnettes animent le site sans l'égayer. Le bel endroit pour prier Dieu ! On n'entend que le bruit des feuilles et le bruit des eaux, ces deux voix du silence.

Au milieu de ces verdoyantes solitudes, un détour du chemin nous montre tout à coup, sur deux sommets, deux immenses roches brisées et dentelées. Nous approchons et nous sommes surpris de voir que le premier de ces deux rochers noirâtres est le débris d'un château. L'édifice était à moitié bâti, à moitié taillé dans le roc. Œuvre hardie, où la main de l'homme avait rivalisé avec la puissante nature, façonnant ici cette masse imposante, y ajoutant ailleurs d'autres masses d'une semblable majesté. Il en était résulté un des plus vastes et des plus forts châteaux de ces pays du Rhin, où les châteaux

poussaient comme les chênes. Le rocher contient
des chambres, des souterrains, des citernes; on y a
pratiqué des escaliers, ouvert des chemins. Des
ponts de granit, maintenant remplacés par des planches vermoulues, unissaient entre elles les diverses parties de cet édifice aérien, d'où l'on domine
à de longues distances tout le pays. Là pouvait vivre
une nombreuse garnison. Les cachettes y abondent. Théâtre tout fait pour de terribles histoires !
C'est le plan topographique d'un drame moderne;
jamais romancier ne viendra visiter ces ruines sans
rêver d'une demi-douzaine d'égorgements. Les cons-
tructions étaient aussi savantes et solides que magnifiques. Il les fallait telles pour résister non-seulement aux machines de guerre, mais à la force du
vent. Sur cette pointe élevée, il prend de si constants
et si formidables ébats, qu'il a donné son nom
au lieu même. C'est le *Windstein*, la pierre du vent.

Un autre château couronne la montagne voisine,
d'un accès moins âpre. Il est bâti sur le rocher, non
dans le rocher. Il en reste presque toute l'enceinte
intérieure, une poterne à ogive d'un dessin parfait,
un donjon qui domine de soixante pieds, quoique
décapité, deux étages de salles terminées par une
plate-forme On y voit encore des créneaux élégants,
de belles fenêtres. Ces fenêtres s'ouvrent sur l'immense étendue. Il y en a une d'où l'on embrasse,
jusque par-dessus les murs de Strasbourg, l'horizon
de la vaste plaine où s'assied la ville forte de l'Alsace. Fenêtre si bien placée qu'on sait gré à l'archi-

tecte qui l'a percée là, et qu'on y soupçonnerait
volontiers le conseil d'une femme. L'enfoncement
forme comme un boudoir dans l'épaisseur de la muraille; l'esprit y évoque involontairement le souvenir
de la châtelaine. Elle apparaît sérieuse, un peu
triste, tenant sa quenouille ou son livre d'Heures.
Pauvre femme, dont le père, le mari, les frères et les
enfants se battaient à la fois, et souvent les uns
contre les autres !

Au milieu de ces ruines, nous trouvâmes une famille de paysans. Quelques chambres servent de
greniers, de celliers, d'étables. Sur une plate-forme,
on achève de bâtir la maisonnette où demeurera le
successeur d'Hartwig le Noir, qui, voyant un jour la
partie inférieure du Windstein déjà au pouvoir de
l'ennemi, fit abattre les créneaux des donjons, et en
écrasa l'assaillant vainqueur. Mêlés aux sureaux et
aux épines, des restes de pierres taillées servent à
former la haie d'un potager plantureux. La salle des
gardes est devenue particulièrement chère aux
poules, et la fille de service y a établi son rouet, sous
un bel arbre dont le tronc prend naissance dans le
mur à vingt pieds au-dessus du sol.

VII

Mais, dit Sylvain, il manque une légende. Si vous voulez, j'en ai une ; seulement elle vient d'ailleurs. A Kintzeim, non loin de la demeure de Cyprien, il y a un château en ruine, moins grand et d'un aspect moins sauvage. Là prirent naissance les lis rouges ; voici comment :

Ce château était la demeure de Thierry de Kœnigsheim, jeune, brave et beau, le dernier de son illustre race. Il y vivait avec sa mère et la pupille de sa mère, fille de noble maison, compagne de son enfance, qu'il devait bientôt épouser. Ils étaient tous deux fervents catholiques ; je n'ai pas besoin de vous dire qu'ils s'aimaient : ils s'aimaient comme dans les légendes. Or une bande d'hérétiques, venant du centre de la France, se répandirent en Alsace, prêchant une religion meilleure, disaient-ils, que l'ancienne. Ils pillaient les châteaux , dévastaient les églises, mettaient tout à feu et à sang. Les nobles s'armèrent. Thierry de Kœnigsheim descendit dans la plaine à la tête de ses vassaux, entraîna beaucoup d'autres gentilshommes, atteignit les hérétiques, les combattit violemment et délivra le pays. Mais à la dernière rencontre, celle qui consomma la défaite des envahisseurs, le bon jeune chevalier fut atteint d'une blessure mortelle. Sentant qu'il ne guérirait pas, il se fit ramener à Kintzeim pour embrasser une dernière fois sa mère et pour dire adieu à sa fiancée. On put l'apporter jusqu'au seuil de la tour. Là, il fallut s'arrêter, tant ses forces déclinaient vite. On le déposa donc sur les herbes et les fleurs qui croissaient en cet endroit; et parmi les fleurs s'élevaient de beaux lis, blancs comme la parure des vierges, purs comme le cœur des enfants. La dame de Kœnigsheim et sa pupille accoururent en larmes. Le doux blessé leur fit signe d'attendre; le chapelain du château seul approcha : il entendit la confession sincère du bon chevalier qui avait offert sa vie pour la sainte mère Église et tout le peuple chrétien. Quand le bon chevalier eut reçu l'absolution, alors la pauvre mère et la triste fiancée s'avancèrent, et le bon chevalier leur dit adieu et mourut. On emporta la mère, qui avait perdu tout sentiment; la fiancée s'agenouilla près du cadavre, immobile comme lui, dans la première angoisse d'une éternelle douleur, essayant pourtant de prier. En ce moment un ange apparut et lui dit : « Console-toi, de la part de la Vierge Marie et de Jésus notre Sauveur. Dieu a fait grâce à ton fiancé, qui a été fidèle à tout ce qu'il aimait et qui a donné sa vie pour ses frères. Thierry est dans le ciel. Pour preuve de sa gloire, regarde

ces fleurs où son sang a coulé. » Elle regarda. Les
lis baignés du sang de Thierry étaient rouges; et
c'est de là que les lis rouges sont venus.

Et triste jusqu'à la mort, jusqu'à la mort elle rendit grâce à Dieu. Loué soit Jésus-Christ!

— Éternellement!

VIII

LA PAROISSE MIXTE.

Sylvain avait une affaire auprès du pasteur de ***,
village mixte; je l'accompagnai, dans l'espoir de
voir un ménage sacerdotal. Ma curiosité fut déçue :
une servante, entourée d'enfants, nous dit du plus
grand sérieux que monsieur le Pasteur était sorti et
ne rentrerait pas de la journée; qu'il était à la ville
« pour affaires de cœur. » Mais il faudrait rendre
l'accent et surtout la physionomie : *Dous les chûrs té
la semaine, il est à la file, bour âvvaires te gœur.* Nous
nous retirâmes en pouffant de rire. « Le pasteur, me
dit Sylvain, est veuf; il va sans doute se remarier. »

Ce village, d'environ dix-neuf cents âmes, est misérable. On n'y voit qu'une belle maison, c'est le presbytère protestant, entouré d'un verger clos de murs.

Parmi ces indigents, les catholiques sont les plus
pauvres, suivant l'usage; et, quoique leur nombre
égale du moins celui des protestants, ils ne figurent,
suivant l'usage, que pour une faible minorité dans
le conseil municipal.

L'église est mixte, c'est-à-dire qu'elle sert pour
les deux cultes à la fois. Le chœur est réservé aux
catholiques; les protestants ont le reste. Ce chœur
est trop étroit, même pour les pauvres pompes de
cette pauvre maison. Les protestants ont trouvé
le moyen d'en prendre encore une partie, et
l'on plaide là-dessus, sans grand espoir d'obtenir
justice.

Si quelque jour les bons catholiques qui liront ces
pages voient arriver chez eux le curé d'un village
mixte, demandant une aumône pour se construire
une église, je les conjure de le bien accueillir et
d'être généreux. C'est le spectacle le plus triste du
monde et le plus navrant, de voir ce partage d'un
temple entre le culte de Dieu et le culte de l'erreur.
Les protestants s'en arrangent; que leur importe?
Là où ils nous gênent, ils se trouvent toujours bien.
Mais la foi catholique gémit et s'alarme. Le partage,
en même temps qu'il est une source intarissable de
vexations et une perpétuelle occasion de blasphèmes,
devient un fléau pour les âmes simples. Elles prennent l'habitude de recevoir avec indifférence des outrages trop répétés. Il y a des paroisses où les catholiques se sont laissé réduire à l'état d'ilotes, sous le
rapport civil et religieux, par leurs concitoyens pro-

testants; et ils n'ont plus de culte, que celui que ces
hérétiques veulent bien tolérer.

Nous fîmes visite au presbytère catholique. Le curé
nous accueillit avec une politesse affectueuse, dans
une salle à manger qui est en même temps cuisine et
parloir, et où l'on venait de ranger quelques objets
qui servent au cérémonial des enterrements.

Ce curé reçoit de l'État huit cents francs, qu'il partage avec deux sœurs réfugiées chez lui. En y joignant
le casuel et les messes, son revenu ne s'élève pas à
mille francs. Il lisait un pamphlet que le pasteur fait
distribuer sournoisement dans la paroisse. Ce pamphlet, intitulé la *Religion d'argent*, a pour but de
prouver que l'Église romaine s'engraisse de la sueur
des peuples. Le digne curé porte une soutane bien
usée, son mobilier est plus qu'indigent, son ordinaire
est plus que sobre. Il ne se plaint pas : il sait qu'il
souffre pour un avenir meilleur.

Quand je parle de ses souffrances, il ne faut pas
entendre les privations de la pauvreté : celles-là ne
comptent point. Il souffre d'être blessé dans l'âme
de ses frères et dans l'honneur de son Dieu. Il ne
voit guère si ses habits sont rapiécés, si ses souliers
prennent l'eau, si sa table est mal servie : mais il sait
qu'il doit économiser l'encens et les cierges aux jours
de fête; il calcule ce qui manque de pain, de bois et
de vêtements dans chacune des chaumières du village; il voit surtout ce que le contact continuel de
l'arrogance et de la prospérité protestantes peut

jeter de doutes et d'hésitations dans ces esprits mal
éclairés : voilà ses douleurs.

Il sait aussi que Dieu se lèvera et jugera sa cause ;
il sait que ces fidèles qui vivent dans l'oppression,
dans la pauvreté et dans la souffrance, meurent dans
la grâce et dans la foi ; et il se laisse porter en souriant sur ce fleuve de misère qui mène aux éternelles
splendeurs.

IX

LES POETES INCONNUS.

Nous marchions en silence par les prés ; les sons
d'une cloche se firent entendre. Cette voix de la
prière s'élevait calme et belle dans le calme et dans
la beauté de la campagne ; nous en fûmes émus,
comme si nous l'entendions pour la première fois.

— Il me semble, dis-je à Sylvain, que c'est la
prière de ce pauvre bon curé que nous venons de
voir, plaintive et confiante en même temps ; le cri
d'un cœur où la douleur, illuminée de foi et d'espérance, est estimée un bien plus cher que toutes les
joies de la vie.

— Que ne disent pas les cloches ? répondit Sylvain.

A quelle pensée, à quel battement de nos cœurs n'ont-
elles pas conformé leur langage? Cependant, c'est la
même chose qu'elles disent toujours. Mais elles parlent de Dieu, elles invitent à le prier; et à cause de
cela, c'est peut-être de toutes les œuvres de l'homme
celle qui approche le plus des œuvres de Dieu.

— J'ai toujours aimé le son des cloches, dit à son
tour Cyprien; et, durant longtemps, je n'ai pas su ce
que j'y aimais. La paroisse voisine du village entièrement protestant où j'ai été élevé en avait une
belle et puissante. Quand le vent nous apportait ces
sons lointains, j'écoutais avec délices; la campagne
me semblait plus agréable et la vie meilleure. Quelque
beauté manquait à tout site, à tout paysage, où ce son
majestueux n'avait pas frappé mon oreille. Je ne m'en
rendais pas compte. Je me disais : Ailleurs, il y a je
ne sais quoi de plus beau qu'ici! Je l'ai surtout
éprouvé en Orient : ces vastes espaces inondés de
soleil, ce ciel magnifique, ces eaux étincelantes, me
semblaient pourtant mornes dans leur splendeur.
Mon cœur leur demandait en vain une satisfaction
que je ne pouvais définir et qu'elles ne lui donnaient
jamais. J'avais vingt-cinq ans, j'étais un voyageur
joyeux, je n'éprouvais aucun regret, aucune inquiétude, et je ne songeais guère à la cloche du village
catholique; mais je trouvais que cette belle nature
n'avait pas le charme de mon pauvre pays. C'était un
mystère pour moi. De retour en Europe, un certain
jour, côtoyant le Danube, aux approches d'un village
semblable à tous les villages, dans une petite plaine,

sous de petits arbres, par un ciel gris, tout à coup,
au sein de cette nature sans beauté, le charme évanoui reparut. Une cloche sonnait. Je l'entendis sans
même y prendre garde, et je me demandai ce que
je trouvais de si beau dans ce chétif lieu, où rien
n'attachait mon cœur. Je n'eus que plus tard le mot
de l'énigme, quand je songeai tout de bon à devenir
catholique. Un jour que j'étais sorti pour être seul
avec mes pensées, bien résolu de les aborder en face,
la cloche du village catholique, cette cloche de mon
enfance, vint mêler à mes rêveries la voix que j'avais
si souvent entendue sans la comprendre. Cette fois
je la compris. Comme je me souviens de ce moment
solennel! Qu'il fut doux et précieux à mon âme!
J'étais assis sous un arbre qui m'avait vu enfant.
Toute ma vie passa devant moi : je vis les dons de
Dieu et mon ingratitude, avec quel amour Dieu
avait sans cesse frappé à mon cœur, avec quelle du-
reté mon cœur avait refusé de s'ouvrir. La cloche
me disait : Ne tarde plus; viens à l'église, à l'église,
à l'église catholique! Viens prier! viens à Dieu! viens
à Dieu! Je reconnus son langage de tous les temps.
Dès mon enfance elle avait été pour moi la voix de
Dieu dans les œuvres de Dieu, et je sus pourquoi
tout m'avait paru muet et vide où cette voix s'é-
tait tue.

— Nous parlions tantôt des poëtes méconnus, reprit Sylvain; il y a aussi les poëtes inconnus. Des
uns on ne connaît pas les œuvres, des autres on ne
connaît pas les noms, et leurs mains à jamais cachées

nous ont légué des choses sublimes. Si la poésie
consiste à remplir de nobles pensées les âmes fortement émues, c'était certes un grand poète, celui qui
a imaginé de donner cette voix de bronze au temple
de Dieu et de la faire parler dans les airs. On écrira
bien des poëmes et bien des odes; bien des mélodies
charmantes ou terribles s'envoleront du cœur humain, et rien n'égalera jamais ni la profondeur ni la
mélodie de ce poëme que la cloche catholique
chante partout à tous les cœurs; et le poëte qui a
fait cela n'a point de rival, non, pas même la mer et
le vent!

— Vous me rappelez, Sylvain, une pensée qui m'a
souvent accompagné quand je me promenais dans
Rome.

Là cent poëtes inconnus ont fait des choses dra-
matiques, saisissantes, augustes, plus éloquentes
que les beaux vers, et qui parlent à tout le monde,
dans cette langue du vrai beau, qui est la langue
universelle. Par exemple, la croix du Colisée. Cette
humble croix, victorieuse au sein de ces formidables ruines, quoique dominée encore de leur masse
effrayante, cette croix des martyrs, qui a imaginé
de la planter là, sur l'arène où les martyrs sont
morts si faibles aux yeux de la puissance qui les
écrasait, si haïs du peuple ignorant, si méprisés des
sages? Qui a voulu que cette croix fût faite d'un bois
fragile, au lieu d'y employer le bronze et le granit?
Voyez comme cette pensée, comme cette poésie est
parfaite et complète! C'est la croix du combat qui

est la croix du triomphe. Ils ont laissé le bronze, le granit, les marbres, les métaux précieux, les richesses, les ornements, tout l'aspect de la force au monument des Césars, et ils ont mis au milieu la croix de bois qui a tout usé; ils ont voulu qu'elle parût là, dans toute sa faiblesse, dans tout son déshonneur; et c'est ainsi qu'elle attend que ces restes eux-mêmes, tout indestructibles qu'ils paraissent, achèvent de tomber en poussière à ses pieds, elle qui ne tombera pas.

Et ce crucifix, au-dessus de la pauvre église dont la porte fait face à l'entrée du quartier des Juifs! Sous la très-sainte image, on a gravé, en caractères hébreux, ce verset du prophète Isaïe :

Expandi manus meas tota die ad populum incredulum, qui graditur in via non bona post cogitationes suas.

Les Juifs ne peuvent sortir pour aller aux usures, sans lire ce texte de leurs livres sacrés; sans voir, étendu sur la croix, Celui que leurs pères ont rejeté et qu'ils ont fait mourir et qui les appelle encore. Quel avis plus terrible, quelle prière plus clémente, quelle plus poétique inspiration? Cela vaut bien assurément le sonnet sans défaut qui vaut seul un long poëme. Mais quel est l'homme de génie qui a trouvé cela? Le connaît-on? Je n'en sais rien. J'ai vu cette inscription, un jour que j'errais par la ville; je l'ai lue avec le frémissement que donnent les belles choses; je l'ai gardée dans ma mémoire comme une des plus saisissantes images qui aient été faites de l'ac-

complissement des prophéties, de l'endurcissement
du peuple juif, de la vengeance de Dieu, de l'obstina-
tion de ses miséricordes; et chaque fois que je me la
rappelle, je salue en mon cœur le grand esprit inconnu qui a jeté cette parole sublime au coin d'un
carrefour, et s'est perdu ensuite dans la foule, sans
dire son nom.

Que d'idées de ce genre, aussi fortes, aussi belles
et réunies en une puissante unité, représente la basilique Vaticane, ce tombeau de saint Pierre, devenu
le berceau du monde! C'est le poëme du christianisme tout entier. On y voit sa naissance, ses progrès, ses héros, ses triomphes. Au chevet, la chaire
de Pierre; au portail, la statue de Constantin; dans la
nef, au rang d'honneur, les statues de tous les saints
fondateurs d'ordres religieux, patriarches de la loi
nouvelle, pères féconds, généraux éternels de ces
légions d'orateurs, d'écrivains, de saints et de martyrs qui, dans tous les coins du monde, ont porté,
défendu, glorifié la vérité. On y voit toute la suite
des papes, presque tous leurs tombeaux; les reli-
ques d'un grand nombre de docteurs, d'apôtres, de
confesseurs de la foi; non loin de saint Pierre, le
corps de son geôlier, baptisé par lui, martyrisé
après lui. Partout, les matériaux les plus précieux
ont servi au génie de l'homme pour écrire les traits
les plus éclatants de cette histoire du salut. Au milieu, le plus grand et le plus illustre autel de la terre,
toujours resplendissant d'or et de feux, immense,
trois fois saint, est élevé sur les ossements de ce

pêcheur de Galilée, Pierre, et de cet ouvrier de
Tarse, Paul, qui vinrent ici pieds nus, le bâton à la
main, *comme des agneaux au milieu des loups*, et qui,
ayant rempli leur mission, la couronnèrent en su-
bissant un supplice obscur. Lamartine, voulant parler de cette église et faire montre en même temps de
sa belle voix, et ne rien dire de vulgaire, a trouvé
que la basilique de Saint-Pierre « est le panthéon de
la raison divine. » Sentez-vous bien l'ineffable ridicule de cette parole? Ah! pauvre petit grand homme,
pauvre nourrisson des Muses! Voilà ce qu'il a vu
dans Saint-Pierre de Rome! Et il fait des épopées!

Au pied de la coupole, là où commence le gigan-
tesque dôme, cette merveille de l'architecture ancienne, que Michel-Ange a mesurée de ses mains
pour la suspendre dans les airs, afin que des loin-
taines campagnes et de la lointaine mer on vît res-
plendir le tombeau du pêcheur d'hommes, vous
savez qu'une inspiration de génie a écrit en lettres
de dix coudées la promesse éternelle que Pierre reçut de Jésus-Christ : *Tu es Petrus, et super hanc petram ædificabo Ecclesiam meam.* Mais voici un autre
emploi de ces paroles divines

Lors de mon dernier voyage à Rome, j'assistais
dans Saint-Pierre à la solennité du dimanche des
Rameaux. J'étais au bas de la basilique; j'attendais
l'entrée du Saint-Père, qui devait passer, porté sur
la *Sedia gestatoria*. Il parut, et un chœur s'éleva,
remplissant l'enceinte immense. Savez-vous ce que
l'on chantait? Ah! vous seriez tombés à genoux,

comme je fis, en versant des larmes : *Tu es Petrus,
et super hanc petram ædificabo Ecclesiam meam!* Con-
cevez quelque chose de plus beau! Tout l'univers
était représenté dans cette cathédrale de l'évêque
universel. Il y avait des ambassadeurs, des envoyés
ou des citoyens de toutes les nations. Nous étions
prosternés sur son passage. Il s'avançait lentement,
dans une pompe plus que royale, vraiment divine ;
et du haut de son trône porté par douze hommes,
il nous bénissait. *Tu es Petrus :* C'est sur toi que
Jésus-Christ a bâti son Église ; quelle que soit ta
faiblesse apparente, les portes de l'enfer ne pré-
vaudront point contre toi, fondement stable du
chef-d'œuvre de Dieu! Quand on pense à qui cette
promesse a été faite, et quand on la voit ainsi ac-
complie après dix-neuf siècles, dont aucun n'a
passé sans élever contre l'Église quelque formidable ennemi, on tient Dieu quitte de tout autre
miracle. J'ai trouvé là, pourtant, des esprits qui,
pouvant admirer et bénir, perdent leur temps à se
choquer. A leur avis, c'est trop d'encens autour
d'un homme; le pape ainsi porté, ainsi salué, ainsi
adoré, a trop l'air d'une idole. J'ai entendu faire
cette réflexion par un Anglais important, fort honoré d'une fonction qui lui permet de se mettre
à genoux devant sa souveraine, dans certaines
grandes occasions. Cet Anglais croit que le pape est
l'abbé Mastaï-Feretti. Il n'entend pas ce que l'on
chante, il ne comprend pas ce glorieux *Tu es Petrus,* et il ignore que Pierre est ici plus que Pierre

même, c'est-à-dire Jésus-Christ vivant dans le tombeau.

Je finirai par un dernier trait de ces poésies sans nom d'auteur, plus belles que tout ce qui se voit dans les plus grands poëtes, et qui viennent sans doute de la même inspiration que les Livres Saints. Rappelez-vous l'étonnant spectacle de la bénédiction papale donnée à la ville et au monde, du haut de Saint-Pierre, de Sainte-Marie-Majeure ou de Saint-Jean de Latran. D'où vient cette coutume, qui l'a établie, qui en eut la première pensée? Un simple maître des cérémonies, peut-être. Quel qu'il soit, je dis qu'il a fait une chose plus puissante sur moi que tous les vers de Dante, que tous les tableaux de Raphaël et que tous les chants de Mozart. Je dis qu'il avait un grand génie, et qu'il connaissait bien le cœur de l'homme. J'en ai vu qu'il a saisis dans toute la force de leur orgueil, qu'il a jetés à genoux et qui ne se sont point relevés, changés du tout au tout par cette bénédiction qu'ils avaient seulement voulu voir, et qu'ils ont été contraints de recevoir!

X

Nous avions atteint les premières maisons du village, Sylvain nous en fit remarquer une toute neuve,
proprette, avec un air d'aisance qui faisait plaisir
aux yeux. C'était une de ces petites boutiques de
campagne où l'on trouve de la mercerie, des étoffes,
des denrées, un peu de tout, jusqu'à du papier et
des livres. Dans le comptoir, une bonne vieille tri-
cotait; un vieillard, assis à la porte, jouissait tranquillement de sa pipe et du bon air.

— Regardez ces vieillards, nous dit Sylvain, il
n'en est guère de plus heureux en ce monde, et ils
doivent leur bonheur à une bénédiction que l'on
commence malheureusement à regarder comme un
fléau. Ils ont eu trop d'enfants. Voici leur histoire :

Il y a vingt ans, à cette place, alors isolée du village, dans une chaumière ouverte à la neige et au
vent, un enfant naquit. C'était le huitième de la famille, et déjà l'on avait bien de la peine à faire vivre
les sept premiers. Cette famille, d'ailleurs estimée,
avait eu toutes sortes de malheurs, et elle était tombée à la dernière indigence. Point de feu dans la

cheminée, point de pain dans la huche ; le père était malade, la mère presque mourante ; les enfants, qui n'avaient point soupé, grelottaient entassés sur la paille, tâchant de se réchauffer mutuellement un peu.

Heureusement pour les pauvres, il y a des pauvres, et ils s'assistent entre eux avec une charité céleste. Une pauvre voisine se trouvait là. Ayant enveloppé d'un chiffon le nouveau-né, qui semblait n'avoir pas le souffle, elle courut chercher le curé pour qu'il le baptisât tout de suite ; car elle craignait qu'il ne pût vivre jusqu'au jour. Le curé ne tarda pas.

— Monsieur le curé, dit tristement le père, voici un pauvre petit qui arrive mal à propos. Comment le nommerons-nous ?

— Nous le nommerons Dieudonné, répondit le curé, car c'est Dieu qui vous le donne très à propos pour vous consoler et vous secourir. *Ecce hæreditas Domini, filii ; merces, fructus ventris.* Jamais un enfant ne vient dans une famille sans apporter avec lui de quoi vivre. Vous allez voir cela tout de suite, mon ami, et vous le verrez tous les jours.

Tandis que le curé parlait, sa servante entrait dans la chaumière, portant un grand panier d'où elle tira du linge et des provisions. Retournant ensuite à la porte, elle revint avec du bois.

— Ah ! monsieur le curé, s'écria le bonhomme, que nous vous remercions !

— Remerciez Dieu. J'ai quêté dans le village, et Dieu ne permet pas qu'on rencontre des cœurs assez

durs pour refuser d'assister un pauvre ménage où il
y a huit enfants.

La servante fait un bon feu. On enveloppe le
petit, on le baptise, on le met auprès de sa mère
qui pleure de joie; le curé se retire, oubliant son
manteau. En même temps, la voisine s'en va dans
l'autre chambre, les mains chargées de pain, de
viande et de fruits, et elle dit aux sept enfants :
« Mangez ce que vous envoie votre petit frère Dieudonné. » Dieudonné commença d'être en grand crédit dans la famille.

On fut quelque temps sans trop savoir s'il voudrait vivre. Il était faible à faire pitié, mais il n'en
tenait que mieux sa place dans la maison et dans le
pays. Tout le monde s'intéressait à lui et à ses parents. Son père et sa mère, indépendamment des
petits cadeaux qu'on leur faisait, avaient toujours
du travail. La charité les préférait même aux ouvriers plus habiles. « Ils ont huit enfants! » disait-
on. Cette raison tranchait tout en leur faveur. Ils
justifiaient d'ailleurs la bonne volonté générale. Laborieux, honnêtes, bons chrétiens; d'autant plus
fidèles à demander le pain quotidien que jamais
rien ne leur restait du pain de la veille. Ils ne devenaient point riches, mais en somme ils avaient le
nécessaire; et fréquemment quelque bonne aubaine
les mettait au large.

— C'est Dieudonné, disaient-ils, qui nous vaut
cela. Monsieur le curé l'a bien nommé.

Une des grandes choses que Dieudonné fit pour

ses parents, même avant de savoir parler, fut de placer son frère aîné. Une excellente chrétienne des environs, voulant attirer la protection de Dieu sur son propre fils, résolut de faire élever à ses frais quelque petit garçon choisi dans une famille nombreuse et indigente. Les familles nombreuses et indigentes ne manquaient pas : il y avait là cinq enfants, là six, là sept ; mais chez Dieudonné ils étaient huit, et de la pauvreté à revendre ! Le frère de Dieudonné fut choisi. Il ne coûta plus rien à ses parents, il apprit un état, et l'on entrevit le moment où il viendrait lui-même au secours de la maison, comme il y est fidèlement venu, le brave enfant. En attendant, la famille n'y perdit pas. L'absent comptait toujours. Dieudonné était toujours le huitième. Au bout de peu de temps, la neige et le vent n'entrèrent plus dans la pauvre demeure où le bon Dieu avait mis huit enfants.

Cependant, ce fameux Dieudonné ne se hâtait point de devenir grand et fort. Son père craignait de le perdre.

— S'il meurt, ce sera un petit ange, disait le curé ; il vous protégera toujours. Nous avons besoin de protecteurs au ciel. Mais soyez tranquilles, j'ai idée qu'il vivra.

— Il ne pèse pas quinze livres, disait le père.

— S'il était plus lourd, disait le curé, sa sœur aurait de la peine à le porter.

— Jamais il ne pourra manier la pioche et conduire la charrue, reprenait le père.

— Eh! reprenait le curé, n'y a-t-il de pain que pour le laboureur? Nous lui apprendrons à tenir un autre outil. Laissons faire la bonne Providence; je vois qu'elle ne mène pas si mal les affaires de Dieudonné.

Dieudonné commençait à causer gentiment. Il était gai, caressant, aimable; il apprenait tout ce que l'on voulait lui montrer. A six ans, il faisait lire ses sœurs, plus âgées que lui.

Tous les enfants de cette pauvre famille, venant bien, s'aimant entre eux, aimaient leurs parents. Dieudonné, préféré de tous, semblait aussi aimer davantage. La pauvreté les avait rendus ingénieux; ils s'employaient à diverses choses utiles et gagnaient honnêtement leur vie; Dieudonné comme les autres : il était enfant de chœur.

Le dimanche soir il lisait la Vie des Saints et les *Annales de la Propagation de la Foi* à la famille réunie. Conduit par le curé, qui l'aimait de plus en plus, son esprit et sa raison se développaient rapidement. Père, mère, frères, sœurs, ne faisaient plus rien que par ses conseils, et s'en trouvaient bien. On commença de vivre à l'aise.

Mais ce fut un peu plus tard que son père et sa mère connurent le don que Dieu leur avait fait.

A mesure qu'ils devenaient vieux, leurs enfants s'éloignaient : ceux-ci étaient placés, ceux-là mariés; l'un était soldat, l'autre marin. Dieudonné resta seul pour les consoler et les servir. Il est parvenu à créer ce petit commerce, dont les bénéfices suffisent à leurs modestes besoins. Tout le monde veut se fournir chez Dieudonné. On sait qu'il ne trompe personne; et puis il nourrit son père et sa mère, qui ont élevé huit enfants. « — Dieudonné, me disait un jour son père, il a été le soutien et la joie de notre vie! Sans lui nous serions morts de misère et de chagrin. Quand cet enfant est venu au monde si faible et nous si pauvres, qui nous aurait dit que nous nous appuierions sur lui?.... »

Le curé était là. C'était peu de temps avant sa mort. Il se plaisait chez ces braves gens, qu'il honorait de tout cœur.

— Ah! ah! mon ami, dit-il au vieux paysan, dans son langage qui avait la simplicité de l'Évangile, Dieu, qui règle toutes choses par amour pour nous, voit plus loin que nous! Il connaît l'avenir et s'arrange en conséquence. Un jeune homme s'en allant en voyage murmurait parce que son père le chargeait d'un sac très-lourd. « Mon fils, lui dit le père, vous saurez ce soir pourquoi je vous charge ainsi. » Le jeune homme partit; il arriva à la nuit dans un lieu désert. Accablé de fatigue et mourant de faim, il ouvrit le sac que son père lui avait donné. Il y trouva du pain, et il bénit la prévoyante tendresse de son père.

XI

LE BONHEUR DES PAUVRES

Ainsi, observa Étienne, voilà des pauvres, presque des mendiants, qui peuvent compter vingt années d'honnête et réel bonheur!

— Dites une vie à peu près tout entière, reprit Sylvain. Avant les années de grande épreuve, que la naissance du huitième enfant semblait devoir prolonger, mais qu'au contraire elle termina, il y avait eu de longues et charmantes prospérités. Chez nos paysans catholiques, la culture des âmes élève très-haut les sentiments. Ces deux vieillards ont été jeunes. Ils se sont très-honnêtement et très-fidèlement aimés. Avant de s'épouser, ils ont eu leurs petites traverses, qui peuvent compter pour du bonheur. Ils se sont attendus l'un l'autre, ils se sont gardé leur foi, ils ont fait bon ménage, ils ont aimé leurs enfants. Additionnez tout cela! Aucun dimanche n'est venu, aucune fête de l'Église ne s'est passée sans leur apporter le repos et sans leur laisser la joie. Moralement et matériellement ils ont respiré toute leur vie un air pur, entourés d'amis qui les

ont toujours assistés et de bienfaiteurs qui les ont
toujours respectés. Mille fois dans leur pauvre demeure ils ont vu paraître la main secourable de
Dieu et vérifié cet oracle, qui ne leur est pas inconnu : « Sur qui jetterai-je les yeux, dit le Seigneur,
« sinon sur l'humble petit pauvre qui a le cœur
« brisé et qui écoute en tremblant mes paroles ? »
Songez que ces gens-là sont chrétiens; ils n'ont pas
souffert sans lumière, sans résignation, sans espérance, sans savoir que leur misère, venant de Dieu,
était une richesse pour la vie future. La prière a
commencé et fini toutes leurs journées. Jamais l'*Angelus* n'a retenti sans parler à leur intelligence et à
leur âme; ils n'ont jamais regardé leur clocher sans
voir la croix, et leur fardeau est devenu plus léger.
Ajoutez cela au total qu'il fallait déjà faire tout à
l'heure. Réfléchissez sur l'inexorable condition de
toute vie humaine; supprimez toutes les peines de
l'ambition, toutes les tortures de l'envie, toutes les
angoisses de l'orgueil, toutes les langueurs de la sa-
tiété; vous vous étonnerez des bénédictions et des
joies que Dieu a versées sur ces humbles et ces
petits.

Au plus fort de leurs infortunes et presque acca-
blés sous le poids, ils se sont gardés cependant de
murmurer contre la justice et la miséricorde divines,
qui les voulait éprouver et purifier, pour les récom-
penser certainement un jour. Ils n'ont pas cru dans
leur âme qu'ils étaient maudits, rejetés, injustement
déshérités de leur part des biens que la Providence

distribue en ce monde à qui elle le trouve bon. Nos
contrées ne connaissent pas encore le pauvre impie
et irrité qui grince des dents contre Dieu et contre
les hommes, et qui aspire à dévorer la main qui le
nourrit. Nous n'y voyons même pas celui qui s'a-
brutit dans la misère et qui semble perdre à la fois
le sentiment de ses maux et la conscience de sa
dignité. Nos plus ignorants paysans n'ignorent point
l'Évangile; on en rencontre assez fréquemment qui
citent l'Écriture sainte avec un touchant à-propos.
Ceux que nous venons de voir savent très-bien pourquoi l'homme doit être éprouvé ici-bas. Aussi humbles qu'ils ont été patients et résignés, ils s'étonnent
de la prospérité de leurs vieux jours; ils en remer-
cient Dieu comme d'un don qu'ils ne méritaient
pas. Cette prospérité, pourtant, consiste uniquement
en ceci, qu'ils ont un abri, un vêtement et du pain;
mais ils s'accuseraient devant Dieu si leurs désirs
allaient au delà pour ce monde. Tels que vous les
voyez, sur ce nécessaire si strict ils prélèvent une
part pour de plus pauvres qu'eux; ils rendent amplement ce qu'ils ont autrefois reçu.

Pour achever de vous peindre cette condition si
douce, quoique en apparence encore si misérable, il
faut observer qu'ici, où beaucoup de choses anciennes sont restées, grâce à Dieu, le pauvre ne cesse
pas d'être *quelqu'un*. Il a ses amis et ses proches; il
a son *individualité*, comme on dit; il a ses droits,
non-seulement civiques, mais honorifiques. Il n'est
point perdu dans la foule. On le connaît, on le con-

sidère, non suivant ce qu'il possède, mais suivant ce qu'il vaut. Les anciens savent son histoire, racontent sa généalogie, nomment jusqu'à ses arrière-cousins, et publient qu'il est sorti d'une souche honnête. Il a des ancêtres dont le souvenir n'est pas perdu. Lorsqu'il se marie, lorsqu'il porte ses enfants au baptême, lorsqu'il meurt, la cloche sonne, elle réclame pour lui les prières de la famille chrétienne. Il a sa place à l'église, il aura sa place au cimetière parmi plusieurs générations de ses aïeux ; et comme il a prié sur le tombeau de son père, ses enfants viendront prier sur le sien. Ce n'est plus l'exilé, l'étranger, le misérable inconnu, *sans amis, sans parents et sans concitoyens*, et n'ayant, à la lettre, ni foyers ni autels, qui erre de gîte en gîte dans les villes, jusqu'à ce qu'une main de police le porte à l'hôpital, et de là le jette, anonyme, au charnier. Notre pauvre ne sort pas de la cité. Il est époux, il est père, il est citoyen ; il meurt chez lui, entouré de ses enfants, assisté de son prêtre, béni dans son église ; il repose dans sa terre, et ceux parmi lesquels il a vécu connaissent la place où il attend le jour de la résurrection.

Autrefois, c'était mieux encore. Quand la *commune* était la *paroisse*, c'est-à-dire vraiment la famille, et lorsqu'elle avait sa vie propre, ses biens, sa liberté, la condition du pauvre, chez nous du moins, n'était pas du tout celle que le mot nous représente aujourd'hui. Tout enfant du pays naissait propriétaire. Devenu homme, il prenait du bois dans la forêt pour

construire sa maison et pour se chauffer ; il pouvait
mener sa vache dans le pâturage ; il choisissait ses
magistrats ; il trouvait au couvent une assistance
assurée, ses enfants y recevaient *gratis* l'instruction
dont ils avaient besoin ; il était membre d'une con-
frérie et d'une corporation ; et cette organisation si
sage avait banni tout à la fois la pauvreté et le crime.
Quant aux *lumières*, tout le monde savait lire, et surtout tout le monde savait prier. Le pauvre n'était
donc, en réalité, qu'un homme réduit au nécessaire,
mais à qui rien ne manquait ni ne pouvait manquer ;
et, de plus, cet homme, étant chrétien, savait qu'il
suffit ici-bas de chercher le royaume de Dieu et sa
justice, et que le reste est donné par surcroît.

Que d'existences dorées dans l'humilité la plus
profonde, pleines de joies sans ivresses, ne connaissant
que des peines sans désespoir, s'enrichissant en silence devant Dieu par les mérites de l'abnégation et
de la foi ! Nos bourgeois, nos penseurs et nos illumi-
nateurs, lorsqu'ils traversent un village, remarquent
la malpropreté des rues, la pauvreté des habitations,
la rusticité souvent misérable des habits ; ils plaignent
ceux qui vivent dans ces tristes asiles. Nous y connaissons des vertus courageuses et nous y voyons
toutes les bénédictions qui accompagnent la vertu,
c'est-à-dire la paix, le contentement et l'honneur.
Je parle toujours, bien entendu, d'un village chrétien et catholique. En étudiant de près ce spectacle,
et en le comparant à celui que peut offrir un village
civilisé ou industriel, l'on sent combien Notre-Sei-

gneur Jésus-Christ a aimé les pauvres, et à quel
point sa loi a été donnée pour eux. Tout ce qui se fait
contre la loi de Jésus se fait contre les pauvres. On
leur ôte et ce monde et l'autre. Satan hait les
pauvres, parce que Jésus les a aimés. Les opinions
qu'il fait régner, les progrès qu'il répand, tournent
au détriment de la multitude, retombent sur elle en
misère, en ignorance, en abandon, en esclavage ; et
le rude joug du monde remplace le joug suave et le
fardeau léger de Jésus-Christ.

XII

UN MAUVAIS PAUVRE.

Cyprien, dit Étienne, ce tableau de la pauvreté
saine et sainte ne vous fait-il pas songer à quelques-
uns de nos pauvres de Paris, et notamment au fameux Miron ?

Cyprien haussa les épaules avec tristesse. Suzanne
et Sylvain demandèrent ce que c'était que le fameux
Miron.

— Miron, reprit Étienne, était le gueux parisien
complet et raffiné, la perfection du genre. Il aurait
pu figurer à la grande exposition de la grande industrie, si l'on avait eu la sincérité d'y ajouter une

annexe pour les produits humains de l'industrie sociale et politique moderne.

Miron savait lire, écrire et même parler. Il était inventeur, orateur, philosophe, plein d'opinions variées sur toutes choses, ingrat, paresseux, ivrogne, insolent. Il battait sa femme et ses enfants et se moquait de nous ; et tout en battant ses enfants et sa femme et en se moquant de nous, il a su pendant plusieurs années tirer de nous de quoi se griser à peu près tous les jours. Voilà une vue d'ensemble du citoyen Miron, homme libre, fameux par ses aventures, par son beau langage, par les échecs qu'il a fait subir à tous ceux qui ont entrepris de le tirer de la crapule.

C'était une des cinq mille *pratiques* de la sœur Rosalie. La bonne sœur me l'avait donné, ou plutôt lui avait fait cadeau de moi. Le trouvant un peu lourd, je le communiquai à Cyprien, qui me relayait de son mieux. Miron m'apparut, la première fois, coiffé d'un chapeau sans rebords, vêtu d'un habit noir sans boutons, chaussé de bottes vernies sans semelles ; tout le dehors de la vilaine misère, avec la trogne enluminée, la langue épaisse et une forte odeur de vin et de tabac. Cette odeur néanmoins me rassura un peu. Je vis qu'il n'avait pas encore passé à l'eau-de-vie. Avant l'eau-de-vie, il y a quelquefois de la ressource ; après l'eau-de-vie, il n'y en a plus.

Il me dit noblement qu'il était artiste tailleur, sans ouvrage, vu la tyrannie et la *crasse* des patrons, dont plusieurs lui avaient fait tort. Il n'aimait pas à tendre la main ; mais, père de famille, ayant sa femme en couche, il se voyait obligé de demander assistance, et il emprunterait volontiers une petite somme, dont il payerait les intérêts.

Avant de me résoudre à faire ce bon placement, je suivis ma nouvelle connaissance à son domicile, au quatrième étage d'une maison infecte, dans une rue borgne du faubourg Saint-Germain. Les citadins qui regardent avec horreur la pauvre chaumine de village n'ont sans doute jamais visité ces bouges où s'entasse la misère parisienne. Il n'y a point d'indigent dans les campagnes qui n'ait au moins le bon air et le soleil à sa porte. Ici n'entraient que les miasmes d'une cour étroite, cloaque de la maison. L'on y respirait cette infection particulière qui sent le vice plus encore que la pauvreté. Les carreaux, les murs, les vitres, la table et les deux ou trois chaises délabrées qui formaient le mobilier, tout était d'une malpropreté infâme. Je me rappelle que je marchai sur des feuilles d'artichaut et sur d'autres débris. Deux enfants déjà grands jouaient par terre avec ces ordures. Leur mère, hâve et décharnée, enfouie dans un tas de haillons, présentait un sein tari à son nouveau-né qui criait. Il n'y avait ni pain ni argent. Le père avait déjà bu, mais les enfants n'avaient pas encore déjeuné.

J'envoyai Miron chercher une voisine, et, pendant son absence, je causai avec la pauvre femme, qui me parut honnête. Je lui demandai si l'on pouvait confier de l'argent à son mari ; elle me répondit avec

embarras que, comme il était malheureusement, par
hasard, *un peu en ribotte*, il pourrait bien perdre ce
qu'on lui donnerait; et elle me conjura de faire
apporter du pain à ses enfants. La voisine arriva. Je
m'arrangeai avec elle pour tâcher de pourvoir au plus
pressé. Elle se montra fort obligeante, lorsque je lui
eus fait entendre que sa peine ne resterait pas sans
salaire; car on rencontre à Paris de ces voisins d'es-
calier qui n'aiment en aucun cas à se déranger pour
rien. Je demandai ensuite à Miron pourquoi le logis
était si sale. Il me répondit que la Sœur de Charité
n'était pas encore venue, et que c'était elle ordinairement qui se chargeait de ces soins de ménage. —
« Et pourquoi ne le faites-vous pas vous-même? —
J'ai beaucoup d'occupations, me dit-il; d'ailleurs ce
n'est pas la besogne d'un homme. — Moi aussi, repris-je, j'ai des occupations, et ce n'est pas ma besogne de visiter les femmes en couche. Prenez le
balai, et nettoyez votre chambre. » Il chercha, de
très-mauvaise grâce, où était le balai. On l'avait
brûlé pendant la nuit. Je lui donnai de quoi en
acheter un autre. Il se hâta de sortir. « — Ah! monsieur, s'écria la pauvre femme, il a de l'argent, le
voilà parti pour toute la journée! » En effet, il ne
reparut point. Cependant, il n'avait pas dépassé le
plus proche cabaret. Je l'aperçus qui pérorait devant le comptoir, en belle humeur. J'entrai, et lui
demandai ce qu'il faisait là. Il me répondit qu'il
cherchait un balai d'occasion.

Tel j'ai vu Miron le premier jour, et tel je l'ai vu

sept ans. Malgré tous nos efforts, nous n'avons pas
pu le tirer de la misère, parce que nous n'avons pas
pu le tirer du vice. Il ne nous donna qu'une seule
fois une lueur d'espoir. A force de patience, Cyprien
avait pris sur lui un certain ascendant. Il le conduisit
au Père M***, qui s'est voué à l'apostolat de cette
redoutable espèce de sauvages. Mirou se confessa et
parut honteux de son ignominie. On lui avait trouvé
une place de portier et du travail; il était ouvrier
assez habile, il faisait de bonnes journées, n'allait
plus au cabaret, ne battait plus sa femme, c'était
une résurrection. Au bout de trois mois, il mit en
gage ses draps, ses hardes, les habits que nous lui
avions donnés à réparer, et resta une semaine absent. On le rapporta ivre, en guenilles, couvert de
coups. Quand je l'interrogeai, il me répondit qu'il
montait une entreprise où il ferait fortune, et qu'il
ne s'était pas voué à l'étude de son art pour rester
portier. Il nous accusait intérieurement, Cyprien et
moi, de chercher à le tenir dans notre dépendance.
Il trouvait que nous ne remplissions pas nos devoirs
envers lui. Nous aurions dû lui fournir les fonds nécessaires pour réaliser les belles conceptions qu'il
avait en tête.

Un abrutissement de lâcheté et d'orgueil le rendait insensible à tout. Quand nous lui avions fait
gagner quelque argent, il jetait une pièce de vingt
sous à sa femme et à ses enfants affamés, et il allait
boire le reste. Il venait ensuite, puant le vin, nous
exposer sa misère et nous sommer de l'assister. Une

fois, ma sœur, indignée, lui enjoignit de sortir. Il
s'en alla, grommelant qu'on insultait l'homme du
peuple, mais que le peuple aurait son jour. C'était
en 1850. Vous pensez bien que Miron ne négligeait
pas de lire les journaux et d'étudier ses *droits*. Il ré-
clamait le *droit au travail*. Il avait été l'un des cinquante mille travailleurs des ateliers nationaux, où
son éloquence naturelle s'était bien perfectionnée.
Très-sincèrement il se considérait en lui-même, vis-
à-vis de nous autres *aristos*, sinon tout à fait comme
un maître mal servi, du moins comme un créancier
à qui ses débiteurs payaient trop négligemment l'intérêt de leur dette. En même temps, il comprenait
l'empire que la détresse de sa femme et de ses enfants lui donnait sur notre pitié, et il en usait sans
scrupule. Je crois vraiment que plus d'une fois il les
a battus exprès pour nous attacher davantage.
Comme il voyait que nous ne pouvions pas nous résigner à les laisser mourir de faim, et comme il avait
nécessairement sa large part de tout ce que nous
leur donnions, il pouvait bien se passer le plaisir de
nous insulter un peu. Je n'exagère pas. Il lui plut
un jour de déclarer à sa femme que c'était là l'unique
motif qui l'empêchait de se séparer d'elle : « Car,
ajouta-t-il, te voilà vieille, tu es laide, sans éducation et sans manières : je ne devrais pas te garder ! » Pour marquer sa supériorité, il lui enjoignit
de ne plus oser le tutoyer, de ne plus l'appeler que
monsieur Miron, et de ne jamais se permettre de lui
parler sans être interrogée, ni de marcher à son côté

dans la rue. Lorsqu'elle enfreignait cette consigne,
il la battait. Pour une cause ou pour l'autre, la pauvre créature était battue ordinairement plus d'une
fois par jour. Nul moyen de la protéger. Si j'essayais
de raisonner avec Miron, il me disait : « Monsieur,
vous ne connaissez pas cette femme-là, elle est incorrigible. Je suis assez malheureux de lui être attaché par des liens que la religion et l'humanité me
défendent de rompre... D'ailleurs, les coups ne lui
font pas l'effet que vous croyez. Elle est habituée à
cela comme les chiens à sortir nu-tête. » Si je le me-
naçais, il demandait pardon ; mais le soir, la femme
et les enfants étaient battus plus fort.

Plus d'une fois nous songeâmes à les séparer. Nous
aurions assuré l'existence de la femme et des enfants
et lâché l'homme. Mais n'était-ce pas l'abandonner
tout à fait au crime ? Et, dans tous les cas, comment
l'aurions-nous empêché de reprendre ses *droits*,
dont il était fort instruit, lorsqu'il serait las de ne
plus manger notre pain et de ne plus torturer la
pauvre victime qui lui devait, ainsi qu'il avait soin
de le dire, obéissance et respect ? La femme elle-
même, par un sentiment louable, n'aurait pas consenti à le quitter. Cette malheureuse, quoique fort
bornée, excitait, je puis le dire, notre vénération
autant que notre pitié. Faible, épuisée, continuellement en proie à la fièvre ou à la faim, sans cesse
humiliée et battue, elle nous offrait le spectacle
d'une résignation morne, mais invincible. Sans courage comme sans force devant son mari, se laissant

dominer par lui jusqu'à se rendre coupable d'une
sorte d'ingratitude envers ses bienfaiteurs, les accu-
sant avec lui de ne pas faire assez, lorsqu'elle ne
vivait que de leurs dons ; elle avait cependant de la
piété et du cœur. Elle passait la nuit aux petits travaux qu'elle pouvait faire, sachant que le bandit
qui ronflait à côté d'elle lui en arracherait le prix
pour le porter au cabaret. Elle ne murmurait ni
contre Dieu, qu'elle priait au contraire fidèlement,
ni même contre cette brute à qui Dieu avait permis
qu'elle fût livrée.

Cette vertu, dont nous étions touchés, semblait
obtenir sous nos yeux un succès et une récompense
que nous admirions. Malgré l'exemple effrayant de
leur père, les trois enfants de Miron s'élevaient dans
les sentiments pieux dont leur mère était si fortement animée. Hélas ! je suis au point le plus triste
de mon histoire.

L'aîné, Timoléon (tous avaient des noms *recher-
chés*), annonçait d'heureuses dispositions. Il s'était
distingué au catéchisme et venait de faire sa première communion de la façon la plus consolante.
Sa mère se louait de sa tendresse ; son père avait
une sorte de complaisance pour lui : cet enfant par-
venait quelquefois à lui faire entendre raison. Nous
crûmes pouvoir tirer parti d'un si heureux naturel ;
et comme, d'ailleurs, Timoléon était faible et chétif,
nous résolûmes de le placer dans un petit séminaire.
Sa mère espérait qu'il aurait la vocation. Déjà elle
le voyait prêtre, et elle se voyait sa servante.

Nous faisions aussi nos châteaux, qui différaient peu de ceux de la bonne femme. C'est une si grande chose de donner un prêtre à l'Église de Dieu! Nulle œuvre n'est au-dessus de celle-là, ni ne l'égale. Timoléon, prêtre, assisterait sa mère, sortirait son père de l'abjection, empêcherait ses frères d'y tomber. Ainsi nous viendrions à bout de cette entreprise ardue, et en même temps nous ferions à Dieu et aux hommes le don le plus précieux; car, enfin, Timoléon pouvait devenir un bon prêtre, un prêtre remarquable, un savant, un orateur, un saint... Où nous arrêtions-nous? Plus ambitieux que la mère elle-même, notre protégé, notre enfant, nous apparaissait la mitre en tête et la crosse à la main, répandant sa bénédiction sur nos fronts courbés devant lui. Dans tous les cas, nous étions bien résolus à ne pas l'abandonner, quelque chemin qu'il prît, et à le pousser jusqu'au bout, pourvu seulement qu'il fût laborieux et bon chrétien.

Miron se fit prier. Il pleura et déploya le faste de son amour. Nous lui arrachions le cœur, disait-il, en le séparant de ce fils pour lequel il avait tant travaillé! Ce qui l'affligeait, ce n'était pas que Timoléon pût devenir prêtre; il n'avait rien à dire contre cet état, qu'il trouvait honorable et pas fatigant; mais la pensée de ne plus voir auprès de lui son fils l'accablait. Depuis qu'il était question de cela, il ne dormait plus, et telle était la cause de ses larmes. Il nous priait aussi de considérer que l'état ecclésiastique, quoique bon, prive cependant l'homme

des joies de la famille, et lui ôte à beaucoup d'égards
sa liberté. Une fois, après une longue séance au cabaret, il vint me demander si cela ne nous serait pas
égal de faire élever son fils pour être *prêtre protestant*, ayant entendu dire que c'était la même chose,
sauf que dans cette religion-là les prêtres peuvent se
marier, ce qui lui paraissait plus moral et plus conforme au vœu de la nature; l'homme, ajoutait-il,
étant fait pour l'amour et pour la liberté.

Il fallut subir bien d'autres discours de cet ani-
mal, sans savoir au juste s'il avait puisé un surcroît
d'abrutissement dans quelque lecture de son journal favori, ou si tout simplement il se moquait de
nous. La plupart du temps, c'était l'un et l'autre.
Au fond, il calculait que, Timoléon parti, il aurait
un enfant de moins à la maison, une plaie de moins
à montrer pour apitoyer les bienfaiteurs, une part
de moins à dévorer. L'affection dramatique de ces
sortes de pauvres pour leurs enfants provient rarement d'une autre source.

Enfin, nous vînmes à bout des obstacles que nous
opposaient les sentiments paternels du fameux Miron, et Timoléon partit pour le petit seminaire
de ***, à cinquante lieues de Paris, à l'abri des visites de son tendre père. Le bon évêque de ***, malgré sa pauvreté tout apostolique, avait voulu nous
faire une remise sur le prix de la pension, et se
charger lui-même du trousseau de l'enfant. Notre
protégé fut reçu comme la charité reçoit les pauvres, c'est-à-dire avec plus d'amour que s'il avait

payé sa pension et avec un désir plus ardent de le conduire à bien.

Il contenta d'abord ses maîtres. Cependant, dès la fin de la première année, on trouva qu'il se relâchait d'une façon assez inquiétante. Il était paresseux, menteur, insubordonné, *gouailleur*. Ce n'étaient encore que les défauts d'un enfant ; néanmoins nous y reconnaissions bien des traits de son père, et nous commencions à trembler. Le supérieur, consulté par nous, pensa que nous ne devions pas laisser Timoléon au séminaire pendant les vacances, et qu'il fallait lui faire passer ce temps de repos dans la maison paternelle, afin que le contraste entre les deux régimes provoquât ses réflexions. Il nous revint donc, frais et fortifié, et nous le rendîmes pour deux mois aux soins et aux exemples de Miron, non sans avoir recommandé à sa mère de ne pas le perdre de vue.

Miron ne se souvint plus de cette tendresse qu'il nous avait tant étalée. Il laissa jeûner son fils, et n'en perdit pas un verre de vin ; en outre, il le battit comme par le passé, et même un peu plus. Le misérable faisait tous les jours un progrès dans l'abrutissement et dans le vice. Il passait à l'eau-de-vie ! La femme vint un matin, en grand émoi, nous raconter que Miron, après une absence de vingt-quatre heures, était rentré à la pointe du jour, dans un état à faire frémir. Il s'était endormi sur le boulevard et on l'avait volé. « Comment ! m'écriai-je, et qu'est-ce qu'on a pu lui voler ? — Monsieur, on

lui a volé..... votre pantalon...; et il avait bu le
sien !... »

Nous pensâmes que des leçons plus multipliées
n'étaient pas nécessaires pour avancer Timoléon
dans le chemin de la vertu. Le pauvre enfant nous
faisait d'ailleurs pitié. Depuis un mois il avait effroya-
blement pâti et perdu toute sa bonne mine. Nous le
renvoyâmes bien vite au séminaire. Il y rentra pire
qu'il n'était parti. Le croiriez-vous ? cet infâme spectacle de fainéantise et de crapule l'avait plutôt séduit
qu'épouvanté ! Il lui semblait meilleur de ne point
manger que de travailler. Ses professeurs s'effrayaient
tout de bon des germes qu'ils voyaient poindre en
lui. Cependant, la charité de ces bons prêtres ne se
découragea point et soutint la nôtre. Ils nous dirent
qu'ils avaient souvent rencontré ces difficultés avec
les enfants d'une certaine classe de pauvres, particulièrement ceux de Paris, mais qu'ils en étaient
quelquefois venus à bout, quoique ces malheureux
semblassent atteints d'une sorte de malédiction,
tant l'instinct du mal les tenait profondément. On
voyait leur intelligence précoce baisser tout à coup,
s'étioler, disparaître, leurs bonnes qualités se changer en vices, leur antipathie pour toute espèce de
règle et de travail devenir une antipathie pour toute
espèce de bien.

Hélas! ce fut l'histoire de notre Timoléon. A la fin
de la troisième année, il fallut le retirer du séminaire.
Il en était pour l'instruction au point de ses débuts;
pour le caractère, c'était son père en miniature; pour

le cœur, il n'aimait ni sa mère, ni ses frères, ni ses
bienfaiteurs, ni Dieu. Voilà où nous le trouvâmes à
l'âge de seize ans, après trois années passées dans
l'une des meilleures maisons d'éducation qu'il y ait
en France. J'essayai de causer avec lui. Je ne pus en
obtenir que des pleurnicheries hypocrites.

Nous décidâmes pourtant de ne pas l'abandonner
et de lui faire apprendre un métier, puisque aussi
bien nous étions cause qu'il se trouvait à seize ans
hors d'état de gagner sa vie.

Ce fut un grand scandale chez les Miron, lorsqu'on leur signifia que Timoléon ne retournerait pas
au petit séminaire et que nous lui proposions d'entrer en apprentissage. Miron nous déclara qu'il avait
entendu que son fils devint professeur, ou tout au
moins employé. Timoléon ne se sentait de vocation
pour aucune autre profession, et trouvait mauvais
qu'on pensât à lui mettre un outil dans les mains;
il n'aurait jamais cru, dit-il, que nous en viendrions
là. Sa mère elle-même ne déguisait pas son mécon-
tentement. Elle nous pria de remarquer que les
frais d'apprentissage nous coûteraient moins cher
que les frais de pension, et qu'ainsi nous allions
faire une économie qui n'était pas suivant les
règles de la charité. La chère femme, malgré sa
vertu, avait souvent de ces absences un peu dures.
Elle estimait qu'on devait lui payer à elle, pour
l'entretien de Timoléon, au moins ce que l'on donnait au petit séminaire; elle se croyait obligée de
nous avertir que son mari était choqué de voir que

nous aimions mieux enrichir des prêtres qui n'a-
vaient besoin de rien, que soutenir des malheureux
qui manquaient de tout. Il y avait de quoi la mettre
cent fois à la porte; mais c'eût été la punir trop sé-
vèrement de sa sottise, et la contraindre sans utilité
à demander pardon. On se contenta de lui répondre
que l'on tenait en effet beaucoup plus à faire un
prêtre qu'un ouvrier, et probablement un ivrogne.
C'était à prendre ou à laisser : les Miron se rési-
gnèrent; mais nous vîmes bien que Timoléon et sa
mère nous retiraient leur estime. Celle de Miron
père, nous l'avions perdue depuis longtemps.

Sauf quand la faim le pressait, Timoléon ne té-
moignait du reste aucun chagrin de n'être plus au
séminaire; il n'en regrettait que les repas.

Lorsqu'il eut choisi son métier, nous lui trouvâmes, par les soins de l'Œuvre du Patronage, un
excellent maître, honnête, bienveillant, religieux,
dernière qualité peu commune à Paris, où la situation des apprentis est en général des plus dures, et,
sous le rapport religieux, des plus périlleuses. Là-
dessus, nous avions toute garantie : l'atelier était
fermé le dimanche; on n'y voyait point de mauvais
exemples, on n'y entendait point de mauvais propos.
De plus, à notre prière, Timoléon avait été admis
par l'Œuvre du Patronage. L'un des bienfaits de
cette Œuvre est de donner aux jeunes gens, ouvriers et apprentis, la récréation du dimanche. Ils
y ont la messe, des jeux, de l'instruction, des amis
honnêtes, et enfin leurs repas.

A la fin de la semaine, l'apprenti Timoléon avait assez du métier, le maître avait assez de Timoléon l'apprenti. Ce brave homme nous dit qu'il doutait qu'on pût jamais faire un ouvrier ni rien de bon de ce petit drôle, paresseux et tourné à mal ; qu'il avait un *poil dans la main* ; qu'il semblait que l'outil lui brûlât les doigts et que la société des gens de bien lui déplût ; que déjà il s'était fait de mauvaises relations hors de l'atelier ; qu'après avoir boudé au travail toute la semaine, il avait offert de travailler le dimanche... Bref, une débâcle ! Le sang de Miron triomphait complétement ; il n'y avait pas même combat.

Timoléon ne s'était pas montré au Patronage, ayant appris de son père qu'on y faisait des *momeries*, et ne voulant pas « avoir l'air d'un badaud. » En nous avouant que cette raison principale l'avait empêché d'aller à la réunion, il voulut bien ajouter qu'il ne savait pas qu'on y mangeait.

Sa répugnance pour le travail s'exprimait avec une certaine énergie. Il nous déclara que le métier était trop dur, les journées d'atelier trop longues, et qu'*il ne voulait pas se crever*. Miron père, définitivement arrivé à l'eau-de-vie, approuvait fort ce principe. « Si mon fils se tue de travail pour vous plaire, nous dit-il, quel sera le soutien et la consolation de mes vieux jours ? D'ailleurs, il est né *gouapeur*. C'est dans le sang, et ça ne se perd pas. Il y en a qui viennent au monde pour flâner. Est-ce leur faute s'ils n'ont point de rentes, comme certains, qui se donnent des genres de leur faire la leçon ? »

Nous étions véritablement consternés. Malgré nos efforts, le vice venait nous prendre cette proie dans les mains et la jetait à la misère. Nous voulûmes lutter encore. Timoléon choisit un autre état, nous lui trouvâmes un autre maître. Il se fit chasser après quinze jours; on dut le chasser également du Patronage. Nous le ramassâmes une troisième, une quatrième fois; même résultat. Il finit par nous enjoindre formellement de le laisser tranquille, et force fut de l'abandonner au gouffre. Il ne tarda pas d'y descendre aussi avant que son père, attirant ses frères, très-disposés à s'y plonger comme lui.

Vous désirez savoir ce qu'il est devenu? Je l'ignore. Après avoir quelque temps traîné d'atelier en atelier, il finit par gueuser tout simplement sur le pavé de Paris, vivant Dieu sait comment, Dieu sait de quoi! Sa mère était souvent plusieurs jours sans le voir. Une fois, elle nous dit en pleurant qu'il avait disparu, et nous n'osâmes pas trop l'interroger. Les deux autres enfants sont enfermés dans une maison de correction; ils donnent peu de consolation à l'aumônier qui s'occupe d'eux.

Miron père, le fameux Miron, a fini logiquement. Après avoir vécu aux dépens de quelques particuliers, il est mort aux frais du public. La police le ramassa un matin dans le ruisseau, ivre, hébété, en proie à d'effrayantes convulsions. On le porta à l'hôpital. Je l'y ai vu. C'était l'abrutissement achevé. Il ne me reconnut pas. Cependant, la Sœur de Charité m'a dit qu'avant d'expirer il avait paru recou-

vrer une lueur de raison et qu'elle avait pu le faire
administrer. Par parenthèse, cette Sœur, qui a reçu
le dernier soupir de Miron, était cette jeune et brillante Berthe de M..., que vous avez connue dans le
monde, mesdames, et qui, après avoir quitté une si
grande fortune pour servir les pauvres, vient de
mourir, ayant conquis sa couronne en peu de
temps. Moi aussi, je l'avais vue une fois, au bal,
dans la splendeur de ses richesses, moins splen-
dides que sa beauté. Quand je la revis à l'hôpital,
d'une main elle soutenait la tête de Miron sur son
épaule, de l'autre elle lui présentait un breuvage; et
ce dernier spectacle effaça la splendeur du premier!
Elle servait Miron, elle l'appelait son ami et son
frère, elle essuyait la sueur de ce visage immonde,
elle lui ferma les yeux! — Mais quand la sœur
Berthe se fut éloignée, la société reprit Miron et se
paya de ses frais d'assistance. Elle s'empara de son
misérable cadavre, elle l'étendit sur la table de dis-
section, et la science y étudia les perturbations produites par l'ivresse. Vaine étude! ce ne sont pas ces
perturbations-là qu'il importe d'étudier.

La femme Miron a été recueillie par les Petites-
Sœurs-des-Pauvres. La malheureuse n'a jamais connu
de jours si doux. Elle prie Dieu d'accorder une
mort chrétienne à ses enfants.

Voilà, mes chers amis, l'histoire et le tableau
abrégés d'une famille de pauvres comme il y en a
quelques centaines de milliers dans nos grandes
villes à l'heure qu'il est. Les Miron ne sont pas les

seuls de cette espèce que j'aie connus. J'en sais qui
ont répondu plus mal encore à des efforts plus
grands. J'ai vu des familles dont tous les membres,
père, mère, enfants des deux sexes, ont pris, quoi
qu'on ait pu faire, le chemin de la prostitution, de
la prison, du bagne, des maisons de fous. Races
maudites, viciées jusqu'au fond le plus intime, sans
cœur, n'ayant d'intelligence que pour le mal, d'une
paresse cynique et qui se refuse à tout mouvement
généreux, ennemies de tout ce qui est régulier, de
tout ce qui est honnête, mais qui semblent par-
dessus tout haïr quiconque leur veut du bien. Le
fameux Miron disait un jour à sa femme : « Je hais ce
qui m'ennuie; et toi et tes dévots (il parlait de nous
autres), vous... m'ennuyez. » Ce mot, que je traduis,
résume toute l'étude que j'ai pu faire de la pauvreté
scélérate.

Et je dis que quand cette sorte de pauvreté se
multiplie au sein d'une civilisation, la civilisation
court des risques auxquels l'étude anatomique des
« perturbations produites par l'ivresse » ne remé-
diera pas.

XIII

LES CHARMES DE LA VILLE.

Le récit d'Étienne nous avait conduits jusqu'au
château. Il faisait chaud encore ; nous restâmes sur
la terrasse, laissant errer nos yeux tantôt sur la pe-
louse où les enfants jouaient autour des faneurs,
tantôt sur les collines, les bois et le ciel, que les
rayons du soleil couchant remplissaient d'ombres et
de clartés étranges. Suzanne rompit le silence.

— Quelle scène ! dit-elle, quelle calme beauté !

— Oui, dit Thérèse ; voilà ce que Dieu a fait pour
les hommes, et nous connaissons des hommes qui
méprisent tout cela, qui semblent n'en avoir rien
vu, qui n'en veulent rien voir. Il y en a beaucoup
de ces aveugles ; non-seulement des abrutis comme
le Miron, mais bien d'autres : des messieurs et des
mesdames qui n'aiment les arbres et le soleil qu'en
peinture, les fleurs que dans les pots et sur les chapeaux. Je connais des riches très-honnêtes qui
coupent les chênes de leur parc pour payer une loge
au Gymnase. Cette année, à Paris, deux femmes,
une marquise et une portière, m'ont avoué qu'elles

préféraient, l'une sa rue de la Ville-l'Évêque, l'autre
sa rue du Four, non pas seulement à la beauté, mais
à la salubrité des champs. Elles sont écloppées et
elles font grand cas de la vie, mais elles aiment
mieux mourir à Paris que vivre ailleurs. La marquise
a besoin d'errer dans les magasins de nouveautés;
la portière de respirer l'air de sa loge, où il ne fait
pas clair, où il ne sent pas bon, mais devant laquelle passent tant d'omnibus qui vont partout, dit-
elle, et qui est si bien située, entre le carrefour de
la Croix-Rouge et le carrefour Buci! Cette portière
est une ancienne femme de chambre à moi, bonne
créature qui a trouvé un bon mari. Je lui ai offert de
les tirer de la loge où ils moisissent avec leurs enfants, les uns sur les autres, et de les prendre au
château. Ils gagneraient autant, ils dépenseraient
moins, ils seraient chez eux, ils auraient leur maisonnette, ils auraient de l'air, ils auraient du lait. —
Oui, madame, a-t-elle répondu, sans déguiser ses
dédains; nous aurions tout cela dans les bois, avec
les paysans et les loups! Mes enfants ne seraient que
des paysans comme les autres, tandis que voilà *Au-
gusse* qui peut devenir avocat; et comment établir
par là des *demoiselles*? La *capitale* offre bien plus de
ressources pour l'éducation, pour la société et pour
tout. — Mais vous êtes tous malades, ma pauvre
fille! — Quand on est malade, c'est encore un agrément, on a les premiers *sérugiens*. — A l'hôpital. —
Eh bien, madame! Madame sait qu'on n'est pas
déshonoré pour aller à l'hôpital, sans doute?

Voilà de quelle manière j'ai été reçue, quand je croyais arriver les mains pleines de dons, comme dans les contes de fées. J'ai bien peur que le jeune *Auguste* ne fasse souche de Miron; et, si les *demoiselles* deviennent d'honnêtes filles, j'en serai charmée et étonnée. Il y a des indices inquiétants. Je les ai fait remarquer à mon ancienne femme de chambre, elle en est convenue; mais la rue du Four a trop d'attraits.

L'antipathie pour la vie des champs m'a souvent frappé, dit Sylvain, et j'ai regret que Pascal n'ait point considéré cette bizarrerie. Il en aurait tiré de belles réflexions sur ce *démanchement* qu'il observait partout dans l'esprit de l'homme, non moins contradictoire à lui-même en ce point qu'en tant d'autres, où il paraît un monstre de contradictions. L'homme n'aime rien à l'égal de la liberté et de la domination. Cependant il fuit la liberté des champs, où le plus pauvre même est encore seigneur et propriétaire de tant de choses; il va s'enfermer dans les villes, où il ne rencontre que murs, grilles, portes fermées, surveillants de toutes sortes; où ses regards, quelle que soit sa richesse, s'arrêtent partout sur des biens qui ne sont point à lui et sur des êtres qui ne relèvent point de lui. Il fuit donc ce qu'il aime pour courir à ce qui lui déplaît? Non; ces instincts si violemment contredits paraissent encore et se satisfont encore dans cette contradiction violente. A rebours et en rebelle, il est encore en ceci ce que Dieu l'a fait. Dieu l'a fait libre, mais au jour;

il cherche à se rendre libre, mais dans la nuit. Les
villes sont ténèbres et solitude, l'homme s'y sent
dans un désert, un *désert d'hommes*. Voilà ce qui lui
plaît au sein des villes, peut-être par-dessus tout.
Sous les mille regards de la foule, il est mieux qu'in-
visible, il est inconnu. Et comme les œuvres de Dieu
ne paraissent plus en tout ce qu'il voit, il lui semble
que Dieu ne le voit pas. Cela est un charme puissant! Depuis la faute d'Adam, le premier et le plus
vif besoin de l'homme déchu est de se cacher de
Dieu. Otez cet œil-là, tout autre est plus ou moins
complice. La clarté du gaz ne pénètre pas dans le
cœur; celle des étoiles y descend. Importune lumière,
comme le bruit des flots, comme le souffle du vent
peuvent devenir des voix importunes. Les nobles et
mystérieux accents de la grande nature disent des
choses que l'homme n'aime point à entendre, et que
le fracas des villes 'ne dit jamais. De même, il n'y a
point de barrières dans les villes qui se déclarent
aussi décidément infranchissables que la mer et que
l'horizon. Quand l'esprit de l'homme a perdu les
ailes qui le portent jusqu'à Dieu, les murs d'une
prison humilient moins son orgueil que la vue de
cette immensité dans laquelle il pourrait se mouvoir éternellement, sans jamais en atteindre les
bornes, sans sortir seulement du centre où elle le
retient à jamais. L'homme des champs est toujours
forcé de regarder le ciel et d'en attendre quelque
chose qui ne sera donné ni aux conjurations de sa
puissance, ni aux impatiences de son désir. Il n'ar-

rachera du ciel, quoi qu'il fasse, autrement que par la prière, ni une goutte d'eau pour ses blés, ni un rayon de soleil pour ses vignes. S'il peut (le peut-il?) écarter la foudre de sa demeure, il cherche vainement à empêcher la pluie de noyer ses moissons, ou la sécheresse de les dévorer. Il craint l'hiver trop rude ou trop doux, il craint la sauterelle et la chenille, Dieu seul peut le défendre des insectes invisibles. Il se sent donc dans la dépendance de Dieu. Les villes le mettent à l'abri de ces humiliants soucis; l'homme n'y a que faire de Dieu : la vapeur le dispense de compter avec les intempéries; les pluies ne détremperont pas le pavé, l'hiver n'éteindra pas les calorifères et ne glacera pas la verve des vaudevillistes; on tirera le blé, le vin, les primeurs, des lieux où il a fait beau temps. Ainsi, dans les villes, l'homme peut se croire le dominateur de la nature; l'esclavage où elles le renferment lui offre l'orgueilleuse liberté que cherche sa corruption. Vous pensez que ce sont des raisonnements bien hauts pour Miron, et même pour d'autres? Ces autres ne raisonnent pas plus que Miron, et Miron, comme ces autres, suit son instinct. Grandeur de l'homme, misère de l'homme, dirait Pascal. Il est fait pour la liberté, il la cherche, il la veut, c'est sa grandeur; mais, brisé par la chute originelle et dédaignant la réparation qui le guérit, il voit la liberté dans ce qui n'est en effet que l'esclavage; il se bâtit des prisons pour y régner. Il n'y règne qu'en se faisant foule; il s'absorbe par orgueil dans un

engrenage où le despotisme de l'organisation le
froisse à chaque mouvement, mais où la main de
Dieu ne se reconnaît plus : voilà sa misère! Misère
très-auguste, puisque en cet état de révolte et d'as-
souvissement il a encore des regrets, des aspira-
tions, d'inénarrables désirs, par où il est averti qu'il
ne possède point ses vraies richesses et qu'il ne jouit
pas de sa vraie liberté, et que ce n'est rien pour lui
d'être roi collectif du monde. Ainsi sa misère porte
témoignage de sa grandeur. Grandeur très-misé-
rable; car, enfin, malgré ce noble dégoût de ces
faux biens et de cette fausse liberté, il y reste souvent engagé, méprisant la voix intérieure qui l'appelle à mieux, méprisant même les anges visibles
que Dieu lui envoie pour le solliciter d'en sortir. Il
a des velléités qui n'arrivent pas à l'effort, il fait
un effort trop faible, il s'arrête, il retombe, il meurt.

N'avez-vous jamais pensé, en parcourant les grandes villes, à l'art avec lequel l'homme les organise
de plus en plus pour se séduire lui-même? Il y rassemble toutes ses sciences et toutes ses corruptions.
C'est l'arsenal des sept péchés capitaux : paresse,
gourmandise, envie, avarice, luxure; et la ville entière est un théâtre d'orgueil. C'est là que Mammon
se fait bâtir des temples plus magnifiques que les
églises, et étale ses bazars plus riches que ses
temples; c'est là que sans cesse il dit à l'homme :
Adore-moi, je te donnerai tout! et l'homme l'adore.
Quel bruit, quel mouvement, quel perpétuel tu-
multe pour conquérir la richesse, pour servir Mam-

mon, et quelle science développée et terrible d'oublier Dieu! Quand je traverse ce vacarme, je songe
à nos paysans qui vont d'un pas tranquille à leur
travail salutaire, qui l'entament sans trouble, qui
l'interrompent au son de l'*Angelus* pour prier Dieu
de le bénir, et qui reviennent contents lorsqu'ils
ont gagné leur petite part du pain dont ils nourrissent le monde. Ils rentrent dans leur humble demeure, ils prennent leur repos sur un lit dur, ils
recommencent le lendemain. Ah! que je les trouve
graves et nobles, vraiment libres, et vraiment riches,
et bien-aimés de Dieu!

XIV

DE DEUX GRANDS BIENS.

Bravo! cousin, dit Thérèse, voilà une idée dont
je vous sais gré, parce qu'elle me rétablit en paix
dans un ordre de réflexions que j'aime, et que l'histoire du fameux Miron avait dérangées. J'essayerai
de vous expliquer cela, quoique je n'y voie guère
plus clair que dans votre explication si lumineuse
de l'instinct qui nous fait aimer les villes. Grandeur
de l'homme, misère de l'homme, tout ce que vous

voudrez! et ce n'est pas moi qui contredirai Pascal.
Mais je m'étais habituée à dire : Pauvreté de l'homme,
salut de l'homme ; et je résolvais de cette manière
un embarras dans lequel j'avais été longtemps, touchant l'abondance avec laquelle Dieu a voulu que
la pauvreté fût répandue sur la terre. Je ne parle
pas de l'abominable gueuserie qu'Étienne nous dé-
crivait tantôt. Cette gueuserie me semble uniquement l'œuvre et le péché de la société, péché qui
enfantera lui-même sa punition. Je parle de la pauvreté ordinaire, celle qui travaille et qui vit honnêtement, moyennant un peu d'assistance fraternelle,
telle que vous la donnez, Sylvain, tenant votre main
ouverte comme un grand réservoir où chacun vient
puiser le complément dont il a besoin.

Eh bien, cette bonne pauvreté-là, que Dieu a vou-
lue et dont il a fait le partage du plus grand nombre des vivants, je dis qu'elle est un immense bienfait de Dieu et la voie du salut pour une quantité
d'âmes. C'est elle qui demande avec ferveur le pain
quotidien ; c'est elle qui garde les mœurs, qui préserve de la mollesse et de mille péchés, même de
l'avarice et de l'envie ; car j'ai rarement trouvé l'envie chez les pauvres paysans, et je n'y ai jamais
rencontré l'avarice. Par la pauvreté ils sont reconnaissants et compatissants : ce n'est pas dans nos
villages que l'on serait obligé d'aller chercher une
voisine pour soigner un malade, et qu'on pourrait
lui offrir de la payer ! La pauvreté est encore une
grande source de privations et de mortifications,

obligées sans doute, mais dont pourtant Dieu, qui
les a imposées, tient compte. Quand il m'arrive de
faire la prière avec les pauvres, je ne puis réciter
le *Pater* sans pleurer. Il y a des demandes qui paraissent, là, si belles et si sublimes, et d'autres qui
leur sont si aisément accordées! — *Pater noster, qui
es in cœlis*; ils appellent Dieu leur père, et ils ne se
trouvent pas déshérités. — *Adveniat regnum tuum*:
je compare la pauvre cabane où je les vois à ce grand
ciel du bon Dieu, où tous les anges et tous les saints
les recevront.—En attendant: *Fiat voluntas tua. Fiat!*
entendez-vous cela! Ils manquent de tant de choses,
ils sont si petits, si dénués, si peu comptés dans ce
monde! *Fiat!—Panem nostrum da nobis hodie*: un peu
de pain pour aujourd'hui: Père, qui êtes aux cieux,
un peu de pain pour nous et pour nos enfants. Comme
le cœur de Jésus-Christ doit tressaillir! Il leur envoie
un peu de pain, le pain du jour, non celui du lendemain. Or, s'il ne leur envoie pas davantage, c'est
donc qu'il les aime bien ainsi, et que ce resserre-
ment où il les laisse est très-précieux à leur âme,
pour laquelle il a donné son sang. — Et puis: *Ne
nos inducas in tentationem*. Ah! ici le dessein de Dieu
se déclare: leur prière est exaucée; la pauvreté est
l'ange qui leur apporte cette bénédiction. La sage et
sévère pauvreté les garde dans leur maison, dans
leur village, loin des séductions qui les enivreraient;
elle les fatigue au travail, elle les endort d'un bon
somme aux heures que Dieu fit pour dormir, et les
réveille, contents et braves, aux heures que Dieu fit

pour travailler. Ils sont naturellement humbles,
sobres, laborieux. Ainsi leur vie s'écoule sans
orgueil et sans délices, dans une mâle simplicité.
Ils n'ont pas peur de la mort. Ils ne regrettent
pas de quitter leurs meubles ; ils ne laissent
point d'affaires en suspens ; ils ont toujours su
qu'il fallait mourir, et, ce qui vaut mieux, ils ont
toujours su que la mort nous appelle au jugement
de Dieu. Ils s'en vont tranquillement, ainsi qu'ils
revenaient tranquillement des champs, leur journée
faite ; *Adveniat regnum tuum !* Et ils s'endorment
sur les solides trésors que leur a ménagés la pauvreté... Est-ce que je pense de travers, messieurs ?

— Non pas suivant moi, madame, répondit
Étienne, et j'ajouterais même bien des choses, si
nous parlions devant des économistes au lieu de
causer entre chrétiens. Je me contenterai d'une
seule remarque en faveur de la pauvreté : c'est que
Notre-Seigneur a voulu être pauvre, et qu'il a
annoncé qu'il y aurait toujours des pauvres ; d'où
l'on peut conclure, en passant par-dessus les raisonnements intermédiaires, que la pauvreté est en effet
le grand chemin du salut.

— Eh bien, reprit en riant Thérèse, un peu con-
fuse de l'émotion où elle s'était laissé entraîner, j'ai
encore une idée que vous m'encouragez à mettre au
jour, quoique moins sûre.

Il y a une pauvreté d'une qualité très-inférieure,
que l'on appelle ironiquement la pauvreté d'esprit,
et que je vous demanderai la permission d'appeler

tout simplement par son nom, qui est la sottise. On
en dit beaucoup de mal; je voudrais la défendre.
Comme on a tort de mal parler de la pauvreté, je
trouve qu'on a tort de haïr la sottise et les sots.
Pour ma part, s'il n'y a là rien de contraire à la
saine philosophie, je ne suis pas éloignée de croire
que la sottise est aussi un des avantages généraux
de l'espèce humaine.

— Voyons cela, cousine, dit Suzanne.

— Écoutez, poursuivit Thérèse, je parle sérieusement; mais s'il faut s'expliquer en forme et si vous
me regardez de cet air curieux, je serai sotte
comme un coquillage et je perdrai l'excellente
cause de la sottise...

Toujours est-il que je vois quantité de gens qui
font le mal, ou qui font du mal, et qu'on ne peut
appeler des méchants. Les uns ne savent pas qu'ils
font le mal, d'autres font le mal sans le vouloir
faire, d'autres font le mal croyant faire le bien. Ce
sont des sots; le nombre en est grand, et je crois
même que la sainte Écriture le dit. A cette multitude ajoutez celle des gens d'esprit qui ne manquent guère l'occasion de faire une sottise. Elle est
populeuse, cette catégorie-là! moi, d'abord, j'en
suis. Voilà donc que la sottise est répandue en
abondance sur la terre, comme la pauvreté. On la
rencontre partout, elle pousse partout, avec ou sans
culture. Pourquoi cela, et à quoi bon cela?

Vous n'en savez rien? Eh bien, moi, faible femme,
je vais vous l'apprendre.

Pourquoi cela? Pourquoi la sottise est-elle une denrée si foisonnante? Parce qu'elle est très-utile. A quoi est-elle utile? Voilà le fin du fin; voilà le problème que j'ai résolu, le secret que j'ai trouvé.

Quand je dis que je l'ai trouvé, c'est façon de parler. Au fond, je n'en suis pas sûre. Encouragez-moi de plus en plus.

— Courage! dit Suzanne.

— Je suis tout oreilles, dit Sylvain.

— Prends garde, dit Cyprien.

— Je tremble, reprit Thérèse.

— Moi, dit Étienne, je le connais ce secret : c'est...

— Un moment! s'écria Thérèse, j'ai de l'humilité, mais je ne me laisserai pas ravir ma découverte.

Il faut que la vérité soit contredite, n'est-ce pas? Il faut que les bons, les justes et les saints, soient éprouvés; voilà ce que nous savons positivement.

Or, si, pour combattre la vérité, pour contrecarrer, blesser, exercer et perfectionner les saints, il n'y avait que des méchants, voyez où cela irait! On y reconnaît à première vue deux inconvénients majeurs : cela serait, d'une part, quelquefois trop doux; de l'autre, souvent trop dur. N'avoir jamais affaire qu'à des méchants, on le trouverait tout naturel et tout simple, on aurait toujours l'aide et l'affection des bons, l'épreuve manquerait de pointe et d'amertume, et l'on finirait trop vite par vaincre ces méchants en les prenant par leur intérêt, à quoi ils

sont fort sensibles. Mais, en regardant la situation
par un autre point, il en faudrait horriblement, de
ces méchants, il en faudrait plusieurs par juste. Or
quelle angoisse, quelle douleur et quelle terreur de
penser à la profusion et à la sévérité des punitions
de Dieu contre tous ces pauvres êtres qui feraient le
mal, empêcheraient le bien, combattraient la vérité, persécuteraient les justes, toujours par système, toujours par méchanceté et perversité! Cela
fait frémir. Quoi! pour qu'un juste se perfectionne,
pour qu'il soit doux, charitable, patient, héroïque
dans toutes ces vertus, il faut que cent individus se
damnent! Pour faire marcher la vérité, il faut que
des légions d'âmes brûlent comme le charbon dans
une locomotive! Je vous avoue que cette pensée
m'a épouvantée tout de bon, et bien longtemps.
J'avais beau me dire que Dieu fait très-bien ce
qu'il fait; qu'il ne faut qu'attendre et nous en remettre à lui; que nous le trouverons divinement
juste et divinement miséricordieux dans sa justice,
j'étais en arrêt devant cette nécessité terrible de la
coopération des méchants au salut des bons; je
n'osais pas en parler, je ne savais pas m'en distraire. Enfin, un jour, un beau jour, la sottise s'est
offerte à mes yeux, paisible, contente, épanouie,
faisant à bonne intention je ne sais quelle scélératesse. Alors j'ai vu clair, je me suis dit : Mais la
plupart de ces prétendus méchants ne sont que des
sots, de pauvres sots! Leur rôle en ce monde est de
persécuter le bien presque sans pécher, ou du moins

sans pécher de cette manière noire et savante qui
éloigne la miséricorde et appelle le châtiment. Ah!
je vous en réponds, j'ai été bien soulagée! Cette
parole divine, *Pardonnez-leur, ils ne savent ce qu'ils
font*, m'a été un trait de lumière qui m'a remplie
de joie. Ils ne savent ce qu'ils font! Ils ne savent
pas ce qu'ils foulent, ce qu'ils meurtrissent, ce
qu'ils veulent arracher. La misère de leur esprit ne
leur permet pas de le savoir. Ce ne sont, la plupart
du temps, que des sots, et Dieu ne sera pas obligé
de les punir!

Ai-je tort de croire cela? Si j'ai tort, ne me le
dites point. Laissez-moi une opinion qui me con-
sole quand j'écoute, quand je lis, quand je regarde.
Oui, oui, les méchants sont presque toujours, tout
simplement, de pauvres esprits, des sots; et la sottise...

On sonna le dîner; Thérèse prit le bras de Sylvain.

— La conclusion? dit Suzanne.

— La conclusion, répondit Thérèse, c'est que je
ne me crois pas faite pour perfectionner vos vertus
en vous retenant à m'écouter lorsque la soupe vous
attend.

XV

DE LA DOULEUR ET DU RÊVE.

Vaines joies de la vie, plus fugitives encore que la fugitive fortune!

Nous errions à travers ces massifs d'arbres rares, foulant d'un pied distrait ces pelouses qui encadrent de vastes corbeilles de fleurs. Les enfants couraient dans les herbes, vifs et parés comme des papillons; les plus petits jetaient des miettes aux cygnes de la rivière; la belle architecture du château riait au soleil. A travers les palissades fleuries et les grilles dorées, un piéton regardait, enviant peut-être tant de richesses et de loisir. Il ne savait pas que ce jeune homme qui franchissait l'avenue dans une brillante voiture courait à la ville, le cœur plein d'angoisse, afin de ramener des médecins et d'essayer de sauver une jeune femme, une jeune mère, déjà presque atteinte par la mort.

De ces trois hommes qui se promenaient lentement sur les pelouses, l'un était un mari, l'autre un parent, le troisième un ami; tous trois, à des degrés différents, dévorés de la même inquiétude. Et

15.

les rires des enfants leur déchiraient l'âme : demain, peut-être, ces enfants seraient orphelins.

Un mal soudain avait frappé Thérèse. Bien portante et gaie à son ordinaire le matin, le soir elle était malade, le lendemain en péril. Voilà tous nos plaisirs envolés, et le silence et la douleur règnent dans cette maison tout à l'heure en fête. Le médecin hochait la tête et demandait du secours. Étienne était parti, nous attendions qu'il revînt. Que ces heures sont longues! Que de cruelles pensées traversent l'esprit, que de monstrueuses chimères viennent étreindre le cœur! On s'étonne souvent du mystère des rêves. D'où viennent-ils, qui les envoie? Quelle est cette puissance de l'âme, indépendante de nous, qui enfante tant d'événements, tant d'histoires; qui nous transforme matériellement et moralement et nous jette, à la fois vivants et morts, dans un monde impossible, avec des pensées qui ne sont plus nos pensées et un corps qui n'est plus le nôtre?.... Et cependant, c'est nous!

Mais le rêve que l'on fait tout éveillé est-il moins étrange et moins terrible? Nous raisonnons, nous agissons, nous voyons et nous palpons en tout la réalité, et nous sommes pourtant plongés dans le domaine des chimères. Le malheur que nous craignons est accompli; notre ami malade est mort; nous voyons le cercueil, nous le suivons au cimetière, nous pleurons sur la tombe; et puis tout soudainement, sans transition appréciable, sans éprouver aucun étonnement, sans procurer aucun soulagement, l'imagination passe d'un autre côté : voilà le malade rétabli, le voilà gai, le voilà florissant et en fête avec nous; et tout cela avec la même réalité sous les yeux.

En quoi un semblable état diffère-t-il de la folie, et la folie du rêve, sinon que les intermittences de raison sont plus fréquentes dans l'état de veille, et que le sommeil ordinaire finit plus promptement que la folie déclarée? Je voudrais savoir si un fou furieux, lorsqu'il dort, n'a pas dans ses rêves, par une transposition complète de l'état normal, toute la raison que peut avoir un sage éveillé?

Appuyés sur ces phénomènes, plusieurs disent que nous ne vivons pas, que tout est fantôme, illusion, apparence. Pauvre raison humaine, qui trouve partout des prétextes spécieux à tous ses déraisonnements! Que serions-nous, si nous n'avions pas une croyance? Que deviendrions-nous, si rien ne nous était révélé? La vérité même, si nous la tenions uniquement des hommes, ne nous empêcherait pas de lui préférer les fables les plus grossièrement ourdies par l'erreur.

Les seuls saints, — je ne parle pas de nous, pécheurs, qui possédons la vérité, mais qui ne possédons pas nos âmes encore soumises aux puissances du péché; — les seuls saints, qui ont su faire à Dieu l'entier abandon d'eux-mêmes, seuls sont sages; sages non-seulement dans la conduite intérieure, mais dans l'apparence extérieure de la vie. Inclinés devant Dieu, dociles à tout, détachés de

tout, on les voit maîtres de leur joie et de leur douleur. Rien ne les étonne, rien ne les déconcerte,
rien ne les abat. Paisibles dans le triomphe, paisibles dans le supplice, tout ce qui leur arrive est
un message de Dieu qu'ils reçoivent avec le même
respect, un ordre de Dieu qu'ils exécutent avec le
même empressement, une grâce de Dieu qu'ils bé-
nissent avec le même amour. *Fiat voluntas tua!*
Dieu leur a enseigné la puissance auguste de cette
parole, ils la comprennent, nous ne faisons que la
murmurer; et ils s'élèvent sans effort jusqu'à ces
hauteurs sereines d'où Dieu contemple les choses
de ce monde, voyant l'universel triomphe de son
amour et de sa justice. Que ta volonté soit faite, en
nous, sur nous, par nous! Que nos desseins avor-
tent, que nos plans s'écroulent, que nos joies péris-
sent, que nos espérances soient fauchées : *Fiat!*
C'est ta volonté, Seigneur, elle est juste et nous est
bonne; sois obéi, sois glorifié, sois béni!

Les saints sont affligés et malades plus que les
autres hommes; mais on observe que la douleur et
la maladie respectent leur raison. Ils n'ont point le
délire; ils ne divaguent point; ils ne disent pas ces
extravagances et ne font pas ces folies qui marquent
qu'un malheur ou qu'une attaque de nerfs a vaincu
notre âme.

Hélas! nous étions loin de cette tranquillité! Dans
nos conversations, dans nos promenades, dans nos
repos, la chère malade était toujours présente, non
plus pour éveiller la vie et la joie, mais comme un

poids douloureux sur le cœur de chacun de nous.

— Que d'existences frappées, disait Sylvain, par le coup qui trancherait celle-ci! Quel appui de moins pour les enfants! quelle irréparable perte pour les vieillards! quel isolement et quel anéantissement pour l'époux! Les liens que Dieu a formés ne se dénouent pas, ils se rompent après que tout les a serrés et fortifiés. J'assistais à ce mariage. Il me semble que c'était hier. Je n'ai vu pareille allégresse qu'au mien, et je n'ai connu que dans mon cœur un sentiment de bonheur si profond et si sûr. Eh bien, si le lendemain de la fête nuptiale la mort était venue prendre cette jeune femme dans toute la parure de sa jeunesse, la mort eût semblé moins cruelle qu'aujourd'hui, et le désespoir de Cyprien m'aurait moins effrayé qu'aujourd'hui son courage.

Cyprien paraissait moins troublé que nous. Il nous parlait avec calme et nous souriait même; mais nous cherchions des distractions, il n'en prenait pas; il était toujours au chevet de la malade, ou toujours à sa porte, veillant à tout, prenant soin de tout, n'oubliant que lui-même, et s'oubliant tout à fait. Il n'avait plus besoin de nourriture ni de sommeil, pas même de consolation. Parfois, quand Thérèse dormait, il courait jusqu'à l'église, y restait un moment, et revenait, le visage plus ferme encore, reprendre son poste. Après une crise périlleuse, il nous sourit en passant. Nous le suivîmes un moment du regard. « Voilà un chrétien, » me dit Étienne.

Enfin, Dieu, maître de la vie, se laissa toucher aux prières que tant d'amis éplorés faisaient monter vers lui. Un soir, nous nous étions retirés plus inquiets encore. Le médecin attendait l'effet d'une potion décisive. Le matin, nous descendîmes émus et tremblants ; nous hésitions à pénétrer dans l'antichambre où se tenait Cyprien, devant la porte de Thérèse. Il était là : il vint à nous sur la pointe du pied. — « Elle est sauvée, nous dit-il tout bas ; elle est sauvée, elle n'a plus de fièvre, elle dort. » C'était presque le même ton grave et contenu dont il nous avait donné tant de mauvaises nouvelles ; mais l'étreinte passionnée de sa main et l'humide éclat de ses yeux nous révélèrent son cœur et tout ce qu'il avait souffert.

Puissance d'aimer, puissance de souffrir ! Puissance de souffrir, puissance d'être heureux ! Rien n'est beau, rien n'est fort, rien n'est doux que l'amour ; et il n'y a d'amour que dans les cœurs où Dieu habite.

XVI

LA COMMUNION DES SAINTS.

Quelques jours après, Thérèse, convalescente, était avec nous au salon. Nous l'avions introduite en cérémonie, nous mettant deux de chaque côté pour lui soutenir les bras, tandis qu'Adrienne, au piano, jouait une marche triomphale. En signe de joie, et pour que rien ne parût froid dans un si beau jour, on alluma le premier feu de la saison.

— Allons, dit Thérèse, assise dans le plus grand fauteuil, au meilleur coin de feu, c'est très-bien ; je suis toujours *Madame Contente* ; j'en reviens, et je vois que mon retour ne vous déplaît pas. Sachez qu'il ne me déplaît pas non plus de revenir. J'avais pourtant fait dans mon cœur une grande besogne, chers amis : celle de vous dire adieu. J'ai vraiment cru que je partais. Eh bien, c'est une chose qui a plusieurs aspects désobligeants. La bonté de Dieu n'en est que plus admirable, puisque, entre tant de regrets pour ce qu'on laisse, et tant de terribles incertitudes sur ce que l'on va chercher, il permet que l'on trouve encore un certain courage et une certaine paix. Apprenez tous, pour le cas où vous

passeriez par là, que l'on regrette beaucoup ses
vieux péchés, et qu'il y a un tas de plaisirs que
l'on aimerait autant n'avoir jamais connus. Je ne le
dis pas pour vous, Suzanne, mais pour toi, Adrienne,
ma chère enfant. Différents souvenirs de belles robes
et d'entrée dans les salons reviennent d'une façon
tout à fait désagréable. Te rappelles-tu ce monsieur
que nous eûmes un jour en diligence, et qui était
si troublé pour avoir mangé trop de chou? Il disait
sans cesse : *Diable de chou! Ça me flatte, j'en mange,
et puis ça me pèse.* Voilà ce qui reste de tout ce qui
a trop flatté : ça pèse, ça revient! Maintenant, je
vous déclare que c'est fini et que je ne veux plus
entendre parler de moi si je ne deviens pas sainte
pour tout de bon. Je vous demande à tous de m'y
aider. Quant à toi, Cyprien, continue, mon pauvre
ami. Ah! que j'ai compté sur tes prières, pour la
vie et pour la mort!

— Que signifie ce langage? s'écria Sylvain. Voulez-
vous nous attendrir, madame? Cyprien est sans
doute le modèle des époux, mais n'humiliez pas les
autres.

— Bon, reprit Thérèse, vous voulez un compliment; vous ne l'aurez pas. Néanmoins, voyez s'il
faut que la vie ait des charmes! Je vous regrettais
pourtant aussi, vous! Je me disais : En fait de cou-
sins, les rois mêmes en ont eu de pires. — Mais
parlons raison. Je veux savoir de vous tous quels
saints vous avez priés pour moi, afin de leur rendre
mes devoirs.

— Moi, dit Cyprien...

— Oh! toi, interrompit Thérèse, je le sais : tu as prié le bon Dieu Père, Fils et Saint-Esprit, la sainte Vierge, sainte Thérèse, saint Cyprien, et tous les saints.

— Et moi aussi, dit Adrienne.

— Et moi aussi, ajouta Suzanne.

— J'avoue, dit Etienne, que je n'en ai pas prié un seul de plus, mais pas un seul de moins. Pourtant je me suis plus appuyé sur les patrons de vos enfants.

— Et vous, Sylvain?

— Moi, ma cousine, après Dieu et la sainte Vierge, j'ai surtout prié saint Stanislas.

— Je m'en doutais, dit gravement Suzanne.

— Oui, reprit Sylvain, et je veux vous dire pourquoi. Vous savez tous quelle confiance j'ai en ce saint, depuis que je sais prier; et, comme vous connaissez tous ma vie, je n'ai pas besoin de vous rappeler en combien de circonstances solennelles et quelquefois cruelles j'ai eu lieu d'invoquer son secours. Je crois l'avoir souvent obtenu, notamment quand Dieu nous envoya notre plus cruelle épreuve, la mort de notre Fernand. C'est un grand miracle de rendre la santé à un malade, et c'est un grand bienfait, Thérèse, quand le malade est si précieux à toute une famille. Mais ni le miracle ni le bienfait ne sont moindres de consoler un père qui pleure son fils unique. Voilà ce que saint Stanislas a demandé pour moi, et ce que j'ai obtenu par lui. En le priant, j'ai senti couler dans mon âme je ne sais quel baume qui l'a calmée, au milieu du chagrin le plus déchirant que je puisse concevoir. J'ai compris que mon enfant, mort avec la grâce du baptême, désormais compagnon des anges, n'avait pas à regretter la vie. Depuis cette époque, saint Stanislas est, dans mon cœur, inséparable de mon fils. Une fois pour toutes il m'a dit de compter sur lui ; mon cœur vole vers lui lorsque j'ai besoin de secours.

Je l'ai donc prié pour vous, Thérèse ; je l'ai fait prier aussi par vos enfants, ayant toujours la ferme espérance qu'il vous sauverait.

— Ah! s'écria Cyprien, quoi qu'en disent les pasteurs, ennemis de nos *superstitions*, il est bon pourtant de croire à la communion des saints et d'y vivre, d'être soutenu par les prières de ceux qui vivent ici dans la grâce, là-haut dans la gloire; il est bon, au milieu des misères qui nous accablent, d'avoir cette richesse pendant la vie et de la garder après la mort! Quand je songe à tout ce que rejettent nos malheureux protestants, je n'y comprends rien, sinon que le démon les joue d'une manière bien cruelle, aux dépens de leur bonheur, au mépris de leur propre raison. Pourquoi ceux qui croient à la divinité de Notre-Seigneur Jésus-Christ repoussent-ils la communion des saints? Pourquoi ne veulent-ils pas être de cette famille divine? Quelle absurde irréflexion ou quel raisonnement plus absurde les oblige à nier ce dogme, à refuser

ce secours? Dieu leur dira : Quand vous étiez sur
la terre, quand vous poursuiviez d'une ardeur si
patiente la faveur des puissants et des princes
pour en obtenir les biens du monde, étiez-vous né-
gligents à vous servir de vos parents, de tous ceux
qui, par un motif ou par un autre, et souvent pour
des causes honteuses, avaient quelque crédit ? Vous
ne comptiez pas alors sur vos propres mérites, et
vous faisiez votre principal titre de la protection de
ces hommes, fussent-ils mes ennemis déclarés. Vous
vouliez entrer à tout prix, par tous les services, par
toutes les bassesses, dans la communion des riches,
des forts, des élus du monde ; vous les pressiez,
vous les sollicitiez, vous étiez à leur porte de bonne
heure, vous y attendiez longtemps... et vous trouviez indigne de vous de me prier par mes saints !
Vous n'avez pas voulu les connaître : eh bien, eux
aussi ne vous ont pas connus, et moi, à mon tour,
je ne vous connais pas !

XVII

ALLELUIA.

Thérèse, qui aimez à chanter, et vous, Suzanne, qui versez vos prières sur un tombeau sans y mêler des pleurs, voici, nobles femmes, un chant que j'ai fait pour vous. Thérèse, un de ces matins, après quelques visites à Dieu ou aux pauvres, entre un sourire et une larme, vous en composerez la musique; le vent d'automne vous fournira la mélodie. Suzanne, vous en redirez les dernières paroles, si quelquefois la ferme résignation et la ferme espérance de la chrétienne semblent fléchir sous le poids du cœur maternel attristé. Ces paroles expriment une pensée que je tiens de vous et qui m'a secouru; mais nos bonnes pensées se laissent souvent voiler par nos tristesses, comme le soleil se laisse voiler par les nuages. En vous rendant ce que vous m'avez donné pour m'aider, je pourrai vous aider à mon tour. Thérèse et Suzanne, acceptez gracieusement ce tribut que l'hôte reconnaissant, au moment de reprendre sa route, dépose sur le seuil où il a reçu l'hospitalité.

CANTIQUE.

L'homme, pèlerin sur la terre,
Se plaint d'y reposer trop peu :
Pour moi, dans ce voyage austère,
Je n'accuserai pas mon Dieu.
Oubliant le terme céleste,
Je dormais d'un sommeil funeste ;
      Dieu m'éveilla.
Sa main me montrait la carrière,
Je voyais clair à sa lumière :
      Alleluia !

Bientôt le chemin devint rude :
O froides nuits ! ô sombres jours !
J'avançai sans inquiétude,
Et mon âme espéra toujours.
La foudre a grondé sur ma tête ;
Dieu se fit voir dans la tempête,
      Le ciel brilla.
J'ai trouvé dans toute contrée
De l'eau pour ma lèvre altérée :
      Alleluia !

Sur les montagnes les plus hautes
J'ai rencontré de doux abris ;
Au désert j'ai trouvé des hôtes ;
J'ai vu des fleurs dans les débris.
Souvent trop prompt ou trop timide,
Je crus avoir perdu mon guide ;
      Il était là,
Courbé sous la chaleur pesante,
Je sentais sa main bienfaisante :
      Alleluia !

Je n'ai pas la faveur du monde,
Je ne suis pas un de ses rois ;
Mais ailleurs mon bonheur se fonde :
Jésus-Christ m'a donné sa croix.
Je la porte et je la révère!
Si parfois, sous ce poids sévère,
  Mon cœur plia,
Jésus, redoublant de tendresse,
M'a fait rougir de ma faiblesse :
  Alleluia !

La mort a traversé ma voie,
Me frappant au cœur sans retour ;
Elle m'a pris toute ma joie,
Mais j'ai gardé tout mon amour.
J'avais une fille chérie :
Le ciel pour la cour de Marie
  Me l'envia.
Dieu, qu'il soit béni ! de la tombe
Fit un nid sûr pour ma colombe :
  Alleluia !

Tu brilles au ciel, mon étoile!
Chaste flambeau du sombre azur,
De la nuit tu perces le voile,
Et tu fais mon chemin plus sûr.
Ta tombe germe l'espérance :
Je sais pourquoi par la souffrance
  Dieu me lia ;
Je sais le secret de la vie,
Je sais que la mort nous délie :
  Alleluia !

LIVRE V

EN L'HONNEUR DU PROGRÈS

I

PAULINE.

Un pont-levis, des rues étroites, une place plan-
tée d'arbres rabougris et poudreux. Nous ne fûmes
pas charmés de cette physionomie de Phalsbourg.
— Que je m'ennuierais là dedans! s'écria l'un de
mes compagnons. — O liberté! dit un autre, ô égalité! ô fraternité! ici le roi de la création n'a point
la clef des champs au clair de lune; voilà une ville
qui est une prison pour ses citoyens et un arsenal

contre nos frères qui demeurent de l'autre côté de
l'eau...

Sur la place, attendant la diligence, quelques
jeunes filles, de petite condition, entouraient une
compagne qui allait partir : belle personne de vingt
ans, moitié triste, moitié gaie. Toutes l'embras-
saient avec la plus expansive tendresse. Lorsqu'elle
monta dans la voiture, un cri unanime s'éleva :
« Adieu, Pauline! adieu, Pauline! » Cependant une
seule versa des larmes. Je fus étonné que les autres
n'en fissent pas autant. C'est si facile de pleurer
quand le monde vous regarde!

Celle qui pleura était la moins jolie et la moins
ornée. Elle se tenait humblement derrière les autres, parlant bas, évitant les regards. Elle portait au
cou une petite croix d'ébène ; lorsqu'elle prit son
mouchoir pour s'essuyer les yeux, elle sortit en
même temps de sa poche un humble chapelet de
bois et de fer. Il me parut que c'était la seule qui
regrettât vraiment Pauline, et la seule aussi qui en
fût regrettée. Pauline nomma toutes les autres par
leur nom seulement. « Adieu, Rose; adieu, Lisbeth;
adieu, Jeanne. » A celle-ci, elle dit : « Adieu, *ma*
Véronique! » Cette amitié entre la belle et la laide
me fit plaisir pour toutes deux.

La voiture partit. Je jetai un regard sur les amies
de Pauline. Véronique s'éloigna seule; les autres
restèrent en groupe serré, babillant d'ensemble. Ce
fut vers Véronique que Pauline tourna les yeux, et
alors dans ces beaux yeux parurent des larmes.

Elle était vraiment belle; de beaux yeux intelligents, une belle et honnête santé, point d'embarras,
mais point d'allures hardies. Hélas, aimable fille,
où vas-tu? J'aurais voulu être femme ou vieillard.
Je lui aurais demandé pourquoi aucun parent ne
l'avait accompagnée à la voiture; si elle était orpheline; et quelle raison lui faisait quitter Phalsbourg;
et ce qu'était Véronique. J'aurais surtout voulu lui
dire : « Ma fille, prends garde! sois fidèle à prier la
vierge Marie! »

Cela serre le cœur de voir une pauvre fille, à cet
âge, faire ainsi toute seule son premier pas dans la
vie. Mon Dieu! assistez la faiblesse, l'ignorance et
l'illusion qui vont pénétrer sans défiance au milieu
d'un monde sans pitié. Le péril est déjà si grand
pour celles que la sagesse et l'affection protégent!
La vie est déjà si laborieuse pour celles qui échappent au péril! Tant d'amertumes vont succéder à ces
premiers enchantements! Et il ne faut qu'un instant,
qu'un mensonge, pour amener le danger, pour accroître démesurément les travaux et les tristesses,
pour dissiper à jamais tous les rêves heureux, pour
perdre une vie entière!

J'ai lu des livres où l'on traite de barbares, avec
une indignation non feinte, ceux qui dégradent un
monument, ceux qui mutilent ou seulement voilent
une œuvre d'art : et les gens qui font ces livres
n'ont pas honte d'en écrire d'autres où ils ensei-
gnent à dégrader les âmes. Ils remplissent le monde
des cris que leur arrache un pot cassé, une gar-

gouille abattue, un clocheton mal refait ; mais ces
amis du beau, ces conservateurs de l'intégrité des
choses, trouvent que ce n'est rien de souiller une
âme et de détruire une vertu. Que dis-je ? Non, ils
ne trouvent pas que ce ne soit rien : ils estiment au
contraire que c'est beau, et, quand ils l'ont fait, ils
s'en glorifient.

II

DE L'ÉTAT MILITAIRE

A quelque distance de Phalsbourg, nous prîmes
sur la route un jeune officier, grand garçon bien
fait, d'une physionomie avenante et sérieuse. La
conversation s'établit entre nous, et, grâce à une
montée que nous fîmes à pied, nous vîmes que nous
aurions de quoi causer, étant sur beaucoup de
points du même avis. Il détestait son métier et désirait le quitter, prétendant qu'il se sentait envahir
par la fainéantise et le dégoût.

— Je suis, me dit-il, d'une famille militaire. Mon
grand-père, en son temps un brave soldat, n'a pas
voulu, par un reste d'ancienne fierté, que je fusse
avocat, médecin ou marchand. Il n'avait point de
terre à me laisser, il désirait que je devinsse un

sujet utile, et il m'a mis le harnois sur le dos,
croyant encore, d'après ses vieilles idées, que c'était
une aptitude à d'autres fonctions. Nous n'en sommes
plus là, l'esprit bourgeois y a pourvu ! Autrefois
un fils de famille, ayant quelque fortune, entrait
sous-lieutenant. Il faisait tous les ans un service de
quatre mois, suffisant pour apprendre ce premier
métier de garnison, de caserne, d'exercices, de
manœuvres. Libre ensuite, rien ne l'empêchait de
s'instruire, de lire, de voyager pour comparer les
diverses armées et voir comment les choses se font
chez le voisin. Il avait ainsi le temps d'acquérir les
connaissances spéciales et celles qui sont nécessaires
à leur perfection. S'il ne le faisait pas, c'était sa
faute. Au moins, il le pouvait. Il devenait officier
supérieur assez tôt, s'habituait à gouverner les hommes et se rendait propre à toutes sortes d'emplois
importants. Il acquérait dans le commandement
une expérience précoce et précieuse. Homme fait
avec toute la force et l'ardeur de la jeunesse ! La
responsabilité avait développé ses facultés. Il n'é-
tait pas ébloui, empêtré, à la fois téméraire et
craintif.

Aujourd'hui, que fait un jeune homme au service ?

Durant de longues années, il languit dans les gra-
des inférieurs. Il passe tout son temps loin de sa
famille, privé de la société des gens instruits. Il
dévore sa vigueur, uniquement occupé à faire tourner trois ou quatre douzaines de soldats. Ses loisirs

se consument au café, sur la place publique, presque toujours dans la mauvaise compagnie. Se livrer à l'étude n'est pas chose aisée. Il faudrait beaucoup de courage pour braver les quolibets des camarades; beaucoup de fermeté — plus que n'en donne l'éducation commune — pour résister à la séduction des plaisirs. Cela semble simple, de dire : « Je m'ennuie, je me perds; je vais prendre un livre et travailler. » Une tyrannie subtile et constante fait avorter ces beaux projets. Et puis, à quoi bon? Le but manque à ceux que l'attrait seul de la science n'attire pas. Étudier ne leur servira de rien; l'avancement n'en sera pas plus rapide. On s'habitue à ne rien faire ou à mal faire; on est usé ou incapable lorsque enfin on se trouve en passe d'agir.

Ainsi parlait le jeune officier, avec une vive amertume.

— Mais, lui dis-je, vos sous-lieutenants d'autrefois menaient-ils donc une vie si régulière? Vous vous plaignez trop de tout ce qui a toujours existé.

— Autrefois, me répondit-il, on n'avait pas réalisé la perfection, et on ne s'en vantait point : modestie déjà consolante. Autrefois, comme à présent, les hommes étaient des hommes; il y avait des abus, et les jeunes gens faisaient des sottises. Je dis que, malgré les abus, l'institution était sage. Si l'on faisait des sottises, on aurait pu les éviter, on pouvait les réparer. On n'était pas enterré, la pipe à la bouche, durant des siècles, à Phalsbourg. Ce qui prend maintenant la belle moitié de la vie prenait alors seulement quelques mois. Des occupations sérieuses effaçaient bientôt ces habitudes, et l'on devenait un homme. On fait de nous actuellement des machines.

Et que deviendront ces machines-là, dans les temps qui s'approchent? L'armée est un élément d'ordre, d'autorité, de conservation, le seul peut-être qui nous reste. Je le sais, et c'est pourquoi je ne me déciderai pas à briser mon épée. Je n'ôterai pas de ma main une pierre au dernier rempart de la civilisation. Mais combien de temps durera cette garantie? J'ai peur de ces officiers qui n'ont plus que leur état, qui n'obéissent plus qu'à leur discipline, qui ne connaissent pas le monde ou qui n'en sont pas, et qui se trouveront dans la tentation, peut-être dans la nécessité de nous choisir des maîtres. Si l'armée obéit servilement à la légalité que créent tour à tour les gouvernements, elle se dissoudra et nous laissera sans défense contre les ennemis du dedans et du dehors. Si elle s'affranchit de ce joug, alors elle a le plein pouvoir, et elle fait et défait l'empire, comme au temps de la décadence romaine. Quel remède y voyez-vous?

— Nul autre, répondis-je, que la conscience chrétienne, qui manquait aux prétoriens. Il y aura toujours des chrétiens dans l'armée. Ces chrétiens, secourus et éclairés par leur foi, protégeront et relèveront la force religieuse; et la force religieuse pénétrera la force matérielle de cette modération et de ce bon sens qui la préservent de dégénérer en

16.

tyrannie. Si cette espérance est déçue, il n'y a plus
rien.

— J'admets votre pensée. Oui, malgré l'oubli
presque général où nous vivons de ces grandes vérités, elles n'ont pas disparu parmi nous, et je suis
témoin qu'elles y renaissent. Nous sommes plusieurs
qu'elles soutiennent contre l'oisiveté, et qui ne les
abandonnerons pas lorsqu'elles auront besoin de
défenseurs.

Mais de là à un sentiment général et profond, il y
a loin encore ; et j'ai bien peur que la France n'ait
à payer cher le succès funeste avec lequel elle a fait
à l'armée une situation, un rôle, un intérêt à part
dans le pays. En voulant la réduire à sanctionner
les révolutions, elle lui donne le moyen d'en accomplir elle-même. Croyez-moi : il serait bon que,
parmi nos généraux et nos colonels, il y eût davantage de grands propriétaires fonciers, un peu jeunes
et résolus. Or, dans la réalité, c'est ce que la constitution actuelle de l'armée ne permet pas.

III

DE LA BUREAUCRATIE.

Ces plaintes n'étaient pas nouvelles pour moi.
L'état militaire, dont je ne méconnais point les grandeurs, est devenu une servitude qui épouvante les
familles et qui décourage la constance des jeunes
gens. La religion et le génie de la France y feront
des citoyens; mais la bureaucratie n'y voulait que
des mercenaires, et c'est à quoi elle a trop travaillé.

Le trait général de notre époque est un génie de
rabaissement et de ravalement. En criant que tout
appartient au mérite, on s'arrange du mieux que
l'on peut pour n'avoir pas de gens de mérite, et tout
donner à la ruse et à la patience. Partout le prix suprême appartient au dernier vivant : il le reçoit à
condition de ne rien léguer. La nation se recommence sans cesse. Pour avoir une autorité, pour
exercer une influence, il faut d'abord la permission
du calendrier. Le premier titre que l'homme de génie doit fournir, c'est un acte de naissance. S'il
meurt avant l'époque où il pourrait être légalement
quelque chose, tant pis pour lui : il y a de vieux
employés qui le précèdent sur le tableau d'avancement ! Qu'il sache attendre, qu'il sache s'y prendre,

qu'il passe par la filière, il arrivera. Mais, est-il
arrivé, défense à lui de rien faire de durable ni
de nouveau. Il ne choisira pas ses instruments, il
les prendra sur le tableau d'avancement, où il a été
pris lui-même. Il n'innovera pas, il recommencera.
Eût-il rendu les plus grands services, il se retirera
quand il aura un certain âge, pour faire place à la
médiocrité qui attend son tour. Comme il y a un
âge pour être, il y en a un où l'on doit n'être plus.
Cela commence et cela finit à heure fixe. Napoléon a
gagné une bataille à trente ans, Radetsky en a gagné
une à quatre-vingts ans; ils n'en avaient le droit ni
l'un ni l'autre.

Quand cet homme de génie qu'on a reçu si tard,
qu'on a chassé sitôt, meurt enfin, il s'en va tout
entier. Il a pu honorer, illustrer, agrandir son pays;
il n'a pas pu créer une famille. Son fils ne sera qu'un
surnuméraire, ainsi le veut l'égalité. Au nom de
l'égalité, il est interdit d'accumuler sur un nom de
famille un capital d'illustration dans les services
publics. On peut transmettre ses écus, point sa gloire.
A l'État seul appartient de faire des hommes; il les
fait administrativement, et ne prend que dans la
masse la matière première.

Telles sont les œuvres de la bureaucratie. La bureaucratie est la forme gouvernementale de l'esprit
bourgeois, essentiellement routinier et jaloux. Le
bourgeois n'a point d'ancêtres, il ne veut point qu'on
en puisse avoir. Il est « fils de ses œuvres, » il s'en
vante : tout commence à lui ; il exige que rien n'ait

commencé d'aucune sorte. Il est égoïste, il ne vit
que pour lui : il n'entend point que d'autres se proposent de vivre pour leur postérité. Des ancêtres,
ça n'existe plus ; une postérité, ça n'existe pas :
qu'est-ce que tout ça ? Il est vain, formaliste, bavard ;
toutes ses sympathies sont pour les avocats ; il a fait
l'avocat propre à tout, par privilége. Le palais a des
percées sur la justice, sur l'administration, sur les
finances, sur la diplomatie, sur la police, même sur
la marine ; il n'y a que l'armée qu'on ne lui ait pas
donné à régir directement : il se contente de la commander du haut de la tribune, comme le trône, au
surplus, et comme tout le reste ! L'avocat est l'enfant chéri de l'esprit bourgeois, c'est l'esprit bourgeois lui-même. Souverain, cet esprit bourgeois a
organisé un despotisme qui lui ressemble : il aspire
à renfermer l'humanité dans ses cartons, à la tenir
tout entière couchée sur ses registres. Si les soubresauts de la nature, qu'on affole ainsi et qui deviendra sauvage, ne brisaient pas quelquefois ce
réseau dont l'esprit bourgeois multiplie les mailles
avec une persévérance sournoise, on ne pourrait
plus rien être, rien faire, rien croire sans la permission de l'État. Lorsqu'on aurait un mal de tête, il
faudrait aller le déclarer, sous peine d'amende, à un
bureau qui ferait vingt papiers pour donner à un
médecin commission de vous guérir ; sans compter
que le bureau exigerait bientôt, pour ses statisti-
ques, des certificats comme quoi on a ce mal de tête,
et une enquête sur les causes d'icelui.

Le chef de bureau, voilà le tyran moderne; et aucune époque n'en a subi de plus humiliant, ni peut-être de plus corrupteur! Il répand je ne sais quel souffle malsain, il a je ne sais quels attouchements qui fanent tout, flétrissent tout, énervent tout, produisent partout l'avortement et la torpeur. Tu le renverseras, ami socialisme, toi qu'il a créé dans ses modernes débauches! tu seras l'excès de charge par où crèvera cette centralisation qui t'a nourri dans ses flancs; tu bouleverseras ses cartons, tu mettras en cataplasme ses écritures;... — et si tu pouvais ne pas commettre d'autre crime, l'humanité t'absoudrait joyeusement.

Par bonheur, le chef de bureau, qui aime tant à niveler et qui chérit le pays plat, n'a pas encore réussi à passer son grattoir sur les montagnes, et ne les a pas même encore toutes tondues. Nous descendons à grande volée vers Saverne[1], ayant sous les yeux le spectacle le plus divers et le plus majestueux. Des arbres, de la verdure, des collines, un soleil couchant dans un ciel d'été. Que cette nature est riche et belle!

> Chaque jour je la vois,
> Et crois toujours la voir pour la première fois!

Maître du ciel, qui nous avez donné ces merveilles, vous pouvez seul nous garder quelque chose de plus beau!

---

[1] A présent on a le chemin de fer, et l'on passe sous la montagne.

IV

Cette bière de Strasbourg, si glorieuse à Paris, paraît n'être qu'un goût de petites gens à Strasbourg. M. le sommelier du *Muguet* nous en refusa au dîner, d'un air de grand dédain. Cyprien insista : « Faites attention, monsieur le sommelier, que nous ne voulons humilier personne. Nous demandons de la bière *de Strasbourg*; c'est l'honneur du pays. » Le sommelier, de plus en plus digne, répéta que nous étions dans un grand hôtel, où cette *poisson* n'entrait *pas*. Il fallut se rendre à l'étiquette et boire du vin. — Peut-être que c'est du vin du Rhin? dis-je à Cyprien. — Précisément, reprit-il. Le vieux Rhin a coulé dans le tonneau de notre hôte; buvons le Rhin allemand !

Nous parcourons la ville. L'air fier-a-bras de la statue du général Kléber nous plaît peu. Ce digne Kléber, qui n'était pas un mauvais général, serait malheureux, pour peu qu'il eût de bon sens, s'il pouvait voir comment les peintres, les lithographes et les statuaires l'ont accommodé. Ils font du pittoresque avec sa figure, beaucoup plus qu'il n'est

permis. C'est le capitaine Fracasse et le comman-
dant Matamore, toujours prêt à fendre la lune en
petits morceaux. On ne le voit jamais que de trois
quarts, il n'a jamais un nœud de cravate qui ne défie
les cieux, jamais un talon de botte qui ne fasse plier
la terre. Si c'est son vrai portrait qu'on nous donne,
combien ce héros devait être désagréable dans la
société!

Mais voici qui ne fait plus rire. L'une des inscriptions du piédestal nous apprend que Kléber est enterré là. Le pauvre homme, ses admirateurs l'ont
fourré en terre sous son monument, en pleine place
publique; que dis-je? sur un marché! On y vend des
légumes, et je crois aussi du bétail! Une douzaine
de revendeuses en guenilles stationnent autour de la
statue. L'ombre du héros a pour champs Élysées
un champ de foire.

Voilà de ces brutalités qui peignent au vif une
époque; elles font voir à quel point le christianisme
peut quitter les hommes, et ceux-ci retourner à la
stupidité païenne.

Sur une autre place s'élève la statue de Gutenberg,
inventeur de l'imprimerie; à ce titre, l'un des « bienfaiteurs de l'humanité. » Le sculpteur David (d'Angers), grand penseur suivant ses amis, à mon gré
faible artiste, a prétendu donner ici une œuvre *humanitaire*. Va pour humanitaire; mais ce n'est pas
beau! L'honnête Winckelmann, Allemand très-sé-
rieux, raconte que quand il visitait l'Apollon du
Belvédère, il prenait insensiblement « une pose

noble. » C'est un effet qui ne se produira jamais sur
les visiteurs, même humanitaires, des œuvres de
David (d'Angers). Ce Gutenberg est un grand vilain
bonhomme enfourré d'une houppelande, une pape-
rasse à la main, la tête chargée d'un bonnet de
chambre hideux. On croirait voir le malade ima-
ginaire, contestant quelque article des parties de
M. Fleurant. Comme il se tient tors! N'a-t-il pas la
colique? Ce petit meuble à hauteur du genou,
n'est-ce pas une chaise percée?

Silence et respect! Tout ceci est allégorique, em-
blématique, humanitaire. Ce petit meuble est la première presse; ce papier est la première épreuve
d'impression sur caractères mobiles : on y lit une
parole qui révèle la profonde conception du sta-
tuaire : *Et la lumière fut!* Comprenez bien : cela
signifie que maître Gutenberg, qui figure le genre
humain, s'est rendu, par sa découverte, au moins
l'égal de Dieu.

V

IL Y A LUMIÈRE ET LUMIÈRE.

Et la lumière fut! On l'avait dit, il y a longtemps, pour expliquer la création de la lumière. Mais quoi? quelle lumière? La lumière physique? celle que donnent les astres du jour et de la nuit? Voilà grand'-chose! Avec cette lumière-là, monsieur, on n'y voyait pas.

Et la lumière fut! On l'a dit encore de l'avénement de CELUI qui fut promis dès le premier âge du monde, et qui vint, plein de grâce et de vérité, pour réparer la chute du genre humain. Durant dix-huit siècles, les plus grands esprits, les plus grands cœurs, les innombrables multitudes, ont proclamé avec amour que Jésus-Christ, le Verbe de Dieu, *est cette vraie lumière qui éclaire tout homme venant au monde*, et que la *lumière fut*, le jour où le Dieu-Homme établit ses Apôtres pour *enseigner toutes les nations*.

Ce vieil aveuglement de la pensée humaine fait sourire nos humanitaires et nos penseurs. Ils s'offrent en exemple : — Qu'est-ce que c'est que cette lumière? Nous n'en sommes point éclairés, quant à nous!

Cette lumière faisait peut-être des croyants, mais non des voyants. La lumière, c'est la presse ; *et la lumière fut* quand Gutenberg eut inventé sa machine.

Je regrette de n'avoir pas sous la main les discours strasbourgeois et autres qui furent prononcés le jour de l'inauguration de la statue de Gutenberg. Je parie qu'aucun orateur n'a négligé de célébrer le progrès de l'intelligence et de la morale depuis cette heureuse invention, grâce à cette précieuse invention ; cette invention qui... cette invention que..., cette invention dont...

Je m'étonne qu'ils aient fini.

Ils ont débité flegmatiquement ces sornettes, entre la cathédrale et la statue de Kléber, sans songer même à se demander comment, avant que *la lumière fût*, les hommes pouvaient bâtir de si belles cathédrales ; et pourquoi, depuis que la lumière est, les hommes décernent encore des apothéoses à des guerriers, à des gagneurs de batailles, à des tueurs d'hommes.

Mais ces objections ne les embarrasseraient guère. La vérité (à Strasbourg) est que Gutenberg inventa l'imprimerie, et que *la lumière fut*.

VI

GUTENBERG A-T-IL INVENTÉ L'IMPRIMERIE?

Voilà, dit Sylvain, ce que je me demande, quand j'interroge ma conscience après avoir reçu dans le monde les éloges qui me sont décernés comme compatriote de l'imprimerie. Gutenberg l'a-t-il inventée, cette fameuse machine ? Hélas ! je suis trop certain qu'il ne l'a pas inventée à lui seul, et nos Strasbourgeois, pour être justes, auraient dû planter tout au moins un individu encore sur le piédestal de Gutenberg... J'ose à peine avouer ce que je pense.

— Contez-nous cela, dit Cyprien. Puisque vous avez renoncé à la vie politique, vous pouvez bien confesser la vérité.

— Eh bien, reprit Sylvain, parlons bas. Voici donc une statue que Strasbourg a élevée à Gutenberg pour trois raisons : la première, comme inventeur de l'imprimerie ; la seconde, comme l'ayant inventée à Strasbourg ; la troisième, comme étant enfant de Strasbourg. Or, premièrement, Gutenberg n'est ni le seul ni même le principal inventeur de l'imprimerie ; secondement, l'imprimerie, qui n'a pas été in-

ventée par Gutenberg, n'a pas été non plus inventée
à Strasbourg ; troisièmement, rien ne prouve que
Gutenberg soit né à Strasbourg.

Faisons la lumière.

Gutenberg, esprit ingénieux, mais surtout opi-
niâtre, s'était mis en tête de tourner à son profit
l'industrie des calligraphes. Rendre service à ses
semblables était le moindre de ses soucis ; il dédai-
gnait complétement le point de vue humanitaire, et
poursuivait en toute ingénuité une belle spéculation,
qui était de produire à bon marché des livres qu'il
vendrait à très-haut prix. Un larcin, du genre de
ceux que l'on punit aujourd'hui sous le nom de con-
trefaçon, fut son point de départ et la première pierre
de son monument. Depuis longtemps l'impression
sur planches gravées était connue, et un nommé
Coster, qui travaillait à Harlem, en Hollande, se servait même de caractères mobiles pour imprimer un
texte explicatif au bas de ses images ; il imprimait
aussi quelques petits livres. Voilà la découverte de
l'imprimerie.

Gutenberg devina ou surprit le secret de l'artisan
hollandais, et bâtit là-dessus le projet d'une grande
affaire et d'une grande fortune.

Il eut l'idée de faire une Bible. Il trouva des associés, des bailleurs de fonds, et travailla longtemps.
Le seul résultat décisif qu'il obtint fut la perte des
fonds, le découragement des associés, beaucoup de
procès, l'abandon de l'entreprise. Il n'avait pu sortir
des caractères en bois. Ce procédé suffisait bien aux

légendes et aux petits livres de Coster ; mais, pour un ouvrage aussi considérable que la Bible, les caractères en bois exigeaient des expériences, des lenteurs, des frais hors de toute proportion avec les bénéfices que l'on espérait.

Ces premiers essais, ces successifs avortements, eurent lieu à Strasbourg, où l'*on croit* que Gutenberg est né, par la raison que rien ne prouve authentiquement qu'il soit né à Mayence, dont il était citoyen.

Mais, s'il avait peu d'invention, Gutenberg était largement doué de persévérance. Il ne se découragea point. De Strasbourg, où tout était fini, il transporta ses projets et ses types en bois à Mayence. Il y trouva un nouveau bailleur de fonds. Le bon bourgeois Fust s'enthousiasma, comme il arrive parfois aux capitalistes : il vit non pas la lumière, mais la Californie. Fust prêta huit cents florins à Gutenberg, aux conditions les plus bénignes : 1° que les huit cents florins suffiraient ; 2° que le prêt serait garanti par le matériel de l'imprimerie ; 3° un léger intérêt de six pour cent en attendant les bénéfices. Gutenberg promit tout, signa tout, et se remit à l'œuvre. Il fit fabriquer de nouveaux types en bois, produisit douze feuilles d'impression, dépensa quatre mille florins et s'arrêta, n'en pouvant plus lui-même. Depuis longtemps l'excellent Fust était en plein dégoût.

Cela durait depuis quinze ans. A bout de tentatives, Gutenberg comprit enfin qu'il n'arriverait jamais avec le moyen si lent et si coûteux de graver isolément chaque type. Il *entrevit*, dit-on, la fonte des caractères. Mais ce qu'il avait entrevu, un autre le réalisa.

Dans les ateliers de Gutenberg travaillait un garçon actif et ingénieux, nommé Schœffer. Il était calligraphe habile, *clericus*, et traçait sur le bois les lettres qui devaient ensuite être gravées. On le mit ou il se mit au courant des secrets, et bientôt il fut associé à l'entreprise. Si la fonte des caractères était déjà essayée, Schœffer *faciliorem modum fundendi charac- teres excogitavit.* « Il inventa le mode de fonte qui est « resté depuis lors en pratique, et qui comprend la « gravure des poinçons, la frappe des matrices, la « fonte des caractères. » Fust, qui pleurait ses flo- rins, renaquit à l'espérance. Il apprécia d'un coup d'œil le génie prompt et heureux du nouvel associé, et, si l'on veut une preuve de la supériorité de Schœffer, la voici : le financier lui donna sa fille.

Cela fait, le beau-père et le gendre ne songèrent plus qu'à se débarrasser de Gutenberg. C'était une vieille expérience devenue inutile, un esprit inquiet, probablement jaloux, un employé dont les appoin- tements grevaient la caisse, enfin un copartageant aux bénéfices maintenant assurés. On le mit dehors. Il s'ensuivit un procès que Gutenberg perdit. Fust et Schœffer restèrent ensemble. Gutenberg s'associa un nouveau bailleur de fonds, monta de son côté un établissement, et, après avoir plaidé, les inventeurs travaillèrent à se faire concurrence. Vous voyez qu'a- vant d'être réunis dans le fleuron des éditions stéréo-

types, ces bienfaiteurs de l'humanité ne laissèrent pas
de se gourmer convenablement.

Les deux ateliers préparaient une Bible. Jusque-là,
dans tous les petits travaux qu'ils avaient faits avant
de se séparer, les impressions dirigées spécialement
par Schœffer offraient une incontestable supériorité.
La Bible de Schœffer parut la première ; elle fut estimée la plus belle. Celle de Gutenberg ne la suivit
qu'après deux ans ; Schœffer avait déjà publié son
Psautier.

Ainsi, 1° Gutenberg n'est pas l'inventeur de l'imprimerie : il n'en eut pas la première idée, il n'y mit
pas la dernière main ; il travailla seulement à net-
toyer le terrain entre Coster et Schœffer ; 2° il est
douteux que Gutenberg soit né à Strasbourg ;
3° Strasbourg, qui n'est pas sûre d'avoir donné naissance à Gutenberg, qui n'est pas l'inventeur de l'imprimerie, n'a pas vu naître le premier grand ouvrage
imprimé. Mais qu'importe ? *La lumière fut !*

Léon de Laborde établit tout cela savamment et
spirituellement.

VII

DES EFFETS DE L'IMPRIMERIE.

Pour mon compte, reprit Cyprien, autant Sylvain a d'incertitude sur l'origine de cette lumière, autant j'en ai sur la lumière elle-même. Plus j'y pense, plus je suis disposé à croire que l'imprimerie a été funeste, non-seulement à la moralité, mais à l'intelligence humaine. Elle a été le véhicule du doute; c'est elle qui a créé l'espèce horrible des demi-savants.

Elle a doté l'erreur d'un apostolat facile; elle n'a rien ajouté à l'apostolat de la vérité, elle l'a plutôt affaibli. Devant les multitudes, l'apôtre de la vérité est irréfutable. Devant ces mêmes multitudes, l'apôtre de l'erreur ne peut pas même être combattu. Il suffit de quelques livres pour corrompre le peuple, mais d'autres livres ne le convertiront jamais. Notre-Seigneur n'a point choisi des écrivains pour répandre sa doctrine. Il a voulu des cœurs simples, droits et croyants. Ils ont été éloquents par leur foi, par leurs pieds nus, par leurs habits déchirés, par leur invincible courage. Qui pouvait leur résister en

17.

face? Et encore aujourd'hui, qui résiste à ceux qui savent les imiter? Le mensonge a ses missionnaires, sans doute; mais il n'en a point de pareils, qui fassent de tels sacrifices ni de tels miracles. L'imprimerie y supplée. Un infernal coquin, un Ulric de Hutten, pour n'en pas nommer d'autres, fait un livre contre Dieu, contre la vérité de Dieu, contre les hommes de Dieu. Il le compose à loisir, avec art, avec talent. Ses paroles, son silence, ses preuves, ont su mentir. Il jette cela dans la rue; l'imprimerie s'en empare, le monde en est plein; voilà ce coquin qui prêche à toute la terre sans sortir de chez soi. Quel moyen de le combattre? Nous le réfutons dans un livre. Qu'importe notre livre à ceux qui n'ont lu que le sien? Et qui leur prouve que notre livre a raison et que le sien a tort? Il a mille complices qui le louent et qui nous calomnient. On ne connaît pas ses pratiques, on ne voit pas sa basse mine; on ne sait pas que, mis face à face avec les défenseurs de la vérité, il serait ignominieusement convaincu d'ignorance ou de scélératesse. Rien n'empêche que les peuples, déjà séduits par sa doctrine accommodée pour tous les mauvais appétits, ne le croient encore le plus savant et le plus vertueux des hommes. Et c'est nous qui nous élevons contre ce parangon d'honneur et d'humanité, c'est nous qui sommes de vils adversaires, c'est nous qui sommes des coquins.

— Ce que vous dites, Cyprien, je l'ai maintes fois vérifié à mes dépens. Je n'en veux citer qu'un trait. J'eus un jour la présomptueuse pensée de réfuter un

pamphlétaire socialiste qui m'était personnellement
connu. Je le regardais comme le dernier des barbouillons, et ce n'était pas mon opinion seulement,
mais celle de tous ses amis et de tous les miens qui
ont un peu de bon sens ou seulement de littérature.
Il devint représentant du peuple. Nous poussâmes
un éclat de rire; mais lui, fort de son génie, à peine
entré dans la salle aux harangues, se mit à pousser
des discours. Mon Dieu, il ne prit que la facile peine
de se rendre un peu plus stupide, et il eut un succès
de premier ordre. Un de ses discours surpassa tous
les autres par la brutalité du fond, de la forme et de
la fortune. C'était le comble du ridicule uni au comble de l'insolence. On admirait qu'il eût l'audace de
le débiter; personne n'y daigna répondre. Le lendemain la propagande socialiste le jetait dans la rue
par centaine de milliers, avec le portrait de l'orateur,
en belle barbe. Tout tenait sur une page, et se ven-
dait au prix de cinq pour un sou, et cette sottise faisait grand mal. L'on me pressa d'y opposer quelque
chose. Je crus que ce serait un jeu; mais je n'eus pas
plutôt commencé que j'appris à devenir modeste.
Mon homme s'adressait aux paysans; il leur disait:
« Prenez, jouissez; les riches et les nobles chargent
la terre d'un poids inutile; abaissez-les devant vous. »
Je sentis que je n'avais rien à répondre, qu'on ne me
lirait pas; que, quand même on me lirait, je serais
battu. Quelle entreprise! J'avais à recommander la
patience, le travail, la bonne conduite, la religion,
le respect des droits et du bien d'autrui. J'étais battu!

Pour réfuter une ligne, il me fallait une page; il
me fallait de la statistique, de l'histoire, des raisonnements, des appels à la justice, à la probité, à
la fraternité : j'étais battu, battu à plate couture! je le
dis, en livrant mon travail. Ceux à qui je le donnai
le trouvèrent bon, et pensèrent comme moi que nous
étions battus.

VIII

CONTINUATION.

Ce que la science humaine a gagné depuis l'invention de l'imprimerie, ce n'est pas à l'imprimerie qu'il
est dû. On bâtissait, on chantait, on peignait, on faisait des lois, on faisait des livres, aussi bien, pour ne
pas dire mieux; tout cela n'aurait pas péri. On a perdu
la foi et la sagesse politique. Avant l'imprimerie, il y
avait eu dans la république chrétienne le grand et fécond mouvement des Croisades contre l'ennemi
commun de la chrétienté; depuis l'imprimerie, il y
a eu la Réforme et la Révolution, deux effroyables
guerres civiles de la chrétienté contre elle-même et
des nations entre elles; guerres qui ont détruit beaucoup de monuments, fait mourir beaucoup d'hommes,

et qui ne sont pas terminées. L'Europe a été couverte
de ruines et de sang, elle se voit encore à deux doigts
de sa perte. Si elle tombe dans l'abîme, un abîme
de barbarie, l'imprimerie n'aura pas contribué médiocrement pour l'y pousser. Qui oserait dire que
l'imprimerie l'en tirera? Ce qui est certain, c'est que
les livres dont la civilisation abattue pourra s'aider
pour se reconstruire étaient tous faits et tous connus,
mieux connus qu'à présent, avant l'invention de l'imprimerie. Ceux qu'on a faits depuis ne seront bons
la plupart qu'à nous ruiner de nouveau. Nous avons
assez de livres pour perdre deux littératures et deux
civilisations.

C'est depuis l'imprimerie, et grâce à l'imprimerie,
que l'histoire est devenue une conspiration perma-
nente contre la vérité.

L'imprimerie, à peine inventée, ouvrit la porte au
paganisme. L'impur olympe rentra dans le monde,
d'où le Christ l'avait chassé. L'on vit reparaître ces
doctrines, ces œuvres de mort dont l'Église, par un
travail de quinze siècles, cimenté du sang de plusieurs
millions de martyrs, avait presque délivré le genre
humain. La chair menaça de l'emporter de nouveau
sur l'esprit, l'esclavage des passions et de l'erreur
ressouda les chaînes que la liberté divine allait achever de briser; de toutes parts reparurent les vieux
jougs païens; il y eut un nombre chaque jour plus
grand d'hommes asservis au plaisir de l'homme. Les
peuples se dépravèrent: de la noble obéissance qu'ils
rendaient à leurs lois promulguées au nom de Dieu,

et à leurs chefs sacrés par l'onction divine, ils passèrent à la sujétion qu'exigeaient d'eux des lois et des
maîtres de hasard ; ils descendirent de là au règne des
factions et à la tyrannie des multitudes. Ne croyant
plus à rien, ils mirent tout en discussion ; ayant tout
discuté, ils ne surent et ne comprirent plus rien. Ils
livrèrent leurs lois, leur foi, leurs mœurs, à la risée
des sophistes ; et les voici enfin avilis jusqu'à craindre celui qui, par la voix de la presse, proclamant
le dernier mot de la dernière sagesse et le résultat
suprême de trois siècles de discussion, crie à toute
la terre, sans qu'on puisse ni qu'on sache, ni peut-
être qu'on veuille l'empêcher : La propriété, c'est le
vol ; Dieu, c'est le mal !

Et la lumière fut !

J'ai grand'peur qu'en effet la lumière ne se fasse.
Cette lumière, allumée de main d'homme, luira un
jour, peut-être bientôt. Le feu de l'envie, le feu de la
haine, le feu de toutes les concupiscences, ce feu terrible, jeté et entretenu dans les masses humaines par
la machine de Gutenberg, éclatera sur le monde qui
ne pourra plus l'éteindre ni le gouverner. Il éclatera,
il durera, il ne cessera qu'après avoir mis tout en
cendres. Pauvre « siècle de lumière, » en te baptisant
ainsi dans ton orgueil, quelle prophétie tu as ris-
quée !

IX

LE CULTE DES GRANDS HOMMES.

Ils feront triste figure au milieu de cette tempête et de ce naufrage dans le feu, les dieux nouveaux, les GRANDS HOMMES dont les images sont debout sur nos places publiques. Je serais étonné que Kléber et Gutenberg descendissent de leurs piédestaux pour marcher au secours de la ville attaquée du dehors, ou pour défendre les maisons des bourgeois qui les ont canonisés, menacées par les frères du dedans. Je serais étonné que la multitude, passant au pied de leurs autels, s'arrêtât, saisie de respect ou de terreur, éteignît les torches, et renonçât pour l'amour d'eux à pousser plus loin ses entreprises. J'ai même quelque idée que ces monuments auront le destin du reste, et que les grands hommes, traités d'aristocrates, seront démolis et fondus, le marbre pour être utilisé en chaux, le bronze pour être distribué en gros sous et sanctifié en ustensiles de ménage. Le règne de l'orgueil et de la chair aboutit à la destruction des idoles de l'orgueil et de la chair. Dieu retournera contre ces fausses divinités le marteau protestant et révolutionnaire qui, à deux reprises en trois siècles, a mutilé les chefs-d'œuvre des âges de foi. J'avoue que, si je suis là, je laisserai faire.

J'ai vu quelques douzaines de brutes grimper au faîte des églises de Paris, abattre les croix qui couronnaient les saints édifices et les traîner ensuite dans les ruisseaux. La garde nationale, l'arme au bras, assistait tranquille à ce spectacle, dont le souvenir me fait pâlir aujourd'hui. Jésus Sauveur, pourquoi ne vous connaissais-je point! Peut-être que dans ma foi j'aurais trouvé le courage de m'agenouiller au milieu de cette foule et d'adorer en sa présence votre croix outragée.

Il me semble qu'à présent je le ferais; j'espère que d'autres le sauraient faire. Certes, ce serait noblement et utilement sacrifier sa vie, que la livrer pour défendre la moindre croix de pierre ou de bois qui s'élève au détour du chemin le plus isolé! Mais mourir au profit de la statue d'un grand homme, celle de Kléber ou celle de Gutenberg, ou celle de Poisson, que l'on vient de déifier à Pithiviers..., tranchons le mot, ce serait bête! Tout le monde, le moment venu, s'en fera l'aveu. Que nous importe Kléber? que représente Poisson? Il a, dit-on, laissé un bon mémoire sur les effets de queue au billard. C'est la belle assise du monument que lui a consacré la patrie des pâtés d'alouettes. Je loue les souscripteurs. Mais, quand ces amoureux de la gloire auraient dédié leur monument à l'inventeur des pâtés d'alouettes lui-même, cent fois plus leur illustra-

teur et leur bienfaiteur que Poisson, ce serait encore une grande sottise, et indigne de leur esprit
avisé, de s'exposer à recevoir un mauvais coup pour
empêcher le Poisson de bronze d'être fondu.

Il est florissant, ce culte des « grands hommes »
qui ont enlevé un corps de garde, inventé une mé-
canique, faufilé des sophismes, carillonné des rimes;
il efface quasi le culte de Dieu et des saints! Mais,
pour le perpétuer, personne ne voudra mourir : il
finira par un coup de foudre ou par un coup de sifflet.
Amen !

X

O CRUX, AVE.

Tout en devisant de la statue de Gutenberg et de
celle de Poisson, sans négliger le buste du maréchal
de camp Renard, qu'on est en train de couler pour
orner la mairie de Chignac, nous arrivâmes devant
la cathédrale. Dieu me garde d'essayer une descrip-
tion de cette merveille! Mais, là, Cyprien nous apprit comment la croix de mission fut enlevée du
parvis en 1830. Cette histoire mérite de n'être point
oubliée.

La croix de mission offusquait les protestants de Strasbourg, qui ne sont pas de petites gens, et les libres penseurs, protestants perfectionnés, qui donnent la main aux autres toutes les fois qu'un intérêt catholique est en jeu. Les uns et les autres trouvaient que leur victoire de 1830 n'était pas complète si ce signe du fanatisme et de l'intolérance restait debout; ils songèrent tout de suite à le renverser. Le préfet n'y voyait pas de mal, les autres autorités n'y voyaient que du bien. Cependant il fallait quelque prudence. Il y avait aussi des catholiques à Strasbourg. Mon Dieu! du peuple, de la populace, mais enfin des hommes, et en certain nombre, et qui tenaient à cette croix, et qui montraient des bras nerveux, disposés à ne pas chômer en cas d'insulte à leur croix. Il parut nécessaire de procéder honnêtement pour procéder pacifiquement. On fit valoir le courant de l'opinion, la nécessité, l'intérêt de la paix publique, on obtint l'assentiment du clergé. Le peuple ainsi calmé, jour fut pris.

On appela des charpentiers. Tous étaient catholiques : ils refusèrent, quelque raison que l'on pût alléguer, quelque salaire que l'on pût offrir. Enfin, on leur dit : « Si vous ne le faites pas, des ouvriers protestants le feront. » Ils craignirent des profanations, et se décidèrent alors.

Ils vinrent au nombre de vingt-quatre, en procession, graves et tristes. Ils se prosternèrent devant la croix, et l'adorèrent en chantant des prières. Ensuite, avec beaucoup de précautions et de respect, gardant le silence ou parlant à voix basse, ils déplantèrent l'arbre du salut. Lorsque la croix fut étendue sur le pavé, ils l'adorèrent de nouveau, baisant les pieds, les mains et le flanc ouvert du Sauveur. Puis, ayant chargé sur leurs épaules ce précieux fardeau, ils le portèrent processionnellement à l'endroit où il devait être déposé et conservé dans la cathédrale, en attendant le jour qui viendra.

Et, traversant la foule accourue pour assister à cette défaite des catholiques et pour s'en réjouir, ils se retirèrent, les yeux mouillés de larmes, le front haut.

XI

LA MÈRE D'UN ÉVÊQUE.

Cyprien nous a rapporté d'autres traits de la piété de ces bons catholiques d'Alsace. Je les redirais tous, si je savais écrire comme il sait parler. Il a une grâce de Dieu pour dire ces choses qu'il a vues, et qui ont été dans son cœur autant de flèches de l'amour divin ; car, étant protestant, ou plutôt ignorant, il avait besoin de croire, de prier, d'aimer, et ce fut par là qu'il commença de connaître la foi, la prière et l'amour. Je rapporte encore une de ses anecdotes, pour montrer ce que sont les humbles enfants de l'Église.

Monseigneur l'évêque actuel de Strasbourg, l'un des prélats les plus savants de France, est né dans les environs de Schelestadt. Ses parents sont des paysans riches, bons catholiques.

Lorsqu'il visita pour la première fois, étant évêque, son lieu natal, ce fut au milieu d'une pompe improvisée, toute rustique, d'autant plus belle et touchante. Le peuple et le clergé lui formaient un digne et sympathique cortège. On chantait et on jetait des fleurs. Hosannah ! *Benedictus qui venit in nomine Domini!* Il bénissait la foule agenouillée sur le bord des champs, lui envoyant de la main, de la voix et du cœur, le salut des évêques : *La paix soit avec vous!*

Tout à coup on vit s'avancer la mère du pontife, la vénérable madame Rœss. En présence de cette foule, qui s'arrête et qui se tait, elle s'adresse à son fils, et, dans une courte harangue lui rappelle, non sans force et sans majesté, les devoirs de son nouvel état. Elle lui dit qu'il est évêque pour donner le bon exemple, pour combattre le démon, pour conduire à Dieu le peuple de Dieu. Tant qu'elle voulut parler, le pontife écouta, plein d'émotion et de respect. Ayant fini, elle se mit à genoux :

« Maintenant, dit-elle, monseigneur, donnez-moi votre bénédiction. »

L'évêque, pleurant, bénit sa mère.

Voilà ce que fit cette paysanne, en toute simplicité, et certainement sans se douter qu'il y eût là rien de grand, ni qu'elle était sublime.

M. de Bonald, l'auteur de la *Législation primitive*,

non moins vénérable par ses vertus qu'illustre par
ses talents, s'agenouilla silencieusement devant son
fils la première fois qu'il le vit en habit épiscopal.
Il ne lui fit point de discours; il n'y aurait pas mis
l'ingénuité de la bonne et respectable madame Rœss.

XII

LES PÈLERINS.

Il y a de la vie religieuse en Alsace. Les catholiques fréquentent les sacrements et prient sans respect humain. Le dimanche, les paysannes vont faire
de petits pèlerinages aux environs de leur bourgade
en récitant le chapelet. On les voit à genoux devant
les croix de pierre qui bordent les routes. Sur les
chemins qui mènent à Marienthal[1], le plus célèbre
sanctuaire du pays, des groupes et même de longues
files de pèlerins passent sans cesse, chantant les litanies. Plusieurs vont pieds nus. Un petit bissac, con-
tenant les maigres provisions du voyage, indique
souvent qu'ils sont pauvres et qu'ils viennent de loin.
D'autres entourent une charrette dans laquelle ils

[1] Mon très-cher ami, M. le vicomte Théodore de Bussière, a
donné une savante notice sur ce pèlerinage si vénéré.

conduisent un malade que les médecins ont abandonné. Ils vont contents et remplis d'espérance, ils
reviennent guéris ou remplis de résignation, ce qui
est une guérison aussi, et la plus difficile. Oh! comme
ces simples chrétiens écrasent sous leurs pieds poudreux la superbe méchante de l'incrédule!

Nous vîmes à Marienthal une pauvre vieille qui
était venue vers la sainte Vierge à cause de son fils,
soldat en Afrique, dont elle n'avait point de nouvelles. Elle s'en allait consolée, après avoir demandé
pour son enfant une bonne vie ou une bonne mort.
C'était un voyage de plus de vingt lieues qu'elle
faisait pieds nus, sans autre ressource que son courage et la charité du prochain. Je le répète, elle était
consolée, elle goûtait toute la consolation possible
au cœur d'une mère dont le fils est absent. Elle avait
déposé ses peines dans le sein de la Vierge Marie, de
Celle qui vit son fils expirant sur la croix. Que pourraient davantage pour cette pauvre femme toute la
philosophie et toutes les institutions démocratiques
du monde? La philosophie pourrait lui ôter son
cœur, les institutions démocratiques ne lui ren-
draient pas son fils.

Hélas! nous étions plus riches que cette paysanne,
nous autres : nous étions venus à Marienthal dans
une bonne voiture appartenant à l'un de nous, et
nous avions fait la route rapidement, sans fatigue,
traînés par deux chevaux de race. C'était plus que
les philosophes et les démocrates ne donneront jamais aux pauvres, en compensation du Dieu qu'ils

veulent leur enlever; et cependant nos cœurs étaient
pleins d'angoisses. Nous avions à demander quelque
chose aussi que ne pouvait pas nous donner le monde:
l'un la santé d'une épouse, les autres la santé d'une
sœur. Peu confiants dans l'art des médecins, nous
ne trouvions de consolation qu'en répandant nos
larmes et qu'en faisant des vœux devant l'autel de
Marie. Nous y laissâmes un peu de nos inquiétudes.
Peut-être eussions-nous laissé tout, si nous avions
fait la route à pied.

« Dans les pesants souvenirs de mon passé, je
ressens pourtant une joie profonde, me disait un
homme revenu bien tard, de bien loin : au milieu de
tant de fautes, il y en a une, stupide et félonne, que
j'ai, grâce à Dieu, évitée. Je n'ai essayé d'ôter à personne la foi. Partout où je l'ai vue, je l'ai respectée.
J'ai imposé silence à ma raison, à ma passion, à ma
vanité même. Je trouvais que c'eût été une méchanceté tout à fait lâche de fermer dans le cœur d'une
créature humaine la source de consolation qu'y
ouvre la foi; cela m'eût paru plus bas qu'un larcin,
plus vil que l'acte du jaloux qui va dans l'ombre ra-
vager la propriété d'autrui. L'esprit fort qui travaille
à détruire la foi de quelqu'un pour en tirer son profit ou son plaisir, je l'ai toujours placé au-dessous du
malfaiteur qui donne un narcotique à celui qu'il veut
voler. Et c'est le sentiment que m'inspirèrent, dès
ma jeunesse, les écrivains, les poëtes, les artistes, les
orateurs qui se sont ménagé le succès en caressant
la fibre de l'impiété. »

XIII

Le protestantisme aussi a sa vie et sa ferveur en Alsace, non comme doctrine, mais comme haine. Ces fabricants, qui de loin ne paraissent occupés que de leur négoce, nourrissent une passion anti-catholique très-active, très-habile, très-persévérante. Les femmes surtout s'y distinguent : elles sont dévotes. Redoutable chose qu'une dévote protestante ! Soigneusement entretenu par les pasteurs, secondé par de grandes richesses, alimenté par d'anciennes fondations ravies à l'Église, ordinairement appuyé par l'autorité politique, ce zèle fait subir aux catholiques de nombreuses vexations. La foi des paysans n'en est que plus forte. Cette année, dans la paroisse où nous sommes, tous les catholiques sans exception ont fait leurs pâques. Ce n'est pas la seule que l'on puisse donner en exemple.

Exemple d'ailleurs inutile quant aux conversions. A part quelques âmes d'élite que le besoin de la vérité tourmente et qui se convertiraient, à ce qu'il semble, partout, le protestant de bonne famille regarde d'un

œil dédaigneux cette humble constance catholique.
Messieurs les ministres n'ont de ce côté nulle alarme.
Ils ne craignent pas que leurs ouailles fuient le ber-
cail. S'ils perdent quelqu'un, c'est peu de chose;
quelque honnête homme qui n'est pas dans les
affaires, ni dans la politique, ni dans les fonctions,
on n'y prend pas garde. Les dames, ces mêmes dames
si ardentes contre le catholicisme, sont moins sûres.
Elles ont des accès d'enthousiasme qui dérangent la
régularité de l'action pastorale, et qui embarrassent
souvent les bonnes têtes du Consistoire. Il y eut un
moment, au commencement de Pie IX, où les pasteurs durent avouer qu'un pape *peut être chrétien*, et
cette concession, faite de mauvaise grâce, ne contentait pas les mères de l'église luthérienne : elles
allaient jusqu'à prétendre que le pape était plus
chrétien que beaucoup de pasteurs! Une autre fois,
elles se mettront à admirer une communauté religieuse, à aimer la sainte Vierge, à admirer la beauté
du culte catholique. Il y a un temple à Strasbourg
où ce mouvement a fait introduire le crucifix.

Pauvres âmes! lorsqu'on a surmonté le premier
étonnement et le premier déplaisir, si vifs chez un
catholique, de voir des femmes à ce point préve-
nues et irritées contre l'Église catholique, — l'Église
qui honore la Vierge-Mère! — on ne sourit plus, on
ne se fâche plus : on s'afflige et l'on prie avec larmes. Plusieurs de ces femmes sont des modèles de
vraie et solide vertu. Elles se croient protestantes,
et elles ne peuvent l'être; elles seraient catholiques,

s'il était possible de ne pas l'être publiquement.
Elles ne comprennent rien aux subtilités illogiques
de leurs docteurs ; elles ne comprennent pas pourquoi elles n'invoquent pas les saints, pourquoi elles
ne prient pas la Vierge ; elles regardent d'un œil
d'envie nos chapelets et nos images ; elles s'ennuient
dans leurs temples glacés ; elles ne connaissent rien
de si ridicule que mesdames les épouses de messieurs leurs pasteurs, et notre étonnement, quand
on nous montre ces *pastourelles*, les humilie. Elles
sentent que tout cela est faux, est froid, est mort,
qu'elles ne sont pas dans la paix et dans la vérité.

Elles le sentent et le font sentir ! Les pasteurs piétistes en savent quelque chose. C'est à eux que s'a-
dressent ordinairement ces âmes sincères, à qui
Dieu manque, qui le cherchent, qui ne le trouvent
pas : il faut leur donner l'Église romaine à haïr,
lorsqu'elles demandent Dieu à aimer ! Le sens chrétien l'emporte sur cette haine factice. Quoi qu'on
leur dise des idolâtries de la moderne Babylone,
quelque conte absurde qu'on leur fasse, incertaines,
aveuglées, elles aperçoivent toujours dans cette
Église calomniée des vertus supérieures, une splendeur de foi, une puissance d'amour que leur pauvre
église ne connaît point et ne procure point. De là
des questions auxquelles les tristes pasteurs savent
mal répondre, et quelquefois, de leur part, des tentatives à la fois bien périlleuses et bien saugrenues.

On rapporte que l'un deux, il n'y a pas longtemps,
imagina de confesser ; sans doute pour voir s'il ne

pourrait pas aussi donner l'absolution et produire
de cette manière, au sein de son troupeau, des effets
et des résultats catholiques. Par malheur, cet homme
de Dieu était marié, et voilà que madame sa femme
prend peur. Elle crie, elle tempête, elle ne veut pas
que son mari entende ainsi les secrets de toutes les
dames.

« — Madame, reprit l'autre, il vous faut contenter. » On prit un biais. On délégua un certain
nombre de matrones pour recueillir les confessions
et les transmettre au pasteur, convenablement re-
froidies.

J'ignore si l'on pratique encore cette confession à
deux degrés, et quelles en sont les grâces.

XIV

PASTEURS IMPIÉTISTES.

Tous les pasteurs ne sont pas piétistes et n'ajoutent pas tant d'imagination à tant de zèle. La plupart remplissent leur office tout doucement, tout
tranquillement, dans une heureuse ignorance des
peines d'esprit qui peuvent travailler le prochain.

On rencontre par la campagne des charretées de

personnages, hommes et femmes, vêtus de noir,
avec un certain air d'honnêteté douceâtre et de santé
blafarde. Ce sont des pasteurs qui promènent leurs
épouses, leurs enfants ou leurs fiancées. Ils n'ont
guère autre chose à faire.

Un pasteur touche quinze cents francs de traite-
ment ; on affecte à son usage, on lui loue à bas prix
d'anciens biens de l'Église, devenus propriétés des
consistoires, qui les ont conservés ou même accrus
en dépit de la Révolution. Les dons et gratifications
ne manquent pas, la femme apporte une petite dot ;
enfin, le plus pauvre, en Alsace, arrive à se faire
mille écus de rentes. Point de dépenses, les pauvres sont catholiques ; point de travail, un sermon
tous les huit jours. Néanmoins les pasteurs sont peu
cultivés et besoigneux. Dans l'ordre moral, ils ne
procréent que des matérialistes ; dans l'ordre physique, ils n'engendrent que des employés.

Divisés et subdivisés en sectes innombrables, ne
recevant plus aucun enseignement dogmatique, ces
prêtres du libre examen sont, en général, arrivés au
dernier résultat du libre examen : ils doutent de
tout, et ceux qui se croient déistes ne sont pas sûrs
de l'être. « Un déiste, disait M. de Bonald, est un
homme qui, dans sa courte carrière, n'a pas eu le
temps de devenir athée. » M. de Bonald aurait été
moins poli, mais plus vrai, si, au lieu de dire que
le déiste n'a pas le temps d'arriver à l'athéisme, il
avait dit que le courage lui manque pour s'y précipiter. Dans le fait, à quel Dieu croit celui qui ne

définit pas son Dieu, qui le laisse de côté, ou ne
s'occupe de lui que pour lui contester l'un après
l'autre tous les attributs de la divinité? De peur de
remonter jusqu'au Pape ou de descendre jusqu'à
Strauss et à Proudhon, bien des pasteurs se taisent
sur Jésus-Christ, n'ouvrent plus les saintes Écritures et prennent les textes de leurs sermons dans le
Journal des Connaissances utiles.

— Que vous a-t-on prêché? demandais-je à une
dame protestante qui venait de passer l'été à la campagne.

— Rien de mauvais, je pense, me dit-elle : l'hy-
giène et l'engrais Dusseau. L'an dernier, c'était le
guano et la caisse d'épargne.

L'évangile protestant, c'est la *Science du bonhomme
Richard*. L'épargne, la propreté, la bonne conduite
pour obtenir la bonne santé, tels sont les thèmes où
se développe l'éloquence des pasteurs.

Cette éloquence ressemble à leurs personnes; elle
est grammaticale, flasque et douillette. Ils sont en
chaire ce qu'on les voit dans le monde; dans le
monde, les mêmes qu'en chaire, avec la même mine
vertueuse à faire aimer le vice, la même phrase su-
crée et roucoulante. L'un d'eux perdit sa femme, l'en-
terra, en fit l'oraison funèbre, versant pêle-mêle un
déluge de métaphores, de tropes et de pleurs. Deux
mois après, la grande dame de sa paroisse le fit venir, encore geignant et larmoyant. Elle se mit en
devoir de le consoler. Il reçut ses consolations, et,
lorsqu'elle eut fini, il lui annonça, toujours poussant

de gros hélas sur la défunte, qu'il « allait prochai-
nement cueillir une nouvelle rose dans le jardin du
Seigneur. » Pauvre homme ! je l'ai vue, sa rose, et
il faut avouer que le Seigneur lui a fait cadeau d'un
étrange bouquet.

Que ces hommes-là, dans l'état de négation et d'a-
néantissement où ils sont tombés, dans l'immense
ridicule qui les enveloppe, fassent encore une église,
une société, un corps quelconque, c'est chose incom-
préhensible ; il n'y a que le pouvoir du Prince de ce
monde qui le puisse expliquer. Rien ne fait mieux
voir combien la malheureuse espèce humaine est naturellement attachée à l'erreur, déteste naturellement
la vérité. Si la vérité était ainsi représentée et défen-
due, qu'il y a longtemps, grand Dieu ! qu'elle aurait
disparu de la terre !

XV

JUIFS. — BEAU TRAIT D'INTOLÉRANCE.

Tandis que nous parlions ainsi des docteurs qui
ruinent les sociétés, nous vîmes passer quelques
membres de cette étrange société qui ne peut pas
périr. Je crus n'avoir jamais vu de mines israélites

plus impertinentes, ni de costume plus sale et plus
délabré. J'en fis la remarque.

— C'est, me dit Cyprien, leur mine et leur habit
du dimanche. Hier, jour de sabbat, ils se tenaient
propres sur le seuil de leurs boutiques fermées. Dans
nos pays, surtout dans nos villages, la haine entre
juifs et chrétiens s'est conservée comme au moyen
âge. Les juifs, seulement, ayant moins à craindre,
sont plus impertinents qu'ils n'étaient alors; et c'est
surtout par impertinence et par défi qu'ils observent
le sabbat et qu'ils profanent le dimanche avec osten-
tation.

— Je pensais, dis-je, que cette hostilité avait disparu.

— Point du tout; et elle a des causes. Les juifs, à
peu près sans exception, font l'usure. Ils la font
adroitement et cruellement. Ils s'y exercent dès l'enfance. Un père donne à son fils quelques pièces d'argent, ou plutôt le lui prête au taux le plus israélite;
mais le gars ne s'en inquiète point, et, tout en payant
l'intérêt, il sait se réserver encore de beaux bénéfices. Cette petite usure sur des pièces de vingt sous
et de dix sous s'élève à des taux fabuleux. Avec cinq
francs, le juivron achète, revend, ne tarde pas à prê-
ter lui-même plus qu'il n'a primitivement emprunté.
Ceux qui voient ces enfants traîner leurs haillons
dans les villages demandent aux parents pourquoi ils
ne les font pas travailler. — Mais ils travaillent, ré-
pondent ceux-ci: *ils font le commerce.*

Un juif apprend qu'un paysan vient de perdre une

vache. Il lui en amène une autre et l'offre à un prix
assez raisonnable; mais le paysan n'a pas de quoi
payer.

« — Cela ne fait rien, dit le juif; je n'ai pas besoin
d'argent en ce moment-ci, vous payerez plus tard. »
Le paysan fait un billet, le juif s'en va et ne parle
plus de sa somme durant des années. Il semble
avoir oublié qu'il est créancier. Tout à coup, au premier embarras qu'éprouve le débiteur, il se présente
à lui et le presse. L'autre implore un répit: il ne l'ob-
tient qu'à très-gros intérêt; la dette grossit, et souvent tout ce que possède le pauvre homme finit par
y passer. On m'a montré un jeune paysan qui avait
ainsi payé de la totalité de son petit héritage une
paire de boucles d'oreilles achetées par lui à crédit
d'un maître juif plusieurs années avant sa majorité.
Rien n'est invraisemblable en ce genre, et aucune
leçon n'y fait. Les paysans sont perpétuellement dupes
de ces vautours; ils ne peuvent se déshabituer d'avoir
recours à leurs funestes services. Ils aiment mieux se
mettre dans les griffes du juif qui garde le secret que
d'emprunter en donnant hypothèque, ce qui est pu-
blier qu'ils sont endettés.

Il faut avouer que l'habileté judaïque est incompa-
rable, et que souvent aussi la bêtise de nos paysans
passe toute limite. J'ai à acheter un cheval, un
paysan en a un à vendre, nous nous connaissons tous
deux, nous nous abouchons: rien n'est plus facile
que de conclure le marché, n'est-ce pas? et nous le
conclurons s'il n'y a pas de juif dans le village; mais,

s'il en existe un, il aura vent de la chose, et nous ne parviendrons pas à nous mettre d'accord sans que ce diable de juif, que nous détestons l'un et l'autre, se soit fourré entre nous et n'ait fait sa part à nos dépens. Je l'ai éprouvé dix fois, les paysans l'éprouvent dans toutes leurs transactions. De là leur haine contre les juifs. Aussi toutes les fois qu'il arrive un mouvement politique un peu violent, dès que le frein de la police peut paraître un peu relâché, les paysans tombent d'abord sur les juifs. Dans nos campagnes, c'est le premier résultat de toute révolution. Quels qu'en soient le caractère et la cause, le juif reçoit une forte raclée. Après cela il se relève et prospère, et n'en est que plus arrogant.

Du reste, sachons rendre justice aux petits d'Israël. S'ils sont aussi âpres en affaires que les grands banquiers, ils ne sont pas incrédules comme eux. Ils pratiquent leur culte avec ferveur, et même, ainsi que je vous l'ai dit, avec insolence. Le samedi, on les voit étaler fastueusement leur oisiveté ; ils prennent leurs plus beaux habits, ils sont presque propres. Le dimanche, au contraire, ils semblent s'appliquer à se dégueniller et à se salir. On ne sait jamais jusqu'où peut aller la saleté d'un juif. Ils accostent le paysan au sortir de la messe et entament des affaires. Voilà pourquoi l'Église, qui aspire à la paix et à la concorde, est pourtant obligée, dans certains cantons, de faire aux paysans un devoir de conscience de ne point communiquer avec les juifs le dimanche. Il est à souhaiter que cette coutume s'établisse généralement, dussent quelques rabbins crier au fanatisme.

— J'avoue, dis-je, que ces cris me toucheraient peu. Sans vouloir aucunement approuver les représailles dont les juifs ont été victimes dans le moyen âge, cruautés contre lesquelles l'Église seule les a protégés, même en frappant d'excommunication les persécuteurs, — je tolère qu'on se tienne sur la réserve à leur égard, et je m'explique parfaitement l'aversion violente dont ces malheureux ont été l'objet parmi les peuples chrétiens. Premièrement, leur coutume invétérée de tirer des écus de tout le monde n'est agréable à personne; secondement, il faut reconnaître que toujours et partout, depuis la pâque déicide de Jérusalem, le juif s'est montré l'ennemi le plus endiablé du chrétien. L'histoire est pleine de leurs trahisons. Quant ils ont trouvé l'occasion de livrer une ville catholique à un assiégeant infidèle, jamais ils ne l'ont manquée. Ils ont été les alliés du païen, du turc, de l'hérétique, ils sont les alliés du socialiste. Je ne leur en fais nul reproche, d'une certaine manière, puisqu'ils n'ont pas de patrie. Mais le peuple livré par eux n'est pas tenu d'entrer dans cette considération-là. De tels faits, assez multipliés dans les premiers siècles, s'ajoutant à l'impression générale qui résultait de la connaissance si répandue de l'histoire évangélique, et aux sentiments que faisait naître leur fidèle rapacité, ont dû former contre eux un préjugé fort éloigné de la tendresse. Je m'étonne que l'Église ait pu les sauver, lorsque le monde entier était chrétien et qu'ils faisaient seuls la banque. Cela prouve que l'Église était bien vigilante et le monde chrétien bien patient, malgré de terribles échappées de colère. On ne veut voir dans ces temps-là que la violence qui opprimait les juifs; j'y vois la charité qui les tolérait, qui les protégeait. Ils sont bien ingrats, ces juifs d'aujourd'hui, qui attaquent l'Église, et bien imprudents, ceux qui, dans certains pays, comme en Allemagne, se font les principaux moteurs et boute-feux de l'hérésie socialiste! La foi chrétienne est encore leur meilleure sauvegarde. Si les peuples brisaient ce frein, comme la haine contre les juifs survivrait, les maisons de banque d'Israël, depuis les plus hautes jusqu'aux plus infimes, seraient mises sous un pressoir qui leur ferait rendre plus même qu'elles n'ont pris. On se soucierait bien des services qu'ils auraient rendus à la grande cause de l'impiété publique!

Certes, je ne demande point qu'on les envoie à Jérusalem; je ne demande point qu'on les persécute, ni qu'on les dépouille! Qu'ils gardent tout ce qu'ils ont acquis, même au delà du dix pour cent, et même au delà du trente! Je ne demande pas non plus qu'on leur ôte la liberté et l'égalité civile. Mais ce que je trouverais fort bon à tous les points de vue, ce serait qu'on prît l'habitude de les fréquenter peu et de conclure avec eux peu d'affaires; et, s'il y avait quelque part en Alsace un village dont les habitants ne voulussent avoir aucune relation, sauf

celles de la charité, avec leurs concitoyens juifs,
j'aurais bonne opinion de ce village-là.

— Allez donc à..., reprit Cyprien en souriant. Il
n'y a pas longtemps, les habitants apprirent qu'un
juif venait s'établir dans cette commune, où il
n'en existait point. Il avait déjà loué une maison
et se proposait d'ouvrir un cabaret. Ses meubles
étaient arrivés. Alors les bonnes têtes s'assemblent
et tiennent conseil : « Un cabaret de plus, nous n'en
avons pas besoin ; un juif, c'est l'usure... Ma foi,
nous ne le recevrons pas. »

Il vint pourtant. On alla le trouver :

— Écoutez, lui dit-on, vous ne ferez pas fortune
ici. Nous ne voulons point de vous, nous n'irons pas
boire chez vous, nous ne ferons point d'affaires avec
vous, ou elles ne seront point bonnes pour vous.
Faites-nous plaisir, allez-vous-en.

Il répondit fièrement qu'il ne s'en irait point, et
qu'il voulait voir si l'on tiendrait ces belles résolutions de ne point boire son vin et de ne point emprunter son argent. — Mais, ajouta-t-on, c'est que
nous sommes bien décidés. Vous ne pouvez pas
vivre au milieu d'un pays qui ne veut point vous
voir ; vous aurez des désagréments. Nous vous disons cela de bonne amitié.

Il alla trouver le maire et lui demanda sa protection.

— Ma protection, lui dit le maire, vous êtes citoyen français, je vous la dois, vous l'avez. Mais que
voulez-vous que je fasse? Je ne puis pas obliger mes
administrés d'aller boire chez vous, ni de traiter

avec vous ; je ne puis pas empêcher les enfants de
vous huer dans les rues, ni de jeter des pierres dans
vos vitres à nuit close, ni de tendre des ficelles dans
votre chemin. Ils auront bien tort ceux qui feront
cela. Si je les découvre, je leur tirerai les oreilles...
Cependant, si je ne les découvre pas? Je ne puis
vous promettre qu'une chose, c'est de vous déclarer
procès-verbal quand vous enfreindrez les règle-
ments ; ils sont très-sévères ici. Au fond, voyez-vous,
je vous dois protection, mais je suis de l'avis des
autres, — et je vous conseille de vous en aller.

Pendant qu'il parlementait ainsi, le juif aperçut
des paysans qui portaient des fardeaux ; et, en exa-
minant davantage, il reconnut ses meubles. Il les
suivit. On les déposait avec beaucoup de soin sur une
charrette tout attelée.

— Qu'est-ce que cela signifie? dit-il ; où prétendez-
vous envoyer mes meubles ?

— Mais, lui répondit-on, là où vous voudrez. Puisqu'il est entendu que vous partez, le plus tôt sera le
mieux, et nous avons fait le déménagement. Maintenant, dites où vous voulez aller, et vos meubles y
seront transportés aux frais de la commune. Voyez
s'il n'y manque rien.

Le juif leva le pied ; c'était ce qu'il avait de mieux
à faire. Voilà, j'espère, un trait d'intolérance qui vous
plaira.

— Parfaitement, dis-je, et il faudrait aimer bien
peu la liberté pour n'être pas charmé de la résolution de ces paysans ; car, s'il y a une liberté précieuse

au monde, c'est celle d'écarter la tentation de boire
outre mesure et d'emprunter à vingt pour cent. La
liberté du juif a été gênée, j'en conviens. Mais la
liberté du juif aurait gêné celle des autres. Comment
faire ? Entre deux libertés qui se contredisent, s'il y
en a une qui lèse en même temps la morale publique
et les intérêts et les sentiments du plus grand nombre, celle-là peut s'appeler l'oppression. Quiconque
possède quelque moyen de s'en défaire aurait grand
tort de n'y pas mettre la main.

XVI

DU THÉÂTRE.

Nous aperçûmes une muraille en ruine ; la voiture
nous cahota durant quelques minutes sur un pavé
négligé et s'arrêta devant la porte d'une vaste église
gothique. Nous entrâmes. Quelle beauté ! quelle élégante et riche architecture ! Comment faisait-on ces
magnifiques choses dans de si petits endroits ? —
Mais, nous dit-on, ce n'est pas ici un petit endroit.
Vous êtes à Haguenau. — Quoi ! Haguenau, la ville
forte où l'on gardait les insignes et les joyaux de
l'empire ? Haguenau, que Barberousse agrandit, qui

fut la résidence des Hohenstauffen ? Haguenau, où
l'on négocia la délivrance de Richard Cœur-de-Lion,
où il vint lui-même, prisonnier, pour répondre devant une assemblée de princes aux griefs qu'on lui
imputait ? Nous sommes dans cette ville célèbre ? —
Précisément.

Hélas ! grandeurs humaines ! Haguenau avait un
palais à cinq tours, dont la plus belle portait l'aigle
impériale. Plus tard, Mansfeld l'avait choisie pour
être la capitale du petit royaume qu'il voulait se
créer en Allemagne. Dans la guerre de Trente ans,
c'était une des places importantes que se disputaient
les Allemands, les Suédois et les Français. Ce fut là
qu'en 1662 les dix villes d'Alsace prêtèrent serment
à la France.

D'une si belle et si féconde histoire Haguenau
n'a gardé que son église ; et si son église n'existait
pas, peut-être que le souvenir même de tant de gloire
serait perdu. C'est aujourd'hui une ville ouverte,
une sous-préfecture. Un sous-préfet remplace Barberousse !

La dernière grande construction que vit élever
Haguenau, devenue française, fut un collége de
jésuites. Cet établissement lui promettait une sorte
de splendeur littéraire et religieuse. De ville politique, elle devenait ville d'études : c'était bien finir
et se retirer honnêtement du monde. Mais le collége
est présentement une caserne de cavalerie.

Contemplant un jour ses ruines, Haguenau voulut
enfin rehausser par quelque ouvrage de marque son

grade actuel de sous-préfecture. Elle s'est bâti un
théâtre. L'édifice n'est pas beau, mais il a coûté trois
cent mille francs. On y donne chaque année deux re-
présentations, quelquefois trois. Cette somptuosité
a aussitôt excité, à vingt lieues de Haguenau, l'émulation jalouse de Schélestadt, qui, sans perdre une
heure, s'est mise en frais de plans et de devis. La
maladie des pommes de terre, la misère, la république, ont forcé Schélestadt d'ajourner son généreux dessein. Ce n'est qu'un délai. Schélestadt ne se
laissera pas, sans doute, humilier par Haguenau :
elle aura son théâtre, où l'on jouera deux fois par
an les chefs-d'œuvre de messieurs les Scribe, de
messieurs les Cogniard, et de messieurs les Dumas.

La devise *Castigat ridendo mores* est maintenant
fanée. Elle ne répond plus aux prétentions du
Théâtre. Le Théâtre serait bien fâché de corriger les
mœurs; il vise plus haut : il veut en fonder d'autres.
Je propose aux municipalités de Haguenau et de
Schélestadt quelque chose de fier. Qu'elles s'égalent
tout d'un coup à leur métropole, l'ingénieuse Strasbourg ; qu'elles écrivent hardiment sur le fronton de
leurs salles de spectacle : ET LA LUMIÈRE FUT !

XVII

Enfin, nous disions-nous, qu'est-ce donc que le progrès ? Malgré les chemins de fer, les journaux, les romans à bon marché, le gouvernement des professeurs et tant d'autres inventions, voici des villes qui meurent et des populations qui s'abêtissent. En somme, le niveau intellectuel et le niveau moral baissent manifestement. L'histoire offre-t-elle un exemple des niaiseries et des contradictions qui règnent aujourd'hui dans le monde ? A-t-on vu quelque part une société plus activement occupée à se détruire de ses propres mains ? Ces gens-ci n'ont pas assez du courant de l'éducation masculine : ils veulent encore dépenser trois cent mille francs, la dotation d'une école chrétienne ou d'un hôpital, pour donner deux fois par an à leurs femmes et à leurs *demoiselles* le plaisir d'entendre des vaudevilles, c'est-à-dire de prendre des leçons qu'ils seraient bien fâchés qu'elles voulussent mettre en pratique. Où ont-ils l'esprit ?

— Bah ! objecta Cyprien, la profession dramatique

est vieille comme le monde, ce qui prouve qu'il y a
toujours eu profit à l'exercer.

— Point du tout, reprit Sylvain. Le joculateur était
réputé personne vile, et la note a été si profondément imprimée sur cette profession, que les mœurs
démocratiques n'ont pu l'effacer. Vous ne verrez pas
un acteur arriver aux fonctions politiques. En 1848,
on a élu toutes sortes de gens, même des nègres.
L'accès a été bien fort, sans doute ; mais pas assez
pour qu'un comédien osât se proposer. Pourquoi ce
préjugé, lorsque les comédiens ont été si vantés par
la littérature, lorsqu'ils vivent de pair avec tout le
monde, et lorsque enfin il y a parmi eux de bons et
honnêtes chefs de famille ? L'homme peut être esti-
mable, le métier ne l'est pas. D'ailleurs, si le moyen
âge avait honoré les bateleurs, le progrès aurait été
d'en rabattre, de restreindre de plus en plus, par les
mœurs et par les lois, le nombre des individus qui
s'engagent dans une profession si peu favorable à la
dignité humaine. J'ai eu dernièrement la curiosité
d'entrer dans un théâtre des boulevards. Savez-vous
ce que j'ai vu? Tous les acteurs étaient travestis, les
hommes en femmes, les femmes en hommes. Je ne
saurais dire, vous ne sauriez imaginer ce que ce dé-
guisement engendrait de jeux et de propos obscènes.
Je ne parle pas de l'ineptie de la pièce, c'est inénar-
rable ; mais tout disparaissait devant l'abjection du
coup d'œil. Je n'ai, je crois, de ma vie, éprouvé plus
profonde tristesse. C'était la dégradation, il n'y a pas
d'autre mot. Des hommes, des créatures de Dieu,

des êtres qui ont reçu le baptême, s'étalant sur un
théâtre, habillés en femmes, fardés, hideux, s'appli-
quant à d'immondes *lazzi*, arrachant au parterre des
rires immondes ! Ah ! grand Dieu, tu es mort pour
cela ! Chez les païens, à faire ce métier, on ne trouvait que des esclaves. Chez les chrétiens, on tolérait
qu'ils dressassent leurs tréteaux pour un moment dans
une grange ou sur quelque carrefour. Tant qu'il y
eut un peu de sagesse en France, c'est-à-dire un peu
de morale, aucune ville — à moins qu'elle ne fût très-
riche et ne renfermât une certaine masse de corruption — aucune ville n'eut l'idée de construire un
théâtre, non pas même encore quand le Théâtre s'appelait déjà Molière, Corneille, Racine. On prenait le
plaisir dramatique lorsqu'il venait s'offrir, on ne
l'appelait pas. Voilà maintenant que les bicoques
s'obèrent pour bâtir des palais où les gens que je
viens de vous dépeindre donneront le spectacle que
j'ai vu.

S'il y a là un progrès, c'est celui de la putréfac-
tion.

XVIII

QU'EST-CE QUE LE PROGRÈS?

— Faut-il avouer ce que je pense? poursuivit Sylvain. Je dis qu'il n'y a pas de progrès dans l'humanité, que c'est un mot tout à fait vide de sens, à l'usage de gens qui parlent pour ne rien dire, et plus encore de ceux qui ne parlent que pour cacher le fond de leurs desseins.

Il y a dans la vie de l'humanité, comme dans la vie de l'homme, des phases différentes, qui tout à la fois la modifient à l'extérieur et la laissent au fond telle qu'elle est; tentée de différentes passions, c'est le changement; astreinte aux mêmes besoins, soumise aux mêmes devoirs, c'est la stabilité. A travers ces phases diverses, tantôt heureuse, tantôt malheureuse, suivant qu'elle obéit à ses devoirs ou qu'elle cède à ses passions, elle marche vers la mort. Le progrès est le même pour l'humanité et pour l'homme et ne consiste qu'en un seul point, qui est de s'affermir dans le bien ou d'y revenir. Tout ce qu'une société fait pour son bien-être, pour sa splendeur politique, tout ce qu'elle gagne en force, en éclat, en civilisation

scientifique, militaire, industrielle, ne signifie rien et
n'est pas un progrès. Un homme qui, à vingt ans, aurait été ignorant, faible et pauvre, mais pieux et bon,
et qui, à quarante ans, serait devenu savant, puissant et riche, mais en même temps incrédule et pervers, aurait-il fait un progrès? Point du tout; il se
trouverait en réalité plus faible, plus ignorant, moins
heureux qu'au temps de sa jeunesse. Le progrès, pour
lui, serait de revenir, de se rajeunir en reprenant sa
vertu première aux dépens de toute sa fortune, au
mépris de toute sa science, s'il le fallait. Cette conversion qui rajeunit l'homme est aussi le seul ra-
jeunissement possible de la société.

La société où ne remonte point cette séve est prête
à périr, quelle que soit sa splendeur. Elle a des ennemis qui ne lui pardonneront pas. Ces ennemis ne
sont point les pauvres et les ignorants, mais les passions qui l'aveuglent sur ses devoirs envers la multitude, toujours plus ou moins barbare, que toute société doit élever et conduire. La société n'est pas tout
le monde. Elle se compose de la hiérarchie des chefs
de famille. Les propriétaires, les patrons, les riches,
tous ceux qui commandent, voilà la société. Le reste
est peuple, et ne tient dans l'État que la place de
l'enfant dans la maison.

Or ce que le père de famille doit à ses enfants, ce
n'est pas du plaisir. Rien ne l'oblige d'amener à son
foyer des histrions et des joueurs de gobelet. Il doit
donner deux choses: le pain, autant que possible,
la foi, toujours; la nourriture de l'âme d'abord, celle

19.

du corps ensuite. Il donne le pain par son travail,
la foi par son enseignement, surtout par son exemple. A ce prix il est respecté, aimé, obéi; à ce prix
seulement. S'il ne fait pas cela, quand même il se
ruinerait en divertissements, il ne fait pas son devoir; il n'est ni sage ni bon; il ne réussit qu'à former des ingrats. Et, comme il manque à son devoir,
Dieu permet que bientôt tout devoir envers lui soit
complétement méconnu. Pour n'avoir pas donné ce
qu'il pouvait donner, on exigera de lui ce qu'il n'a
pas, ce qui n'est pas juste, ce qui n'est pas possible.
Il est contesté, attaqué, il tombe; et la famille, désormais sans guide légitime, se fractionne et périt, par
une conséquence naturelle de sa révolte. Mais cette
révolte, ce forfait, c'est cependant le père de famille
qui l'a provoqué; première cause du mal dont il est
la première victime.

De même dans une cité, de même dans une nation. Les chefs du peuple, quels qu'ils soient, ne doivent pas au peuple des amusements, mais des vérités
et des vertus. C'est là le droit de l'homme et du
peuple: il a droit à la vérité, il a droit à la vertu. Et,
comme la vérité ne s'enseigne clairement que par la
foi, et la vertu ne se prêche efficacement que par
l'exemple, lorsque les chefs de la société se mettent
en devoir de donner au peuple la foi et la vertu, ils
donnent tout le reste, et il n'est pas question de droits
politiques, ni de droit au travail, ni de droit à l'assistance, ni de droit au plaisir. Le peuple travaille
parce qu'il est laborieux; il est assisté parce que la

société est charitable ; il se résigne parce qu'il croit ;
il est tranquille parce qu'il espère ; il est heureux
parce qu'il aime ; il se reconnaît libre parce qu'il a
du bon sens.

Gouverner ainsi, c'est gouverner suivant la justice.
Maître Pierre Hugues, Franciscain, prêchant à Mar-
seille devant saint Louis, qui revenait de Terre-
Sainte, finit ainsi son sermon : « J'ai lu la Bible et
« les autres livres, mais je n'ai jamais vu, ni en li-
« vre de chrétien ni en livre de mécréant, que nul
« royaume ni nulle seigneurie fust oncques perdue,
« ni changée de seigneurie en autre, ni de roi en
« autre, sinon par défaut de droit, par défaut de
« rendre justice. Que le Roi prenne donc garde,
« puisqu'il va en France, de faire telle droiture à son
« peuple qu'il en retienne l'amour de Dieu, et que
« Dieu ne lui ôte pas le royaume de France pendant
« sa vie. »

Ce Franciscain enseignait à saint Louis le secret
du gouvernement ; il paraphrasait, comme l'histoire
l'avait fait avant lui, la profonde parole de l'Écriture : *Justitia elevat gentes, miseros autem facit popu-
los peccatum*.

Gouverner ainsi, donner au peuple la vérité et la
vertu, la vérité par la foi, la vertu par l'exemple,
c'est-à-dire, pour trancher le mot, par le sacrifice
des jouissances de l'orgueil et des jouissances des
sens, cela est âpre, j'en conviens. Qu'y faire, cependant ? C'est la loi ! Le jour où l'humanité, non
par ses propres forces, mais par la seule grâce de

Dieu, a fait l'unique progrès qui ait marqué son existence, a passé par Jésus-Christ de la région des ténèbres à celle de la lumière, ce jour-là cette loi fut imposée par le Législateur divin, qui voulut être l'ami des faibles et le père des pauvres.

Maître et possesseur de tout, Dieu ne délègue la supériorité et la richesse qu'à cette condition et dans ce but. Quiconque n'observe pas la condition, ne cherche pas à remplir le but, manque à la volonté du maître, sera révoqué, sera dépouillé de sa charge comme un économe infidèle. *Væ!* Malheur donc à vous, qui, dans votre fol amour du gain et des plaisirs, ne donnez au peuple ni la vérité ni la vertu ; qui non-seulement ne l'assistez point de vos biens, mais encore le scandalisez par l'usage que vous en faites. Malheur ! vous détruisez l'ordre que Dieu a voulu ; vous offensez Dieu et les hommes, et tout ce que vous ajoutez à vos péchés, vous l'ajoutez au poids des misères humaines : *Væ vobis !*

Il vous est plus agréable d'avoir des casernes de cavalerie que des colléges de jésuites ; vous estimez plus sage de vous appuyer sur la force que sur la vérité ; vous aimez mieux appeler le peuple au théâtre qu'à l'église, et l'étourdir par le plaisir que le consoler par la vertu : cela vous coûtera cher ! Vous y perdrez vos rentes, vos maisons, vos manteaux, et plusieurs d'entre vous, la vie.

XIX

REVENEZ!

Quelquefois Dieu se sert de la maladie et des approches de la mort pour convertir un pécheur. Frappé, humilié, prêt à paraître devant son Juge, il se reconnaît, il se repent, il ressuscite en même temps qu'il guérit, et devient un autre homme. On a vu les sociétés mettre à profit les révolutions, qui sont les maladies, suites de leurs péchés, et rentrer dans l'ordre par ces grandes catastrophes qui les menaçaient de destruction. Aurons-nous ce bonheur? Nos convulsions sont-elles les efforts que fait un corps robuste pour vomir le poison qu'il a pris? Sont-elles les spasmes précurseurs d'une irrémédiable fin? Il y a lieu d'espérer, lieu de craindre. Il y lieu d'espérer, car la foi n'est pas morte, et la foi produit pour tous les combats ou des docteurs ou des martyrs, que Dieu récompense par des miracles. Il y a lieu de craindre, car le crime de cette société a été immense : elle a péché par les sens, elle a péché par l'esprit, et pour ces deux causes elle est tombée en une défaillance affreuse. On voit à son péché et à

sa punition des caractères qui consternent : c'est le
péché, c'est l'abattement des vieillards.

Ses fautes anciennes paraissent comme des fautes
de jeunesse. Elles ont la fougue des sens, la fougue
de l'âge, et une certaine ignorance y justifie le pardon ; c'est plutôt un emportement qu'un dessein
formé ; il s'y mêle je ne sais quoi de généreux. La
société pécheresse éclate en repentirs, court aux
expiations. Que sont les croisades, sinon les expiations de l'Occident, jeune encore et regrettant d'a-
voir péché? Dans la haute pensée des Papes, les
croisades n'étaient pas une expiation seulement :
ils voyaient se former en Orient un orage capable de
submerger toute la chrétienté ; ils voulurent le dis-
soudre, et ils y parvinrent. Mais les peuples n'a-
vaient pas cette politique. Nobles et manants pre-
naient la croix pour racheter leurs péchés, pour
aller au tombeau du Christ acquitter leur rançon.
On se confessait, on se réconciliait à Dieu et aux
hommes, on restituait le bien mal acquis, on abandonnait tout pour se rendre digne de mourir. Quels
torrents de miséricorde durent pleuvoir sur ces pécheurs ! L'Europe chrétienne, après avoir arrosé de
son meilleur sang les champs de la Terre Sainte,
revint plus forte, plus unie, plus savante, plus catholique. Elle fit une ample moisson de bénédiction,
de gloire, de paix.

Mais, tandis que tout se régénérait, s'affermissait,
grandissait dans ces combats, et l'Allemagne, et la
France, et l'Espagne, et l'Angleterre, et l'Italie ; pen-

dant ce printemps, l'empire sophistique de Byzance croulait misérablement et à jamais. Là, il y avait eu un péché savant, prémédité, pacifique en quelque sorte, sans repentir. Il y avait eu des philosophes et point de saints ; de la science et point de foi ; des arts, des plaisirs, point de vertus. Depuis longtemps la société s'appliquait à corrompre la multitude, à la détacher de Dieu : elle y avait réussi. Quand l'ennemi vint, il trouva dans Byzance un peuple qui ne se souciait ni de Dieu ni de ses maîtres. Ce peuple était bien en état d'apprécier le mérite d'un cocher et la dextérité d'un rhéteur, mais non pas de se faire tuer sur le seuil de ses temples. L'empire s'abîma dans un océan de fange.

Nous ressemblons de bien près à Byzance. Nous prenons bien plaisir à sophistiquer, nous sommes bien connaisseurs en histrions, nous aimons bien à mépriser Dieu et nous avons fait d'étranges efforts pour l'arracher du cœur des peuples. Quand nous saurons par l'effet à quel point nous avons réussi, nous saurons où nous sommes.

Nous n'attendrons pas longtemps.

Un homme qui meurt ne détruit pas une famille, une famille qui s'éteint ne détruit pas une nation, une nation qui disparaît ne fait pas crouler l'humanité. Dieu s'est servi de la France, elle ne lui est point nécessaire. La France peut tomber et le monde entier rester debout, averti par une des plus formidables leçons qu'il ait jamais reçues. Depuis Lucifer, qui était un ange, rien de si grand ne sera tombé du

ciel... Mais quoi! la France, la nation des croisades,
est aussi le pays où, soulevant d'indignes applau-
dissements, d'indignes sophistes ont entrepris de
montrer *comment les dogmes finissent*... Si Dieu s'est
irrité de cet orgueil et de cette joie insolente, les
sophistes et leurs imbéciles auditeurs apprendront
comment finissent les sociétés.

XX

LE DERNIER PROGRÈS.

Je m'étais souvent demandé où pourrait nous conduire l'admirable progrès des admirables choses
que nous ne cessons d'inventer, à supposer que Dieu
n'entrave ni ne corrige notre génie et que ce génie
reste livré à lui-même.

Je crois avoir trouvé une réponse dans le livre de
l'Apocalypse, chapitres VIII, IX, X et XI. C'est un tableau abrégé de l'ère suprême du progrès.

Après que l'Agneau a rompu le septième sceau
du livre qui contient la destinée de l'humanité, il
se fait dans le ciel une attente silencieuse; puis les

sept anges qui se tiennent devant le trône de Dieu reçoivent chacun une trompette dont ils doivent sonner tour à tour.

Le premier ange sonne : Il se forme une grêle et un feu mêlé de sang qui tombe sur la terre, brûlant une grande partie des arbres et consumant toute l'herbe verte. — Image des dévastations de la guerre.

Le second ange sonne : Il surgit une montagne en feu qui est jetée dans la mer ; et les eaux de la mer se corrompent et deviennent du sang. La mer voit périr une grande partie des créatures qu'elle nourrissait ; elle engloutit une grande partie des navires qui la couvraient. — Image des formidables machines à vapeur qui porteront le feu sur les flots et qui, en détruisant le commerce et les industries de la mer, mêleront de sang ses eaux fécondes et les frapperont de surdité.

Le troisième ange sonne : Une étoile ardente tombe du ciel sur les fleuves et sur les sources. Le nom de cette étoile est *absinthe* ; et l'eau des fleuves et des sources devient amère, et un grand nombre d'hommes meurent pour en avoir bu. — Image de l'épuisement des pays ravagés par la guerre, et des maladies qui suivront.

Le quatrième ange sonne : Les astres s'obscurcissent ; le jour et la nuit sont privés d'une partie de leur lumière. — Image de l'affaiblissement des âmes et de la décadence universelle des vérités morales au milieu de ces catastrophes et de ces terreurs.

Dans ce moment, par le milieu du ciel passe un

aigle qui vole, criant : Malheur! malheur! malheur
aux habitants de la terre, à cause du son des trom-
pettes dont les trois autres anges doivent sonner!—

Le cinquième ange sonne : Permission est donnée
à Satan d'ouvrir le puits de l'abîme. Il l'ouvre, une
fumée épaisse s'en élève, obscurcissant ce qui reste
encore de lumière; et de cette fumée se répandent
sur la terre des sauterelles qui ont la même puissance que les scorpions. — Image des doctrines
d'incrédulité vulgarisées par la presse.

Ces sauterelles, sorties de la fumée du puits de l'a-
bîme, ressemblent à des chevaux préparés pour le
combat : symbole de cruauté, disent les interprètes;
elles portent des couronnes qui paraissent d'or : signe
de la puissance victorieuse; elles ont des visages
d'hommes et des dents de lion, c'est-à-dire un air de
douceur, et pourtant ce sont des bêtes dévorantes.
Suivant les interprètes, le fléau des sauterelles figure
l'état de pauvreté et de réprobation où tombèrent les
Juifs lorsque, ayant commis le déicide, ils furent ravagés par la guerre civile. Se persécutant et se déchirant les uns les autres, pratiquant et glorifiant tous
les vices, méprisant toutes les vertus, faisant aussi
peu de cas des droits humains que des droits divins,
pleins de haine et de rage, ils offrirent, peu de temps
avant leur ruine entière, l'exemple d'une lâcheté,
d'un désespoir et d'un délaissement spirituel tels,
que Satan pouvait seul en être l'auteur. On peut dire
que des spectacles analogues ont été et seront donnés au monde toutes les fois que le peuple d'acquisi-

tion, portant une main sacrilége sur la personne ou
sur les droits du Vicaire de Jésus-Christ, imitera de
la sorte le peuple d'élection, rejeté pour ce crime.
Alors s'élève la fumée du puits de l'abime; alors les
mauvaises doctrines se répandent, multipliant leurs
piqûres de scorpions, qui produisent un engourdis-
sement mortel; alors les guerres civiles éclatent dans
la famille du Christ, guerres meurtrières sous d'hypocrites prétextes d'humanité.

La sixième trompette retentit: Une voix sort des
quatre coins de l'autel d'or qui est devant Dieu et ordonne de délier les quatre anges de la mort. On les
délie: ils étaient prêts pour l'heure, le jour, le mois
et l'année où ils devaient tuer une grande partie des
hommes. Ils déchaînent un vent de mort, que l'écrivain sacré représente sous la figure d'une armée de
cavalerie innombrable, à cause de la promptitude et
de la force du fléau. Les cavaliers ont des cuirasses
qui semblent faites de feu, d'hyacinthe et de soufre;
les chevaux ont des têtes de lion, et il sort de leur
bouche du soufre, de la fumée et du feu; et par ces
trois plaies, par le soufre, par le feu et la fumée, la
troisième partie des hommes est tuée. « Et ceux qui
restèrent, ajoute le Prophète, ne se repentirent point
des œuvres de leurs mains, ne cessèrent point d'a-
dorer les démons et les idoles d'or et d'argent, ne
firent point pénitence de leurs meurtres, ni de leurs
empoisonnements, ni de leurs impudicités, ni de
leurs rapines. »

Ce fléau de feu, de soufre et de fumée, ce vent de

mort déchaîné sur le monde, plus terrible et plus
foudroyant que le tonnerre, quelle plus exacte image
des formidables armées modernes , précipitées à
toute vapeur sur les champs de bataille par déta-
chements de cent mille hommes, traînant leur artil-
lerie à longue portée et se lançant la grêle de leurs
boulets fulminants ? Quant à l'impénitence des
hommes qui restent après le passage du fléau, c'est
une disposition d'esprit facile à reconnaître dans le
genre humain. Selon toute apparence, ceux qui sur-
vivront à ces terribles guerres, non-seulement ne
s'amenderont pas, mais encore ne s'affligeront pas.
Fourier désirait une grande dépopulation, les hommes
lui paraissant trop nombreux pour recevoir chacun
une part suffisante des jouissances bornées que le
globe peut fournir.

Après le sixième ange, avant que la septième trompette ait sonné, pendant que le fléau frappe et que
les survivants s'applaudissent de vivre, l'ange de l'alliance paraît, debout sur la terre et sur la mer, la
main levée au ciel. Par Celui qui vit dans les siècles
des siècles et qui a créé la terre, la mer, et le ciel,
il jure qu'il n'y aura plus de temps ; mais qu'au jour
où le septième ange fera entendre sa voix et sonnera
de la trompette, le mystère de Dieu s'accomplira,
ainsi que l'ont annoncé les prophètes serviteurs de
Dieu. En attendant, le mal règne, et deux hommes
seulement, parmi tous ces prévaricateurs, ne craignent pas de se porter témoins pour Dieu. Ils feront leur œuvre , ils auront leur temps, ils ren-

dront leur témoignage ; et, lorsqu'ils auront achevé,
la bête qui monte de l'abîme leur fera la guerre,
les vaincra et les tuera avec une grande joie et un
grand applaudissement de ceux « qu'ils auront tourmentés en leur parlant de Dieu. »

Mais alors Dieu manifeste sa puissance, que les
hommes se flattent d'avoir abolie. La terre secoue la
ville impure qui applaudit au meurtre des prophètes ;
une partie des habitants sont engloutis, les autres re-
connaissent la main divine ; le son de la septième
trompette éclate, et l'on entend de grandes voix dans
le ciel qui disent : « L'empire de ce monde a passé
« à Notre-Seigneur et à son Christ, et il régnera dans
« les siècles des siècles. *Amen.* » — On comprend
qu'en effet le despotisme, appuyé par la centralisation de tous les pouvoirs, devra finir de la sorte, par
apoplexie.

Si ce sera la fin d'une phase puissante du mal et
une figure déjà plusieurs fois esquissée de la fin du
monde, ou cette fin elle-même, peu importe. Ce qu'il
faut apprendre ici, c'est que Dieu courbera les hauteurs et comblera les abîmes que le pied libre de
l'Évangile aurait franchis aux chants d'allégresse du
genre humain. « Nous serons broyés pour être mêlés, » disait Joseph de Maistre. Le rouleau passe et
repasse, toujours plus lourd. Ce que la charité n'aura
pas la permission d'entreprendre, la force dure l'accomplira. Pauvre genre humain ! pauvre vieil enfant
toujours insensé, toujours rebelle ; qui ne veut rien
accorder à l'amour et qui se flatte de n'être pas châ-

tié désormais, parce qu'il est devenu grand ! — J'ai, dit-il, jeté les verges au feu, il n'y a plus de verges ! — Tu ne te trompes pas, ô géant ! il n'y a plus de verges. En même temps que toi les verges ont grandi, et ce sont présentement des bâtons, et les bâtons grandiront encore avec ton orgueil et deviendront des gibets.

LIVRE VI

L'HOTEL DU HARENG COURONNÉ

— LETTRES ÉCRITES EN 1849 —

I

CE QU'ENSEIGNENT LES MORTS.

Nous autres, vieux enfants du siècle et déjà quasi
dégringolants comme lui (je ne parle point pour vous,
ma commère) ; nous qui allons prendre quarante ans
et qui avons connu les pataches, nous ne saurons
jamais nous habituer aux chemins de fer. Cette rapidité nous étonnera toute notre vie ; nous croirons
toujours qu'il y a des distances et que les lieues sont

des heures. Quoi ! j'étais encore à midi dans le bruit
de la rue Saint-Lazare ; à peine vous ai-je dit adieu :
et voici que j'entends sonner cinq heures au clocher
le plus pointu du plus fin fond de la Normandie ; je
suis sur l'herbe et sous les chênes ; autour de moi
l'on parle normand !

Tout a changé : le sol, le ciel, les hommes ; ce
n'est plus le même monde. Cinquante lieues nous
séparent, depuis ce serrement de main que nous
échangions il n'y a qu'un instant. La mort seule
tranche avec cette promptitude. Mais Dieu, qui ne
permet pas que la mort soit maîtresse absolue de ses
créatures, nous laisse le souvenir et la prière pour
visiter instantanément ceux que nous aimons, lors
même qu'il a fixé leur demeure au delà des frontières
de la vie.

Ne vous étonnez pas qu'il me vienne une pensée
de mort en vous écrivant sous ces beaux chênes
illuminés par le soleil à son déclin. Le trajet jusqu'ici est semé de cimetières : j'en ai, je crois, côtoyé
une dizaine. Dans la disposition d'esprit où je suis
toujours quand je quitte vos enfants et vous, cette circonstance m'a frappé. Je n'ai plus remarqué la rapidité du voyage que pour y trouver des lenteurs, en
comparaison de la rapidité de la vie. Écoutez le *tic
tac* de votre montre : c'est le bruit d'une machine qui
vous traîne avec une bien autre vitesse que celle des
locomotives. *Tic tac, tic tac,* ce ne sont plus les
lieues, ce sont les années qu'elle dévore. *Tic tac,*
vous n'êtes plus enfant ; *tic tac,* vous n'êtes plus

jeune ; *tic tac*, la vie passe ; *tic tac*, la vie est passée.

Il semble que tous ces morts auraient souri dans leur bière, en nous voyant aller, nous autres préten- dus vivants, si préoccupés et si pressés, croyant si bien savoir où nous courons, en réalité le sachant si peu. Car, après tout, nous n'allons qu'à la mort et au jugement, qui sont les choses, en général, à quoi nous pensons le moins.

Il faut que je vous le dise, ma très-chère, puisque j'en ai le cœur et l'esprit obsédés : nous aussi, nous chrétiens, nous donnons trop sujet aux morts de se moquer de nous. Qu'ils regardent en pitié les philo- sophes, les païens, les aveugles vivants, jouant à colin-maillard, les mains tendues vers toutes les convoitises, à la bonne heure ! Mais nous, par la grâce de Dieu, nous savons tout ce que savent les morts : prenons donc volontairement, pour l'amour de nous-mêmes, un peu de leur sagesse forcée ; tâ- chons de regarder passer, au lieu de nous mettre à courir.

Dans ces cimetières de campagne, il n'y a guère que des pauvres, humblement couchés sous leur pe- tite croix. En quoi diffèrent-ils de ceux qui dorment ailleurs, sous des édifices de marbre ornés de sta- tues et d'inscriptions ? Sauf les vices, les expiations et les vertus, que reste-t-il en plus, de l'un ou de l'autre côté ? Science et puissance, aujourd'hui, sont égales ici et là. Ni le savant ne sait plus que l'igno- rant, ni le riche ne peut plus que l'indigent. Égale aussi est la renommée : si cette dernière égalité n'est pas faite aujourd'hui, elle le sera demain. Un temps viendra qu'il ne sera pas plus question d'Homère que de M. Ponsard. Il n'importe pas beaucoup que l'on vive trois mille ans, dès qu'il faut enfin mourir.

Au fond, tout le sérieux, le pratique et le substantiel de l'ambition humaine se réduit à contenter les trois concupiscences signalées par saint Jean, ou tout au moins l'une des trois : concupiscence des yeux, concupiscence de la chair, orgueil de la vie. Aussitôt que nous cessons de travailler pour le ciel par l'abnégation et le détachement des choses de ce monde, nous ne travaillons, sous les plus beaux dehors, que pour nous-mêmes. Nous prenons tant de peine, — autant pour le moins et plus peut-être que le ciel n'en demanderait, — pour être bien logés, bien vêtus, bien nourris, bien servis, bien glorifiés. Nous faisons tout cela sans que rien nous assure du succès, sans que le succès nous mette à l'aise! Car l'inquiétude pénètre dans le beau logis, le rhume nous atteint sous le beau vêtement, la belle table ne fait pas le bon estomac, la belle gloire ne préserve point du ridicule ; nous pouvons être servis à merveille sans avoir conquis l'admiration de notre valet de chambre.

Et la mort, l'oubli, l'égalité du néant humain, sont au bout de cette existence choyée et pompeuse, comme au bout de l'existence d'un traînard d'armée qui meurt dans une déroute, sous les pieds des chevaux, sans que personne sache seulement qu'il a vécu.

J'aime assez ce vieux quatrain français :

La vie que tu vois n'est qu'une comédie,
Où l'un fait le césar et l'autre l'arlequin ;
Mais la mort la finit toujours en tragédie,
Et ne distingue pas l'empereur du faquin.

Mais ce n'est là qu'une boutade de poëte qui n'en sait pas long, ou qui s'arrête à la borne de son quatrain. La mort n'agit point d'elle-même, elle ne fait qu'obéir. Quelqu'un l'envoie comme un appariteur chargé d'amener les justiciables dont l'heure est venue. Ce Quelqu'un-là distingue et juge. Il a des royaumes où il peut faire du pauvre faquin un césar, et du césar un faquin. J'emploie les mots du poëte, traduisez en langue chrétienne.

Sur la porte d'un cimetière, j'ai lu cette parole : *Opera illorum sequuntur illos*; leurs œuvres les suivent. Non pas leurs gains, non pas leurs peines, non pas leur gloire, mais leurs œuvres, c'est-à-dire le bien ou le mal qu'ils ont fait. Quoi de plus juste que ce lieu commun de tous les prédicateurs, qui nous avertissent sur les paquets du dernier départ, où nul n'emporte que ce qu'il a donné ?

Donner, voilà l'œuvre. N'apportant et n'acquérant ici-bas rien qui ne nous soit donné de Dieu, nous devons, pour nous conformer à Lui, donner aussi, donner sans cesse. Tout homme, dans l'intention du Créateur, est un trésor qui doit libéralement s'ouvrir à la foule des misères dont il est entouré. Il n'y a pas

seulement à donner en ce monde du pain, des vêtements, des oboles. Quels *donneurs* que le pauvre et
le malade qui donnent le beau spectacle de la résignation dans l'indigence et dans la douleur ! Quels donneurs que le captif et le solitaire, qui, l'un devant
son geôlier sans cœur, l'autre dans son désert sans
yeux, donnent à Dieu leur soumission et leur amour !

Ce n'est pas tout ce que m'ont dit les morts quand
je passais. Mais ceci est déjà long pour un sermon et
même pour une lettre ; à demain.

II

LA VRAIE GRANDEUR HUMAINE.

Un homme, ma chère amie, c'est-à-dire une âme,
une précieuse âme rachetée du sang de Jésus, ne
s'appartient à elle-même que pour se donner, et par
là elle se conserve à son vrai souverain et unique
maître, qui l'a payée si cher sur la croix. Les obliga-
tions s'étendent bien au delà du cercle de la famille ;
mais ce cercle est pourtant immense. Voyez comme
la vie serait douce et quels héros nous serions, si
nous savions tous accomplir la loi du christianisme,
cette loi de tendresse, de dévouement, de sacrifice ;
cette loi du don de nous-mêmes.

Je suis éperdu d'admiration, — hélas! et d'épouvante, — quand je songe à la grandeur morale où
quelque petit individu de ma sorte, par exemple,
peut et doit s'élever, sans avoir cependant ni puissance, ni richesse, ni génie, par cette seule raison
qu'il est homme et chef de famille. Voilà autour de
cet homme un monde à protéger, à aimer, à servir,
à édifier, à réjouir même. Il faut que l'on vive de ses
labeurs, que l'on se fortifie de ses exemples, que
l'on s'honore de ses œuvres, que l'on soit heureux
par lui. Donner mes sueurs et mes veilles, mener
une vie austère, ne pas choir de mon courage, c'est
quelque chose; mais je suis loin d'avoir accompli
ma tâche, si je n'ai pas su encore, par un exact tempérament de la bonté et de la justice, me faire respecter et me faire aimer. Il faut arriver là, ou du
moins toujours tendre là. Sans doute, j'ai pour aide
puissante ce perpétuel courant d'amour que Dieu a
mis dans nos cœurs, qui me porte sans cesse vers
vous tous, qui sans cesse vous porte tous vers moi :
et néanmoins quelle vigilance m'est nécessaire, tantôt contre vous, tantôt contre moi; maintenant pour
céder, tout à l'heure pour résister! Je dois sacrifier
tous mes caprices, je ne puis sacrifier aucun devoir.
Il faut que je fasse plaisir; il faut que j'enseigne,
qu'au besoin j'impose la vertu. Je ne suis pas assez
bon si je suis trop sage; je ne suis pas assez sage si
je suis trop bon : et, soit que j'incline ma raison,
soit que je fasse taire mon cœur, tout se résume à
l'immolation de moi-même. Car l'homme est ainsi

fait, que la justice et la tempérance en tout lui sont onéreuses, et qu'il lui en coûte également de vaincre ses sentiments ou ses pensées.

Ceci explique, ma chère, ce que vous avez lu souvent, du mépris où Dieu tient la gloire humaine; et vous pouvez comprendre qu'il ne faut pas un si prodigieux effort de vertu ni de jalousie, pour ne parler qu'avec dédain des plus hautes fortunes de ce monde. Gloire et fortune se gagnent par de moindres travaux. Que sont les combats, les labeurs, les victoires dont se forme une renommée, comparés à ces combats, à ces labeurs, à ces victoires de tous les jours, par où l'on devient un fidèle imitateur de Jésus-Christ? Les hommes qui savent cela, et qui savent qu'à ce prix seulement s'acquiert la gloire véritable, peuvent bien, convenez-en, sourire devant toute la force et la majesté de la pauvre petite gloire humaine.

Quand nous demandons à Dieu chaque matin la grâce d'être « doux, humbles, chastes, patients, charitables et résignés, » savez-vous bien que nous lui demandons tout simplement d'être plus grands qu'Alexandre et César et tous les grands hommes qui ne furent pas des saints; et que nous implorons des dons infiniment au-dessus de ceux qui font les artistes et les héros?

Un mot, un simple mot que nous répétons souvent, dit mieux et demande plus encore : c'est cette parole du *Pater noster* : Que votre volonté soit faite, *fiat voluntas tua*. C'est-à-dire : « Faites, mon Dieu, qu'élevant dès ici-bas mon cœur jusqu'à ces hauteurs

d'où vous embrassez tous les espaces et tous les
temps, je voie en tout votre volonté, qu'en tout je la
trouve bonne, qu'en tout et toujours j'en désire l'entier et plein accomplissement, de telle sorte que rien
ne puisse ébranler ma paix devant le spectacle parfois si terrible de vos justices et sous le poids parfois
si lourd des épreuves que vous m'envoyez. »

Certes, ce vœu, quand on y songe, est auguste et
formidable, et semble passer la mesure humaine.
C'est bien là le comble de tout courage, le faîte de
toute grandeur. Il y a pourtant des gens, et nous en
connaissons, qui tout de bon y tendent. Il y en a
d'autres, et nous les connaissons aussi, qui tendent
uniquement, par diverses routes, à devenir célèbres
et riches, et qui disent tous les matins en se levant :
Que *ma* volonté soit faite, et le plus tôt possible, aujourd'hui, à l'instant même. Et nous connaissons
enfin des gens, c'est tout le monde à peu près, qui
voient et ceux-ci et ceux-là, et qui prononcent que
ceux-ci sont les sages, et ceux-là les fous !

Habituons-nous à juger autrement, si nous ne
voulons pas perdre en sottises misérables le peu de
temps qui nous est donné pour conquérir la vie éternelle; car il ne suffit pas d'objecter qu'on n'aspire ni
aux millions des juifs, ni aux palmes des académiciens. Si c'est folie de chercher cela, quelle misère
de chercher moins! Il faut laisser de côté la gloriole
comme la gloire, et le bien-être comme l'opulence,
pour viser tout juste à cette gloire unique et presque
infinie d'être chrétien.

Voilà les pensées que j'ai emportées de ces cimetières aperçus à la volée. Je vous les envoie comme
je vous enverrai demain quelque fleur cueillie dans
les prés. Adieu, ma très-unique amie.

III

JEAN-PIERRE, COCHER DE PATACHE.

Il me restait cinq ou six lieues pour arriver au
bord de la mer. Je les ai faites en sept heures. C'est
vous dire que j'ai voyagé en patache, mais quelle
patache! Un arriéré de ma sorte, ami de la plupart
des vieilles gênes et même des vieux abus, ne pouvait désirer mieux. A l'aspect de ce carrosse dépe-
naillé, je faillis me sentir du goût aux choses modernes. Heureusement, j'étais seul, et la nuit venait;
une belle nuit d'étoiles, sans lanternes au loin, sans
bruit autour de nous. Vous auriez eu peur de cette
solitude; vous croyez aux voleurs, et nous devions
traverser des bois. Moi, j'aurais eu peur de votre
peur; j'aurais eu peur surtout de mes chevaux attelés
de ficelles, et des gémissements de mon carrosse
délabré.

Délivré d'inquiétude, je n'avais que le déplaisir
d'être mal assis; il me restait la fraîcheur du soir, la

lune, un cigare et la compagnie du cocher. Je voulus jouir de tout à la fois. Je me plaçai près du cocher, robuste gaillard de trente-cinq à quarante ans. Il avait une bonne figure; sous sa blouse, on voyait sa veste de dimanche en velours gros bleu. Fiez-vous aux gens de cette classe qui s'endimanchent le dimanche : ce ne sont pas les plus mauvais.

— Quel silence! lui dis-je.

— C'est vrai, monsieur, on ne se croirait pas en République.

— La République a-t-elle fait du bruit dans vos quartiers?

— Dame! vous savez; il y a de mauvais gars partout. Ils sont par ici une demi-douzaine qui ont voulu lancer leur petit tremblement. Ils nous ont donné le club, l'arbre de la liberté, toutes leurs machines. Ça n'a pas pris. Chez nous, on aime le curé et le seigneur.

— Ah! il y a un seigneur, ici?

— Oui; le Marquis. Un brave homme, qui fait travailler le peuple. Depuis cinq cents ans, peut-être davantage, depuis le temps d'Henri IV, cette famille est dans le pays, sans jamais vexer personne. Les républicains disaient : « Le Marquis est trop riche : qu'il partage avec ceux qui n'ont rien! » C'est ça qui a déplu.

— Comment, c'est ça qui a déplu?

— Bien sûr. Ceux qui n'ont rien, c'est tout ce tas de gueux-là. Les uns ont grugé leur bien, les autres ne veulent rien gagner honnêtement. Un chacun a

dit : « C'est trop drôle ! Ils mangeront le Marquis, et
à la place d'un seigneur qui est bon et donnant,
nous aurons pour seigneurs des canailles qui insul-
teront le monde et ne donneront jamais à personne ! »
Voilà ce qu'on leur a mis dans la main, moi comme
les autres.

— Et que répondaient-ils ?

— Des bêtises. Qu'il n'y aurait plus de seigneurs ;
que tout le monde serait à l'égalité, comme frères ;
que personne n'aurait ni plus ni moins. Vous connaissez leurs farces. Mais on leur a clos le bec. Leur
chef, un certain Bertin, un pas grand'chose, un bâtard, sauf votre respect, était à me débiter tout ce
rouleau-là. Il a un frère qu'il a volé et qu'il laisse
mourir de faim. « — Dis donc, que je lui dis, Bertin, tu nous appelles *blancs*, et puis tu nous appelles
frères. Si nous devenons tes frères, tu partageras
avec nous comme avec ton frère, alors nous ne serons pas blancs ! » Monsieur, jamais vous n'avez vu
un homme si sot. Il n'a pas trouvé une centime de
réponse. Même que j'en avais de la peine, parce que
c'est ennuyeux d'écraser un homme. Mais ce gredin-
là le méritait assez. S'il avait répliqué, je lui aurais
flanqué une pile. Vouloir voler le Marquis ! Moi qui
vous parle, monsieur, le Marquis m'a retiré du service. Il a dépensé mille francs, et écrit plus de six
lettres. Ce n'est pas le citoyen Bertin qui se donnerait tant de tracas pour un de ses frères.

— Enfin vous avez fini par vous débarrasser de
vos rouges ?

— Ils n'étaient pas soutenus. Deux ou trois ayant été coffrés, les autres prirent peur... Pas moins, monsieur, qu'ils ont fait du dégât. Voyez-vous, ces clubs, ces journaux, ces coquins tenant le haut du pavé, c'est mauvais. D'aucuns qu'on suppose honnêtes et qui ne sont pas méchants se mettent à rêvasser là-dessus. Ça pourrait tourner au vilain.

— On en cause donc quelquefois?

— Que trop! Encore ce matin, un particulier d'ici, un finaud, pas pauvre et pas bête, me disait : « Jean-Pierre, tout de même, il n'y a pas de justice. Nous prenons bien de la peine à amasser, et d'autres n'ont que la peine de dissiper. » Alors, que je lui dis, tu deviens rouge, toi? Il me répond : « Non, mais les rouges n'ont pas si tort. Vois le Marquis : cent mille livres de rente! quand il n'en aurait que le quart, il serait encore plus riche que nous. Au fait, Jean-Pierre, à quoi servent les seigneurs? » Ça m'a été dit pas plus tard que ce matin, monsieur. A mon jugement, c'est mauvais.

— Très-mauvais. Mais vous-même, Jean-Pierre, que pensez-vous des seigneurs? Croyez-vous qu'il en faut?

— Je vous laisserai entrevoir mon opinion, monsieur, franchement et librement.

IV

OPINION DE JEAN-PIERRE SUR LA LIBERTÉ,
L'ÉGALITÉ ET LA FRATERNITÉ.

Il y a des gens qui parlent d'un tas de choses et qui ne savent pas ce qu'ils disent. Liberté, égalité, fraternité, sauf respect, ça fait trois blagues.

Liberté, on n'est jamais libre. Personne ne fait ce qu'il veut, à moins de ne vouloir que ce qu'il fait, et de ne faire que ce qu'il faut. Tout un chacun est attaché par une ficelle qu'il ne peut casser sans aller au diable. Elle est plus longue pour les uns, plus courte pour les autres ; qu'importe, puisqu'elle vous attache? Je m'examine moi-même : si au lieu de vous conduire ce soir, j'avais voulu rester avec ma femme, personne n'aurait pu me forcer à marcher ; mais demain, plus de pain à la maison. Qu'on renvoie le Marquis, que je renvoie le voyageur, j'ai toujours un seigneur et un maître, c'est le boulanger ; et le boulanger aussi a un seigneur et un maître, c'est moi : pour moi, le boulanger passe la nuit à suer et à geindre. Si je ne veux pas travailler pour mon seigneur le boulanger, si le boulanger ne veut pas travailler pour son seigneur Jean-Pierre, il faut que nous volions tous deux, ou que nous mourions de faim. J'appelle ça casser la ficelle. Mais nous trouvons tout de suite d'autres seigneurs : c'est le gendarme, si nous volons ; c'est la mort, si nous ne volons pas. L'un et l'autre remplacent la ficelle cassée par une chaîne qui ne casse point. Voilà la liberté ; première blague, n'est-ce pas ?

— Assurément.

— Ils ne veulent pas réfléchir à cela, mais c'est vrai tout de même. Pour être un peu libre, il faudrait d'abord n'avoir pas besoin de manger. Un instant ! Ce besoin de manger, qui empêche la liberté, empêche aussi la *fraternité* ; — s'entend leur canaille de fraternité, qui n'est pas de s'entr'aider comme on doit, chacun à son rang, mais d'être tous indépendants les uns des autres, avec un fusil à la patte. — Que veulent-ils ? Qu'il n'y ait pas d'états divers, pas de conditions différentes ? que tout le monde garde ses bestiaux, fasse pousser son blé, cultive sa vigne, bâtisse sa maison ? que tout le monde soit dans la voiture et personne sur le siége ? Ils sont plus bêtes que mes chevaux, d'appeler cela de la fraternité ! Ça irait bien pour l'habillement, pour le logement, pour la nourriture ! Chacun n'ayant que pour soi, qui donnerait aux autres ? qui prendrait soin des vieux, des infirmes, des petits ? Qui empêcherait les malins de trouver cet arrangement absurde, et les bons de le trouver humiliant, et tous ensemble de se réunir pour faire autre chose, quand même il faudrait le faire à coups de canon ? La vérité est que les

hommes ne pouvant vivre sans travailler, et pour
travailler ayant besoin les uns des autres, ils ne sont
pas assez bons ni assez sages pour le faire sans se
causer réciproquement bien des tracas. On n'empê-
chera ni la jalousie, ni la fraude, ni la bêtise d'un
côté, ni l'adresse de l'autre, ni que chacun tire à soi.
Comment! il n'y aurait qu'un mot à écrire sous le
nez des hommes pour les rendre justes, affectueux,
compatissants, enfin frères! Ceux qui le disent sont
de fiers blagueurs, mais ceux qui le croient veulent
être blagués! Pour moi, j'ai vu que, quand on est
venu écrire *fraternité* sur la mairie de notre endroit,
ça n'a changé le cœur de personne. Il y a eu des
frères qui se sont brouillés, ceux qui l'étaient déjà
ne se sont point remis; les bonnes gens qui donnaient
du pain aux pauvres, leur en ont donné encore; ceux
qui ne donnaient rien ont continué de ne rien donner; et ces tas de rouges n'ont pas eu seulement la
fraternité de payer le cabaret où ils tenaient leur
sabbat.

Notre curé nous le disait bien dans son prône :
« La fraternité, il y a vingt ans que je vous la prêche,
et on vous la prêchait avant moi. La religion vous
l'ordonne, votre intérêt même vous la conseille. Je
n'ai pu ni vous faire pratiquer la fraternité qui vous
rendrait tous heureux, ni tant seulement réussir à
vous faire observer la justice. Et ce que la religion
et la raison ne peuvent obtenir complétement, vous
croyez qu'on l'établira d'une manière que la raison
condamne et que la religion punit? Vous êtes fous

d'avoir de pareilles idées. La fraternité est ici, dans
l'église. C'est ici seulement que vous apprendrez à
devenir des frères ; vous n'apprendrez ailleurs qu'à
vous déchirer. » Voilà comme il parle, notre curé.
Si on l'écoutait davantage , il y a bien des scélérats
qui seraient des honnêtes gens ; plusieurs auraient
des amis ou des frères pour les assister, au lieu d'ar-
gousins pour les garder. Eh bien, savez-vous ce que
nous proposaient les rouges, dans leur premier
feu ? de prendre des fourches et de chasser le
curé !

Mais, monsieur, la pire blague, c'est leur *égalité*.
Pour celle-là , je conviens qu'elle me fait rire.

Le Maire se rassemble donc à la Mairie, autour
d'une boîte. On me dit : « Jean-Pierre , tu vas te
nommer un représentant ; tu mettras ton billet dans
la boîte, et il vaudra autant que celui de M. le Marquis ou de M. le Curé. Tu es leur égal , citoyen
comme eux ; entre eux et toi pas de différence. »
Voilà ce qu'on m'a dit. D'abord, c'est bête ; ensuite,
c'est faux.

C'est bête, que moi, Jean-Pierre, qui passe ma
vie, sauf votre respect, au derrière de mes chevaux,
sans entendre rien de rien à la politique, j'aie la
même suffisance que des gens qui connaissent et
qui suivent les affaires. Ensuite, c'est faux, et l'on
me ment double. Premièrement, le Marquis et le
Curé savent ce qu'ils font, et je ne le sais pas ; ils
connaissent l'homme qu'ils ont choisi , moi je sais
tout au plus que le mien s'appelle Denis ou Guil-

laume. Secondement, leur homme est à eux, le mien
n'est pas à moi. Ils ont choisi le leur, le mien m'a
été désigné. Je porte dans la boîte le candidat du
Marquis ou celui de Bertin, et je ne suis l'égal ni de
l'un ni de l'autre, mais le serviteur de l'un des deux.
Je n'ai pour égaux que les pauvres diables d'ignorants qui obéissent comme moi, soit au château,
soit au club. Le véritable égal du Marquis, c'est
Bertin, et cette égalité est une disgrâce. Bon !

Mais voilà une autre affaire. Quand j'ai voté, mon
égalité tombe dans la boîte avec mon bulletin ; ils
disparaissent ensemble. Je suis le citoyen Jean-
Pierre ; je commande à ces chevaux qui ne sont pas
à moi, j'obéis à tout le monde. M. le Marquis n'est
plus mon égal, M. le Curé me fait fourrer dans un
trou ; mon maître me fait lever pour porter un voyageur, quelque temps qu'il fasse, à dix lieues de mon
lit ; et quand le voyageur est arrivé, je lui demande
pour boire, chapeau bas. Où sont mes égaux ? Dans
les écuries. Je suis l'égal des postillons et des cochers, non de tous, mais de ceux qui n'ont pas des
poings ou des gages plus forts que les miens. Car,
quelle égalité y a-t-il entre deux hommes dont l'un
peut faire filer l'autre en le menaçant, ou le faire
suivre en lui payant à boire ? J'ai observé qu'on se
trouve toujours en ce bas monde à côté de quelqu'un qui vous bat ou qui vous paye à boire : pour
lors, c'est celui-là qui vote et non pas toi. Tel que
vous me voyez, j'ai voté comme le Marquis, mais
d'autres ont voté comme moi. Il y avait un esco-

griffe de rouge qui m'appelait *aristo*, qui ne parlait
que de brûler le Marquis, que de pendre le Curé,
et qui disait plus de mauvaisetés qu'on n'en met sur
le journal. J'ai fini par m'expliquer avec lui; et je
lui ai cassé trois dents. C'était la veille des élec-
tions. Alors je lui dis : « Voilà ton candidat : c'est
celui du Marquis. Si tu ne le mets pas dans le pot,
je reviens sur ta mâchoire; et sois certain que jamais
tu n'auras reçu plus chaude raclée. » Il a voté sous
mes yeux, mais je ne lui ai pas seulement payé une
chopine de cidre. Je vous dis que ça me fait rire,
l'égalité! Il n'y en a pas, il n'y en aura pas, tant que
le monde sera monde.

V

DE LA VRAIE ÉGALITÉ.

Pardon, Jean-Pierre, il faut s'entendre. Il y a une
égalité véritable, qu'un honnête homme et un bon
chrétien doit connaître.

— Je le sais, monsieur; je vois ce que vous voulez
dire. Alors nous sommes du même avis, et le rouge
ne vous va pas plus qu'à moi. L'égalité est que nous
sommes tous enfants de Dieu deux fois : par Adam,
une; par Notre-Seigneur Jésus-Christ, deux. Je con-

nais ma religion. Si j'avais pensé que vous la connaissez aussi, je n'aurais pas pris le grand détour
pour vous expliquer mes politiques. Eh oui, devant
Dieu, je suis l'égal du Marquis, et c'est le Marquis
lui-même, digne homme! qui a pris la peine de me
l'apprendre, pendant une maladie que j'ai faite. Il
venait me voir, et il me disait cela. Je l'avais su et
je l'avais oublié. C'est ce qui m'a donné un peu de
bon sens et d'honneur; autrement, j'aurais bien pu
me détraquer comme un autre. Dieu m'aime, Dieu
est mon père. Il ne me regarde pas de travers parce
que je suis pauvre. Il m'a placé où je suis, parce
qu'il a vu que c'était ce qui me convenait le mieux.
Il m'a donné, dans ma condition, autant de tranquillité, de bonheur et de liberté qu'à d'autres; et
quand il me retirera des peines de ce monde, il me
jugera, non sur ce que j'aurai été, mais sur ce que
j'aurai valu. Il est bon de savoir cela, monsieur;
c'est là ce qui met du baume dans le sang et ce qui
vous ouvre les yeux sur les choses d'ici-bas. Lorsque
l'homme sait une fois qu'il doit pétrir son pain à la
sueur de son visage et qu'il a été racheté de la mort
éternelle par le sang de Jésus-Christ, il sait ce qui
l'attend dans ce monde et ce qu'il peut espérer et
gagner dans l'autre. Ici, travail, servitude, angoisses
de l'esprit et du corps, plus de déboires que de
pourboires; là-haut, repos, gloire, contentement
sans fin. Eh bien, il n'y a pas à se plaindre. Nos
pieds sont attachés à la terre, mais il y a encore
des bouts de chemin sans épines et sans cailloux;

nos mains sont chargées de liens, mais elles peuvent
encore cueillir des pommes et des roses, et nos yeux
peuvent toujours se lever vers le ciel.

Ainsi parlait Jean-Pierre, tout en fouettant ses
chevaux sans rigueur, et tout en descendant sans
impatience pour rafistoler (passez-moi le mot) ses
vieux harnais, où quelque chose se rompait à chaque
instant. Je vous laisse à penser si j'étais heureux de
sa compagnie, et si je remerciais Dieu de m'avoir
donné pour compagnon ce bon philosophe, ce brave
homme, ce prudent cocher. Assurément, je n'aurais pas trouvé mieux dans nos grands corps politiques et savants.

Peu à peu, des hauteurs où la conversation s'é-
tait élevée, nous descendîmes jusqu'à nous-mêmes.
Jean-Pierre ne fut pas médiocrement étonné lorsque
je lui avouai ma profession.

— Excusez, me dit-il, mais je croyais que, dans
ce métier-là, c'était tout chétif monde.

Je m'efforçai de le désabuser. Il me crut, et à
son tour il me conta son histoire. C'était autant la
vie de Jean-Louis que celle de Jean-Pierre. Il était
marié à une bonne femme et père d'un bel enfant;
il vivait de son état avec quelque petit coin de terre,
et même sa femme mettait de côté pour élever le
petit, dont M. le Curé parlait de faire un prêtre. En
somme, il se tenait fort obligé envers la Providence,
et me parut plus content de la façon dont il mène
son char que moi de la façon dont je conduis le
mien.

VI

AU HARENG COURONNÉ.

Je ne sais où j'ai lu que saint François de Sales se plaisait fort dans les auberges. C'est sans doute lui-même qui le raconte, et je regrette de n'avoir pas sous la main son texte. Saint François de Sales est toujours bon à citer. Il aimait les auberges parce qu'elles offrent l'image et la leçon de cette vie, étant des lieux de passage et non de séjour, où nous n'avons que l'usage et non la possession des choses. On arrive à l'auberge, on y trouve le nécessaire, ou l'on s'en passe; on s'y repose; on s'y ménage des amis, parce que l'on a besoin de tout le monde, ce qui dispose admirablement à la bienveillance ; et puis , il faut payer et partir. Que l'on soit bien, que l'on soit mal , rien n'y fait, on part, et même on part sans regret, car on savait en arrivant qu'on ne resterait pas. Voilà la vie, et comme il faut la prendre. Mais entre toutes les auberges, combien le bon saint devait préférer celles des bords de la mer : elles représentent l'instabilité sur les rives de l'immensité ! Hélas! ma chère, je n'ai pas besoin de vous

dire en quoi je diffère de saint François de Sales :
cependant j'ai ceci de commun avec lui, d'aimer ce
double spectacle. Je me sens à mon aise dans une
auberge, et je prends un grand et utile plaisir à voir
l'immense mer tantôt s'agiter, tantôt dormir, toujours belle et toujours *enseignante*, ou dans sa formidable colère, ou dans son repos.

Il faut que vous me permettiez cela. C'est une
chose que vous ne comprendriez guère, vous autres
femmes. Faites pour le logis, vous aimez vos meubles, vos armoires, votre vaisselle ; vous ne quittez
qu'avec regret cet attirail, vous ne voyagez point
sans tâcher de vous faire suivre d'une petite maison.
C'est une sorte de joie pour moi de n'avoir rien à
moi. Plus ma malle est petite, plus je pars content.
Je serais heureux si je pouvais n'emporter que ce
qui tiendrait dans mes poches. J'aurais dû en faire
l'essai dans ma jeunesse, et je m'étonne de n'avoir
jamais poussé la haine du mobilier jusqu'à me débarrasser un beau jour du petit sac qui renferma pendant
plusieurs mois tout ce que je possédais. Ah ! j'étais
le roi du monde quand ma fortune tenait sur mon
dos ; et si je n'avais pas eu la faiblesse de m'attacher
à ce petit sac, de quel pas plus allègre encore j'aurais parcouru les beaux lieux que j'ai visités avec
lui ! Mais il me siérait mal de me plaindre, et je ne
me plains ni n'en suis tenté. Je voulais seulement
dire, afin de vous rassurer sur mon sort présent, que
la chambrette où l'on m'a mis est encore trop grande
pour moi ; que j'y ai ma part plus que large de vent,

21.

de soleil et d'air marin; que la table de bois blanc
sur laquelle je vous écris n'est pas plus mal commode
que toute autre table à écrire; qu'enfin, dans notre
petite condition, je découvre encore du superflu.
J'en ai même ici. Il y a du superflu en ce monde
pour tous ceux à peu près qui savent se contenter
du nécessaire. Affermissons en nous, je vous prie,
la résolution de ne point faire fortune.

Vous pouvez m'écrire à l'hôtel du *Hareng couronné*, tenu par M. Merlu, successeur de la veuve
Poupiche. Ces noms vous font rire : ils ne paraissent
point grotesques ici, et sont portés par des gens qui
n'en sont pas médiocrement fiers. Poupiche et Merlu
sonnent dans cette bourgade comme Brignole à
Gênes ; seulement les Brignole, ceux que je connais
du moins, sont plus aimables et regardent de moins
haut les petites gens et leur petit bagage. On con-
vient que si le *Hareng couronné* continue quelques
années d'aller du train dont il va, vent arrière et
toutes voiles dehors, mademoiselle Merlu sera un
parti trop considérable pour les fortunes du pays et
qu'elle épousera quelque étranger, c'est-à-dire un
monsieur des communes voisines. Elle a un piano !
Voilà ce que vous ne me souhaitiez pas. Mais rassurez-vous, je suis dans les chambres hautes, et je
n'entends que la musique de la mer.

La prospérité de M. Merlu a fait de tels jaloux
qu'il a été fortement question, dans les premiers
jours de la République, de lui découronner son hareng. Les envieux disaient que c'était une enseigne

séditieuse, et peu s'en est fallu qu'on ne dégrin-
golât en émeute. Déjà même, M. Merlu, intimidé,
entrait dans la voie périlleuse des concessions.
Au conseil municipal, où l'on agitait son affaire, il
offrit de mettre : *Au Hareng royal*; le parti avancé
voulait : *Au Hareng national*; le tiers parti : *Au Hareng*, sans adjectif; les radicaux hurlaient qu'il fallait tout effacer. « Les brigands ! dit M. Merlu, parce
que je refusais de leur faire crédit ! » Enfin, tout s'est
accommodé, le sang n'a point coulé, et le hareng a
conservé sa couronne à l'ombre d'un drapeau trico-
lore dont il ne reste aujourd'hui que le bâton. Voilà
l'histoire des révolutions de ce port de mer qui
compte quinze cents habitants. Vous voyez que les
esprits n'y sont point très-farouches, et que le « grand
parti de l'ordre, » dont M. Merlu est une pièce principale, y tient le haut du pavé.

VII

HISTOIRE DE LA VILLE DE *** DEPUIS LES TEMPS FABULEUX JUSQU'AUX TEMPS FUTURS.

Puisque vous le désirez, je vous ferai l'histoire de
cette ville. Je ne la connais pas du tout, et je n'ai nul
moyen de m'en instruire; mais ce n'est pas ce faible

obstacle qui m'arrêtera lorsque vous daignez commander.

Vous dire à quelle époque la ville fut fondée, c'est de quoi je suis entièrement incapable. Mettez la date qu'il vous plaira, je le trouverai bon. Voici à peu près comment la fondation s'est faite.

La haute falaise, qui semble donner à la vaste mer une prison digne d'elle, se trouve, à l'endroit d'où je vous écris, coupée par un accident que je ne connais pas, arrivé en vertu d'un dessein de Dieu, dont Dieu n'a pas jugé à propos de me rendre compte. On peut supposer que Dieu voulait là une ville, et de plus profondes conjectures me paraîtraient superflues.

Cette coupure offrait un accès facile à la mer; se prolongeant dans les terres, elle y formait un vallon étroit et sinueux, défendu contre les souffles de l'Océan par un paravent de cent toises de hauteur et de l'épaisseur d'une demi-lieue. Les bonnes gens des environs virent cela, tout simples qu'ils étaient. Sans qu'aucun journal ni aucune société d'agriculture leur en donnassent l'idée, ils s'établirent à l'entrée de la coupure, entre la mer qui leur apportait des coquillages et le vallon qui leur offrait des fruits. Comme ce même vallon donnait aussi des arbres, et même fort beaux, je pense que l'idée leur vint, peu à peu, de couper des arbres et d'en faire des bateaux pour aller sur l'eau, comme dit la chanson, qui fut composée ensuite, et peut-être pas bien loin de ce temps-là; car pourquoi ces bonnes gens, qui avaient parmi eux des charpentiers et sans doute aussi des tis-

serands, n'auraient-ils pas eu des poëtes? Enfin,
toujours est-il qu'on eut des bateaux, qu'on fit des
filets, qu'on prit du poisson, et que, se trouvant bien
là, on y construisit des demeures. Voilà l'histoire ancienne; excusez-moi si je ne vous donne pas les
dates; mais qu'en feriez-vous?

Il vint aussi d'autres gens que des pêcheurs, ce
furent des moines; et si l'on prétendait que les moines
précédèrent les pêcheurs, je ne dirais pas non. Après
tout, que nous importe, à vous et à moi? Ce qui ne
m'étonnerait pas serait d'apprendre que les moines,
étant venus les derniers, enseignèrent aux bonnes
gens de la coupure à manger du poisson, au lieu de
manger leurs parents. Car, puisqu'on les faisait cuire,
ces chers parents, quelle raison y avait-il de ne les
pas manger? En tous cas, je tiens pour certain que
les moines perfectionnèrent singulièrement l'art de
construire et de conduire le bateau, l'art de jeter le
filet, l'art de bâtir, d'autres arts encore. Eux-mêmes
construisirent un beau monastère, avec une belle
église, auxquels ils donnèrent un beau nom de saint,
qui est devenu le nom du pays. Le conseil municipal fit d'abord quelque opposition; je n'en sais rien,
mais je l'affirme et vous le croyez. Puis, comme il
n'y avait toujours pas de journaux et pas de société
d'agriculture et belles-lettres, ce conseil municipal
finit par mollir. On permit aux moines de défri-
cher les terres, de faire du bien, de prier Dieu. On
finit par prier avec eux. La hutte primitive devint une
maison, les maisons multiplièrent, ce fut une ville.

D'autres clochers s'élevèrent; on sut lire et écrire; on sut qu'on n'était pas sur la terre uniquement pour prendre du poisson, le sécher au soleil ou le rôtir au feu, et le manger. On partit pour la pêche en se recommandant à la vierge Marie; on chanta sur les flots les louanges du Créateur de ces riches abîmes; on prit l'habitude de s'agenouiller au retour devant la croix que les moines avaient dressée sur le rivage, *posuerunt me custodem*, pour surveiller la mer et pour la rendre en même temps moins perfide et de plus en plus féconde. Enfin on naquit, on vécut, on mourut chrétien. C'est l'histoire des temps barbares et superstitieux, l'odieuse époque du moyen âge. Permettez, très-chère amie, que j'aille faire une promenade pour dissiper la tristesse de ces souvenirs.

VIII

SUITE.

Sauf l'abondance croissante des moines, sauf la croyance en Jésus-Christ et la dévotion pour la Vierge et les saints, devenue excessive, tout allait d'ailleurs supportablement en ces temps malheureux. Le port était fréquenté; la ville, forte et riche, fatsait de grandes expéditions et ne renfermait point de pauvres.

Grâce à cette prospérité, il se forma des gens d'esprit, lesquels étaient déjà grands et commençaient à raisonner très-bien, lorsque parut enfin la lumière. — Quelle lumière, dites-vous? — Ah! vous ne la connaissez point, et c'est pourquoi il y a entre nous quelque amitié. Cette lumière-là, madame, comme on l'entend en histoire et en philosophie, n'est pas celle du premier siècle, dont nous nous servons encore, vous et moi et quelques autres : elle parut au seizième siècle dans les mains de Luther, quand ce galant homme, las de son cloître, de son froc et de son père gardien, las de ses vœux de moine et de prêtre, sentit le besoin de devenir père de famille et alluma le flambeau de l'hyménée. De là vient M. le pasteur Coquerel, mon représentant à l'Assemblée nationale constituante, à qui je ne laissais pas de penser tandis que mon ami Jean-Pierre, l'autre jour, me contait comment il avait fait son propre député.

Les gens d'esprit de notre endroit, quoique Luther parlât allemand, virent clair tout de suite. Ils déclarèrent que le Pape n'entendait rien aux saintes Écritures; que l'homme se sauverait désormais suffisamment par la foi, sans prendre encore la fatigue des œuvres; que c'était une chose entièrement ridicule et superstitieuse d'honorer la Vierge et les saints. Ils ajoutèrent que les moines pratiquaient fort mal la religion, puisqu'ils ne parlaient pas de se marier, et que ce serait une chose très-avantageuse à la commune de chasser ces fainéants et de piller leurs biens.

Les hommes qui parlaient ainsi ne se contentèrent pas de parler. Rarement on se contente de parler, et tous ceux qui demandent à parler ont quelque chose à faire. Les parleurs d'ici se mirent de grand cœur à la besogne, devinrent en peu de temps un parti considérable, ourdirent plusieurs séditions, et finalement se firent connaître pour partisans de l'Évangile, en pillant et chassant les moines, dont quelques-uns tombèrent du haut de la falaise dans la mer.

C'est l'âge de gloire, de réveil, de progrès, qu'on appelle la Réformation.

Ce beau mouvement de la raison et de la piété bourgeoise donna naissance à une guerre civile de quelques années. Le résultat, pour les gens d'esprit de cet endroit, fut que la plupart moururent de faim ou d'arquebusades dans leur ville assiégée. On les traita si bien, qu'il n'en resta guère. Mais ce qu'ils avaient détruit, ou ce qu'on avait détruit pour les châtier, ne se releva point. Les moines ne reparurent pas. Il arriva autre chose : à la place de moines, on eut des soldats et des mendiants.

La ville elle-même dut mendier. Son port n'était bon qu'à condition d'y faire de continuels travaux; ces travaux coûtaient cher. La ville, ruinée par les guerres, par les contributions, par les garnisons, n'avait plus d'argent. Elle en demanda à l'État; l'État ne lui en donna point. Le port s'embourba, s'ensabla, devint dangereux; les navires s'éloignèrent, la population diminua.

Ainsi, dépérissant toujours, de ville elle est devenue bourgade. Le port, aux trois quarts perdu, est morne et désert; les grandes maisons sont tombées. Plus de richesses, plus d'affaires. On serait tout à fait mort, si un homme de génie, feu Poupiche, ne s'était pas rencontré, qui, trouvant sous la falaise un coin de plage assez propret, y a construit une douzaine de baraques autour d'une manière de hangar en rotonde, où il a fait apparaître trois journaux. Moyennant cet appât, quarante Parisiens viennent ici tous les ans, pendant deux mois, promener leurs ventres obèses, leurs enfants étiques et leurs *épouses* enrubanées. Leur présence aiguise l'esprit des habitants aisés, enflamme les têtes de quelques jeunes employés du Gouvernement, scandalise le peuple, enrichit M. Merlu. Voilà l'histoire contemporaine.

Voulez-vous l'histoire des temps futurs? La voici.

Ces indigènes inoccupés, ces baigneurs oisifs, ces employés de l'État qui ne font rien, passent le temps dans les cafés à lire des journaux et à bavarder contre le Gouvernement. Ils ont de l'esprit, comme les gens d'esprit du seizième siècle; ils voient aussi une lumière. Quoique divisés sur toutes choses à peu près, ils s'accordent néanmoins en un point capital, qui est: le peuple est fort sot de croire en Jésus-Christ, de prier la Vierge et d'honorer les saints. Non qu'ils soient luthériens, mais ils sont philosophes; la différence n'est pas énorme. Ils se moquent des prêtres

dans les cabarets; ils ont la plupart grand soin de
n'aller jamais à la messe. Après avoir scandalisé le
peuple, naturellement bon et pieux, ils réussiront à
le corrompre. Déjà la chose est bien avancée.

A ce point, mon histoire se bifurque, et j'aperçois
deux dénoûments.

Si, par une grâce de Dieu possible, mais sur laquelle je ne voudrais pas absolument compter, le
peuple résiste à la corruption, ce pays, pas plus
qu'aucun autre, ne restera stationnaire. Par la force
des choses, la religion reprendra la prépondérance;
elle convaincra même ces bourgeois, même ces oisifs,
même ces employés. On rebâtira le monastère, on
reviendra aux prières, aux pratiques pieuses, à la
vie chrétienne; on naîtra, on vivra, on mourra
chrétien.

Si, au contraire, le bel esprit bourgeois, secondé par certaines idées qui ne sont pas du tout
bourgeoises, triomphe et l'emporte, alors, un certain jour, qui peut n'être pas loin, le peuple, ici
comme partout, se soulèvera plus terrible que la
mer, chassera les baigneurs de leurs baraques, les
bourgeois de leurs maisons, les employés de leur
bureau, Merlu de son hôtel. Quelques-uns même tomberont dans les flots, du haut de la falaise. Le *hareng*
sera non-seulement découronné, mais grillé; il y
aura des coups de fusil, des meurtres... Et je ne
trouve pas du tout impossible que le dernier résultat ne soit de remettre les choses dans leur état premier. Les huttes remplaceront les maisons, les trous

dans le rocher et dans la terre remplaceront les
huttes; on vivra des fruits que la terre donnera sans
culture et des coquillages que la mer laissera par
mépris sur le galet; et l'on ne verra pas d'autres autels que celui où le premier conseil municipal établi
dans ces lieux offrait des victimes humaines. Que le
dieu s'appelle Teutatès, ou Égalité — Liberté — Fraternité, la différence n'est pas notable pour la victime ni pour le sacrificateur.

Mais puisqu'il y aura encore des hommes, il y aura
encore, soyez-en sûre, des lieux sur la terre où l'on
connaîtra votre Jésus et le mien, où les âmes le ser-
viront, où les cœurs chanteront les louanges de sa
Mère divine et de ses saints bien-aimés.

IX

MONSIEUR ET MADAME COLLARD.

C'est grand dommage que l'on gâte ce peuple !
Tous les matins, après ma première visite à la mer,
je prends un chemin creux, tapissé d'herbes à fleurs
et couronné de jeunes frênes, qui mène par vingt
détours à l'église, bâtie sur une colline avoisinant
les ruines de l'abbaye. Je ne manque jamais de trou-

ver à la messe un certain nombre de femmes, et quelques vieillards à qui l'âge ne permet plus ni la mer ni les champs. Tout cela est peuple, tout cela est pauvre. Les dames de la ville et les belles étrangères ont des soins de ménage qui les empêchent de donner à Dieu une heure de la matinée. Il paraît que les mères, les veuves, les femmes et filles des pêcheurs et des ouvriers peuvent perdre du temps.

C'est la réflexion que je faisais à madame Collard, femme du banquier, avec qui j'avais l'honneur de m'entretenir hier. Elle voudrait *excessivement*, c'est son adverbe, assister à la messe tous les dimanches et même tous les jours; ce serait pour elle une grande consolation. Malheureusement, elle a tant à faire...

— Mais, madame, toutes ces pauvres femmes qui n'ont d'autre ressource que leur travail et leur temps?

— Ah! monsieur, ce monde-là vit de si peu!

Le dimanche, personne, j'entends toujours parmi le peuple, ne se dispense d'assister aux offices. Les bourgeois eux-mêmes y viennent en majorité. Il y a deux églises, toute la journée remplies de fidèles qui chantent très-bien les psaumes. C'est, je vous assure, un spectacle rafraîchissant. Un homme du peuple qui assiste aux offices, qui en suit les paroles, qui en comprend le sens, est un homme de condition supérieure, moralement et matériellement; il possède la part d'intelligence et de bonheur que Dieu lui a destinée ici-bas; et cette part étant faite d'une telle main est bonne et complète. Le saint repos est observé. On ne voit point dans les rues de ces êtres fiers et libres qui suent sous une charge vile, ou qu'enchaîne au seuil de leur boutique la noble espérance d'arracher quelques sous au passant. Dès le matin, partout, grande toilette et grande propreté pour aller à l'église; entre les offices, réunion d'amis; après les offices, promenade générale avec femmes et enfants. Les rouges eux-mêmes, qui ont ici, comme à peu près partout, pour caractère particulier d'être célibataires ou de faire mauvais ménage, se nettoient cependant un peu. Ils vont chômer en deux ou trois bandes, dans les cabarets, suivant leur fortune ou leur crédit. La partie aristocratique, séduite par la qualité supérieure des objets de consommation, fréquente sans vergogne l'estaminet du *Hareng couronné*, et M. Merlu, qui s'engraisse de tant de choses, s'engraisse aussi de la sueur du peuple. Mais revenons aux bonnes gens.

Cette piété qu'on leur voit ne consiste pas seulement dans la forme et dans l'apparence. Tous les dimanches, à la première messe, il y a de nombreuses communions; elles ne sont pas rares dans la semaine. Avant-hier, l'équipage entier d'un bateau pêcheur est venu à la sainte table avec toutes les femmes, les mères et les parentes. C'était l'accomplissement d'un vœu fait au dernier voyage, pendant la tempête; tous avaient déjà communié à leur retour. Ils y ont mis beaucoup de foi, de recueillement et de dignité. Chose cruelle! des hommes qui n'ont besoin de rien, et qui profitent de la vie dure de ces pauvres gens sans en partager les périls, s'appliquent à leur ôter

du cœur une croyance si nécessaire à leur courage!

J'en causais tout à l'heure avec monsieur et madame Collard, que je rencontrai digérant sur la falaise. Car il y a des gens qui se promènent, mais monsieur et madame Collard digèrent.

M. Collard sourit superbement lorsqu'il apprend
qu'un équipage en détresse a fait quelque vœu à la
sainte Vierge.

— Mais, monsieur, pourquoi ne voulez-vous pas
qu'ils demandent à Dieu la grâce de ne point périr,
et que, l'ayant obtenue, ils se montrent reconnaissants?

— Bah! répond M. Collard, Dieu a bien besoin de
leurs remercîments, supposé qu'il ait entendu leurs
prières et qu'il les ait sauvés!... ce que je ne crois
pas, moi.

— Mais, monsieur, ce que vous croyez ou ne
croyez pas, vous, n'y fait rien. Eux, ils croient que
Dieu les entend et les sauve.

— C'est là ce que je déteste, s'écrie M. Collard; je
ne puis souffrir cette superstition.

— Mais, monsieur, quel mal vous fait-elle, cette
superstition?

— A moi, reprend M. Collard, rien du tout; je
m'en moque bien. Seulement, c'est absurde pour des
hommes; et puis cela les met dans les mains du
clergé. Quand ils y sont, ils n'écoutent plus nos
conseils. Les trois quarts d'entre eux votent comme
le Curé leur dit.

— Mais, monsieur, où est le mal, M. le Curé n'est pas socialiste?

— Pas socialiste, poursuit M. Collard avec une forte expression, pas socialiste, c'est ce qu'il faudrait savoir. Ils disent bien des choses dans leurs sermons! Ils appellent cela l'aumône, la charité, tout ce que vous voudrez; mais je dis que c'est suspect. Un journal a fait voir dernièrement que du Christianisme au Communisme il n'y a pas loin. En tout cas, si le Curé n'est pas socialiste, il est obscurantiste, et j'en ai assez.

— Mais, monsieur, qu'est-ce que c'est qu'un obscurantiste?

— J'appelle obscurantistes, dit M. Collard, ces ennemis de la lumière, ces éteignoirs qui ne veulent pas que l'esprit humain connaisse, compare, apprécie et juge tout ce qui est de son ressort; qui lui imposent des croyances toutes faites, qui l'asservissent à la parole des prêtres, et qui lui disent : Tu n'iras pas plus loin.

— Mais, monsieur, pourquoi donc alors êtes-vous conservateur? Pourquoi demandez-vous des lois contre la presse, contre la tribune, contre les clubs?

— Un moment! s'écrie M. Collard, je ne demande tout cela que contre les rouges, parce qu'ils mettent en question le capital, la famille et la propriété. On doit respecter les lois sociales.

— Mais, monsieur, les lois sociales sont encore plus du ressort de l'esprit humain que les lois religieuses. Pourquoi voulez-vous empêcher l'esprit humain rouge de connaître, d'apprécier, de juger les différents systèmes sociaux? Pourquoi lui imposez-vous des lois toutes faites? Pourquoi lui dites-vous : Tu n'iras pas plus loin? Vous êtes obscurantiste.

— Vous plaisantez, dit M. Collard.

Quand M. Collard a dit : *Vous plaisantez*, toute objection le trouve de bronze. Il se rentre jusqu'au nez dans sa cravate blanche, et ne daigne plus répondre à des « esprits légers » qui « tournent les questions les plus sérieuses en plaisanteries. »

Mais madame Collard est un de ces « esprits légers » dont le digne banquier a horreur. Elle s'égaye quand elle peut, par elle-même, ou par les autres, prouver à monsieur Collard qu'il est un imbécile ; et, sous ce rapport du moins, sa vie est une fête continuelle. J'ai souvent observé le soin particulier avec lequel certaines femmes, d'ailleurs correctes, prennent le contre-pied de tout ce que dit et pense leur mari ; je n'en ai vu jusqu'à présent aucune y déployer plus de vigilance et d'aptitude que madame Collard. Dès qu'elle voit M. Collard se replier dans sa cravate, elle entre en scène, toujours sur le même air, toujours avec la même phrase, dont elle a sûrement éprouvé l'effet agaçant :

— Ah ! pour le coup, dit-elle, monsieur Collard, te voilà *collé*. Tu n'as pas mot à souffler, mon petit ami ; l'on te fait voir ton tort.

Silence profond de M. Collard. Madame Collard se tourne vers moi :

— Monsieur, je vous remercie de ce que vous ve-

nez de lui dire. C'est ce que je me tue à lui répéter,
mais les femmes n'ont jamais raison. Tout ce qu'ils
entendent de nous, ces messieurs le mettent sur le
compte de notre imagination et de notre sensibilité.
Heureusement, quelques hommes nous comprennent. Sans cela, monsieur, ce serait bientôt fini. La
religion périrait. La religion qui est si douce, si
poétique !

Elle a dit *poétique!*

M. Collard se tait. Madame Collard continue :

— Monsieur! une chose que vous ne savez pas et
qui est drôle, c'est que M. Collard, avec tous ses
discours, a autant de religion que les autres. Je veux
vous conter cela.

Pour cette fois, M. Collard sortit de son blockhaus,
je veux dire de sa cravate; et, avec un regard cour-
roucé, mais d'une voix suppliante :

— Allons, dit-il à sa femme, Azéma, tais-toi.

— Laisse donc, reprit madame Collard, cela fera
rire monsieur. Tel que vous le voyez, M. Collard
croit aux revenants, monsieur. Il a peur si l'on ren-
verse la salière; il se fait dire la bonne aventure et
consulte les somnambules; il se signe pendant l'o-
rage et pour un empire il ne voudrait pas dîner
treize, ni commencer une affaire le vendredi. Voilà
l'homme qui se moque de la religion. Es-tu collé,
Collard? Moi je te dis que tu es religieux; tu l'es plus
que moi qui ne suis qu'une femme; tu devrais rougir; tiens, tu rougis!....

— On me reproche des habitudes, des faiblesses

d'enfance qui me sont restées malgré moi, s'écria
M. Collard exaspéré; j'ai eu le malheur d'être élevé
par des parents superstitieux. Mais ma raison proteste contre ces folies. Au fond, je sais ce que je
pense, et je ne crois ni à cela ni au reste.

— Eh! monsieur, lui dis-je à mon tour, ne vous
avancez pas tant pour le reste; et gardez plutôt vos
superstitions que de nier la vérité. Après tout, sauf
le tort de consulter les sorciers, ces superstitions ne
sont pas si blâmables; de très-grands hommes les
ont eues comme vous. Si en même temps que leurs
superstitions vous n'avez pas leur foi, faites oublier
le contraste en gardant le silence. Est-il nécessaire à
votre considération que vous prétendiez rejeter ce
qu'ils ont cru sur des raisons que vous n'êtes pas en
état de réfuter? A quoi sert surtout de proclamer
votre incrédulité devant de pauvres gens qui n'ont
pour joie, pour consolation, pour espérance que la
foi? Comment! Lorsque vous êtes bien assis dans
votre belle maison munie d'un paratonnerre, vous
tremblez au premier bruit d'orage, vous faites le
signe de la croix, et vous ne voudriez pas que ces
pauvres matelots fissent de même, lorsqu'ils sont
ballottés sur les abîmes dans leur coquille de noix?
C'est un bel avantage pour vous de leur retirer cette
consolation! Quand vous aurez obtenu qu'au lieu de
prier ils blasphèment, vous ne payerez pas le poisson moins cher. Mais savez-vous ce qui arrivera un
jour? Au lieu d'accepter courageusement le travail
et les privations, et de penser en regardant votre

maison que le paradis sera une plus belle demeure,
ils se demanderont pourquoi vous êtes si bien logé
et eux si mal ; pourquoi vous avez tant de loisirs et
eux si peu ; pourquoi vous gagnez plus d'argent en
un jour qu'eux en toute l'année? La pensée leur
viendra d'être banquiers aussi, et ils feront leurs
premiers fonds avec votre banque.

— Vous plaisantez, monsieur.

— Non, monsieur, je ne plaisante pas ; je parle sérieusement d'une chose sérieuse. Souffrez que je
vous conseille d'y songer. Et quand vous verrez des
matelots se rendant nu-pieds à l'église pour accomplir un vœu, dites-vous bien que ces hommes ne
consentiront plus à gagner si laborieusement leur
vie le jour où ils cesseront de voir sur votre caisse
ces mots écrits de la main de Dieu même : *Bien
d'autrui tu ne prendras.*

Hors l'Église, monsieur Collard, point de salut
pour le capital!

Là-dessus, voyant M. Collard replongé dans sa
cravate, et Azéma qui s'apprêtait à reprendre la parole, je donnai le bonsoir au couple, et je m'en allai
le plus vite que je pus. Vous savez à quel point ces
butors incrédules ont le privilége de me fâcher. Ils
m'indignent encore plus à la campagne que dans les
villes. Étalée en pleine présence de la voûte céleste,
à la face des champs, des arbres, de la mer, de
toutes les grandes œuvres de Dieu, leur sottise revêt
je ne sais quoi qui m'irrite davantage. Je pardonne
plus volontiers à un citadin qui ne voit partout que

des toits et des pavés de ne pas savoir ou de ne pas
croire que le monde est l'ouvrage de Dieu, et ne
subsiste matériellement et moralement, dans toutes
ses parties, que par la miséricorde de Dieu. Je lais-
sai donc Azéma coller Collard, et je fis évaporer
mon courroux en cherchant quelles institutions
pourraient assagir un peu la bourgeoisie.

Après quelques heures de cet exercice, M. Collard
m'inspire des sentiments moins exaltés. Je le plains
presque. Considérez son effroyable sort ! — Voilà vingt
ans qu'il vit tête à tête avec Azéma, sans autre refuge que sa cravate, toujours contrarié, bafoué, opprimé, toujours taonné des mêmes quolibets, et
cela n'est pas près de finir. Au fond, même sans
compter ce qui l'attend, à supposer qu'il n'arrive
point de révolution, que sa caisse ne fuie pas un
beau matin, et qu'il n'ait point la goutte, c'est une
destinée triste, c'est un chemin âpre pour aller au
jugement de Dieu. Combien est plus heureux le pauvre matelot qui, rentrant dans sa pauvre cabane, y
trouve une de ces simples femmes que je vois à la
messe tous les matins, forte, laborieuse, affectueuse,
heureuse de le revoir, et qui s'endort sur son cœur
en remerciant Dieu de l'avoir ramené !

Ceux-là ont cherché le royaume de Dieu et sa justice. Ils ne demandent que le pain quotidien. Avec le
pain, Dieu leur donne le surcroît qu'il a promis, la
paix, l'amour, le bonheur ; trois anges qui n'ont jamais franchi le seuil de Collard, et qui ne le fran-
chiront jamais.

X

L'ÉCONOMIE POLITIQUE DU CURÉ

Il faut que je vous fasse faire connaissance avec notre curé et avec sa politique, dont M. Collard n'est point content. Il vient justement de prononcer un sermon que je crois pouvoir écrire de mémoire. J'ai analysé des discours qui ne valaient pas celui-là. Le sujet est l'évangile de la multiplication des pains. Bourdaloue en a tiré son beau sermon sur la tempérance. Autre temps, autres leçons. Notre curé en a fait une instruction pour les pauvres esprits qu'abusent les chimères du socialisme.

Le socialisme n'est pas florissant ici. Il a cependant ses apôtres. L'un d'eux, très-barbu, se laissait soupçonner de garder des cartouches : il a fait grand'peur; mais un réactionnaire l'ayant menacé de lui couper la moustache et peut-être les oreilles, sa gloire se décolore. Un autre est orateur : c'est le chef, bien qu'il ne se vante pas de détenir des munitions de guerre. Partout les bavards ont le pas, même sur les bravaches. Deux faillites et de moindres peccadilles nuisent à son éloquence. Nul n'est prophète en son pays.

Néanmoins, il ne laisse pas d'infiltrer un venin dont
le curé s'inquiète. De là, fréquemment, des instruc-
tions dans le genre de celle que je vais rapporter,
sur *la multiplication et le partage des richesses*.

« Mes frères, je remarque dans l'Évangile de ce
jour une circonstance bien étonnante. Pour nourrir
la foule affamée, Notre-Seigneur ne se contente pas
de multiplier instantanément quelques petits restes
de pain : nous voyons encore qu'il prend à celui
qui possède, afin de donner à ceux qui ne possèdent
pas. Exemple mémorable de la multiplication et du
partage des richesses, et qui répond doublement
aux plus vives préoccupations d'un grand nombre
d'esprits. Les gens ne manquent point parmi nous,
ou du moins près de nous, qui proposent, qui promettent ou qui exigent quelque chose d'analogue.
Ils disent : Mettons en commun tous les biens de la
terre et partageons-les ; que désormais personne
n'ait de trop ; que chacun ait à sa suffisance. Rien ne
leur semble plus juste et plus facile à réaliser. Il est
certain que Notre-Seigneur l'a fait. Mais il faut voir
pourquoi il l'a fait, comment il l'a fait, et si d'autres
le pourront faire.

« Le divin maître s'est retiré au désert, sur le bord
du lac de Tibériade, où il veut que ses disciples
prennent un peu de repos ; mais les peuples, accou-
rant par grandes troupes, viennent jusqu'en ce lieu
lui apporter leurs ignorances et leurs souffrances,
lui demander des lumières, implorer des miracles.

Tout est à remarquer dans la sainte Écriture, mes frères ; remarquez les heureuses dispositions de ces pauvres gens. Ils cherchent Jésus : ils le trouveront, quoiqu'il ait paru vouloir se cacher. Ils ont tout laissé pour le voir et l'entendre : ils le verront, ils l'entendront, ils obtiendront de sa bonté ce qu'ils demandent et plus qu'ils ne savent demander. Après avoir instruit les ignorants et guéri les malades, Jésus va pourvoir aux besoins de tous, parce que tous ont agi suivant cette parole : Cherchez premièrement le royaume de Dieu.

« *Cherchez premièrement le royaume de Dieu !* Voilà déjà une condition que n'observent guère ceux qui disent parmi nous qu'ils vont multiplier les pains. Le royaume de Dieu, c'est la prière, c'est le travail, c'est l'humilité, c'est la charité, c'est, enfin, l'observation de la loi de Dieu et l'entière obéissance à la volonté de Dieu, de quelque manière qu'il plaise à ce grand Dieu de la manifester. Nos prometteurs de miracles tiennent un autre langage ; ayant un autre Dieu, ils cherchent un autre royaume de Dieu.

« S'inquiétant peu du nécessaire, ils veulent d'abord le surcroît, et ils le veulent d'une telle espèce, que ma voix se refuse à le décrire. L'Apôtre a nommé le dieu que servent ces hommes. Leur dieu est leur ventre : *Quorum deus venter est.* Ce dieu-là, vous savez trop quels sont ses prodiges ; nous n'avons sous les yeux que trop d'exemples de la misère où il réduit ses adorateurs. En quel état les voit-on revenir de ces temples ignobles ? Quelle sagesse

nouvelle éclaire leur conduite ? De quels maux leurs
corps sont-ils guéris ? Ils le suivent au bruit des
chansons, mais aussi au bruit des gémissements de
leur familles ; ils reviennent abrutis. Ils n'ont voulu
que le plaisir, ils n'ont trouvé que l'ignominie, et
avec l'ignominie la tristesse et le désespoir. Loi
vieille comme le monde ! L'homme est créé pour le
bonheur, il n'est pas créé pour le plaisir : ce qui
excède la limite d'un court délassement l'abaisse, le
dégrade, le tue. En nous condamnant au travail,
Dieu a fait du travail la condition non-seulement de
la vie, mais du bonheur de la vie. C'est pourquoi
il a voulu que le plus grand nombre des hommes
fussent pauvres et laborieux, ne mettant nulle bar-
rière entre eux et le bonheur, en élevant d'infranchissables entre eux et le plaisir. Avant tout, le bonheur, c'est la paix, le sentiment digne et joyeux qui
naît en nous du devoir accompli, c'est-à-dire de la
conscience d'avoir fait ce que Dieu voulait de nous.
Beati qui ambulant in lege Domini ; heureux les
hommes qui observent la loi du Seigneur ! Ce bon-
heur-là n'est incompatible ni avec la pauvreté, ni
avec les privations, ni même avec les souffrances ; il
est incompatible avec ce que le monde appelle *plaisir*.
Je n'ajoute qu'un mot : lorsqu'on vous promet une
vie toute de plaisir, considérez les hommes de plaisir,
et connaissez la doctrine à ses fruits.

« Reportons nos regards sur la troupe des fidèles
qui ont cherché Dieu, s'avançant pour le joindre
jusque dans le désert. Dès que Jésus les voit, ah ! il

n'est plus question de repos ! Sa tendresse éclate, parce qu'ils étaient, nous dit saint Luc, comme de pauvres brebis qui n'ont point de pasteur, *quia erant sicut oves non habentes pastorem*. Sortant donc de la barque où il s'était réfugié, il monte sur une colline et il commence à les instruire. Il leur parle du règne de Dieu, et ceux qui avaient besoin de guérison, il les guérit : *Et eos qui cura indigebant sanabat*.

« Cependant la journée avance, et tous ces hommes n'avaient point mangé. Ils n'y pensaient pas. Mes frères, quel enseignement ! Ceux qui se sont séparés de Dieu et qui ne le connaissent plus veulent des plaisirs et n'en ont jamais assez ; ils en veulent à tout prix, et la politique insensée qui leur a promis de les satisfaire ruine en vain le monde pour les assouvir. Ceux qui écoutent Dieu oublient même qu'ils ont faim ; aucun n'élève la voix, pas un ne demande au moins quelque nourriture.

« Jésus songe à leurs besoins avant eux-mêmes, soit qu'il s'en exprime directement, comme dans saint Marc, qui rapporte cette touchante parole : *Misereor super turbam*, j'ai pitié de ce peuple ; soit qu'il inspire à ses disciples l'avis qu'ils viennent lui donner, disant : L'heure est avancée, le lieu est désert, nous n'avons pas de pain pour nourrir cette multitude ! Car il se trouvait là environ cinq mille hommes, *fere viri quinque millia*, sans compter les femmes et les enfants.

« Ils sont dans le désert, ils ont faim, — comment

les nourrir? C'est le problème d'aujourd'hui, c'était celui d'hier, ce sera celui de demain; c'est le problème permanent. Pour le résoudre, les moyens humains n'ont pu suffire. Dieu va tout à l'heure en employer un autre, que nous conserverons, qui restera désormais entre les mains de ses amis, et que cependant les savants et les sages du monde ne connaîtront pas. Mais, avant de nous montrer ce qu'il peut, le miséricordieux Jésus veut que nous sachions bien ce que nous ne pouvons pas. Ses disciples seront plus tard les grands conducteurs des peuples de la terre : il les laisse aux prises avec la difficulté qui pèsera sur tous les gouvernements. Attention, mes frères, ceci nous touche de près.

« Quoique déjà supérieurs à ce qu'ils étaient naguère, quoique amis pleins de zèle de la vérité et des pauvres, les disciples n'ont pas encore reçu l'Esprit-Saint; leur sagesse ni leur foi n'est pas encore parfaite. Simples hommes, pour nourrir cette multitude ils ne proposent que des moyens humains. Or ces moyens ne sont pas nombreux : on en connaît deux, pas davantage; ils sont essayés tour à tour par les révolutions, terribles expériences qui tuent plus de gens qu'elles n'en font vivre. Ces deux moyens, les voici : le premier, sacrifier le pauvre au riche; le second, sacrifier le riche au pauvre. C'est tout. La politique et la science n'ont rien trouvé de plus : et cela se termine toujours, vous voyez, à sacrifier quelqu'un.

« Il faudrait ne sacrifier personne.

« Les disciples prennent la situation telle qu'elle se présente. Ces gens ont faim, ils ont besoin de manger; voilà ce que suggèrent la prévoyance et l'humanité. Mais nous n'avons rien à leur donner, avertissons-les d'aller se pourvoir; l'humaine sagesse et l'humaine puissance ne peuvent faire mieux. — Renvoyez-les, disent-ils à Notre-Seigneur, afin qu'ils aillent aux environs, dans les métairies et les villages, acheter de quoi manger. Renvoyez-les tandis qu'il n'est pas trop tard; renvoyez-les, pour que, tout à fait pris au dépourvu, ils ne viennent pas bientôt nous accabler de leurs besoins.

« Renvoyez-les! Ah! disciples loin encore du maître! Vous vivez dans l'intimité de Jésus, et vous ne le connaissez pas. Comment, qu'il les renvoie! Et ceux qui n'ont point d'argent? et ceux qui tomberont de fatigue avant d'avoir gagné les métairies et les villages? et ceux qui ne trouveront que des cœurs fermés? Que ferez-vous pour tous ceux-là, pour le grand nombre? Mais il faut bien le dire, mes frères, les disciples pourraient répondre : Ils sont cinq mille, nous n'avons pas de pain, que voulez-vous que nous fassions? Force est bien de les renvoyer. Chacun se pourvoira par son industrie. Ceux qui ne pourront rien acheter, ceux à qui l'on ne voudra rien donner, ceux-là n'auront rien. — Sacrifice du pauvre.

« Cependant Jésus intervient. Nous avons prévu que ce mot sec et dur : *Renvoyez-les*, ne lui agréerait pas. Le bon maître, donc, répond aux disciples :

« Il n'est pas nécessaire de les renvoyer, donnez-
« leur vous-mêmes à manger. » C'était, dit un excellent interprète, « la prophétie de ce qui allait arri-
« ver. Ce peuple fut en effet nourri par les apôtres
« et du peu qu'ils avaient pour leur provision. »
Mais n'anticipons point. Les disciples se mépren-
nent; ils n'entendent pas que Jésus les invite à lui
demander ce miracle sans lequel la multitude
n'aura point de pain. Prenant sa parole au sens matériel, ils l'interprètent comme un ordre d'aller eux-
mêmes aux provisions et d'en faire la dépense. Si
leur foi laisse à désirer, leur charité du moins est
prompte. « Et ils dirent : Allons donc acheter du
« pain pour deux cents deniers d'argent et nous
« leur donnerons à manger. »

« Vous voyez ici, mes frères, le dévouement humain le plus généreux. Deux cents deniers, c'était
probablement tout ce que renfermait la bourse commune, tout ce que la reconnaissance des cœurs con-
solés et des malades guéris avait donné aux premiers ouvriers de l'Évangile pour qu'ils fussent
libres de porter la parole et de faire les œuvres de
Dieu. Ils ne balancent pas à tout verser dans le sein
des pauvres. Voilà le sacrifice du riche. Il ne sufira
pas, il ne sera pas fécond, parce qu'il y entre plus
de compassion naturelle que de charité proprement
dite. Il faut un miracle, et la seule perfection de la
charité peut l'accomplir. Or la charité n'est parfaite
qu'autant qu'elle agit par les motifs de la foi. La générosité est naturelle, et donne aux hommes; la

charité est surnaturelle, et donne à Dieu ; ou plutôt,
c'est Dieu même qui, par les mains de la charité,
fait les dons qui se multiplient. Ici la foi est encore
faible.

« Jésus, gardant le silence sur la proposition des
disciples, leur fait ainsi sentir que leur incomplète
vertu est impuissante comme leur incomplète sagesse. Il regarde cette fourmilière d'affamés dont la
plaine est couverte, et, s'adressant à Philippe : « De
« quoi achèterons-nous du pain, lui dit-il, pour
« donner à manger à tout ce monde? » Et Philippe
connaît aussitôt l'insuffisance de cette générosité,
cependant louable, avec laquelle les disciples viennent d'offrir tout ce qu'ils possèdent. A la question
de son maître il répond tristement : « Du pain pour
« deux cents deniers ne suffirait pas pour que cha-
« cun en eût un peu. »

« Vous l'entendez, mes frères : le sacrifice du
pauvre est cruel; le sacrifice du riche est inutile.
Quand même le petit nombre de ceux qui possèdent
non pas le superflu, mais le simple nécessaire, voudraient, à l'exemple des disciples, en faire un généreux abandon, ce serait trop peu. Ce sacrifice
héroïque, et qu'on ne saurait attendre de la plus
grande partie des hommes, ne fournirait pas de
quoi donner à chacun son petit morceau; toute la
richesse de l'État n'y peut suffire : *Ducentorum de-*
nariorum panes non sufficiunt eis, ut unusquisque mo-
dicum quid accipiat. Que sera-ce donc, si, au lieu
d'une communauté volontaire, il s'agit d'une com-

munauté forcée; si, au lieu de recevoir des riches
en pur don ce qu'ils possèdent, il s'agit de les dépouiller à main armée ?

« Il n'y a qu'un bon moyen de sortir d'embarras,
et ce moyen n'est pas au pouvoir des hommes : c'est
un miracle. Les disciples devraient le demander.
Jésus les met assez sur la voie de faire cet acte de
foi ! Ils ne le font pas; ils portent encore trop le joug
de la sagesse du monde.

« Cédant à quelque inspiration désespérée, comme
celles qu'une politique aux abois imagine dans les
heures de péril et suggère en rougissant plutôt qu'elle
n'ose les formuler, l'un des disciples va indiquer
une mesure plus inefficace que toutes celles dont il
a été question. Jésus leur demande combien ils ont
de pains, et André, frère de Simon Pierre, s'en étant
informé, dit : « Il y a ici un jeune garçon qui a cinq
pains d'orge et deux poissons » Voilà quel était le
riche dans cette foule de plus de cinq mille individus : c'était un jeune garçon, un orphelin peut-être;
il avait pour richesse deux poissons et cinq pains
d'orge. Vous entendez dire tous les jours qu'il faut
dépouiller ce riche. Et en effet, il a du superflu ;
pourquoi cinq pains ? un seul suffirait; pourquoi
deux poissons ? Partageons-nous donc les biens de
ce riche ! Ainsi parlent ceux qui préconisent la nécessité d'établir l'égalité des fortunes, les uns par
l'institution d'une vaste communauté qui dépouille-
rait tout le monde; les autres par un morcellement
infini de cette propriété devenue commune, qui don-

nerait à chacun sa motte de terre et son grain de blé.
Mais ils n'ont pas la bonne foi de reconnaître, comme
André, l'inanité de ce qu'ils proposent, et d'ajouter
aussitôt : Qu'est-ce que cela pour tant de gens, *sed
quid hæc inter tantos?*

« Ah ! mes frères, heureusement pour cette foule
qui manquait de tout, heureusement que Jésus avait
pitié d'elle ! Heureusement qu'il voulait la récom-
penser de sa confiance à venir au désert, pour entendre parler du royaume de Dieu et pour être guérie
de ses maux ! Heureusement qu'il voulait montrer
à ses disciples quelle puissance était en lui et devait
par lui passer en eux ! Les ayant convaincus qu'ils
n'ont aucun moyen de nourrir la multitude, il leur
apprend alors que ce qui n'est pas possible à l'homme
est possible à Dieu.

« La foule, divisée par bandes de cent et de cinquante, s'assied, suivant son commandement, sur
l'herbe de ces prairies. Et lui, « ayant pris les cinq
« pains d'orge et les deux poissons, » qui lui apparte-
naient comme au souverain maître et possesseur de
toutes choses, « il les bénit, levant ses yeux vers le ciel.
« Il rompit ensuite les pains et les donna à ses disci-
« ples, afin qu'ils les missent devant ceux qui étaient
« assis. Il leur partagea aussi à tous les deux pois-
« sons. ET TOUS MANGÈRENT ET FURENT RASSASIÉS. Et,
« lorsqu'ils eurent mangé autant qu'ils voulurent,
« Jésus dit à ses disciples: Ramassez les morceaux
« qui restent, afin qu'ils ne soient pas perdus. Ils les
« ramassèrent donc, et des morceaux que laissèrent

« ceux qui avaient mangé les cinq pains d'orge, ils
« en remplirent douze corbeilles. »

« Tel est, mes frères, le récit des saints Évangiles.
Je vous retiendrais trop, si je voulais exprimer ici
toutes les leçons qui en découlent pour la règle chrétienne de la vie. Je ne dis rien de l'ordre et de la so-
briété qui règnent en ce banquet, offert par la charité divine, et qui sont si éloignés de la confusion et
de l'intempérance de nos festins. Vous ne voyez pas
là les profusions que vous promettent, bien gratui-
tement, les sectaires du *dieu ventre*. Pour quiconque
veut réfléchir, il n'y a pas de meilleure preuve du
mal que nous font ces jouissances matérielles, si effrontément préconisées; car, si elles étaient utiles,
pourquoi le bon Jésus, puisqu'il voulait bien nourrir ce peuple, n'aurait-il pas couvert de toutes les
délices humaines la table où il les conviait? Je ne
dis rien non plus de ce pain miraculeux, figure du
pain eucharistique, qui rassasie tous les convives et
qui ne s'épuise pas. Je me borne à tirer de notre
Évangile la leçon applicable aux pensées de ce
temps-ci.

« Cette leçon, vous l'avez déjà comprise. Seule, la
bénédiction de Dieu peut assez multiplier les richesses de ce monde que chacun en ait sa part; non
la part que rêve une concupiscence brutale, que
Dieu ne veut ni l'homme ne peut assouvir, mais la
part nécessaire aux besoins du moment.

« Cette part seulement qui nous est due, c'est cette
part seulement que nous devons demander: *Donnez-*

nous aujourd'hui notre pain quotidien. Il faut plaindre
plutôt qu'envier ceux qui, par une disposition particulière de la Providence, ont ou croient avoir du
pain pour plus d'un jour; car, se voyant assurés du
lendemain, ceux-là sont tentés de se confier en
leurs richesses, de ne plus se tourner vers le ciel,
d'oublier que l'homme ne vit pas seulement de
pain.

« Mais cette part nécessaire, cette petite part, tous
ne l'ont pas. Comment l'obtient-on? Mes frères, ce
n'est ni par adresse, ni par force. Les bons ne peuvent pas la donner par le simple mouvement de leur
bonté, les méchants ne la procureront pas aux autres
et ne se la procureront pas à eux-mêmes par la sagesse perfide de leurs complots. Elle n'existe pas,
il faut obtenir que Dieu la veuille créer par un miracle de chaque jour. Ce n'est point votre industrie
qui multiplie les richesses, ce n'est pas votre équité
qui les partage: c'est la bénédiction de Dieu. Et
vous n'obtiendrez la bénédiction de Dieu qu'en cherchant le royaume de Dieu.

« Dès que vous cherchez autre chose, cherchez
tant que vous voudrez, vous ne pourrez jamais que
sacrifier le pauvre au riche, ou sacrifier le riche au
pauvre; vous ne ferez jamais que des pauvres plus
nombreux et plus misérables; vous ne trouverez jamais que le désordre, la haine, l'esclavage.

« Et s'il en fallait d'autres preuves que celles qui
se pressent sous vos yeux, regardez ce qui s'est toujours passé dans l'Église; voyez-y ce miracle de la

multiplication des pains, toujours subsistant, renou-
velé sans cesse. Avec quoi nourrissaient tant de
pauvres un saint Vincent de Paul, un saint Camille
de Lellis, un saint Jean de Dieu, un saint Jean l'Aumônier, qui n'avaient jamais rien et qui donnaient
toujours? Avec la bénédiction de Dieu! Nous-mêmes,
comment soutenons-nous notre hôpital et toutes nos
petites œuvres? Je devrais le savoir, et je n'en sais
rien, si ce n'est pas avec la bénédiction de Dieu!
Dieu nourrit le pauvre sans appauvrir le riche. Du
pain d'orge qu'apporte discrètement la charité, Dieu
rassasie une multitude, et pour le pain qu'on a donné
rend des corbeilles pleines. Ce qu'Il fait ici, il peut
le faire partout; ce qu'Il fait pour une bourgade, Il
peut le faire pour un empire. Il le peut et Il le veut,
mais à une condition. c'est que nous nous mettions
dans la situation qui appelle et j'ose dire qui commande ses grâces. Si nous ne faisons pas cela, nous
ne ferons rien; attendons-nous à la faim et à la mort.
Ou nous dirons au pauvre: « Va chercher qui te nour-
risse, et, si tu ne trouves pas, meurs; » ou, ruinant
le riche en lui arrachant son héritage, nous arrive-
rons par ce vol au merveilleux résultat de partager
cinq pains d'orge entre cinq mille hommes affamés:
Quid hæc inter tantos? »

Voilà le discours de notre curé. Malgré le dire de
plusieurs grands publicistes, j'ai peine à croire que
les curés puissent être remplacés avantageusement

par des professeurs de morale, aidés des feuilletons
du journalisme conservateur.

XI

UN HOMME RANGÉ.

Antoine et Blaise sont arrivés. Antoine a voulu
aussitôt voir la mer ; Blaise est resté pour organiser
son logis. Lorsque nous revînmes, nous le trouvâmes
dans les aises de ce monde. Il s'était fait donner des
meubles, il avait tiré de sa malle vêtements de
chambre, vêtements du matin, vêtements de promenade et de cérémonie. Un tapis de pied, luxe encore
inconnu dans les chambres de seconde classe du
Hareng Couronné, s'allongeait devant son lit, et sur
ce tapis s'épanouissaient ses pantoufles. La cheminée
était ornée de deux bougies illustrées d'abat-jour,
s'élevant de chaque côté d'un crucifix. Une carte de
Normandie était attachée au mur. Sur la commode
s'étendait, bien rangée, une bibliothèque respectable ; sur la table il y avait un pupitre au complet,
encrier, couteau d'ivoire, ciseaux, canif, plumes d'oie
et plumes de fer, enveloppes, essuie-plume, crayons
de deux couleurs, cire d'Espagne, pains à cache-

ter, etc., etc. Sur une autre table, un arsenal de toilette, avec toutes les espèces de tire-bottes et de crochets. Dans un coin, la pharmacie : remèdes contre la rage, onguents pour brûlures, taffetas pour coupures, eaux pour piqûres, foulures et morsures, et encore les etc., avec une instruction pour les cas pressés d'évanouissements, de coliques, de croup et le reste. Un sucrier et du sucre dedans, et une cuiller d'argent avec manche à pilon, dans un gobelet de ruoltz ; à côté, deux petits flacons, eau de mélisse et fleur d'orange. Que vous dirai-je ? J'en oublie la moitié, et tout cela tiré de cette seule malle ! — Vous avez oublié quelque chose, Blaise. — Quoi donc ? — Des cartes pour faire le cent de piquet avec M. le curé, et le boston avec M. le maire. — Voilà ! s'écria-t-il, non sans un mouvement d'orgueil que ne put déguiser assez tôt sa modestie naturelle. Il déploya un carton qui était d'un côté un tapis vert, et de l'autre un échiquier. Il produisit un jeu de piquet avec des marques en tabletterie, un jeu de boston avec des jetons d'ivoire, et, fourrant la main dans un compartiment de sa malle, il en fit sortir en silence, mais non sans orgueil, un jeu de dominos.

— Vous riez, dit-il ; mais vous verrez, si nous avons des soirées pluvieuses ! — Bah ! dit Antoine, avec des cigares et notre esprit, nous verrions la fin des heures. — De l'esprit, dit Blaise, vous en avez ; des cigares, ils sont là. Je ne me suis pas embarqué sans en prendre quelques douzaines au bon coin.

Il nous montra des regalias bruns, secs, magnifiques; un choix de professeur! Notez que cet
homme d'or ne fume pas, et qu'il avait fait cette
provision uniquement pour nous. Ah! nous fûmes
fort attendris, Blaise et moi, et nous chantâmes un
hymne à deux voix en l'honneur des gens de bien
qui savent mettre tant de choses dans leur malle.

— Écoutez, dit Blaise, je rougis de tant chercher
mes aises. En rangeant tout cela, j'avais honte de ne
savoir point m'en passer. C'est stupide de ne pouvoir
se coucher sans tapis de pied, se lever sans pantoufles,
sortir sans parapluie (il avait apporté un parapluie,
un petit manteau de toile cirée, et des chaussures en
caoutchouc). Hélas! quel bagage à côté de celui des
missionnaires (il nous montra le dernier numéro des
Annales de la Propagation de la Foi)! Mais, si ces
babioles me manquent, je suis malheureux comme
un chat mouillé. Voilà ce que c'est que d'être né d'une
bonne famille parisienne, dans le quartier du pont
Neuf. Je vous admire, vous autres, de savoir vivre
en Spartiates comme vous faites, sans rien de ce qui
me semble nécessaire à la vie.

— Ma foi! dit Antoine, admirez-moi pour autre
chose, Blaise. Si je savais me procurer toutes ces
douceurs, comptez que je ne m'en priverais pas. Je
m'en passe, faute de savoir me les donner, vous vous
les donnez faute de savoir vous en passer; ce n'est
point de vertu que nous luttons, et nous sommes
deux pauvres pécheurs, vous les pieds sur votre
tapis, regrettant de ne savoir point supporter le car-

reau; moi, les pieds sur le carreau, très-fâché de n'avoir pas su me charger d'un tapis.

— Oui, dit Blaise, mais vous faites un effort en vous-même, et vous finissez par prendre comme une petite pénitence l'inconvénient d'avoir froid.

— Sans doute, reprit Antoine; mais, en supportant le froid, je suis exposé à penser en moi-même : « Je ne suis pas un voluptueux comme Blaise; je sais souffrir, je sais faire pénitence; mon Dieu, considérez ma vertu! » Tandis que vous, les pieds chauds, vous direz : « Je suis un lâche; je fais mon paradis ici-bas; mon Dieu, pardonnez-moi de ne pas savoir endurer les misères de l'existence comme cet admirable Antoine! »

— Dame! si vous le prenez comme cela, dit Blaise, que voulez-vous que je réponde? Il faut donc croire que j'ai de la vertu?

— Peut-être, Blaise, si vous avez de l'humilité.

XII

DU MEILLEUR TOMBEAU.

Notre messe a été attristée ce matin. Un peu avant que le prêtre vînt à l'autel, sept ou huit hommes en deuil prirent place sur les bancs; c'était un équipage de caboteur. Du côté des femmes, il y avait une pauvre vieille, et à quelques pas derrière elle, près d'un pilier, dans l'ombre, une autre femme, toute jeune, en robe claire, mais d'un visage si triste, que vous n'eussiez pu la regarder avec un peu d'attention sans pleurer. Nous questionnâmes le bedeau. Il nous dit qu'on allait faire le service d'un matelot du pays, un bon garçon bien regretté, mort en mer ces jours-ci, et enseveli dans la mer.

Le service commença. Un sanglot mal étouffé sortit de la poitrine de la vieille; l'autre mit son mouchoir sur ses yeux. Nous n'eûmes pas besoin de demander qui étaient ces deux femmes : l'une était la mère; l'autre n'avait pas le droit de pleurer tout haut et n'était ni sœur ni parente. Le saint sacrifice continuait; les hommes gardaient un silence profond. Le prêtre, lorsqu'il se tournait vers l'assistance, jetait parfois un regard compatissant du côté des pauvres femmes. La jeune ne levait point les yeux, la vieille ne pouvait contenir l'expression de sa douleur. Certes, elle ne l'affichait point; mais ses gémissements éclataient de distance en distance, comme ces soudaines rafales qui vous saisissent sur la falaise. Nous entendions quelques paroles. *Hélas! mon Dieu! — Ah! pauvre enfant! je ne le reverrai plus!* Ces cris nous serraient le cœur; le silence et l'immobilité de l'autre femme ne nous attendrissaient guère moins. Nous priâmes pour le défunt comme s'il eût été nôtre. Voyant là ses camarades si recueillis, nous espérions ou plutôt nous avions l'assurance qu'il n'était pas

mort sans qu'on l'eût fait souvenir de Dieu. Mais cette
mère, qui peut la consoler de n'avoir pas reçu le
dernier soupir de son enfant? Elle l'avait vu partir en
pleine santé. Après un court voyage, le navire rentre
au port, et son cher fils n'y est plus, elle ne le verra
plus !

La messe finie, les matelots se retirèrent : nous
sortîmes aussi ; les deux femmes restèrent seules
dans l'église, la vieille gémissant toujours, la jeune
toujours à genoux, immobile, son mouchoir sur les
yeux. O Marie, fille de Joachim, épouse de Joseph,
mère de Jésus, Marie, consolatrice des affligés, reine
des vierges et reine de douleurs, laissez tomber un
regard de pitié sur ces deux cœurs percés du glaive
de la mort !

Nous allâmes nous asseoir à l'un des points les
plus aimés de nos promenades, sur un gazon om-
bragé de vieux ormes, d'où l'on voit la campagne et
la mer.

— Voilà ce grand tombeau, dit Blaise, regardant
l'Océan. Comme je m'explique bien la douleur de ces
femmes qui pleurent encore dans l'église ! Les morts
ensevelis dans la mer ont quelque chose de plus mort
que les autres. Ceux-là vraiment ne sont plus et ne
laissent rien d'eux à ceux qui les ont aimés. Ils n'ont
pas leur place, leur croix, leur nom au cimetière ;
on ne connaît pas l'endroit où ils sont tombés ; la
vague les roule au gré de ses caprices ; leurs ossements, broyés et dispersés par les tempêtes, n'ont
point de repos.

— Oui, reprit Antoine ; mais pourtant quelle noble sépulture, quel espace immense, quelle stérilité sublime et éternelle ! Ils ne sont pas pressés par un peu de terre avare, ni longuement rongés par des reptiles hideux. Un pied insolent ne viendra point peser sur leur dépouille. Jamais la pioche ou la charrue ne remettront au jour ces tristes restes : ils ne reparaîtront que revêtus d'une forme nouvelle, au commandement de Dieu.

— Et vous, me dit Blaise, où voudriez-vous être jeté ?

— Mes chers amis, qu'importent nos vœux ? A cet égard comme en tout le reste, notre place est marquée ; acceptons-la d'avance, telle que nous l'aurons. Toute tombe est bonne à toute bonne mort.

— Mais, dit Antoine, nous voilà, ce me semble, montés sur un ton lyrique où nous pourrions difficilement nous soutenir. Je propose que nous descendions de là. J'ai apporté madame de Sévigné. Si nous l'écoutions ? Elle n'est pas engagée comme nous dans ces hautes pensées, et ne se croira point tenue de dire tant de choses sublimes.

Antoine ouvrit le volume au hasard. Je veux que vous lisiez la lettre qui se présenta sous ses yeux. Je viens de vous parler de la douleur d'une mère qui a perdu son fils. Voilà le même sujet traité par madame de Sévigné. Vous allez entendre ces cris qui nous ont si fort émus dans l'église et dont je n'ai pu vous envoyer qu'un faible écho. Seulement, au lieu d'une pauvre femme de pêcheur, vous entendrez

pleurer un maréchal de France. Mais c'est le même
gémissement.

8 décembre 1673.

« Il faut commencer, ma chère enfant, par la
« mort du comte de Guiche : voilà de quoi il est
« question présentement. Ce pauvre garçon est mort
« de maladie et de langueur dans l'armée de M. de
« Turenne ; la nouvelle en vint mardi matin. Le
« père Bourdaloue l'a annoncé au maréchal de Gra-
« mont, qui s'en douta, sachant l'extrémité de son
« fils. Il fit sortir tout le monde de sa chambre ; il
« étoit dans ce petit appartement qu'il a au dehors
« des Capucines : quand il fut seul avec ce père, il
« se jeta à son cou, disant qu'il devinoit bien ce qu'il
« avoit à lui dire ; que c'étoit le coup de sa mort ;
« qu'il le recevoit de la main de Dieu ; qu'il perdoit
« le seul et véritable objet de toute sa tendresse et
« de toute son inclination naturelle ; que jamais il
« n'avoit eu de sensible joie ou de violente douleur
« que par ce fils, qui avoit des choses admirables ;
« il se jeta sur un lit, n'en pouvant plus, mais sans
« pleurer, car on ne pleure pas dans cet état. Le père
« (Bourdaloue) pleuroit et n'avoit encore rien dit ;
« enfin il lui parla de Dieu comme vous savez qu'il
« en parle : ils furent six heures ensemble ; et puis
« le père, pour lui faire faire son sacrifice entier, le
« mena à l'église de ces bonnes capucines, où l'on
« disoit vigiles pour ce cher fils. Le maréchal y entra

« en tombant, en tremblant, plutôt traîné et poussé
« que sur ses jambes ; son visage n'étoit plus con-
« noissable. Monsieur le duc le vit en cet état ; et,
« nous le contant chez madame de la Fayette, il
« pleuroit. Ce pauvre maréchal revint enfin dans sa
« petite chambre ; il est comme un homme con-
« damné. »

Voilà le cœur du père ; mais écoutez la suite, et
si vous trouvez que ce « pauvre garçon, » le comte
de Guiche, fut bien regretté, vous allez voir quelques larmes de plus tomber sur le pauvre garçon
d'ici, le pêcheur sans nom, jeté sans cercueil dans
un endroit ignoré de la vaste mer. Madame de Sévigné parle maintenant des parents et des amis.

« Madame de Monaco (c'est la sœur) est entière-
« ment inconsolable ; madame de Louvigny (la belle-
« sœur, femme du frère héritier) l'est aussi, mais
« c'est par la raison qu'elle n'est point affligée. N'ad-
« mirez-vous point le bonheur de cette dernière ?
« La voilà dans un moment duchesse de Gramont.
« La chancelière (grand'mère de la veuve) est trans-
« portée de joie. La comtesse de Guiche (la veuve)
« fait fort bien ; elle pleure quand on lui conte les
« honnêtetés et les excuses que son mari lui a faites
« en mourant. Elle dit : — Il étoit aimable, je l'au-
« rois aimé passionnément s'il m'avoit un peu aimée ;
« j'ai souffert ses mépris avec douleur ; sa mort me
« touche et me fait pitié ; j'espérois toujours qu'il
« changeroit de sentiments pour moi. — Voilà qui
« est vrai, il n'y a point là de comédie... »

Maintenant, ma bonne amie, faites vos réflexions
sur les grandeurs, les affections et les douleurs humaines. Pour finir l'histoire, je vous dirai que, repassant devant l'église, nous avons vu la mère du
pêcheur qui en sortait, appuyée au bras de la jeune
fille ; toutes deux toujours pleurant. Plus loin, sous
la tonnelle d'un cabaret rustique, quelques amis du
défunt étaient attablés ; — et, pour tout dire, ils pa-
raissaient se trouver bien.

XIII

DU LATINISME.

Blaise n'est pas plus latiniste que tout autre nourrisson de l'université de France; mais, depuis le
collége, il croit que l'on doit lire Virgile à la campagne, et que c'est le vrai moyen d'entendre la campagne et Virgile. Que de sentences ne sait-il pas sur
ce poëte ! Tout ce que ses professeurs lui en ont dit,
il se le rappelle. En vain nous lui demandons de
nous faire un peu grâce, et de planter là le cygne
de Mantoue. Sa mémoire, chargée de ce butin d'é-
cole, en laisse toujours tomber quelque chose; nous

ne pouvons frôler une haie qui n'accroche un lambeau des *Bucoliques*.

Antoine, levant les yeux sur l'arbre qui nous servait d'ombrage, eut le malheur de dire qu'il le trouvait beau et qu'il s'y trouvait bien. Voilà Blaise parti : *Tityre, tu patulæ recubans...* Car il a le défaut de beaucoup d'admirateurs des Latins : ce qu'il en tire semble toujours venir des almanachs.

— Ami Blaise, dit Antoine, ne cesserez-vous de me rappeler le temps où je faisais des versions? Accoutumez-vous donc à prendre le vert sans y mêler tant de latin !

— Mais, reprit Blaise, d'où vient cette froideur pour Virgile? Vous aimez l'harmonie du langage, la grâce des choses bien dites, la finesse des pensées. Virgile a tout cela. Il y a dans les églogues un je ne sais quoi qui est comme l'odeur de campagne et d'été que nous respirons ici. Je trouve...

— *Sat prata biberunt*, interrompit Antoine; je sais la suite. Pour mon compte, j'aime Virgile, mais modérément. C'est la passion que je n'aime pas. Elle me rappelle trop de pédants. La poésie virgilienne a sa beauté. Mais, premièrement, ce ne sont pas vos pédants qui la connaissent, j'en atteste leurs traductions et leurs imitations; secondement, cette beauté n'est pas la suprême beauté. Depuis le Christ, nous sommes faits pour entendre autre chose, et, si l'on ne s'appliquait pas à nous débiliter l'esprit, nous mépriserions ces fariboles, tout en reconnaissant le mérite de la façon.

Écoutez le bon sens de Montaigne : « Nous nous
« laissons si fort aller sur les bras d'aultruy, que
« nous anéantissons nos forces. Me veulx-je armer
« contre la crainte de la mort? c'est aux despens de
« Seneca; veulx-je tirer de la consolation pour moy
« ou pour un aultre? je l'emprunte de Cicero. Je
« l'eusse prinse en moy-mesme, si on m'y eust
« exercé. » La manie de l'antique nous a joué le
même tour en littérature. Voyez la figure que font
en Europe le poëme épique et toute la poésie boca-
gère. Chez nous, sur ces deux points, la frénésie
d'imiter a fait avorter complétement le génie national, et cette veine, si naturellement riche, n'a
donné rien qui vaille. Embarrassés d'un côté dans
les fictions de l'Olympe, de l'autre dans le ton précieux des Mélibées, des Alphésibées et des Tityres,
nos poëtes ont produit des épopées et des berge-
rades qu'on ne peut lire sans chagrin. Les Allemands
et les Anglais, lorsqu'ils se sont entêtés de grec et
de latin, n'ont pas fait mieux. Vous avez lu les fa-
deurs de Gesner, qui tirait ses personnages de la
Bible, mais qui allait emprunter ses couleurs chez
les païens. Écoutez un petit passage de Pope, le fameux Monsieur Pope, homme de grand goût et versé
dans la connaissance des belles-lettres. Il a fait une
idylle intitulée : la *Forêt de Windsor*, où il célèbre
ainsi la mort du poète Cowley : « Là, Cowley paya
« son premier hommage au dieu du génie. Ah! qu'il
« fut bientôt moissonné! Que de larmes le dieu du
« fleuve (la Tamise!) ne versa-t-il pas lorsque la

« pompe funèbre passait sur ses bords! Les Muses
« négligèrent leurs lyres et les suspendirent à des
« saules; les cygnes expirèrent de douleur. » C'est
imité de Moschus, mais ce n'est pas attendrissant.
Les imitateurs de l'antique sont pleins de ces beautés. Ils ont copié en outrant, sort ordinaire des co-
pistes; et copiant le faux, ils ont outré le faux.

— Ceci me fait souvenir de l'abbé Auger, dit
Jérôme. Avez-vous entendu parler de l'abbé Auger,
en son vivant grand vicaire honoraire de l'évêque
de Lescar? Hérault de Séchelles, faisant son oraison
funèbre, à la manière antique, le loua de s'être
approché, par la religion, de Socrate, à qui déjà il
avait l'honneur de ressembler par la figure! Ce bon
Auger ne fit toute sa vie que traduire du grec et du
latin; étant passionné, disait-il, pour l'éloquence, et
la cherchant partout, mais ne la trouvant que là
toute à son gré. Du reste, il y ruina ses libraires.
Dans une préface, il allègue en faveur des anciens
l'autorité de Jean-Jacques : « Lisons, dit Rousseau
« de Genève, qui avait l'esprit des anciens, quoiqu'il
« ne les eût pas lus en original, *lisons les anciens;*
« *quand ils n'auraient que cet avantage, ils étaient plus*
« *près de la nature.* Cette parole d'un grand écrivain
« m'a toujours paru aussi sensée que frappante et
« décisive. » Qui admirez-vous plus ici, ou d'Auger
ou de Rousseau (de Genève), prononçant que les
anciens « étaient plus près de la nature? » Et que
pensez-vous de ceux qui répètent cette bourde à propos de Virgile et de ses bergers? Les bergers des

églogues sont aussi près de la nature que les héros
de Rousseau lui-même. Ils ne disent rien qui ne
signale la civilisation la plus raffinée et la plus per-
verse. Ils sont renchéris, précieux, subtils, corrompus. Sauf certains traits de passion amoureuse (quelle
passion! quel amour!), rien ne leur échappe qui
sente la nature. Mettez leur discours en français :
ces bergers ressemblent à l'abbé Delille, ou à son
élève favori, l'académicien Tissot. Je n'ai jamais pu
voir dans les églogues ni champs, ni bergers : je n'y
vois qu'un bel esprit infatué, qui joue avec ses passions, en prodiguant aux puissants de la terre des
flatteries rebutantes :

> De quel présent plus pur honorer Apollon,
> Que la page, ô Varus! où brillera ton nom?

Voilà le goût de nos anciennes épîtres dédicatoires,
dont on s'est si justement moqué. Quand les vers
sont à l'adresse d'Octave, c'est bien autre chose :
Octave est un dieu, le plus respecté des dieux. On
se raille du pauvre petit dieu protecteur de l'enclos :

> Je t'offre une fois l'an des gâteaux, du laitage;
> C'est bien assez pour toi, dieu d'un mince héritage.
> De marbre je t'ai fait : que te faut-il encor?
> Si pourtant tu parviens à m'enrichir, sois d'or !

Mais, s'il s'agit de César, le ton est vraiment dévot :

> O Mélibée! un dieu nous a fait ces loisirs;
> Pour toujours il m'est dieu : je lui dois mes plaisirs!
> Et du sang d'un agneau né dans ma bergerie,
> Souvent j'arroserai son autel où je prie.

Vous connaissez la quatrième églogue et les prédictions faites à l'enfant qui va naître dans la famille d'Auguste; la fierté chrétienne a justement hué les modernes qui ont osé tourner cela en français, à l'occasion des grossesses royales. J'admire volontiers les vers heureux; mais franchement, je me lasse vite d'aller ramasser ces perles à travers tant de bassesses et tant d'impuretés; surtout quand je pense aux pauvres enfants qu'on tient là-dessus des années entières, et qui, incapables d'en saisir la beauté, en absorbent le poison.

— Il faut leur former le goût, dit Antoine, et qu'ils sachent déguster le beau latin. Comment n'est-il encore venu à l'esprit de personne de mettre les écoliers pendant six ou sept ans à l'étude de la Fontaine, pour leur apprendre à faire des fables?

— Mais, reprit Blaise, qu'entendait donc Rousseau (de Genève) lorsqu'il disait que les anciens étaient plus près de la nature?

— Le sais-je? répondit Antoine : c'était un mot de leur jargon, comme la *sensibilité* et quelques autres. Ces philosophes voulaient passer pour des hommes bons, sans préjugés ni vices, qui sortaient quasi du paradis terrestre et qui allaient ramener le monde à sa première innocence, heureusement conservée en eux. Ils sont partis de là pour abolir toutes les lois sociales, et ils ont engendré les terroristes, d'où sont sortis plus tard les théophilanthropes. Ceux-ci, gens aimables, amoureux de fleurs, de rubans, de repas agrestes. Ils se reposaient d'avoir dansé la Carma-

gnole autour des guillotines, en dressant à l'être
suprême des autels de gazon. Un des virgiliens des
plus prononcés, M. Tissot, de l'Académie française,
eut du zèle révolutionnaire, un zèle distingué. Il a
fait une histoire de la Révolution au point de vue ja-
cobin, et il était professeur de poésie bucolique. En
l'an VIII, retiré à la campagne « sans aucune occupation forcée, » dit-il, un Virgile lui tomba sous la
main. Il relut les églogues, les trouva « charmantes, »
et l'idée lui vint de les traduire. Sa traduction faite,
il l'enrichit d'une préface où il définit la poésie pastorale : « On ne veut voir dans les églogues que des
« sentiments doux, des images agréables, enfin le
« bonheur et la paix. On bannit donc de ces poèmes
« la colère, la jalousie, toutes les passions violentes,
« comme aussi tout ce qui rappelle les idées de peine
« et de misère, afin de ne point altérer, dit-on, les
« couleurs riantes du tableau des mœurs cham-
« pêtres. » Voilà ce qu'ils appellent la *nature*, un
contraste agréable aux scènes violentes, une sensualité douce pour les reposer de la sensualité brutale.
Les révolutionnaires, dit Delphine Gay, aiment beaucoup le sang et beaucoup la crème. Rien n'est plus
vrai. Les auteurs en vogue à l'époque de la Révolution étaient Gesner et Florian. Tissot, qui passait
pour avoir porté la tête de la princesse de Lamballe,
ne manque pas de faire l'éloge de Gesner : « Ges-
« ner, dont les touchantes pastorales ont mérité ce
« bel éloge : *Ou je me trompe, ou les poésies de M. Ges-*
« *ner, lues par des jeunes gens à la campagne, loin des*

« *exemples corrupteurs et de l'air empoisonné des villes,*
« *doivent les passionner pour la vertu!* » Je ne sais qui
a fait ce bel éloge de Gesner, mais si l'on vous dit
que c'est Fouquier-Tainville, n'en soyez pas étonné.

Et quant à cette passion pour la *vertu*, qui prend
ici le bucolique Tissot, n'ayez pas peur! c'est une
vertu accommodante. Écoutez-le sur la deuxième
églogue, *Formosum pastor Corydon :* « Elle renferme,
« dit-il, *un admirable exemple* du degré de chaleur
« *auquel* peut se porter l'amour sans altérer la *douce*
« *simplicité* de la poésie pastorale ! » Mais il est encore meilleur dans ses notes. Il met Virgile au-dessus de Théocrite : « Où est, dans Théocrite, où est
« ce *Trahit sua quemque voluptas*; chacun est en-
« traîné par son plaisir? Trait si passionné *dans la*
« *circonstance*, adage si vrai, réflexion si profonde, et
« *qu'il faudrait méditer une fois par jour pour s'habi-*
« *tuer à respecter les plaisirs des autres*, que l'on cri-
« tique ou que l'on trouble si souvent *avec tant d'in-*
« *justice.* » Ceci, je crois, éclaircit l'éloge que l'on
prétend faire des anciens : qu'ils étaient plus près
de la nature !

Beaucoup de gens les vantent à l'excès, sans se
rendre bien compte du sentiment qui les anime. Il
y a un mystérieux pouvoir, fort intéressé au succès
de tout ce qui s'est fait dans le monde ou sans Dieu
ou contre Dieu. C'est lui qui relève si habilement le
mérite de ces auteurs, et qui à leurs beautés réelles
en ajoute tant d'imaginaires. Des centaines de com-
mentateurs ont glosé à perte d'haleine sur tout ce

qui nous est venu des Grecs et des Latins; ils ont
fini par y voir plus de merveilles que Mathanasius
n'en a montré dans le *Chef-d'œuvre d'un inconnu*.
Citerait-on un vers de Virgile sur lequel on n'ait
écrit des volumes? La plupart du temps, ces com-
mentateurs sentent horriblement le cuistre. Néanmoins, ils n'ont pas laissé d'établir les anciens si solidement dans l'opinion, qu'elle est pour longtemps,
peut-être pour toujours, tout affolée à leur endroit,
et que c'est perdre le temps de vouloir lui faire entendre raison. Des gens de bon sens, des gens d'honneur, des chrétiens qui devraient naturellement
avoir horreur de ces turpitudes, sont les premiers à
crier qu'il n'y a point de salut pour la langue et l'esprit humain hors de Virgile et d'Horace. Je crois
qu'ils aimeraient mieux perdre un volume de la
Somme de saint Thomas que la plainte du berger
Corydon. J'ai connu un bon chanoine qui avait fait
un pacte avec ses yeux, comme Job, et qui, marchant
par les rues, tête baissée, se récitait le quatrième
chant de l'*Énéide*, entrant dans la grotte de Didon
aussi tranquillement que dans une sacristie. Il donnait par charité des leçons à quelques enfants. Il
leur faisait lire la vie de saint Louis de Gonzague, et
traduire *Ardebat Alexim, delicias domini*, et *Trahit
sua quemque voluptas*, et *Nunc scio quid sit amor*, et
Omnia vincit amor et nos cedamus amori, et tout le
reste. Que faire à cela? Il faut remercier Dieu, qui
permet que la pudeur et la piété ne quittent pas la
terre.

Ce serait cependant une belle chose que cette poésie pastorale, si on la voulait prendre telle que la nature l'a donnée et telle que le christianisme l'a perfectionnée. Empêtrés dans l'imitation des anciens, qui ne connaissaient pas ces merveilles, nos poëtes ne les ont jamais voulu voir. Il y a là des choses saintes et sublimes; les gazons, les fontaines, les arbres verts, les herbes odorantes, les gracieuses fleurs comme autrefois; et de plus Dieu, le vrai Dieu créateur et réparateur de tout ce qui existe; et au milieu de ce cadre, l'homme, plus vrai, plus candide, *plus près de la nature*, meilleur qu'il ne le fut jamais, l'homme chéri de Dieu, instruit des œuvres de Dieu autour de lui et en lui, consentant par un humble sacrifice à toutes ses douleurs, s'élevant par la foi à d'invincibles espérances, pratiquant les vertus les plus sublimes avec une sainte simplicité. Quel champ pour la poésie!

— Vous me rappelez, dit Antoine, une lettre que l'abbé Stanislas m'a écrite hier, et que j'ai apportée pour vous la lire; c'est une églogue chrétienne toute faite, et à laquelle il ne manque en vérité que la rime. Écoutez ceci.

Tandis qu'Antoine dépliait son papier, l'incorrigible Blaise murmura:

Dicite : quandoquidem in molli consedimus herba.

XIV

Il y a quelque temps, M. le curé de Saint-Maurice d'Angers vit entrer chez lui un paysan de Genêt, son ancienne paroisse. C'était un homme fort et vigoureux, qui n'avait pas trente ans. Sa figure annonçait la bonté, la droiture et la piété.

— C'est toi, Pierre? s'écria M. le Curé, tout joyeux de le voir. Comment va-t-on au Genêt? Les récoltes s'annoncent-elles bien? Ta famille est-elle en bonne santé?... Mais tu as l'air bien grave, mon garçon?

— Ah! monsieur le Curé, dit le paysan avec un certain embarras, c'est que je fais une grande entreprise. Je m'en vais à la Trappe qui est par delà le Mans, sur le chemin de Paris.

— Tu vas à la Trappe!

— Mon Dieu, oui. Vous nous disiez si souvent qu'on n'en pouvait trop faire pour le bon Dieu. A la fin, je me suis décidé de tout quitter pour lui.

— Mais tu étais bien nécessaire à ta mère. C'est une pauvre veuve, et la métairie est lourde, chez vous?

— C'est pourquoi je ne me suis point hâté, monsieur le Curé. Il y a plus de dix ans que ça me *tonne* dans le cœur, de me faire moine. J'attendais que mon petit frère Jean eût passé à la conscription. Il a tiré un bon numéro, et le voilà libre. J'ai pensé que je pouvais m'en aller.

— Ta bonne femme de mère, dont tu étais l'appui, comment lui as-tu fais prendre cela?

— Ah! monsieur le Curé, j'en ai encore le cœur en sang... Non, j'ai cru que je n'en viendrais jamais à bout! Elle me soupçonnait un dessein que je ne voulais pas dire. L'hiver, au coin du feu, que nous étions là, elle à filer, moi à penser, souvent son fuseau s'arrêtait. Elle me regardait, j'ouvrais la bouche; pas possible! mes genoux frémissaient, mes lèvres tremblaient, mon cœur me glaçait le reste du corps, et la parole me manquait. Je faisais compassion à ma mère.

— Pierre, me disait-elle, holà! mon fils, si tout ne t'agrée pas, dis-le-moi. Veux-tu t'établir à ton ménage? Nous ne sommes pas riches, mais nous avons bon renom. Ton père a vécu et est mort comme un saint, et toute famille honnête du pays estimera notre alliance.

Plus ma mère me pressait, et plus je craignais de lui avouer que je pensais bien à autre chose, et que je voulais m'en aller moine. Enfin, l'autre soir, ma mère, nous ayant réunis pour ouvrir en famille le mois de la bonne Vierge, resta en prière seule avec moi, les autres partis. Il me passa dans l'idée que c'était le moment et ma pensée m'échappa tout d'un coup :

— Ma mère, lui dis-je, si vous le permettez, je vais à la Trappe ; je vais prier pour vous et faire pénitence.

Ah ! mon Dieu ! quand on pense qu'il faut dire des choses comme ça !

Ma mère resta un moment à tressaillir, là, sous mes yeux, sans parler et comme sans respirer ; puis, demeurant à genoux et les yeux tournés vers le ciel, tranquille :

— Pierre, dit-elle, le bon Dieu est ton premier père, la religion ta première mère ; ils passent avant moi. Vas-y, puisqu'ils t'appellent dans ton cœur. Si je t'arrêtais un quart d'heure lorsqu'il s'agit de la perfection de ton âme, j'en mourrais de chagrin. Tu m'as bien aimée et bien assistée. Je te bénis.

Elle ramena ses yeux sur l'image de la bonne Vierge et se remit à prier.

Je n'en pouvais plus, monsieur le Curé. Je sortis pour respirer quasi plus à l'aise. Mais c'était l'heure que l'on rentrait le bétail, et voilà que mes bœufs, qui marchaient leur allure, viennent à moi et se mettent à me regarder, comme s'ils m'avaient dit :

— Notre maître, pourquoi t'en vas-tu?

Je me sauvai dans les champs, sans pouvoir échapper à ma peine. Il n'était pas jusqu'aux arbres que j'avais plantés et taillés, jusqu'à la terre que j'avais ensemencée, qui voulaient, comme mes pauvres bœufs, m'arrêter au pays!... Sainte Vierge! que notre

cœur a donc de racines ici-bas! Je me jetai à genoux, je priai, je pris mon crucifix et je lui demandai secours; car le courage allait me manquer. Là,
regardant Notre-Seigneur en croix, il me vint honte
d'être si lâche, et ce fut fini. Je n'ai pas couché au
logis. Je ne voulais plus revoir ce qui m'avait ébranlé;
et le matin, avant le jour, je suis parti. J'ai passé
par notre paroisse comme on y disait la première
messe; ça m'a tout remis le calme au cœur. Et me
voilà, pour vous dire adieu et bien merci des bons
sentiments que vous m'avez donnés dans ma jeunesse.

— C'est bien, mon cher enfant, dit le Curé; tu
obéis au bon Dieu. Mais pourquoi as-tu préféré la
Trappe de Mortagne, qui est si éloignée de ton village, quand tu avais tout proche la Trappe de Belle-
fontaine?

— J'ai pensé cela souvent, monsieur le Curé; c'eût
été plus commode, comme vous le dites. Mais, voyez-
vous, j'ai fait l'expérience que je suis lâche à l'amitié. Si, une fois sous le capuchon, nos gens étaient
venus me voir en pleurant, comment résister? J'étais
dans le cas de jeter la robe, et tout pour le moins
d'avoir longtemps le cœur tracassé. Or, quand on se
donne au service du bon Dieu, m'est avis qu'il faut
s'y mettre joyeux et s'y tenir content. Vaut-il pas
mieux prendre tout de suite au plus dur, pour per-
sévérer davantage?

— En effet, mon ami, observa le Curé, c'est à la
persévérance qu'il faut tendre. Tu es jeune et fort, et

27.

dans les austérités de la Trappe la vie pourra te sem-
bler longue.

— Ah! monsieur le Curé, pour ça, c'est plus tôt
fini qu'on n'a coutume d'y penser; et on ne tarde
guère à voir le bout. Tout nous le dit dans ce monde,
que la vie est courte. L'autre semaine, je faisais la
pêche d'un étang. Il était large, profond — un amas
d'eau terrible! — enfin, vous savez, l'étang des Deux-
Ormeaux. Eh bien, quand nous avons levé l'écluse
et que ça s'est mis à courir, en un rien de temps
toute cette eau a disparu; et je me suis dit : C'est
ainsi que la vie de ce monde court et s'écoule pour
aller s'engloutir dans l'éternité du bon Dieu, qui
nous regarde immobile, comme je suis là sur le bord
de cet étang. Et puis, monsieur le Curé, à la course
ou pas à pas, ou vient tout de même à son heure
dernière. Vous nous le disiez bien. Et alors, qu'est-
ce qui peut donner du renfort à l'âme, que d'avoir
fait pour le bon Dieu tout ce qu'on a pu faire?
Voilà ce qui me pousse à la pénitence. Par ainsi,
adieu, mon père, bénissez-moi; l'eau coule, la vie
s'en va, j'ai hâte de porter quelque chose au bon
Dieu.

Le Curé bénit Pierre, le vit partir et se mit en
prière; et, lorqu'il eut prié, il écrivit ce qu'avait
dit le paysan, pour se souvenir et repaître son
cœur des œuvres de Dieu dans les âmes qu'il s'est
choisies.

XV

A VÊPRES.

Je vous ai l'autre jour envoyé une églogue. Voici une chanson pour vos filles. Je n'en suis pas l'auteur non plus que de l'églogue. J'ai seulement travaillé sur une matière qui valait mieux que mon travail. Vous avez souvent chanté cette chanson-là, à Vêpres, et pour que vous la reconnaissiez tout de suite, c'est l'hymne *O luce qui mortalibus*. Je l'entendais tantôt, et j'admirais la majesté des sentiments que la mère des chrétiens, la sainte mère Église, suggère à ses nobles enfants. Elle les rend véritablement vainqueurs de la mort et de la vie. Tous les paysans et petits marchands d'ici le savent, et vivent dans ces pensées.

Si vous me demandez pourquoi j'y ai mis des rimes, je vous dirai que je ne sais pas. Je suis exposé à cela toutes les fois qu'il souffle un certain vent, ou que le soleil se couche d'une certaine façon, ou que je vois au ciel certains nuages, ou quand j'ai dans le cœur certains mouvements. En sortant de Vêpres, j'aperçus M. et madame Collard qui semblaient me guetter. Pour échapper, je me jetai vers le bas des falaises, où madame Collard n'expose pas ses pieds délicats. Il paraît que le certain vent souffla, ou que je vis les certains nuages. Comme il y a longtemps que je ne vous ai serré la main, peut-être aussi que j'avais dans le cœur les certains mouvements. Enfin, voici mes rimes, moins longues heureusement que ma préface.

O Dieu vivant dans ta lumière
Inaccessible à l'œil charnel !
La cour des anges tout entière,
Devant Toi tremble dans le ciel.

Du fond de nos demeures sombres,
Nous espérons en ton appui ;
Ton jour descendra dans ces ombres,
Il dissipera cette nuit.

Il sera notre beau partage,
Ce jour de gloire, nous l'aurons ;
Le soleil n'en est que l'image :
Tu veux qu'il luise sur nos fronts.

Fais que ton jour, Dieu des justices,
Par nos désirs soit rapproché !
Il faut, pour goûter ses délices,
Déposer ce corps de péché.

Oh ! quand notre âme délivrée
Fuira dans ton sein paternel,
De quel feu d'amour dévorée,
Elle dira l'hymne éternel !

Regarde-nous, amour immense,
Et rends-nous justes, dès ce jour,
Afin que dans nos cœurs commence
Le jour de l'éternel amour !

LIVRE VII

DES MIRACLES

I

QU'EST-CE QUE C'EST QU'UN MIRACLE?

Moi, dit Éphrem, je crois tous les miracles reconnus par l'Église, et tous ceux qui me sont attestés par des personnes dignes de foi. Je les crois comme s'ils s'étaient accomplis en ma présence. Je douterais d'une chose possible : le possible est l'affaire des hommes ; je ne doute pas de l'impossible, qui est l'affaire de Dieu. Rien ne me paraît plus naturel que le surnaturel. Il faut qu'on ait travaillé

cent ans à nous rendre incrédules, et que cet enseignement de l'incrédulité ait pénétré partout et gâté
tout, pour que nous fassions de si sottes difficultés
lorsqu'il s'agit d'admettre les faits que ne reçoivent
pas nos professeurs de physique et de chimie. Si
nous regardions un peu, nous verrions que la physique et la chimie ne nous rendent compte de rien,
et que tout simplement elles constatent des lois, des
forces, des agrégations et des mélanges qui restent
à expliquer. Le surnaturel nous porte comme la
terre et nous enveloppe comme l'air, il est sensible
et visible ; la main le touche, l'œil le voit, et ce que
l'on appelle surnaturel et qui l'est ne me semble pas
être autre chose pourtant que la manifestation naturelle de Dieu, qui intervient en maître au milieu de
ses créatures. Il est naturel que Dieu soit maître de
tout, et fasse tout ce qu'il veut de tout ce qui lui appartient. Placez un ignorant ou un demi-savant au
milieu d'un cabinet de physique : il ne comprend rien
aux instruments qui l'entourent ; il n'en connaît ni
l'usage ni la force, il n'en tire aucun parti. Le vrai
savant arrive, manie ces instruments et nous étonne
de mille prodiges. Il transmue les métaux, il fait
jaillir l'éclair et gronder la foudre ; là il suspend la
vie, et là il anime un cadavre ; là il jette de l'eau dans
le feu, et l'eau se transforme en glace ; là il jette dans
l'eau une pâte froide qui soudain s'allume et brûle.
Or, sans insulter nos académiciens, l'on peut, je
crois, dire qu'au milieu de ce grand cabinet de physique appelé le globe terrestre, et, comparés à Dieu,

ils ne sont pas même de demi-savants : ce sont de
purs ignorants, et, si je considère leur orgueil, ce
sont de véritables brutes. Ils nient stupidement l'auteur de ces merveilles devant lesquelles le simple
ignorant, qui n'en connaît pas la millième partie,
s'incline adorant la main de Dieu.

Je regrette de n'avoir place dans aucune académie :
je convoquerais tous les fiers-à-bras de la cornue,
de l'alambic et du télescope, et je leur proposerais,
sauf l'agrément de la théologie, un accommodement
définitif.

Nous allons, leur dirais-je, nous mettre d'accord.
Je reconnais qu'il n'y a pas de surnaturel, qu'il ne
se fait pas de miracles, qu'il ne s'en est jamais fait,
qu'il ne s'en fera jamais. Seulement, comme vous
ne pouvez pas plus que moi nier sans mensonge et
sans ineptie la fréquence et la permanence d'un certain ordre de faits totalement inexplicables et parfaitement en dehors de toutes les découvertes et de
toutes les théories scientifiques, nous dirons que ces
faits s'accomplissent en vertu de certaines lois de la
nature, dont le Créateur de la nature s'est réservé la
connaissance et le maniement. Ainsi, une guérison
instantanée, un mort ressuscité après trois jours, un
rameau desséché qui reverdit et refleurit, tout cela
se fait naturellement ; cela n'est pas plus étonnant en
soi que la vie et la mort, que la germination, que
l'attraction, que la gravitation, que le flux et le reflux
de la mer, que le mouvement des astres. Pour le
faire, Dieu ne crée rien, ne dérange rien, n'innove

rien : il use seulement de lois préexistantes qu'il a jugé bon de ne point nous révéler, parce qu'alors nous en voudrions tous faire autant ; — et que nous possédons bien assez de moyens de nous nuire et de nous exterminer sans employer encore ceux-là.

— Un moment, dit l'abbé Théodore, je vous entends très-bien ; mais ce que vous proposez, *sauf l'agrément de la théologie*, ne saurait passer sans que la théologie fasse une observation. Gardons-nous d'ouvrir la porte à une erreur très-caressée en ce temps-ci de beaucoup de chrétiens, et que l'Abbé de Solesmes, qui la combat avec beaucoup de raison, appelle le *naturalisme*. Ne nous exposons pas au feu de l'abbé de Solesmes, on en sort très-mal accommodé.

Premièrement, ranger dans le surnaturel les lois secrètes de l'ordre naturel, ces lois primordiales, ces causes cachées qui échappent à la science, ce serait une erreur capitale. Ces mystères tout cachés qu'ils sont n'ont rien de surnaturel. C'est la nature pure et simple, bien qu'elle ne se prodigue pas. Un homme viendrait à découvrir ces lois qu'il n'en demeurerait pas moins à une distance infinie du surnaturel. Le surnaturel appartient à un ordre totalement distinct.

Deuxièmement, dire que les miracles s'accomplissent en vertu de certaines lois de la nature dont le Créateur s'est réservé la connaissance et le maniement, c'est une chose que je n'aime point. Sans doute, la toute-puissance de Dieu sur la nature est une loi de la nature. Cependant, comment voulez-vous, par exemple, que l'âme d'un mort, séparée du corps depuis trois jours, se vienne rejoindre à ce corps en vertu d'une loi de la nature? La loi établie de Dieu est que toute âme au sortir du corps sera jugée et envoyée dans son éternité.

Prétendez-vous sérieusement que Dieu ne *crée rien, ne dérange rien?* Au contraire, il dérange tout, afin que l'on fasse attention à son passage. Quand il arrêta une fois le soleil pour Josué et fit un jour long comme deux, il *dérangea* l'ordre établi, et comme dit l'Écriture, *Dieu obéit à la parole de l'homme.* Le miracle défini naturellement, quelque précaution qu'on y mette, serait accepté par les incrédules qui n'y verraient plus qu'une *merveille* et qui auraient bientôt fait de conclure contre la divinité de l'Église, établie par les miracles, et contre l'existence de l'auteur des miracles ainsi *naturalifiés.* Prenez une autre théorie, ou plutôt prenez la vérité attestée par toute l'Écriture sainte, ancien et nouveau testament. Dieu dérogeant à la loi pour montrer qu'il n'en est pas esclave et pour forcer l'attention des hommes. Hors de là, il n'y a qu'un abîme où la révélation s'engloutirait tout entière. Substituez au contraire à la prétendue loi une volonté divine, libre, indépendante, dérogeante, vous êtes dans le vrai et dans la logique, et le philosophisme ergote en vain.

— Abbé Théodore, grand merci. En général, lorsque j'ai produit mes idées propres devant des hommes compétents et sincères, ils m'ont averti que je disais des sottises, et cela m'a toujours fait plaisir. Je laisse donc mes idées de côté et je prends les vôtres, et je ne propose plus d'autre marche aux philosophes que d'écouter et de suivre l'enseignement du bon Dieu, tel qu'il nous est transmis par sainte mère Église.

Maintenant, mes amis, que vous avez ma profession de foi sur les miracles, que jamais je n'en ai vu de mes yeux un seul, cependant, je crois que Dieu en a fait un pour moi tout spécialement, un au moins et des plus considérables. Vous allez en juger.

II

RÉCIT D'ÉPHREM.

En 1841, j'étais, comme vous le savez, en Afrique. Le vendredi saint, nous revenions de Blidah à Alger, sous une pluie battante qui durait depuis plusieurs jours. Nous chevauchions lentement à l'avant-garde d'une petite armée harassée par deux semaines de marches et de combats dans les ravins de l'Atlas. Du reste, sécurité complète; point d'Arabes en tête, ni en flanc, ni en queue. L'ennemi, c'était le mauvais chemin et le mauvais temps; il n'y en avait point de plus capables d'assombrir tous ces hommes

de guerre. En pareille situation, que faire à l'avant-
garde, à moins que l'on ne cause? Je causais donc,
et très-chaudement, avec un compagnon de bivouac
qui m'intéressait à plus d'un titre. Il était jeune,
brave, bon, lettré... et renégat. Mon Dieu, oui! Ce
pauvre garçon, arrivé en Afrique avec le fonds d'instruction religieuse et morale qu'on se forme au collége, s'était fait musulman. Il avait trouvé cela plus
commode pour son avancement et pour le repos de
sa conscience. Le sujet de notre entretien, vous le
devinez sans peine. Je prêchais mon renégat, essayant
de lui faire comprendre et détester son apostasie. Je
parlais à un sourd.

— Mon cher ami, me disait-il, je ne suis pas plus
musulman que Mahomet, et je crois bien que le
christianisme est la meilleure religion. C'est la vraie,
peut-être; mais, pour parler franchement, je n'en
veux aucune. Je me contente de celle du drapeau.
Dans tout ce que vous dites, une seule chose me
touche, l'amitié que vous me témoignez; le reste
m'est indifférent. Je ne puis pas m'expliquer un
Dieu mort pour moi; je me sens tout à fait rebelle à
vos idées d'humilité, de soumission et de pénitence.
J'ai assez de la discipline militaire.

Il n'y avait là rien de difficile à réfuter; mais le
renégat, se bouchant les oreilles, me répétait que je
parlais en vain. Je n'en étais que trop convaincu.

— Pardonnez-moi la peine que je vous fais, ajouta-t-il. Vous devez souffrir de me vouloir tant de
bien, de me parler avec tant de cœur, de me croire

en si grand danger, et de perdre pourtant vos
paroles.

— Mes paroles, lui dis-je, ne sont pas perdues;
vous vous les rappellerez un jour. En tout cas, Dieu
les entend. Fussent-elles perdues et pour vous et
pour moi, je suis accoutumé à ces pertes-là. J'ai
d'autres amis que vous et dont le salut m'est encore
plus précieux que le vôtre. J'ai un frère, non pas
musulman, mais incrédule. Je l'ai pressé, exhorté
plus longtemps, plus fortement et non moins inutilement que vous-même. Il me répond aussi que
ma tendresse le touche, et c'est tout ce que j'obtiens
de lui.

A ces mots, je me représentai si vivement mon
frère, et son malheur et le mien, que je fus saisi
d'une immense tristesse. Je sentis que je perdais
tout empire sur moi-même; les larmes me gagnaient. Pour dompter, ou tout au moins pour cacher cette violente émotion, je pris le galop, et je
m'éloignai à une portée de fusil sur les flancs de
l'avant-garde. Là, seul, je m'abandonnai. Je pleurais, je priais, j'osais presque quereller Dieu qui me
faisait attendre si longtemps une âme si chère. Que
faisait-il, ce pauvre frère? Comment allait-il passer
ce jour sacré du vendredi saint? Puis, reprenant
courage au souvenir de toutes les grâces dont Dieu
m'avait comblé, je suppliais Jésus crucifié d'avoir
pitié de mon frère, comme il avait eu pitié de moi.
Ayant ainsi déchargé mon cœur, je me trouvai plus
calme. Toutefois, je restai dans un état d'angoisse

dont le mouvement de notre rentrée à Alger put à
peine me distraire et qui dura jusque vers la fin du
jour.

Pendant ce temps-là, voici ce qui se passait à Paris.

J'avais pour confesseur le Père Varin, jésuite,
vieillard vénérable et excellent, plein de douceur,
plein aussi d'autorité. Je lui avais souvent confié mes
soucis au sujet de mon frère. Or, à neuf heures du
matin, au moment à peu près où finissait, comme je
vous l'ai dit, ma conversation avec le renégat, le
Père Varin, seul dans sa cellule, songeait à moi et à
ce frère bien-aimé. Pourquoi? Dieu le sait. Je ne lui
avais point écrit depuis longtemps, et personne n'é-
tait venu lui parler de nous. Cependant il y songeait;
il se disait : « Il faut que j'aille trouver le frère d'É-
phrem, et que ce garçon nous donne la consolation
de revenir à Dieu. » Là-dessus, il prenait son grand
bâton, et, hâtant sa marche chancelante, une demi-
heure après il frappait à la porte de ma chambre,
où mon frère demeurait.

Sulpice (c'est le nom de mon frère) était encore
couché. Voyant entrer mon confesseur, il est saisi
d'effroi, croyant qu'on vient lui annoncer ma mort.
Le sourire du Père Varin le rassure. — Eh bien! mon
cher enfant, lui dit le bon vieillard, vous ne m'ap-
portez point de nouvelles d'Éphrem, et je viens en
chercher.

— Il se porte bien, mon Père, répond Sulpice,
maintenant très-fâché d'être pris au lit si tard par cet
homme en cheveux blancs.

— Il est toujours bon chrétien?

— Toujours, mon Père.

— Dieu soit loué! Et vous, cher enfant, quand serez-vous chrétien? quand donnerez-vous cette consolation à votre frère?

Sulpice ne répondit pas. Il avait trop envie de répondre, et craignait d'être impoli.

Le Père Varin poursuivit avec la douce tranquillité d'un ambassadeur de la miséricorde divine :

— Mon cher enfant, il faut à votre tour donner à votre frère de bonnes nouvelles de vous. Il y a long-temps qu'il les espère et les demande, et je suis témoin de l'ardeur avec laquelle il prie pour votre conversion. Il faut aller vous confesser et lui annoncer qu'enfin vous êtes chrétien.

— Mon Père, je le ferai sans doute, un jour.

— Pourquoi remettre, mon enfant? Il faut le faire aujourd'hui même... Allez trouver le Père H... Il dirige beaucoup de jeunes gens, et c'est celui de nos Pères qui vous conviendra le mieux. Vous lui direz que vous venez de ma part et que vous êtes le frère d'Éphrem. Il sera bien heureux de vous voir.

— Mais, mon Père, je ne suis pas du tout disposé à faire ce que vous me demandez, et je n'ai nullement l'intention de me convertir.

— Bah! bah! vous croyez avoir des objections contre la religion, mais, au fond, vous n'en avez point. Vous savez très-bien qu'il y a un Dieu, que vous l'avez offensé, et que vous devez obtenir son pardon par un sincère aveu de vos fautes. Mon en-

fant, quand trouverez-vous, pour obtenir le pardon,
un jour plus beau et plus favorable que celui où ce
Dieu de bonté est mort pour nous sur la croix? —
Vous irez voir le Père H... à deux heures, n'est-ce
pas?

— Je vous assure, *monsieur*, que ce n'est pas du
tout mon intention, et que je n'irai point.

— Si fait, mon ami, vous irez. Je viens exprès pour
vous le dire, et je vous annonce que vous en remer-
cierez Dieu.

— Mais je ne peux pas... Il faut que je réfléchisse...
je vous promets d'y songer.

— Vous songerez sur le chemin, mon enfant, et le
Père H... vous aidera dans l'examen de votre conscience... Mon Dieu! vous ne lui direz rien de nouveau, et déjà il vous connaît. Vous-même ne vous
connaissez pas si bien. Ne perdez point de temps;
il faut que vous fassiez vos pâques cette année.

— Moi!...

— Oui, vous, Sulpice. Réunissez-vous dans le
cœur de Jésus-Christ à votre frère absent; donnez-
vous, comme votre frère, à ce Dieu en qui seul les
hommes se peuvent bien aimer. La joie qu'Éphrem
en ressentira, vous la connaîtrez, et vous saurez qu'il
n'en est point d'égale en ce monde... Ainsi vous me
promettez d'aller vous confesser aujourd'hui?

— Non, mon Père. Quelque regret que j'en aie, je
ne puis en conscience vous promettre cela.

Le Père Varin s'approcha, lui prit la main, et avec
un sourire plus tendre et plus grave :

— Allons, dit-il, mon enfant, vous ne savez point
ce que vous refusez; mais je le sais, moi qui ai
soixante-dix ans et qui suis depuis quarante ans
ministre de Dieu. Dans cette longue carrière, j'ai vu
bien des hommes aux portes de la mort; j'en ai vu
qui avaient repoussé la miséricorde et qu'à son tour
la miséricorde repoussait. Je n'accepte point votre
refus. Je viens vous chercher de la part de Dieu; je
ne me retirerai point que vous ne m'ayez promis
d'être à Dieu.

— Puisque vous le voulez, mon Père, dit Sulpice
avec un vif sentiment de dépit, j'irai où vous m'envoyez; j'irai aujourd'hui, mais je vous proteste que
j'y vais à contre-cœur et que je serai bien étonné
si je m'applaudis un jour de la violence qui m'est
faite.

— Pour cela, dit le Père, n'en doutez point.

Il sortit, laissant Sulpice dans un accès de mauvaise humeur voisin de l'exaspération. — Quoi!
disait celui-ci, ai-je fait une promesse que je sois
obligé de tenir? Non, certainement, et je n'irai pas
chez ce jésuite. Le Père Varin a abusé de ma tendresse pour mon frère, et du respect qu'on a pour
lui-même.

Le pauvre garçon quitta sa chambre sans savoir ce
qu'il faisait, erra par les rues, battu de mille sentiments contraires, songeant à Dieu, songeant au
monde, songeant à moi, quelquefois attiré, plus
souvent éloigné, furieux d'être pris dans sa parole
donnée comme dans un lacet. A travers cet orage, il

se sentait poussé vers la maison des jésuites, et à deux
heures il se trouva devant la porte du Père H...

— Non, se dit-il, c'est absurde, je n'entrerai
point. Et, en effet, il revint chez moi, se donnant
pour raison qu'il devait au moins apprendre la formule du *Confiteor*, et qu'il trouverait cela dans un
de mes livres. Ce qu'il cherchait, c'était le repos.
Que vous dirai-je? Il ne trouva le repos qu'en déga-
geant sa parole donnée le matin. Troublé, confus,
gémissant, il alla se jeter aux pieds du Père H... Et,
de retour, il m'écrivit : « Je suis chrétien, mon frère,
je me suis confessé, et, quand tu liras cette lettre,
j'aurai fait mes pâques. »

Voilà ce qui m'est arrivé, poursuivit Éphrem après
un moment de silence. Vous savez tous que je dis la
vérité; tous vous connaissez la foi et la piété de mon
frère. Voilà de quelle façon il s'est converti, après
m'avoir résisté longtemps, et quand j'en étais à douter s'il se convertirait jamais. Cette conversion est-
elle ou n'est-elle pas un miracle? Est-ce une chose
toute naturelle et ordinaire? Ceux qui l'explique-
raient par l'ascendant qu'un vieillard vénérable
comme le Père Varin devait exercer aisément sur un
garçon de vingt-trois ans me paraîtraient tenir peu
de compte de la force des passions à cet âge. Est-ce
la coutume qu'un vieillard n'ait qu'un mot à dire
pour dompter la fougue des jeunes gens, les arracher de la voie de la liberté et des plaisirs, et les
jeter ainsi tout bouillants dans les rudes sentiers de

la discipline et de la pénitence? Sulpice y est entré
pourtant, il a persévéré, il persévère, chaque jour
plus ferme, plus fervent, plus heureux d'être chrétien. Voilà ce qu'il faudrait expliquer. Pour moi,
j'ai remercié et je remercie Dieu, qui a remplacé la
plus grande angoisse que mon cœur eût éprouvée
jusqu'alors par la joie la plus vive qu'il puisse
éprouver jamais. Et ma foi, qui d'ailleurs n'avait
pas besoin de cette merveille, rit au nez des cinq
académies.

III

RÉCIT D'ANDRÉ.

Mon Dieu, dit Pierre quand Éphrem eut cessé de
parler, nous sommes ici plusieurs qui n'avons pas
toujours eu le bonheur de croire et de vivre chrétiennement. Quel est celui de nous qui n'a pas
reconnu l'intervention et l'assistance divines dans
l'œuvre de sa conversion? Qui nous a mis dans la
main le premier bon livre? Par quel concours de
circonstances étonnantes avons-nous entendu la première bonne parole qui nous a été dite, et les premières pensées qui ont troublé la quiétude de notre

oubli? Et comment, enfin, ces faibles germes, foulés aux pieds des passions, à demi arrachés, ont-ils produit des fruits de salut, sont-ils devenus la seule chose qui tienne dans nos âmes?... Quelqu'un le sait-il d'un autre, un seul d'entre nous le sait-il de lui-même?

— En tout cas, dit le capitaine André, je ne suis point ce quelqu'un-là. Ma conversion fut véritablement des plus absurdes. Écoutez ceci :

Je surveillais, comme capitaine du génie, quelques travaux de fortification dans la plaine d'Oran. J'étais plein de santé, sans chagrin ni sujet de chagrin quelconque; aucun ennui dans le cœur, aucune préoccupation dans l'esprit, aucun souvenir de religion, aucun système d'incrédulité. J'avais vingt-sept ans, je me trouvais bien de la vie, je m'occupais de mon métier; rien de plus.

J'eus un jour besoin d'aller jusqu'à un poste qu'on appelle le camp du Figuier. Je partis à cheval, tout seul, par le plus beau temps du monde. J'arrivai dans un endroit absolument désert. Je levai les yeux, j'admirai ce beau ciel et cette solitude. Que se passat-il au fond de mon âme? je l'ignore. Il n'y avait ni danger ni apparence de danger; je ne songeai point à la mort, je n'eus point peur, mes pensées ne s'envolèrent pas vers ma famille; mais, cédant à un mouvement plus fort que moi, et saisi jusqu'à la moelle des os d'une émotion profonde, je descendis de cheval, je me découvris la tête, je me mis à genoux, et, les bras étendus vers le ciel, je priai et je pleurai. Le lendemain, j'allai trouver un bon prêtre d'Oran qui me fit faire l'examen de ma conscience; et depuis lors je suis chrétien, comme dit le catéchisme, par la grâce de Dieu.

IV

LA GRAINE DE CATALPA.

Pour moi, dit à son tour Jérôme, j'ai lu, j'ai réfléchi, j'ai discuté, j'ai combattu, j'ai fait une résistance désespérée; et, avec tout cela, ce sont des circonstances minimes, ce que nos philosophes, qui expliquent tout, appelleraient savamment des circonstances de hasard, qui m'ont vaincu. La première flèche dont j'ai bien reçu l'atteinte m'est arrivée au cœur d'une manière qui n'a pas le sens commun. J'étais à Toulouse, par hasard, et j'y avais rencontré, par hasard, la veille de mon départ, un garçon de mon âge à peu près, vingt-quatre ou vingt-cinq ans, qui se nommait Louis Bécane, bon, charmant, d'un esprit rare, plus distingué encore par le cœur. Il était chrétien ou prêt à le devenir, et c'était encore un hasard à l'âge qu'il avait, dans le milieu où il vivait. Ses patrons, fort lancés dans la politique, voulaient faire de lui *quelque chose*. On lui disait : Tu seras professeur, tu seras député, tu seras académicien, tu seras ministre. Il songeait quelquefois, lui, à devenir capucin. Il a fait mieux encore, il est mort dans la fleur et dans la bonne odeur de sa jeunesse, tout occupé de saints désirs et de pieux travaux. Cet aimable garçon m'avait parlé de Dieu ; j'avais écouté sans attention. Mes pensées n'étaient pas tournées de ce côté, tout au contraire.

Le lendemain, ayant bien oublié Louis Bécane et sa prédication, je me mis à une besogne fâcheuse, difficile, redoutée, je fis ma malle. Savoir faire une malle, c'est un don de nature, plus précieux, à mon avis, que d'être né poëte. Je ne l'ai point reçu et j'ai beaucoup voyagé sans pouvoir l'acquérir. Je procédai à ce travail cruel avec tous les agacements, toutes les sueurs et tout l'insuccès ordinaires. Je combinai, je recommençai, je désespérai. Impossible de mettre les choses à leur place et de ne point les froisser ; impossible de combler les vides et de faire entrer dans cette maudite malle ce que j'en avais tiré. Ne vous étonnez pas de l'importance que je donne à ce détail. Il n'y a guère eu dans ma vie d'événement plus sérieux.

Enfin, après ces longs essais, après ce supplice, étant parvenu à fermer ma malle, les nerfs irrités et le front humide, je descendis, pour me reposer, au jardin de la maison que j'habitais.

Je vins à passer sous un catalpa, tout chargé des longs étuis où la graine de cet arbre est contenue. J'arrachai machinalement un de ces étuis et je l'ouvris en me promenant. Quand j'en eus remarqué l'arrangement intérieur, je m'arrêtai, saisi de surprise, et je tombai dans une rêverie qui fut peut-être la réflexion la plus longue et la plus suivie que j'eusse faite jusqu'alors. La graine de catalpa est un petit noyau auquel adhèrent deux ailes légères et transparentes, pareilles à celles des libellules. Chaque étui en contient un certain nombre, vingt ou trente peut-être. Quand le moment est venu, dans la saison des vents, les étuis, secoués sur l'arbre où ils sont attachés par une queue flexible comme celle de la cerise, ne tombent pas, mais s'ouvrent; la graine déploie ses ailes, le vent la saisit et l'emporte où le bon Dieu veut qu'il pousse un catalpa. Mais ce qui occasionnait mes réflexions, c'était l'art avec lequel ces graines ailées étaient entassées et disposées dans l'étui encore vert. Chacune occupait sa cellule tapissée de ouate, où ses ailes délicates, soigneusement étendues, étaient garanties de tout froissement. Il n'y avait ni trop-plein, ni place perdue, ni faux plis. Je restai en admiration devant cet emballage, moi qui venais d'employer inutilement tant de soins à faire ma malle. Je n'eus pas un moment la pensée, qui me serait certainement venue la veille, d'attribuer cet arrangement au génie de la nature ou aux

jeux du hasard. Non, la main de l'ouvrier était trop
visible! Et le raisonnement de Bécane, quoique j'y
eusse fait si peu d'attention, me revint avec une
force que toute son éloquence ne lui avait pas donnée. Passant devant une église pour aller rejoindre
la voiture qui m'emmenait de Toulouse, j'y entrai
et je priai. C'était la première fois peut-être depuis
ma première communion, si oubliée, que je ne savais plus de prière, et que je ne pus pas même réciter tout l'*Ave Maria*. Mais pourtant je priai, et,
j'ose le dire, je priai véritablement.

Vous savez le reste. La pensée de Dieu ne me
quitta plus guère : je commençai de le voir partout;
j'entrai en lutte ouverte, et, un an après, par un
concours de circonstances très-imprévues, et dont
quelques-unes me sont restées inexplicables, à vingt-
cinq ans, je me prosternai pour toujours devant ce
Dieu qui fait voler et germer où il lui plait la semence de sa parole.

V

L'APOSTOLAT DOMESTIQUE.

Puisque nous en sommes là-dessus, dit Pierre, il
faut que je vous conte de quelle manière la chose
m'est arrivée. C'est tout ce qu'il y a de plus simple

et de plus naturel, et je ne laisse pas d'y voir de quoi se mettre à genoux.

J'ai été élevé, quant à la religion, aussi mal que possible, non-seulement dans l'ignorance de la vérité, mais dans le goût, dans le respect, dans la vénération de l'erreur; et j'achevai mes classes bien muni d'arguments contre Notre-Seigneur et contre l'Église catholique. Je vécus ensuite en pur enfant de Paris et en vrai citoyen du quartier Montmartre, très-occupé de mes affaires, consacrant aux amusements et à la politique tout le temps que je ne donnais pas à la fortune. Je me mariai. Dieu permit que je rencontrasse une bonne et honnête créature, là où je ne cherchais que de la beauté, de l'esprit et de l'argent. Élevée comme moi, aussi ignorante que moi, ma femme était beaucoup meilleure. Elle avait le sens religieux. Il se développa lorsqu'elle devint mère; après la naissance de son premier enfant, elle entra tout à fait dans la voie. Quand je songe à tout cela, j'ai le cœur remué d'un sentiment de reconnaissance pour Dieu, dont il me semble que je parlerais toujours et que je ne saurai jamais exprimer. Alors je n'y pensais point. Si ma femme avait été comme moi, je crois que je n'aurais pas même songé à faire baptiser mes enfants. Ces enfants grandirent. Les premiers firent leur première communion sans que j'y prisse garde. Je laissais la mère gouverner ce petit monde, plein de confiance en elle, et modifié à mon insu par le contact de ses vertus, que je sentais et que je ne voyais pas.

Vint le dernier. Ce pauvre petit était d'une humeur sauvage, sans grands moyens; si je l'aimais autant que les autres, j'étais cependant disposé à plus de sévérité envers lui. La mère me disait : « Sois patient; il changera à l'époque de la première communion. » Ce changement à heure fixe me paraissait très-invraisemblable. Cependant l'enfant commença de suivre le catéchisme, et je le vis en effet s'améliorer très-sensiblement et très-rapidement. J'y fis attention. Je voyais cet esprit se développer, ce petit cœur se combattre, ce caractère s'adoucir, devenir docile, respectueux, affectueux. J'admirais ce travail que la raison n'opère pas chez les hommes; et l'enfant que j'avais le moins aimé me devenait le plus cher.

En même temps, je faisais de graves réflexions sur une telle merveille. Je me mis à écouter la leçon de catéchisme. En l'écoutant, je me rappelais mes cours de philosophie et de morale; je comparais cet enseignement avec la morale dont j'avais observé la pratique dans le monde, hélas! sans avoir su moi-même toujours m'en préserver. Le problème du bien et du mal, sur lequel j'avais évité de jeter les yeux, par incapacité de le résoudre, s'offrait à moi dans une lumière terrible. Je questionnais le petit garçon; il me faisait des réponses qui m'écrasaient. Je sentais que les objections seraient honteuses et coupables. Ma femme observait et ne disait rien; mais je voyais son assiduité à la prière. Mes nuits étaient sans sommeil. Je comparais ces deux innocences à

ma vie, ces deux amours au mien; je disais : Ma
femme et mon enfant aiment en moi quelque chose
que je n'ai aimé ni en eux ni en moi : c'est mon âme !

Nous entrâmes dans la semaine de la première
communion. Ce n'était plus de l'affection seulement
que l'enfant m'inspirait, c'était un sentiment que je
ne m'expliquais pas, qui me semblait étrange, presque
humiliant, et qui se traduisait parfois en une espèce
d'irritation : j'avais du respect pour lui! Il me domi-
nait. Je craignais d'exprimer en sa présence de certaines idées que l'état de lutte où j'étais contre moi-
même produisait parfois dans mon esprit. Je n'aurais
pas voulu qu'il osât les combattre, je n'aurais pas
voulu qu'elles fissent impression sur lui.

Il n'y avait plus que cinq ou six jours à passer. Un
matin, après avoir entendu la messe, l'enfant vient
me trouver dans mon cabinet où j'étais seul.

— Papa, me dit-il, le jour de ma première communion, je n'irai pas à l'autel sans vous avoir demandé pardon de toutes les fautes que j'ai faites et
de tous les chagrins que je vous ai causés, et vous
me donnerez votre bénédiction. Songez bien à tout
ce que j'ai fait de mal, pour me le reprocher afin que
je ne le fasse plus, et pour me pardonner.

— Mon enfant, répondis-je, un père pardonne
tout, même à un enfant qui n'est pas sage; mais j'ai
la joie de pouvoir te dire qu'en ce moment je n'ai
rien à te pardonner. Je suis content de toi. Continue
de travailler, d'aimer le bon Dieu, d'être fidèle à tes
devoirs; ta mère et moi nous serons bien heureux.

— Oh! papa, le bon Dieu, qui vous aime tant, me soutiendra, pour que je sois votre consolation comme je le demande. Priez-le bien pour moi, papa.

— Oui, mon cher petit enfant.

Il me regarda avec des yeux humides, et se jeta à mon cou. J'étais moi-même fort attendri.

— Papa!... continua-t-il.

— Quoi, mon cher enfant?

— Papa, j'ai quelque chose à vous demander...

Je le voyais bien qu'il voulait me demander quelque chose, et ce qu'il voulait me demander, je le savais bien! Et, faut-il l'avouer? j'en avais peur. J'eus la lâcheté de vouloir profiter de ses hésitations.

— Va, lui dis-je, j'ai des affaires en ce moment. Ce soir ou demain, tu me diras ce que tu désires; et, si ta mère le trouve bon, je te le donnerai.

Le pauvre petit, tout confus, manqua de courage, et, après m'avoir embrassé encore, se retira décontenancé dans une petite pièce où il couchait, entre mon cabinet et la chambre de sa mère. Je m'en voulus du chagrin que je venais de lui donner, et surtout du mouvement auquel j'avais obéi. Je suivis ce cher enfant sur la pointe des pieds, afin de le consoler par quelque caresse, si je le voyais trop affligé. La porte était entr'ouverte. Je regardai sans faire de bruit. Il était à genoux devant une image de la sainte Vierge; il priait de tout son cœur. Ah! je vous assure que j'ai su ce jour-là quel effet peut produire sur nous l'apparition d'un ange!

J'allai m'asseoir à mon bureau, la tête dans mes mains, prêt à pleurer. Je restai ainsi quelques instants. Quand je relevai les yeux, mon petit garçon était devant moi avec une figure tout animée de crainte, de résolution et d'amour.

— Papa, me dit-il, ce que j'ai à vous demander ne peut pas se remettre, et ma mère le trouvera bon : c'est que, le jour de ma première communion, vous veniez à la sainte table avec elle et avec moi. Ne me refusez point, papa. Faites cela pour le bon Dieu qui vous aime tant !

Je n'essayai pas de disputer davantage contre ce grand Dieu qui daignait ainsi me contraindre. Je serrai en pleurant mon enfant sur mon cœur.

— Oui, oui, lui dis-je, oui, mon enfant, je le ferai. Quand tu voudras, aujourd'hui même, tu me prendras par la main, tu me mèneras à ton confesseur, et tu lui diras : Voici mon père.

VI

RÉCIT DE THÉODOSE

Et toi, Théodose, dit Éphrem, n'as-tu rien à nous apprendre? J'ai connu tes longues irrésolutions; tu m'as laissé ignorer la pensée ou la circonstance qui enfin t'a vaincu.

— Je vous conterai, répondit Théodose, l'histoire d'une servante de la sainte Vierge.

Tu te souviens, Éphrem, de cette jeune ouvrière employée par ma femme, et dont nous remarquâmes la beauté et la modestie? On la nommait Eulalie Duval. Elle travaillait très-bien et très-agilement, mais elle était chargée d'une mère infirme et d'un jeune frère; son travail ne la tirait pas du besoin. L'extrême fatigue et les privations la rendirent malade, dans un moment où ma femme, qui l'aimait beaucoup, était absente. La gêne devint bientôt de la misère; la pauvre fille succomba. Nous revînmes à Versailles quelques jours avant sa mort, trop tard pour la sauver. Ma femme, ayant été la visiter, rentra tout émue.

— Viens, viens, me dit-elle; viens voir le spectacle le plus triste et le plus beau que puisse offrir ce monde!

Dans une chambre froide, sur un lit indigent, je reconnus Eulalie, mourante et sereine.

Je me hâtai de lui exprimer nos regrets, et j'ajoutai que nous aurions soin que rien ne lui manquât. Elle me remercia : Mais, dit-elle, portez vos bienfaits sur ma mère. Pour moi, je n'ai plus de besoins.

— Écartez ces tristes idées, repris-je; il n'est pas temps de désespérer.

— Mais, continua Eulalie avec un indicible sourire, j'espère beaucoup, et il n'est pas triste d'aller à Dieu.

— Ne souffrez-vous pas?

— Je suis heureuse.

— Souhaitez de vivre pour votre mère.

— Dieu aura soin de ma mère. Je le prierai tant pour elle!... Et Il sait, ajouta-t-elle avec une expression profonde, Il sait combien je l'ai aimé. Disant ces mots, elle prit la main de ma femme :

— Madame, monsieur votre mari sera un des bons protecteurs de ma mère, pour l'amour de Dieu.

— Oui! s'écria ma femme, avec un accent que mon cœur entendra toujours; oui, pour l'amour de Dieu. Et vous, Eulalie, vous le protégerez auprès de Dieu.

— Et Dieu m'exaucera, reprit Eulalie.

Madame Duval nous dit en nous reconduisant qu'elle ne reconnaissait plus sa fille. Auparavant sa timidité l'empêchait de parler aux personnes qu'elle ne fréquentait pas intimement; la crainte des jugements de Dieu la glaçait d'effroi à la seule pensée de la mort. Maintenant, ajouta-t-elle, elle parle à tout le monde avec aisance et même avec autorité : elle attend tranquillement son dernier jour. Elle nous dit des choses qui nous étonnent et qui nous changent. Le pourriez-vous croire, monsieur, moi, sa mère, qui perds en elle mon appui et ma joie, j'éprouve une sorte de bonheur. Cette chère petite est si persuadée qu'elle va retrouver le bon Dieu, que je le crois comme elle. Ce n'est pas le délire qui la fait parler : elle a toute sa raison, et plus que sa raison.

Elle voit des choses que nous ne voyons pas. Quelquefois ses yeux ouverts expriment le ravissement, elle semble écouter des paroles célestes, et je me mets à genoux, car je crois que notre pauvre chambre est pleine d'anges qui viennent assister ma fille dans son agonie. D'autres fois, quand la douleur lui arrache des soupirs, si je lui dis : Tu souffres? elle me répond comme à vous : Je suis heureuse. Il m'est arrivé aussi de lui dire. Tu ne regrettes donc pas ta mère? et elle m'a répondu : *Nous* vous consolerons. Enfin, que vous dirai-je : elle est encore sur la terre et elle n'y est plus; et, voyant son bonheur, je ne puis la pleurer.

La bonne femme pleurait; et néanmoins il était vrai qu'elle voyait avec paix mourir sa fille.

J'avais entendu parler de ces sérénités de la mort chrétienne, et je n'y croyais pas. Je disais comme la Rochefoucauld : *Le soleil ni la mort ne se peuvent regarder fixement*. Mais la science de Dieu a ses merveilles, inconnues de la science humaine.

Entraîné par un invincible attrait, je retournai chez madame Duval, assez avant dans la première moitié de la nuit. Eulalie entrait dans une crise violente; le pouls battait à peine, la voix était prise, le visage portait déjà l'empreinte de la mort. Empreinte ineffable et auguste! Madame Duval alluma un cierge, me fit signe de le tenir dans la main de sa fille quasi inanimée, et, se mettant à genoux, commença les prières des agonisants. Nous étions seuls de chaque côté de la mourante. La pauvre vieille lisait d'une voix faible et entrecoupée; j'écoutais sans répondre. Or, tout à coup, la mourante, s'adressant à sa mère, lui dit avec un sourire: « Ne vous fatiguez pas, chère maman, ON ME LES LIT. » Madame Duval me jeta un regard que je n'oublierai jamais, et se prosterna. J'étais resté debout, je m'agenouillai à mon tour pour la première fois. Je n'entendis rien, du moins de mes oreilles; car de mes yeux fixés sur le visage attentif et radieux de la mourante et sur ses lèvres remuées par la prière intérieure, j'entendis tout. Et lorsque plus tard j'ai lu ces invocations sublimes, il m'a semblé que je les reconnaissais.

Au bout de quelque temps, Eulalie fit le signe de la croix, poussa un soupir doux et profond et resta immobile, sans haleine, froide, les yeux ouverts. Nous crûmes que c'était fini. Madame Duval, d'une main tremblante, se mit en devoir de lui fermer les yeux. Un léger mouvement des paupières et des lèvres l'arrêta. Je me penchai, et j'entendis ces mots: *Pas encore. Le jour de la sainte Vierge, demain matin.* Étonné, je résolus d'attendre; et en effet, sans crise nouvelle, le lendemain samedi, à l'aurore, Eulalie expira.

Vous pensez que je sortis de là pour examiner ma vie et faire ma confession générale? Non! J'étais troublé, point décidé. J'admirais la force du « sentiment religieux, » j'y cherchais des explications qui me dispensassent de céder à l'évidence. Dieu eut pitié de moi, et, souffrez l'expression, ne me lâcha point.

Toutes les compagnes d'Eulalie assistaient à son

enterrement. Ces pauvres filles, ouvrières ou servantes, avaient un air de dignité dont je fus frappé.
J'en parlai à ma femme.

— C'est, me dit-elle, l'honneur de la ville. Tout ce
que tu vois là est pur et humble, et il n'y en a pas
une qui ne pratique de grandes vertus. Toutes aimaient Eulalie; plus d'une imitera sa vie et mourra
comme elle.

Quand Dieu veut, tout porte coup. Ces simples paroles étaient autant de flèches dans mon cœur.

Ma femme me laissa. Seul sous ces grands arbres
de Versailles, je songeais à Louis XIV et à cette
petite ouvrière que nous venions d'enterrer, et à
Dieu, devant qui sont jugées toutes les âmes. Je fus
abordé par un ancien camarade, l'homme que j'aurais le moins souhaité de rencontrer en pareil
moment. C'est ce que l'on appelle un homme de
plaisir; il a un nom, un état dans le monde, on le
voit et on lui donne la main.

Ayant répondu à ses questions que je venais d'ac-
compagner au cimetière une ouvrière connue de ma
femme, il se récria et me demanda si je faisais ma
cour au peuple. Sa présence, sa figure, son langage
m'irritaient. Je répondis que je connaissais fort peu
de gens « comme il faut » qui méritassent autant de
respect que mademoiselle Duval.

— Duval, répéta-t-il, la petite Eulalie Duval ! Est-
ce elle qui est morte?

— L'as-tu connue? lui dis-je à mon tour, presque
épouvanté.

Oui, reprit-il avec impudence, je l'ai connue. De quoi est-elle morte?

— Je crois qu'elle est morte de faim.

— Je le lui avais bien dit, et c'est sa faute.

Je ne répète pas ce que le misérable osa ajouter. Rompant l'entretien, je retournai au cimetière. A genoux sur les restes sacrés d'Eulalie, je priai longtemps. Je compris cette parole qu'elle m'avait dite : « Dieu sait combien je l'ai aimé! » Je lui rappelai qu'elle avait promis d'être ma protectrice au ciel, et, plein d'une force jusqu'alors inconnue, je jurai à Dieu de ne pas rentrer chez moi, de ne pas embrasser mes enfants, avant d'avoir purifié ma conscience.

Depuis ce jour, je suis chrétien.

VII

ET QUEL TEMPS FUT JAMAIS PLUS FERTILE
EN MIRACLES.

Telles sont, reprit Éphrem, ces éternelles armes de l'Église, avec lesquelles elle triomphera toujours dans une foule de cœurs, et que l'enfer ne peut lui arracher. Théodose hésitait depuis des au-

nées sans bouger d'un pas. Une âme pure le frôle en
s'envolant au ciel, il est plus fortement ébranlé,
mais il résiste encore; un instant après le contact
d'une âme vile et misérable le déracine enfin, il
marche, il ne s'arrêtera plus. Que faire? comment
empêcher de tels accidents et briser à jamais ce mo-
teur invincible qu'ils éveillent en nous et qui nous
porte à Dieu? Voilà un autre homme, notre ami
Pierre, qui était dans les meilleures conditions pour
n'arriver jamais au confessionnal; mais il aime sa
femme et son enfant, il est pris. L'histoire de Pierre
nous fait entendre pourquoi d'habiles gens ont inventé un système d'éducation publique qui supprime
à peu près les premières communions; et pourquoi
d'autres, qui ne sont pas sots, demandent la supres-
sion du mariage et de proche en proche l'abolition
de la famille. Alors on aurait un avantage marqué
sur l'Église, et le genre humain s'en trouverait admirablement.

Mais la cause de la saine philosophie serait-elle
gagnée pour cela? J'en doute. On aurait enlevé à
l'Église tous les moyens d'action et de conquête que
lui fournit infailliblement l'ordre normal des sociétés;
il resterait à lui ôter ceux que lui donnent les révolutions, conséquences nécessaires du désordre; et
ce ne sera pas tout : il faudrait aussi ôter à Dieu la
puissance des miracles. Voilà le point difficile : dans
l'Académie des sciences, on le cherche. Avant que
l'Académie des sciences l'ait trouvé, la majorité des
académiciens iront à confesse. Après avoir bien

fouillé l'œuvre de Dieu dans la sage vue d'y saisir
des arguments contre Dieu, ils finiront par y rencontrer la démonstration de l'existence de Dieu. De
là à la divinité de la religion chrétienne, à la mission
et à l'autorité de l'Église catholique, il n'y a qu'un
pas. Ceux que l'étude ne convertira point, la famille
les attend; ceux qui résisteront à la famille choppe-
ront contre une autre pierre placée dans leur chemin; et ceux qui résisteront à tout se feront un renom
d'ignorance et de ridicule qui prêchera Dieu à toute
la terre.

On a vu le mariage détruit, la famille abolie, l'éducation de la jeunesse livrée aux apostats, la science
tout entière aux mains des athées, et Dieu banni
des académies comme des églises. Il y a de cela
soixante ans. Lisez l'*Almanach du clergé*. Tous les
chefs de la religion, à commencer par le Pape, nos
évêques, nos prêtres les plus illustres, sont nés dans
ces jours néfastes; leurs berceaux ont surnagé sur
ces déluges de sang. L'éducation de presque tous les
laïques qui combattent aujourd'hui pour l'Église
s'est faite dans de mauvaises écoles, et ils en sont
sortis incrédules. Dieu a prêché par les miracles. Il
a suscité des saints qui travaillaient déjà à tout relever et qui relevaient tout, quand tout semblait détruit. Cette « réaction religieuse » signalée dans les
journaux impies à titre de nouveauté, elle a commencé le jour où le sang d'un fidèle coula sur la
terre de France pour la vérité de Jésus-Christ; le
premier qui y mit la main, ce fut le premier bourreau

qui frappa le premier martyr. Quand on écrira l'histoire de la Révolution comme elle doit être écrite pour que l'on comprenne quelque chose à ce formidable événement, ce sera l'histoire d'une destruction immense, mais celle aussi d'une résurrection glorieuse. On connaîtra alors les véritables héros de ces temps malheureux, qui alors paraîtront des temps illustres. On verra que des hommes sans puissance et sans nom, de pauvres prêtres, d'humbles femmes, ont été les vainqueurs de la Révolution, car ils ont maintenu, relevé, affermi ce qu'elle voulait surtout détruire, c'est-à-dire l'Église de Dieu. On verra des miracles, non-seulement des miracles de constance, d'énergie, de conversion, d'assistance divine et de vengeance divine; mais des miracles physiques, de ces gros miracles visibles et tangibles dont nos beaux esprits ne veulent pas : des malades guéris, des pains multipliés, la nature matérielle devenue obéissante aux ordres des serviteurs de Dieu, des prodiges de miséricorde et des prodiges de colère, Dieu venant quand il est appelé, et venant aussi sans qu'on l'appelle.

VIII

DEUX LÉGENDES.

À ce propos, dit Éphrem, il faut que je vous raconte deux historiettes dont je ne garantis point l'authenticité, n'ayant pas été moi-même témoin; mais je les tiens de bonne source, et j'y crois. Vous n'êtes pas gens ici à vous scandaliser de ma crédulité.

Il y avait dans les Pyrénées un savant et digne médecin qu'on appelait le docteur Fabas. Je ne sais s'il existe encore; c'est de lui que je tiens ce que je vais vous dire, et je ne suis pas le seul qui l'ait entendu.

Le docteur Fabas vit arriver (aux Eaux-Bonnes, je crois,) un homme qui portait à la jambe une plaie faite par un coup de feu. La blessure, déjà ancienne, offrait un caractère particulier : il s'y formait des vers. Le docteur essaya de faire disparaître au moins ces vers. Aucun moyen ne réussit. Le malade lui dit un jour :

— Docteur, restons-en là; ne cherchez plus; je mourrai avec cette horrible incommodité.

— En effet, répondit le médecin, il y a là quelque
chose d'extraordinaire. Je n'ai rien vu de tel, quoique je sois vieux et que beaucoup de cas surpre-
nants m'aient passé par les mains.

Et pour la vingtième fois il demanda au malade :

— Où donc avez-vous reçu cette blessure ?

— En Espagne, comme je vous l'ai dit souvent,
reprit celui-ci ; mais je ne vous ai point appris pourquoi je ne guérirai pas. Je veux que vous le sachiez
enfin.

J'avais vingt ans, poursuivit-il d'une voix hésitante,
et nous étions en 93, lorsque je fus forcé de rejoindre
un corps d'armée que la Convention envoyait en Espagne. Nous partîmes trois de notre bourgade, Thomas, François et moi. Nous avions les idées de ce
temps-là ; nous étions incrédules, ou plutôt impies
comme trois mauvais petits drôles qui se piquent de
suivre la mode.

La route s'était faite gaiement. Nous allions arriver,
lorsque, traversant un village des montagnes, nous
vîmes une statue de la Vierge, si vénérée, que, malgré la Révolution et les révolutionnaires, elle était
restée sans mutilation sur son piédestal au portail
de l'église. L'un de nous eut la malheureuse pensée
d'insulter à cette image pour braver la superstition
des paysans. Nous avions nos fusils. Thomas nous
proposa de tirer sur la statue ; François accueillit la
proposition par un éclat de rire. Timidement, et
craignant de me montrer moins hardi que mes compagnons, j'essayai de les détourner d'un dessein qui

m'effrayait au fond du cœur. Je me souvenais de ma
mère. On se moqua de moi. Thomas chargea son
fusil, et tira. La balle atteignit la statue au front,
François mit en joue à son tour, et toucha dans la
poitrine.

— Allons, me dirent-ils, à toi !

Je n'osai pas résister. J'ajustai en tremblant, je
fermai involontairement les yeux, et j'atteignis la
statue...

— A la jambe? dit le médecin.

— Oui, à la jambe, au-dessous du genou ; là où je
suis blessé ! Vous voyez bien que je ne guérirai pas...
Après ce bel exploit, nous nous disposâmes à reprendre notre marche. Une vieille femme, qui nous
avait vus, nous dit : « Vous allez à la guerre, ce que
vous venez de faire ne vous portera pas bonheur ! »

Thomas la menaça. J'étais fâché de notre action ;
François, moins ému que moi, n'était pas disposé à
s'en réjouir. Nous empêchâmes notre compagnon de
donner suite à son ressentiment, et nous achevâmes
péniblement la journée, non sans nous être querellés
plus d'une fois.

Le soir même nous avions rejoint notre régiment;
quelques jours après nous rencontrâmes l'ennemi.
Je vous avoue que j'allai au feu sans allégresse et
que je pensais à la statue de la Vierge plus que je
ne l'aurais désiré. Cependant tout se passa bien.
Nous eûmes un avantage marqué. Thomas se dis-
tingua. L'action était finie, l'ennemi en déroute, et
le colonel venait d'arrêter la poursuite, lorsqu'un

coup de fusil parti d'un rocher, et qui semblait descendre du ciel, se fit entendre : Thomas tourna sur
lui-même et tomba roide, la face contre terre. François et moi nous nous précipitâmes pour le relever :
il était sans vie. La balle l'avait atteint au milieu du
front, entre les deux yeux, à la place où sa balle à lui,
quelques jours auparavant, avait atteint la statue.
Nous nous regardâmes, François et moi, sans rien
dire, plus pâles que le mort.

Au bivouac, François était près de moi. Il ne
dormit point. J'attendais qu'il me parlât, pour lui
conseiller de faire une prière ; mais il garda le silence,
et je n'osai pas mettre la conversation sur la pensée
qui nous tenait éveillés.

Le lendemain, l'ennemi revint en force. Dès que
nous l'aperçûmes, François, me serrant la main, me
dit :

— C'est aujourd'hui mon tour ; tu es heureux d'a-
voir mal visé !

L'infortuné ne se trompait pas. Cette fois, nous
fûmes repoussés. Nous avions battu en retraite assez
longtemps ; François était comme moi sans blessure.
Vaine espérance ! Un coup de feu part d'un fossé où
gisait un Espagnol blessé mortellement ; et François
tombe, la poitrine traversée de part en part. Ah !
docteur, quelle mort ! il se roulait par terre, demandant un prêtre. Ceux qui étaient près de lui haus-
sèrent les épaules, et il expira. On le laissa sur le
chemin.

Dès ce moment, je fus convaincu que je ne tarde-

rais pas à être frappé, et je résolus de confesser mon
sacrilége au premier prêtre que je rencontrerais. Par
malheur, je n'en trouvai point. Cependant, plusieurs
affaires s'étant passées sans mésaventure, peu à peu
mes terreurs cessèrent, et avec elles s'évanouirent
mes bonnes résolutions. Quand nous fûmes rappelés
en France, j'avais un grade, je ne pensais plus ni au
crime, ni au repentir, ni au châtiment. Tout me fut
rappelé sur la frontière, à un jour de marche du village de la statue. Par un accident inexplicable, un
coup de feu parti de nos rangs m'atteignit là où vous
voyez. Ainsi s'accomplit la prophétie de la vieille
femme, qui nous avait dit après le sacrilége (je l'entends encore) : « Vous allez à la guerre. Ce que vous
venez de faire ne vous portera pas bonheur! » Mes
deux camarades étaient morts; je rentrais blessé.

Cependant la blessure, au premier aspect, n'offrait
rien de grave. Le chirurgien m'annonça que j'en serais quitte pour quelques jours d'hôpital. Je le crus
moi-même. Sa surprise fut grande, elle égala mon
effroi lorsqu'il vit s'engendrer dans la plaie ces im-
périssables vers qui ont déconcerté votre science.

Depuis vingt ans, docteur, je traîne cette blessure,
essayant de tous les remèdes, et les trouvant tous
impuissants. Mais, quoique je demande à Dieu de
me guérir, quoique je l'espère de sa miséricorde, je
ne dois pas me plaindre, je ne me plains pas. Cette
blessure a été un remède pour beaucoup d'âmes,
pour la mienne surtout. Je n'ignore pas que, si j'arrive au terme de la vie, comme il faut arriver, c'est-

à-dire chrétien et pénitent, je le devrai à ma terrible blessure. Alors je m'applaudirai d'avoir boité; car je doute de la guérison, mais je ne doute point de la miséricorde, et j'espère fermement mourir dans la grâce de Dieu par l'intercession de Celle que j'ai outragée.

Voilà, poursuivit Éphrem, après nous avoir fait ce récit, l'histoire que je tiens du docteur Fabas. Je la racontais un jour devant un illustre archevêque, enfant du Béarn. Il me dit que le docteur Fabas était un homme de bien, incapable de donner légèrement son témoignage, et qu'il savait pour sa part bon nombre de faits non moins merveilleux, arrivés dans le même temps et dans le même pays, et auxquels il attribue la conservation de la foi parmi ce peuple excellent. Il nous raconta alors lui-même le trait suivant. Étant jeune, il en avait vu et connu les témoins.

Les révolutionnaires d'un village où l'on vénérait aussi une ancienne et belle statue de la sainte Vierge, trouvèrent bon d'ôter cette image du piédestal qu'elle occupait; ce qu'ils firent avec mille insultes. L'un d'eux ensuite, voulant montrer son zèle, proposa de la précipiter dans un puits. La proposition fut accueillie au milieu de la stupeur des honnêtes gens, et l'inventeur mit la main à l'exécution avec plus d'ardeur que tous les autres. On précipita donc la statue, mais les cris de joie et les blasphèmes ne furent pas de longue durée. Le principal auteur du sacrilége perdit à l'instant la vue. Il fallut le ramener

dans sa demeure. Ce prompt châtiment ne le convertit point. Il resta impie et aveugle. Leçon vivante
pour les autres, qui virent clair.

Les années passèrent, la paix revint, le culte fut
rétabli. Cependant la statue était restée dans le puits,
et tous les honnêtes gens y pensaient avec douleur.
Un jour le curé leur dit : « Mes amis, il faudra bien
que nous fassions réparation à la sainte Vierge, et
que nous retirions sa bénite image du puits où nous
l'avons laissé jeter. »

Chacun trouva que le curé avait raison. On prit
les dispositions, on indiqua le jour : ce fut une
fête.

Tous les habitants étaient rassemblés autour du
puits, sauf le curé, qui devait présider au travail. Il
arriva, mais non pas seul. Il conduisait par la main
un aveugle bien connu et que l'on ne s'attendait
guère à voir là. Au milieu de la rumeur, le curé fit
signe qu'il voulait parler. Il n'eut pas de peine à
obtenir le silence :

— Chrétiens, dit-il, ce pauvre aveugle est venu
chez moi ce matin, poussé par ses remords, pour
obtenir de moi et de vous tous une grâce que je lui
ai promise en votre nom. Il désire humblement que
vous lui permettiez de tirer avec vous sur les cordes
qui feront tout à l'heure remonter la statue de la
sainte Vierge de ce puits où il a contribué à la précipiter il y dix ans. Il déteste ce sacrilége dont il a
été justement châtié; il en demande pardon à Dieu,
à la sainte Vierge et à vous tous, chrétiens. Je puis,

vous dire que Dieu et la sainte Vierge ont pardonné ; c'est à votre tour, mes frères.

— Oui, dit l'aveugle étendant les mains et pleurant, je demande pardon. Je n'ai plus de repos. Ma conscience me tourmente ; je demande pardon.

— Oui ! oui ! c'est oublié ! Qu'il vienne ! qu'il vienne ! s'écria ce bon peuple avec des transports de sainte joie.

L'aveugle s'avança jusqu'au bord du puits, et on lui mit dans la main la corde qu'il devait tirer.

Déjà des hommes étaient descendus jusqu'à la statue, qui par un miracle n'était pas brisée. On l'avait attachée solidement. Le travail commença au chant des litanies. Tout réussit très-bien. La statue remonta sans accident. Lorsqu'on la vit paraître, ce fut une explosion d'allégresse. Mais un cri domina tous ces cris et les fit taire. C'était celui de l'aveugle, à genoux, les bras étendus, qui répétait : — Je vois ! je vois ! je vois !

On courut à lui : il voyait, en effet, et ce n'était pas une illusion. Il voyait, et il continua de voir. Il suivit sans guide la procession triomphale qui, du puits où la statue avait été traînée la corde au cou, la ramenait à son ancien lieu ; il travailla pour la rétablir, et il vécut plusieurs années encore, témoin et prédicateur des miséricordes de Marie.

IX

 OBJECTIONS DU PUBLICISTE GIBOU.

PREMIÈRE OBJECTION. — Le publiciste Gibou, futur
membre de l'Académie des sciences morales, se fait
la part du lion. Quand d'autres se bornent à fou-
droyer les ordres religieux, lui, Gibou, sans dé-
daigner d'anéantir par-ci par-là quelque capucin,
quelque jésuite, il se prend à l'Église *in globo*; il s'en
prend à Dieu même, lorsque Dieu se permet de faire
un miracle. Le publiciste Gibou n'ignore pas que cet
adversaire est fort, ou que tout au moins il a souvent
l'opinion pour lui. Avant de l'attaquer, Gibou prend
des précautions oratoires. Je ne sais pas si vous pen-
serez comme moi, mais les précautions oratoires de
Gibou contre le bon Dieu me paraissent charmantes.
Écoutez :

« Le respect profond et *sincère* que nous portons
« à la religion nous fera toujours distinguer soigneu-
« sement le dogme, la morale, le culte, l'histoire
« authentique du christianisme et les véritables
« droits du clergé, des fausses doctrines, des prati-
« ques superstitieuses, des jongleries et des préten-

« tions absurdes ou coupables des spéculateurs en
« religion. »

Aimable homme ! L'Église n'est-elle pas heureuse
qu'on vienne ainsi l'aider à distinguer des choses
qu'elle a le malheur de confondre souvent? Mais
voyons le *distinguo* de M. Gibou :

« A Dieu ne plaise que nous voulions jamais dé-
« verser le mépris et le ridicule sur les miracles de
« l'Évangile et sur les pieuses traditions que l'Église
« a consacrées; mais, *dans l'intérêt même de la foi et*
« *des croyances respectables, nous croyons utile de livrer*
« *à la risée publique* les contes puérils qu'on s'efforce
« *de nouveau* d'accréditer dans le peuple, et les tours
« d'adresse que de hardis escamoteurs prétendent
« appeler au secours de la prédication ou substituer
« à l'autorité du bon exemple. »

En d'autres termes, M. Gibou reçoit les « faits accomplis; » mais, pour l'amour de Dieu, qu'on n'y
ajoute pas ! Restons-en à l'Église et à la tradition, c'est
bien assez; la foi de M. Gibou n'en saurait porter davantage. S'il avait vécu du temps de saint Bernard,
il aurait trouvé souverainement déplacé que saint
Bernard rendît la lumière aux aveugles, l'ouïe aux
sourds, la paix aux possédés, le mouvement aux paralytiques, la vie aux morts. Dans l'*intérêt de la reli-*
gion il se serait empressé de livrer le tout *à la risée pu-*
blique; et ainsi eût été empêchée la seconde croisade,
principalement déterminée par ces tours d'adresse
du moine de Clairvaux. A quoi tiennent les choses!

X

Que si l'on veut savoir pourquoi M. Gibou pour-
chasse ainsi les faits surnaturels, son motif est louable : les miracles l'empêchent de croire en Dieu, ce
bon sire! « Rien, dit-il, ne détruit *plus efficacement*
« *chez les hommes sensés* le *désir* de croire, que l'ap-
« pareil ridicule de *la sorcellerie des thaumaturges*
« *modernes;* rien n'est plus opposé à la vraie morale
« et à la piété sincère que les récits d'*absurdes mer-*
« *veilles* à l'aide desquelles on cherche à faire *non des*
« *honnêtes gens, mais des sots; non des chrétiens, mais*
« *des dupes.* » Voilà!

Je rends pleine justice aux sages et religieux sentiments de M. Gibou; mais qu'il consente à raisonner un moment.

Il y a des miracles dans l'Évangile, et M. Gibou,
qui daigne les ratifier, reconnaîtra bien qu'ils y sont
pour quelque chose. Sans s'exposer, il peut admettre que Dieu ne déroge pas aux lois de la nature sans
avoir un but. Quel a été ce but? Apparemment celui
que l'Église et le bon sens nous révèlent : prouver

par des faits merveilleux la divine mission du Sauveur, faciliter ainsi l'adhésion des peuples aux vérités qui allaient les régénérer.

M. Gibou accepte-t-il cette explication? Allons plus loin.

La mission du Sauveur a été continuée par les Apôtres, et les Apôtres à leur tour ont fait des miracles assez notoires. M. Gibou mourrait plutôt que d'en douter : car les *Actes des Apôtres*, actes authentiques de ces miracles, font partie intégrante des *pieuses traditions que l'Église a consacrées.*

Poursuivons.

Les Apôtres sont l'Église, et l'Église continue depuis eux la mission qu'ils ont continuée depuis le divin Maître... Ici, nous le savons bien, quelques doutes arrêtent le penseur Gibou, mais c'est qu'il ne réfléchit pas. Du moment qu'il respecte *profondément* et *sincèrement* la religion, le chrétien Gibou ne peut manquer de concéder encore ce point; car autrement rien ne pourrait lui paraître moins *respectable* que la religion qui nous en fait un article de foi.

Or, si l'Église, les Apôtres et le Sauveur ne font qu'un, si leur mission n'est pas terminée, si les mêmes incrédulités qui ont dressé le bois du Calvaire sont prêtes à le dresser encore, si les mêmes passions émeuvent le cœur de l'homme, l'entraînent aux mêmes crimes, le retiennent dans le même aveuglement, si tant d'idolâtres et d'infidèles restent à baptiser sur la terre, si tant de baptisés restent à convertir..., pourquoi la miséricorde divine n'use-

rait-elle plus des moyens qu'elle jugea nécessaires
dès le commencement? Pourquoi ne ferait-elle pas
des miracles spontanés? pourquoi n'en accorderait-
elle pas à nos prières? Lorsqu'un prêtre, ou un simple fidèle, avec une foi pareille à celle de saint Pierre,
prie Dieu de guérir un paralytique, pourquoi le paralytique, aussitôt guéri, ne se lèverait-il pas à la vue
de tout un peuple naguère incrédule, que va convertir ce signe éclatant? Nous voudrions entendre là-
dessus les objections du respectueux Gibou. Est-ce
que Dieu ne serait pas aujourd'hui dans son droit
aussi bien que du temps des Apôtres? Et nous, serions-nous forcés de nier ce que nous aurions vu,
parce qu'il plairait à un butor de crier qu'il ne le
voit pas?

XI

TROISIÈME OBJECTION.

C'est que, dit M. Gibou, cela choque « les gens
sensés. » *Gens sensés* est bientôt dit; il faudrait s'expliquer. Qui sont les *gens sensés*? Je soupçonne que
la définition de M. Gibou ne contenterait pas tout le
monde. En fait de gens qui croient *à priori* aux miracles passés et présents (sauf à contester, dans les

larges limites que l'Église permet et même ordonne,
les cas particuliers bien ou mal établis), il y a premièrement l'immense majorité des catholiques de
tous les temps : M. Gibou les envoie-t-il en masse
aux Petites-Maisons? Il y a ensuite les philosophes;
car celui-là est petit philosophe qui ne croit pas aux
miracles, de quelque nom qu'il les appelle, et quelque explication qu'il en essaye : les philosophes
sont-ils encore des fous? Après les philosophes, il y
a les savants, principalement les savants matérialistes, la classe d'hommes qui laissent le plus de miracles à déchiffrer : fous aussi bien que les autres?
Où donc descendrons-nous pour trouver l'être dont
la pensée n'est pas en échec presque continuel devant quelque chose d'inexpliqué et d'inexplicable?
Nous ne trouvons plus que la brute et l'homme
abruti, ce qui ne réfléchit point et ce qui ne veut
point réfléchir; la créature qui n'a pas été élevée
jusqu'à la raison, et celle qui descend de cette hauteur, afin d'embrasser d'un amour infâme les basses
œuvres et les basses joies de la vie.

Mettons pourtant qu'il existe des « gens sensés »
désireux de croire en Dieu, mais à condition que
Dieu ne fera point de miracles, leur sens ne pouvant
s'élever jusqu'à comprendre que le plus grand des
miracles est la naissance de la foi dans une âme où
elle n'était pas. Malgré leur *ultimatum*, des miracles
éclatent; nos « gens sensés » se fâchent, les voilà
plus incrédules que jamais. Ma foi, tant pis pour les
« gens sensés! » L'humilité est la première vertu

27.

que Dieu leur demande : qu'ils s'humilient, ou qu'ils
restent incrédules. Dieu sauvera des âmes qui ne re-
fuseront pas leur salut, parce qu'un malade aura été
guéri contre l'attente et contre l'art des médecins.
M. Gibou est par trop gentilhomme ! Pourquoi veut-
il que Dieu n'aime, ne protége, n'attire à lui que les
« gens sensés? » Un pauvre paysan qui n'a point fait
d'études, qui ne peut suivre un cours d'athénée, qui
ne peut lire les brochures de M. Gibou, un pauvre
sauvage encore plus *insensé*, ne sont pas moins chers
à Dieu que la fleur des publicistes et des académiciens de France. Ils ne savent pas lire ? Là-haut,
c'est un petit mal ; ici-bas, c'est une raison pour que
Dieu *leur fasse des signes*, leur accorde ces faveurs
éclatantes auxquelles les paiens durent le bonheur
d'entrer en foule dans le sein de la vérité.

XII

LES FAITS QUI BLESSENT M. GIBOU.

M. Gibou cite quelques-uns de ces faits qui dé-
truisent *efficacement*, chez lui, le désir de croire.
Le premier, c'est la guérison miraculeuse d'un élève
du collége des Jésuites à Fribourg. Ce miracle lui
est odieux, comme anti-universitaire. « Voilà, dit-il,

une concurrence que l'université refuse de soutenir :
elle ne peut offrir aux familles que des médecins
qui ne font pas de prodiges. » Il a raison, l'université aussi. Mais cela ne prouve pas qu'un miracle
n'ait pu guérir l'élève de Fribourg, et que, guéri
par un miracle, l'élève ne soit aussi bien guéri que
beaucoup d'autres personnes le sont pour ainsi dire
journellement, même en France, par les mêmes pro-
cédés. Car la vérité est que ces sortes de guérisons se
multiplient, et que la *risée publique* n'y peut rien. Il
semble que Dieu se plaise à réfuter M. Gibou ; et
pourquoi pas ? Nul soin n'est au-dessous de CELUI
qui a promis qu'un cheveu ne tomberait point de
notre tête sans sa permission.

Il existe, à Kaldern et à Capriana, dans le Tyrol,
deux saintes filles, dont l'une est en état presque
permanent d'extase, et l'autre porte sur elle les stig-
mates sanglants de Notre-Seigneur. Des milliers de
personnes de tous les pays, de toutes les conditions,
de toutes les sectes chrétiennes ont vu les deux exta-
tiques et ont attesté par écrit les étranges phénomènes qu'elles offrent aux investigations de la science
et au respect de la religion. M. Gibou se fâche contre
ces deux humbles filles, qui ne s'occupent guère de
lui ni du monde, et qu'importune assez l'immense
concours des curieux. Il reproduit deux passages
d'une relation en excellent style, donnée par un Français, témoin oculaire, qu'il se garde prudemment de
nommer, étant difficile de faire passer ce témoin pour
une dupe ou pour un sot : c'est M. Edmond de Caza-

lès, homme grave, homme distingué, écrivain d'un mérite supérieur, à qui l'on ne peut reprocher que d'être catholique et prêtre ; mais il n'était pas prêtre lorsqu'il a raconté ces choses, qu'il avait vues et touchées après tant d'autres, et que tant d'autres peuvent voir et toucher après lui. D'ailleurs, il n'a pas parlé seul : il existe un recueil des témoignages italiens, allemands, anglais qui concernent les vierges du Tyrol. On y lit une narration du philosophe allemand, J. Gœrres : M. Gibou a-t-il entendu parler de ce Gœrres ? il ne passe pas pour imbécile en Allemagne. Le médecin de Domenica Lazarri a fait un long rapport sur sa malade ; lord Shrewsbury, le prince-évêque de Trente, l'évêque de Sidney, M. Ernest de Moi, professeur de droit à Munich, ont donné des attestations : tous ONT VU. Que M. Gibou se procure ce petit volume ; il croira à l'état surnaturel de l'extatique et de la stigmatisée aussi pleinement qu'il croit à l'existence des omnibus. Qu'il fasse mieux : le Tyrol n'est pas si loin : qu'il aille voir, et qu'il explique ce qu'il verra. S'il peut démontrer l'absence de tout prodige, il obligera la science, qui est fort déconcertée ; il obligera aussi ces deux pauvres filles, qu'il pourra guérir de leurs maux ; il obligera enfin tout le Tyrol, qui se rend par processions auprès d'elles et qui en revient fort superstitieux. Si j'étais M. Gibou, je ne manquerais certes pas l'occasion. Avant de faire la guerre aux miracles, je voudrais en détruire un.

M. Gibou s'égaye ensuite sur un récit qui circule,

dit-il, dans certains de nos départements, et où l'on dit, entre autres choses exorbitantes, qu'un très-grand nombre de maladies ne sont que des résultats de l'action surnaturelle des démons, et ne se guérissent que par le jeûne et la prière. Je ne suis pas médecin, mais en vérité cette théorie ne me paraît pas folle. Pourquoi le diable ne pourrait-il pas produire des maladies? Il inspire bien des livres, des articles de journaux; il donne bien la maladie de l'invention à tant d'esprits gâtés que la prière et le jeûne pourraient aussi guérir!

XIII

CONCLUSION CONTRE LE PUBLICISTE GIBOU.

Et puis, qu'importent tous les miracles extérieurs? Qu'on en produise de faux, c'est un crime ou une sottise; qu'on nie en masse les miracles et la possibilité des miracles, c'est une absurdité manifeste, et voilà tout. Je me demande ce que M. Gibou prétend prouver par ces faits si puérilement rassemblés et si maladroitement contestés. Il croit en Dieu créateur et rédempteur, ou il n'y croit pas. S'il croit, qu'il se mette à genoux, qu'il honore les saints, qu'il obéisse à l'Église. S'il ne croit pas, qu'avons-

nous à faire de ses enseignements, nous qui croyons?
Quel profit attend-il de ses objections niaises? Il
parle de son respect. Le respect, c'est d'adorer! Il se
trompe étrangement s'il pense qu'il nous fera recevoir ses frivoles arguments contre nos croyances,
parce qu'il leur tire en passant son chapeau. Il
n'espère pas séduire les chrétiens instruits; il sait
que les chrétiens ignorants ne le lisent guère, et que
ce sont surtout ceux-là qui se trouvent, peut-être
avec raison, continuellement enveloppés et pour
ainsi dire revêtus de miracles. A qui en veut-il? A la
masse prétendue éclairée. Cinquante années de révolutions l'ont rendue hostile ou indifférente aux choses
de la religion, mais en elle fermentent comme un
levain inconnu ce souvenir oublié du baptême, cette
aptitude à croire, ce besoin de trouver Dieu auquel
les peuples échappent encore moins que les individus. Voilà le danger qui oblige le publiciste Gibou
d'aiguiser sa rhétorique : il cherche des paroles pour
conjurer la mer qui monte, pour glacer la sève qui
revient.

Hélas! ami Gibou, combien il faut que vous soyez
au-dessous de cette tâche pour que vous n'en
désespériez pas! Raisonnez donc, cher homme : si
la religion avait besoin d'inventer des miracles, il
serait fort inutile de la combattre, attendu qu'elle
serait morte déjà; et, si elle n'invente point ceux
qu'elle proclame, il est fort inutile encore que vous
les contestiez, vous qui n'avez que votre logique à
leur opposer.

Vous ne luttez pas seulement contre des faits évidents, palpables, permanents, autrement éloquents que vous et moi : dans le cœur de l'homme aussi les miracles abondent, et quiconque, de bonne foi, se considère, devient pour soi-même un vivant miracle. En vérité, Gibou, l'homme qui vous parle en ce moment vous a ressemblé. Il a été sourd, et il a entendu ; aveugle, et il a vu ; paralytique, et il a marché ; il était mort, une parole d'en haut l'a fait revivre. Le bois sec sur lequel j'écris reverdirait soudain, reprendrait sa sève, ses feuilles, ses fleurs, que ce prodige n'égalerait pas les miracles accomplis dans une âme revenue à Dieu ; car là aussi la vie remplace la mort, la tige desséchée reverdit, se couvre de fruits, s'élance vers le ciel. Voilà quels faits ravissent des milliers d'intelligences, tandis que vous refourbissez vos vieux aguments ; voilà ce que vous avez à combattre ! Vous travaillez à nous prouver que nous ne pouvons pas croire ; vous êtes en arrière de plusieurs années : votre tâche est maintenant de nous prouver que nous ne croyons pas.

Continuez pourtant, puisqu'il paraît que Dieu vous y condamne ; agitez ce vieil arbre catholique toujours couvert d'une graine féconde : plus la tempête sera forte, plus la semence ira loin.

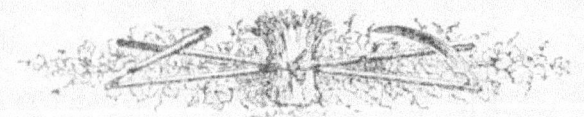

LIVRE VIII

PRÉFACE

Je grisonne, et je fais des vers! c'est indécent.
Mais, pour tout expliquer, je suis convalescent;
Hôte d'un port de mer ensablé. Sur la grève,
Seul et quelquefois triste, au bruit des flots je rêve :
Je n'ai pas d'autre emploi dans ce séjour du vent.
On y lit monsieur Sue et le *Siècle*; on y vend
Des huîtres. Un notaire, émule de Joconde,
Et quatre gabelous composent le beau monde,
Gens aimables, instruits, avancés; des vainqueurs!
Ils font l'esprit public et règnent sur les cœurs.

J'aurais peu de succès auprès d'eux à prétendre ;
Ils me mépriseraient, crainte de me comprendre.
On me fuit ; un bruit court que je lis l'*Univers* :
Racca !

        Voilà pourquoi, peuples, je fais des vers.

Ce n'est pas mon métier ni mon talent ; la prose
M'irait mieux, si j'avais à dire quelque chose.
O prose ! mâle outil et bon aux fortes mains !
Quand l'esprit veut marcher, tu lui fais des chemins ;
Sans toi, dans l'idéal il flâne et vagabonde.
Vrai langage des rois et des maîtres du monde,
Tu donnes à l'idée un corps ferme et vaillant.
Tu l'ornes si tu veux ; jamais un faux brillant
A sa simplicité malgré toi ne s'ajoute.
Grave dans le combat, légère dans la joute,
Tu vas droit à ton but, et tu n'as pas besoin
De lâcher de la corde au mot qui fuit trop loin.
Ton métal est à toi. Serve de la pensée,
La phrase saine et souple, en son ordre placée,
Vit, commande déjà ; le poëte aux abois
Poursuit encor la rime à travers champs et bois.
Bossuet a fini lorsque Boileau commence.
En prose l'on enseigne et l'on prie et l'on pense ;
En prose l'on combat. Les vers les plus heureux
Sont faits par des rêveurs ou par des amoureux.
Dans les nobles desseins dont l'âme est occupée,
Les vers sont le clairon, mais la prose est l'épée.

Ainsi, je fais des vers ; le dessein en est pris !
Vais-je suivre pourtant, narguant mes cheveux gris,

En barbon amoureux une muse indocile,
Et, comme un franc poëte ou comme un imbécile,
Sur ses pas ramasser, de buissons en buissons,
Un inepte butin de couleurs et de sons?
Vais-je, vieux débutant, risible en cette escrime,
Me faire promener en laisse par la rime,
Dire blanc, dire noir, ne dire rien du tout,
Trop heureux d'ajuster quelques vers bout à bout?
C'est souvent le destin de nos bons Homérides!...
Vais-je chanter ma dame, hélas! livrée aux rides,
Et, comme ce vieillard, objet d'étonnement,
Au public raconter que je fus bel amant [1]?
Imiterai-je Hugo, cet autre ancien, qui fume,
En plein hiver, du feu que le printemps allume [2]?
(Feu des quatre saisons, terne et peu conquérant!)
Ou, laissant par pudeur ce thème intempérant,
Et plongeant avec moi le lecteur dans la gnose,
Ferai-je un brouet d'encre et de métempsycose [3]?
Certes non! Jean Reynaud me prendrait en faveur!
Allons! décidons-nous. Aurai-je un ton rêveur?
Serai-je *fantaisiste?* ou — grand Dieu! — *réaliste?*

Muse, préservons-nous d'abord du genre artiste!
Sans doute tu fuiras la lande sans abri,
La Champagne pouilleuse, éden de Champfleury;
Mais d'un pas plus craintif éloigne ces banlieues
Où l'école Gautier traîne ses fausses queues:

---

[1] *Raphaël* et les *Confidences.*
[2] *Les Contemplations.*
[3] *Id.*

Là tu verrais Banville, Houssaye et les rapins
Se gaudir dans le plâtre et dans les papiers peints.

Je crois, à parler franc, qu'un seul terrain m'attire,
Périlleux, mais immense et fécond : la Satire,
On n'en fait plus ; le temps sans doute y prête trop !
La Raison, sur Pégase allant un brave trot,
Du vice au temps jadis explorait les mystères
Et du bon sens public faisait bien les affaires.
Je veux, prenant conseil des préceptes enfreints,
Essayer de brider le cheval à tous crins,
Le lancer à mon gré dans la vaste carrière ;
Et, sans laisser jamais le bon sens en arrière,
Le fouet à la main domptant ses soubresauts,
L'arrêter où je vois des méchants et des sots.
L'absurde en vers n'a pas besoin d'un nouveau tome ;
S'il faut rimer, du moins faisons la chose en homme.

Oui, mais comment finir, quand nous serons par là ?
C'est un volume à faire en pose d'Attila !
Et puis, qu'y gagnerai-je ? On finira, peut-être,
Par me haïr au temple où monsieur Plée est prêtre ;
Il faudrait bien entrer aussi dans cet endroit...
Non ! tournons vers l'idylle et chantons de sang-froid.

Je chante — c'est ainsi que la muse s'exprime —
Un spectacle et des gens faits à point pour la rime :
Nos batteurs de Bretagne et leurs savants fléaux.
Jadis, l'un des derniers, j'ai vu ces doux tableaux :
Entassant sous leurs pieds les trésors de la plaine,
Par un ciel tout joyeux, près de la mer sereine,

L'esprit gai, la sueur au front, la joie au cœur,
Les mâles paysans faisaient leur bon labeur.
Là, point de ces regards insolents et serviles,
De ces murmures sourds qui grondent dans les villes ;
Sur le vieux sol breton, le peuple, encor chrétien,
Aime Dieu, le travail et les hommes de bien.
Pour le riche obligeant dont la grange était pleine.
Comme pour un ami chacun donnait sa peine,
Trouvant la moisson belle et ne prenant souci
Qu'à fatiguer ses bras payés d'un grand merci.
Hélas ! tableaux anciens, rares même en Bretagne !
Et la Bretagne aussi s'en va ! Le progrès gagne.
Le battage sur l'aire est presque abandonné :
Il vient des hommes noirs au chapeau goudronné,
Moustachus et barbus, traînant une machine
Qui fait en peu de temps l'ouvrage, et qui ruine
La vieille poésie avec les vieilles mœurs.
Elle remplit les champs de stridentes clameurs,
Et vomit en hurlant une infecte fumée :
C'est le diable. A l'entour de sa gueule enflammée,
Les sombres ouvriers blasphèment. Leur chanson
Bannit l'honneur de l'âme et l'oiseau du buisson ;
Et le pauvre, autrefois à l'envie insensible,
Sur la moisson d'autrui jette un regard horrible.

Voilà de quoi rimer.

                        Que je voudrais, Gautier,
Quand j'ai l'idée, avoir comme toi le métier !
Formé dès ton enfance à bloquer des syllabes,
De la difficulté, vieux rimeur, tu te gabes.

D'une main négligente, avec des airs fendants,
Tu remplis trente vers sans rien mettre dedans !
Cela cependant sonne et fourmille et rutile ;
Jamais de plus d'éclat n'a brillé l'inutile,
Et le naïf bourgeois, admirant ton savoir,
S'étonne du plaisir qu'il prend à ne rien voir.

LE BATTAGE DE PENVENANT

I

Du nord et du midi, de l'est et du ponant,
Rendez-vous chez Josias, maître de Penvenant,
    Pour battre le grain de l'année.
Or la moisson est drue et le temps se fait court :
Hommes, femmes, vieillards, enfants, chacun y court,
    Et chacun offre sa journée.

Il faut pendant trois jours plus de quatre-vingts bras.
Le soleil est piquant ; malheur aux hommes gras !
    Ils ne seront pas sur des roses.
Mais on connaît Josias : nul n'est plus obligeant ;
Il aura ce qu'il faut et l'aura sans argent.
    Josias, d'ailleurs, fait bien les choses :

Pour rafraichir ses gens, sans danger des moiteurs,
Dans la cruche profonde où boiront les batteurs,
  Il verse un litre d'eau-de-vie ;
Rien ne manque chez lui, c'est un heureux séjour ;
De galettes, de lard, de lait, suivant le jour,
  La table est amplement servie.

Au battage du blé l'on aura du pain blanc ;
Pour les crêpes, chacun estime le talent
  De sa filleule Mar'Yvonne ;
Mais le meilleur de tout, c'est cet air d'amitié
Qui vous prend en riant le cœur plus qu'à moitié,
  Et qui ne refuse personne.

Faut-il croire le bruit qui se répand soudain ?
Josias aurait parlé de faire du boudin
  Si tout est fini le dimanche.
Sur l'aire le régal ne sera pas petit !
Pour cinquante Bretons de premier appétit,
  S'allongera la nappe blanche.

II

Donc, en foule on accourt. Par coteaux et vallons,
Par les chemins couverts et par les chaumes blonds,
  Au frais de l'aube matinière,
Viennent les francs batteurs, le fléau dans la main.
Plusieurs, ayant à faire un bon bout de chemin,
  En route achèvent leur prière.

Quoique tout à fait riche et perclus à demi,
Le maître de Plouguel, agissant en ami,
    Vient avec sa vieille Cadette.
Par ses conseils savants les travaux marcheront.
Il est accompagné d'Erwan le forgeron ;
    Celui-là payera bien sa dette.

En balançant les bras, du haut de Plougrescant
Descend Landevillec, fin voilier embarquant ;
    On lui connaît tous les courages.
C'est un garçon de fer, leste, court, résolu :
Un jour il a rossé le roi d'Honolulu ;
    Il a fait quatre ou cinq naufrages.

Enace, ancien soldat, peu fier de ses succès,
Et qui, son temps fini, sans savoir le français,
    Rentra chez nous le cœur à l'aise ;
Enace, fredonnant des airs armoricains,
Ote, pour mieux marcher, ses épais brodequins,
    Et gravit à pic la falaise.

Ce garçon de travers, plus jaseur qu'un meunier,
C'est Guyon-ar-Guyar, poëte de Tréguier ;
    Bon être, incapable de crime !
Il boit plus qu'à son tour ; mais, à peine empêtré,
Il se met à genoux et dit *Miserere !*
    C'est dans ces moments-là qu'il rime.

La sœur de Saint-François, la sainte du canton,
A pris son voile noir, noué sous le menton,
    Et quitté sa pauvre cabane :

1.   28

Grand honneur pour Josias. Certe, on en parlera.
Au dîner des batteurs la sœur travaillera,
    En priant saint Elyboubane.

Je vois Binic. Sa femme est de Kermaria.
Que de jaloux, mon Dieu, lorsqu'on les maria !
    Binic est fort, sa femme est belle ;
Il l'a bien demandée au grand saint Goneri :
Après de longs malheurs, enfin tout leur sourit :
    Bons bras, beau sang, flamme fidèle !

Voici maître Mathieu. Sur son bateau *l'Éclair*,
Il va jusqu'à Morlaix. Il ne craint pas la mer ;
    Il craindrait plutôt la douane.
Mais, suivant son cœur d'or, Mathieu, dans un panier,
Irait en haute mer pêcher un douanier
    Plutôt que de rester en panne.

Voici Jol Pandizour, un vivant almanach ;
Voici les deux Jégou, natifs de Ploumanach,
    Gens qu'au pays chacun estime ;
Vrais pêcheurs, vrais chrétiens et vrais hommes d'Amor,
Braves gens dont la vie est d'affronter la mort,
    Calmes laboureurs de l'abîme.

Près de Saint-Goneri, dans un bas-fond désert,
Talec demeure. Il vient comme un oiseau de mer.
    Parmi les têtes renommées,
Je dois citer encor le chantre Sébastien :
Admiré de Guyon, ce robuste chrétien
    Ne boit pas aux fêtes chômées.

Job de Kerwal arrive et huit de ses enfants,
Deux filles, six garçons, tous gaillards triomphants;
    Trois des autres gardent sa porte;
Le douzième au berceau fait ses dents sans crier;
Le treizième est tout proche, et sous son tablier
    Sa mère vaillamment le porte.

Enfin, ils y sont tous, et j'en nommerais cent,
Si je suivais la liste et s'il n'était décent
    De ne pas chanter plus d'une heure.
Soyons Breton, mais bref. La muse de Brizeux
Très-gentiment gazouille en couvant de tels œufs,
    Sauf qu'un peu trop elle demeure.

III

L'aire est bien disposée au-dessus du vallon :
Elle a cent pieds de large, elle a cent pieds de long;
    Tout alentour, des champs fertiles;
En haut, de grands rochers où l'ajonc va fleurir;
En bas, des blocs roulants que la mer vient couvrir;
    Au loin, le phare et les Sept-Iles.

Comme Dieu l'a servi, l'homme de Penvenant!
Il a colline et mer et ne craint pas le vent.
    Dans le vallon sont des eaux douces :

Elle font en courant travailler le moulin,
Elles font en dormant rouir et chanvre et lin ;
    Le goëmon s'y mêle aux mousses.

Mais Dieu sait ce qu'il fait lorsqu'il remplit les mains
Du bonhomme Josias, le meilleur des humains :
    C'est un grand réservoir d'aumônes...
Or sus, les vrais batteurs ! ne perdons point le temps ;
Le vieux French de Plouguel, vif comme en son printemps
    A fait coucher les tiges jaunes.

Sur deux rangs l'aire immense est pleine jusqu'au bord :
Mes gars, sous vos pieds nus, c'est un vrai tapis d'or !
    Il fera chaud, le soleil donne.
C'est bon ! quand le soleil est vif, le grain sort mieux.
A French le premier coup. Commençons : Une ! deux !
    La balle vole, l'aire sonne.

Pan pan pan ! pan pan pan ! De son fléau frappant,
Le batteur fait le bruit d'un cheval galopant :
    Or ils sont quarante à la peine !
Pan pan pan ! tout au loin dans la plaine on entend.
Quels chevaux du démon, Jésus ! galopent tant,
    Font ce vacarme, ont cette haleine ?

Un escadron qui passe à travers les rochers,
La grêle par un vent qui rase les clochers,
    La mitraille au flanc d'un navire,
En grève le galet sous la vague criant,
N'ont pas ce cliquetis sans trêve, fourmillant,
    Et plus charmant qu'on ne peut dire !

De la feuille et du vent moins doux sont les concerts.
Comme un chant de victoire il monte dans les airs,
  Ce bruit du fléau sur la gerbe :
Il dit que le travail de l'homme, aidé de Dieu,
Par la terre et par l'eau, par le fer, par le feu,
  En pain bientôt va changer l'herbe.

Chaque coup fait sortir du riche épi le grain,
Et du corps la sueur, et du cœur le chagrin ;
  Car le travail est une offrande !
Le ciel l'agrée : et plus le corps est fatigué,
Plus l'esprit se repose et le cœur devient gai :
  De nos batteurs la joie est grande.

IV

Vrai Dieu ! c'est un spectacle à voir du paradis,
Ces bras si haut levés, retombant si hardis,
  Ces fronts que la sueur inonde !
On y vient du manoir où le bruit en alla ;
Le monsieur de Kergrée avec sa fille est là,
  Belle enfant, douce au pauvre monde.

Battez et jouez bien de vos bras courageux ;
Vous êtes les derniers, hélas ! Ces nobles jeux
  Seront laissés pour la machine.

A Penvenant encore il n'en faut point parler,
Mais vers Lannion déjà nous l'entendons ronfler ;
    Le diable lui rompe l'échine !

Battez, battez, bons gars, honneur de nos cantons ;
Battez ferme ; gardez les usages bretons !
    Quel nerf ! Ce vieux gascon d'Hercule,
Qui par ses coups de poing chez les Grecs fit fracas,
Ne serait près de vous, sur l'aire de Josias,
    Qu'un bourgeois fade et ridicule.

Par huit ou dix en rond formés comme au compas,
Chacun frapppe deux coups et se bouge d'un pas,
    Et rien ne trouble la cadence ;
Puis, l'aire parcourue à deux fois sans répits,
On ôte paille et grain, on remet des épis,
    Et la musique recommence.

Jamais le rhythme fier n'est moins ferme ou plus lent.
Même, au coup de midi, quand le soleil brûlant
    Plombe sur chaque batterie,
A travers un brouillard de poussière et de feu,
On les voit plus ardents, plus animés au jeu ;
    C'est une ivresse, une furie.

Le poëte Guyon n'a plus l'air délabré :
Le forgeron Erwan bat en désespéré ;
    Qui voudrait être son enclume ?
Voyez les deux Jégou, Mathieu, tous nos marins !
Rien qu'à les regarder, c'est à briser les reins
    Des douaniers et gens de plume.

Corbleu ! Landevillec, si de ce bras velu
Tu travaillas longtemps le roi d'Honolulu,
    Il dut y perdre de ses puces !
Enace, s'exaltant jusqu'à parler français,
Tombe sur les épis en les traitant d'Anglais :
    C'est ainsi qu'il nomme les Russes.

Le fils de Plouarec, perle de nos garçons,
Si beau, si fort, si riche, a quitté ses moissons
    Pour s'enfermer au séminaire :
Il revient au battage, et d'un bras qui se sent
Joyeusement il bat le grain, en repassant
    L'*Odyssée* et le *Sermonnaire*.

Quel vrai prêtre il fera ! qu'il sera ferme et doux !
Quel cœur pour les agneaux ! quel bras contre les loups !
    Cent fois heureuses ses ouailles !
En attendant, parmi nos plus vaillants fléaux,
Le sien compte. Il lui dit : *Empès épicratos* [1]...
    C'est du breton de Cornouailles.

Côte à côte rangés, ayant entre eux leurs sœurs,
Les huit Kerwal sont beaux comme des frênes-fleurs ;
    Force et beauté là sont unies.
A leur ferme, le soir, sans s'essuyer le front,
Côte à côte rangés les Kerwal rentreront,
    Chantant en chœur les litanies.

[1] Ἔμπες ἐπικρατώς (*tombe dessus vigoureusement*), dit Achille à Patrocle.

V

Laissant là sa cuisine et prenant du bon temps,
Mar'Yvonne avec eux vient battre par instants;
        L'aimable fille, elle s'en donne !
« — Cinq choses, dit Guyon, font rimer : le vieux vin,
Le beau temps en moisson, les écus, le boudin,
        Et par-dessus tout Mar'Yvonne... »

Rime, pauvre Guyon ; rime bien, rime mal !
Auprès de Désirée, étoile de Kerwal,
        Mar'Yvonne se place et brille.
Quand Jannik la regarde on sent battre son cœur :
Désirée en secret déjà l'appelle sœur :
        Elle sera de la famille.

De Kersbors au Port-Blanc, de Paimpol à Pleumeur,
On demande souvent laquelle est mieux en fleur,
        De Mar'Yvonne ou Désirée.
Je n'en sais rien pour moi ; mais des reins plus puissants,
De plus belles couleurs, des yeux plus innocents,
        N'en cherchez point dans la contrée.

Ce n'est point Annaïc, fille de Kerambrun,
Qui peut leur disputer, avec son grand œil brun,
        Son teint plus pâle qu'un ivoire ;

Elle semble ployer au vent comme un genêt;
Elle a le pied petit, la main petite; elle est
    Triste comme la nuit est noire.

D'ailleurs, cela n'est plus affaire aux amoureux,
A saint Yves Annaïc a donné ses cheveux,
    On la voit toujours en prière.
Son cœur est-il blessé? Personne n'en sait rien...
Mais on sait quel bateau s'est perdu corps et bien
    L'hiver dernier sur l'île d'Aire.

VI

Aux morts les morts! Ici voyez ces foudroyants:
Quel train, quelle vigueur, quels vivants, quels vaillants!
    Jolis batteurs, à qui la palme?
Landevillec répond: — A Roskok le tailleur!
Qui l'aurait cru? Roskok! — De tous c'est le meilleur.
    Nul n'est plus fort et n'est si calme.

Et Roskok sans fierté reçoit le compliment:
« — L'aiguille, leur dit-il, est un sot instrument;
    Je la mettrais sous la remise,
Et parmi nous, batteurs, toujours on me verrait;
Mais dans ce beau métier, seulement, on devrait
    Plus souvent changer de chemise. »

Le barde n'en peut plus; il souffle à pleins poumons,
Ses cheveux sont mouillés comme les goëmons
        Lorsque la vague se retire.
Mathieu lui dit : — Guyon, par quel talent nouveau,
De ton corps plein de vin fais-tu sortir tant d'eau ? »
        Et là-dessus chacun de rire.

Ainsi forgent le pain ces mâles forgerons :
L'abondante sueur qui coule de leurs fronts
        Par un sourire est essuyée ;
On se reposera quand le ciel sera noir.
Vingt fois avant midi, trente fois jusqu'au soir,
        L'aire est couverte et balayée.

Durant trois jours entiers menant le même train,
Joyeux, les bons batteurs ont battu le bon grain,
        Sans qu'un instant rien les dérange ;
Et comme l'Océan monte en son vaste lit,
Grâce à nos bons batteurs, durant trois jours on vit
        Le bon grain monter dans la grange.

« — Grand merci, mes enfants, leur dit maître Josias :
Dieu nous a bien traités, nous en avons à tas ;
        Vos fatigues enfin sont closes.
Venez à la maison, j'ai du cidre fumant,
Et Mar'Yvonne a fait des crêpes de froment.
        Dieu soit loué de toutes choses ! »

VII

Le poëte est sans nom. Maintenant vieux, penchant
Vers la tombe entr'ouverte, il n'a pas fait ce chant
    Pour Mar'Yvonne ou Désirée.
Quinze jours à Kergrée on l'a pris en maison [1];
Et le pauvre de loin adresse sa chanson
    A ses bons hôtes de Kergrée.

[1] Dans les bons villages de Bretagne, lorsqu'un pauvre est tout
à fait sans ressources et sans appui, les habitants à tour de rôle
le *prennent en maison*, c'est-à-dire lui donnent asile plus ou moins
de temps, suivant leurs propres moyens.

TABLE DES MATIÈRES

CONTENUES DANS LE TOME PREMIER.

FIN DE LA TABLE DU TOME PREMIER

Paris. — Imprimerie de P.-A. BOURDIER et Cⁱᵉ, 30, rue Mazarine.